古代文學前沿與評論

第七辑

中国社会科学院文学研究所古代文学学科　编

社会科学文献出版社
SOCIAL SCIENCES ACADEMIC PRESS (CHINA)

目 录

《诗经》研究前沿

文学所记忆

《儒林外史》研究新视野

Contents

Research Fronts: *Shijing*

Memories about the Institute of Literature, CASS

New Research Perspectives: *Rulinwaishi*

《诗经》研究前沿 ◀

"《诗经》与出土文献"专题笔谈

〔美〕夏含夷　李　山

　　《诗经》出土文献所呈现的异文问题，在当下一定程度上集约为"口传—书写"两大文本生成理论的对立，并从中生发出一系列针对传世文献系统可靠性、稳定性的讨论。为了探讨"口头传统"的相关理论能在多大程度上解释先秦传世文献的异文问题、先秦时期的"书写"行为对古典文献具有何种意义、如何看待出土文献引发的海内外学术讨论，本刊有幸邀请到两位著名的先秦文献研究专家，美国芝加哥大学夏含夷（Edward Louis Shaughnessy）教授与北京师范大学李山教授，由中国社会科学院文学研究所副研究员林甸甸主持，针对近期《诗经》以及先秦文学研究的相关问题进行笔谈。

　　主持人：近年来，随着出土文献的不断发现，以及释读工作的开展，先秦经典中一些有别于传世文献系统的异文不断出现，引发了海内外学者的关注。两位先生对海外汉学与中国学界的学术交流有着很深入的观察与思考，希望二位首先为我们谈一谈如何吸收海外汉学的优秀成果，中西学界之间如何建立更有效的对话和交流。

　　李山：好的，首先我要向夏含夷教授问好。您长期研究中国先秦文献与文化，研究面非常广，又极为勤奋，大作迭出，是一位出色的汉学家，在中国学术界也有相当广泛的影响。我个人就曾深受您的启发。近年来，地下不断有关于《诗经》以及其他儒家、道家文献的新材料出现，这也使中国当下的先秦文学研究不断受到西方视角的冲击，从具体论点到研究方法都产生了很多争鸣，这可以说是一个相当活跃的研究领域。西方汉学家的大多数论著，都给人带来新的启迪，但也有一些学者的说法令人困惑。我曾阅读郝大维（David L. Hall）、安乐哲（Roger T. Ames）两位合著的《期望中国》等"三部曲"，对其中一段论述印象很深。作者提出，作为一个西方人，不能带着西方文化所预设的前提来看中国，并以此批评了史华慈（Benjamin I. Schwartz）等汉学家。书中就此也提出了一些戒律式的主张，想请教您对这些论述的观点，以及您对顾立雅（Herrlee Glessner Creel）、芬格莱特（Herbert Fingarette）、史华慈等老一辈汉学家的评价。此外，除了罗泰（Lothar von Falken-hausen）等一些已为中国学术界所知的学者，当下可有您最想向中国读者推荐的汉学家及汉学著作？

夏含夷：李山教授，很高兴知道您对西方汉学如此熟悉。这些问题比较广，我实在无法一一深入地回答。然而，从另一方面看，回答如果不深入，好像也没有意义。因此，我想仅仅针对第一个问题，好像也是李教授最关心的问题，即郝大维和安乐哲提倡的"作为一个西方人，不能带着西方文化所预设的前提来看中国"，利用我本人的学术经验来给出一些初步想法。

我于1978年进入研究所，开始阅读中国古代思想史与文学史。1978年正巧在中国现当代史上是非常关键的年头，是中国开放政策的开端，这个政策的政治影响不用多说，对学术交流也有极大的影响。我于次年即1979年，在加州大学第一次参加一场国际性的学术会议，与会者有一位中国代表，也就是李学勤先生，我从他那里受到了很多启发。自那以后，参加国际会议的机会一年比一年多，有的在美国，有的在中国，诸如1980年在加州大学召开的"伟大中国青铜时代"会议、1981年在山西太原召开的第四届中国古文字研讨会、1982年在夏威夷召开的"商代文明讨论会"、1983年在加州大学召开的"中国占卜研讨会"等，我有幸参加了不少。

因为当时的中国学者刚刚经过了三十年隔离，大多数的学者不会外语（李学勤先生英文不错，但是他的会话能力也相当有限），因此共同语言只好是中文。其实，我当时觉得这是应该的，而且现在依然这么想：汉学的共同语言当然应该是中文。因此，我自己决定用中文写我的论文。现在回想起来，这好像是理所应当的做法，但这在当时的西方汉学界是非常例外的。我还记得，1980年第一次认识前辈学者巴纳（Noel Barnard）先生的时候，他坚决地劝我不要"浪费"我的时间用中文写文章。巴纳先生提出了两个原因。第一，在西方学术界，中文发表"不算数"，也就是说找工作或评职称的时候，西方学校行政方面看不懂中文文章，因此这种发表没用。

这个原因至少稍微有一点道理。第二，更重要的是巴纳先生说中国学者根本不愿意看西方学者的文章，无论是用英文还是中文写的。这个原因反而一点道理也没有。我当时是相当不听话的年轻学者，毫不理会巴纳先生的意见，80 年代就开始在中国学术刊物上发表文章。不知道有多少中国学者看过我当时的文章，但是至少有一些人引用了我的见解（即使有的时候是为了反对我的意见，有的时候也是没有提名引用的，但是肯定是引用），因此我受到了不少鼓励。

我写中文文章的时候，无论是针对出土文献还是传世文献，目标总是为了让中国读者容易读懂，因此尽量贴近中国学术的风格，不像一些老外坚决使用西方概念和方法，他们的文章很像是半英半中的样子。虽然如此，我也不能避免带着西方文化所预设的前提看问题。我毕竟是西方人，受的教育是西方教育，我的学问怎能不受这个背景的影响呢？这当然只是大概的倾向，但是也有一些具体例子。比如我早年写过一篇关于中国马车起源问题的文章，论证马车从西亚进入了中国。① 再比如，我指出西周铜器铭文每次提到战争都记录周人得胜，并不意味着周人每次打仗一定得胜，而只是他们不会铸造铜器来纪念失败。② 还有我和不少西方学者都说古代占卜不是提问，而是一种祷告，甲骨文常见的"旬亡祸"并不是以中立的态度打听下一旬会不会有灾难，而是表示占卜者希望不会有灾难。③ 现在可能有一些年轻学者也会采取同样的态度，但是当时这些看法都比较罕见。

虽然这些看法和另外不少其他看法都"带着西方文化所预设的前提"，可是有一些西方学者批评我，说我太中国化，也有人激烈地批评我说我的学术风格是"以中国为中心的"（我把这个风格称作"中中学术"）。这些批评恐怕也多少有一点道理，我的学问实在是"以中国为中心的"，我的态度大概也是比较中国化的。我还记得史嘉柏（David Schaberg）给我编的《剑桥中国上古史》（*The Cambridge History of Ancient China*）写书评的时候，提出了这样的理论：

---

① 编者注：参见〔美〕夏含夷 "The Historical Significance of the Introduction of the Chariot into China," *Harvard Jounal of Asiatic Studies* 48.1（June，1988）：189－237。中文译文《中国马车的起源及其历史意义》，《汉学研究》1989 年第 7 卷第 1 期。

② 编者注：参见〔美〕夏含夷 *Sources of Western Zhou History：Inscribed Bronze Vessels*（University of California Press，1991），pp.175－182。

③ 编者注：参见〔美〕夏含夷《试释周原卜辞♣字——兼论周代贞卜之性质》，《古文字研究》第 17 辑，中华书局，1989。

　　在汉学正在大规模地国际化的关键时刻，最令西方学者疑惑的就是一个很基本的问题：要了解中国的过去，主要的思考模式要到什么程度采自中国文化原有的模式？也就是说对中国古代历史的了解应该是全新的、全科学化的、全客观的呢，还是应该尽量融合历代中国人本身对过去的一些看法？一定要有所取舍，只是还不知道要采取什么，要舍弃什么。我认为，进行这种辩论就是历史学家的任务之一，顺着中国文化的全球化，这辩论也应该就是各界汉学者可以共同参加的。①

　　我当然同意这辩论应该是各界汉学家可以共同参加的，可是一点也不承认"全新的、全科学化的、全客观的"看法和"历代中国人本身对过去的一些看法"一定是敌对的、矛盾的，也不承认"一定要有所取舍"。难道历代中国人本身对过去的一些看法都是错误的，都没有价值吗？

　　借着这次与李山教授笔谈的机会，我也想向您提出这样一个问题：西方汉学在学术上应该起一个什么作用？在国内和国外的学术界所起的作用是不是相同？您提到郝大维、安乐哲两位合著的《期望中国》，特别是他们批评史华慈采取西方人的眼光来看中国。然而，虽然这本书主题是"中国"，但是所期望的恐怕更是西方汉学。如果看书的"引书目录"，我们会发现几百种文献当中，唯有六种是当代中国学者写的：唐君毅两本书、唐逸一篇文章、徐复观一本书、张岱年一本书和周桂钿《董学探微》，并且，六本书之一半是在大陆以外出版的。看起来郝大维和安乐哲不如您那样重视对方的学问。因此，或许可以请问您最想向西方读者推荐的中国国学家是谁及国学著作是什么？

　　李山：谢谢教授的回答！在回答夏教授的问题前，我想先讲一下读您的一些大作获得的教益。您一定记得1995年夏天在北戴河有一次《诗经》国际会议，会上您发表了关于《周颂》的文章②，当时我才博士毕业不久（在学术和年龄上我都是晚辈），正在老师聂石樵先生主持下注解《诗经》的"雅颂"篇章。可以说是您这篇文章，撬动了"雅颂"陈旧之说的硬块，启发我们重新用新材料解读古老的经典。其中印象最深的还有您对英国学

① 〔美〕史嘉柏：《近十年西方汉学界关于中国历史的若干争论问题：2005年10月27日在华东师范大学的学术演讲》，《海外中国学评论》2007年第2期。
② 〔美〕夏含夷：《从西周礼制改革看〈诗经·周颂〉的演变》，《河北师院学报》（社会科学版）1996年第3期。

者杰西卡·罗森（Jessica Rawson）关于铜器花纹、形制变化观察的征引。多少年过去，每想到当时读大文的情景，仍能感受到处在学术"国际化"大环境下的幸运。此后您的大著凡是翻译成中文我见了就买，您许多文章特别是论《诗经》的文章我也都用心拜读。

您问我西方汉学应该起什么样的作用，我想，就我个人的感受而言，首先应该是思维方式上的吧，可以启发人摆脱既有思维的惯性，从新的角度看一些老问题。例如我读您《古史异观》收录的那篇关于《竹书纪年》的研究，无论是思考的强度，还是您对古籍的熟悉程度，都令我印象深刻。"今本""古本"或许不是一真一伪，而是两批学者的整理。这样的看法，是从具体的文献考究中得出的，其结论和思考的方式，都是很有启发性的。就我个人而言，虽然也喜欢看新理论，但说到文献层面的研究，还是更愿意相信一个学者的学养，即研究者对认知对象全面深入的了解，以及在此之上的把握与体悟。道理很简单，理论往往套不住复杂的历史生活，因而被视为"灰色"的。说实话，读某些（其实人数并不多）汉学家同行的论著，其先入为主的"成见"留给我的印象，要远远大于他的学养，因为读其文，往往感觉他对所研究对象缺少全面的了解，论断太轻易。回归话题，说海外汉学对中国学术的帮助，在其思维和角度，即以我所熟悉的中国上古文学如《诗经》《楚辞》等研究而言，需要一个研究者所具备的知识和思维，绝不仅仅限于"文学原理"的那一套，综合思考考古学、历史学、哲学、人类学乃至民俗学等多方面，才会有新的见地。读这些西方同行的大著，总会有换个角度、换个方式看问题，产生"柳暗花明又一村"的感觉。例如芬格莱特（Herbert Fingarette）用"即凡而圣"（也有翻译成"神圣的凡夫"）来概括中国的孔子的特征，就是在一种辽阔的文化比较的视野下才有的判断，我觉得是深刻地抓住了孔子生活与思想的特点的。"即凡而圣"甚至可以说是中国文化的一个整体特征，典型的例子如中国佛像的雕刻所呈现的"本土化"倾向以及禅宗"佛是世间法"的主张等。还有最近读到德国穆启乐（Fritz-Heiner Mutschler）先生比较《史记》与希罗多德《历史》及修昔底德《伯罗奔尼撒战争史》的论文①，其对比司马迁和两位希腊史家在战争与和平的看法上的差异，也很有意思。这些都令人视野变得辽阔。

---

① 参见〔德〕穆启乐《古代希腊罗马和古代中国史学：比较视野下的探究》，北京大学出版社，2018。

您说《期望中国》一书中引用中国学者著作很少，这该是 20 世纪 80 年代环境的限制吧？1949 年以前，西方学界熟悉的中国学者是冯友兰，之后，到 60 年代后则是身在香港的新儒家唐君毅。总之，《期望中国》写作时交流较少，应该是一个重要原因。近读您的《兴与象》，读到 312～313 页的一段话①，才知道，您向我提这样的问题，是早有思考的啊。

您问我最想向西方学者推荐的中国学者的著作。这问题看似容易，真要回答却很令人踟蹰。像当今西方汉学家们较为熟悉的李学勤、裘锡圭和李零等前辈先生及其各种著述，就不用多说了。他们与当今的美国、欧洲的汉学家的交往本来也多。读多年的翻译介绍，知美国和欧洲的汉学界，对很多重要的现象和学者都有精彩的研究。所以，我就说一下一些老前辈对我的启发吧。

搅动这么多年的读书记忆，要挑拣出一些研究范围在"上古"（也就是"早期中国"）的前辈来说，先让我记起的，是蒙文通先生（不过，也许史学界的汉学同行已经对他有深入的研究了，我不知道，因而惶恐）。蒙先生师从廖平，持论新颖却不怪异，在中国的考古尚未有很大展开的时候，就从传统文献中梳理出"江汉""河洛""海岱"三系的人群文化②，与后来的考古发现以及从事考古的学者著作所言大体相合，其读书的精义入神，可见一斑。他的《经学抉原》将儒学分为鲁、齐和三晋，从而分别对待，从文化的区域性考察同一种学派的分化，其思考是很有启发性的。他的《古学甄微》《古族甄微》等，都称得上见解独到。尤为可贵的是，他发表自己的学术见地时，正是"古史辨"之风盛行学术界的时候，蒙文通先生以他的学术来历，自然没有去跟风。不跟风，好处是可免于治学俗气，不利之处是容易陷入古板，可是后者，蒙文通先生没有。他总能另具只眼，在大家都熟悉的典籍中发掘令人耳目一新的材料。治学贵在独立精神，这一点，蒙先生有，也是他最具启发性的地方。超出上古学术范围的前辈，

---

① "我们不仅有幸获睹近四分之一世纪的重大考古发现，而且有幸成为李学勤、裘锡圭和李零等中国学者的同行，有幸以留在西方同我们共事的张光直、许倬云和巫鸿为同行。其次，我们应该比'好之'做得更多。我们应该深思而熟虑之，应该认真考虑一下，不论是在史料和材料方面，还是在探讨和推测方面，是不是我们就没有可以向中国学者学习的地方。正是因为我们对新发现是开放的，而且确实'好之'，所以同样我们对新的解释也应该是开放的，而且也必须是开放的。无论他们是来自什么地方。"〔美〕夏含夷：《知之不如好之，好之不如乐之》，《兴与象——中国古代文化史论集》，上海古籍出版社，2012，第 312～313 页。

② 参见蒙文通《古史甄微》，商务印书馆，2020，第 36～61 页。

像唐长孺先生的魏晋南北朝研究，汤用彤、牟宗三两位先生的"玄学"研究，都是很能启人神智的大作。当今健在的学者如葛晓音先生关于古典诗歌体式流变的"实证"性研究，水平也很高。汉学家同行如何看这些仍活跃在当今学术界的研究，我倒是很想知道的。

在知识见地上启迪过我的实在还有更多。像我的老师启功先生的《汉语现象论丛》。还有就是一些中国学者很在意的学者，例如鲁迅先生，在意他是因为他对"国民性"的揭示和批判，所显示的是一种应该在学术界延续的"五四精神"。"五四"讲"砸烂"未必就都对，可是反思文化传统精神，"古史辨"可以"走出"，但"辨古史"这样一种考究文献的怀疑精神，是什么时候都应该有的。鲁迅所揭橥的许多消极面的现象，就是到了今天的网络微信时代，给人的感觉并不是在往好的方面转变了，传统中许多糟糕的东西，依然折磨人地延续着。生活在不同民风民情中的学者朋友，可能就未必如此感同身受了吧？人终究是文化的动物，有无这种怀疑精神，是不是会对学术的持论产生很大的影响？一般而言，中国的学者在考虑一些古代问题时，是难以摆脱这些的。这可能就意味着，中国研究者与海外汉学家同行在"前理解"上，会长久存在一定的差异。

您说得很对，应该有一个不存在"它"的汉学研究。荀子说："以学心听，以公心辨。"① 经过长时间的交流、交锋乃至碰撞，顺畅的交流总会出现的。反过来说，因不同文化背景而产生的视角及观点的差异，其存在本身就是有重要价值的。同时，文化上的感同身受，不一定就意味着好的研究，这也是应当承认的。尤其是在"全球化""地球村"旷古未有的全人类大相遇的时代，各文化人群的历史文化遗产研究必然会出现不同视角的观察与研究。各文化背景下的学术，也只有经由广泛的交流获得相互理解与借鉴。

读您的《兴与象》，感触最深的是《知之不如好之，好之不如乐之》、《仁之思也清，知之思也怅》和《何谓"中中学术"？》；受教最大的是您的《先秦时代"书"之传授》和《简论"阅读习惯"》。首先从中能深切感受到您的诚挚，您沟通中西两方面的良苦用心，真可谓："汲汲鲁中叟，弥缝使其淳。"② 还有就是您讲究证据的治学精神。先秦时期黄河流域的古人

---

① （清）王先谦：《荀子集解》，沈啸寰、王星贤点校，中华书局，1988，第502页。

② （晋）陶渊明：《饮酒·二十》，王瑶编注《陶渊明集》，作家出版社，1956，第70页。

是否有书写能力，是否只有口传，这实在是一个实证问题，不是个理论推导问题。也就是说，不能以先入为主的某些"理论"横加推导——有放之四海而皆准的理论吗？"帕里—洛德"理论①的确很了不起，其研究方式很有启发意义，但拿它探讨《诗经》的表现②，我觉得就远不如拿它去考究宋元以来"说书人"的"评话""大鼓书"的唱词更合适，起码在艺人和听众都属于市井之人、较多"不识字"这一点上，有相似之处。至今仍流行的评书或大鼓书，在讲究讲故事——如战争场面、英雄人物的长相打扮方面，都是有相对固定的套路的，掌握了这些，再知道故事的梗概，就可以用那些套路的"活儿"开讲了。说到底，方法论即本体论，方法的有效性建立在对研究本体（即研究对象）的深入了解之中。跨越文化地使用方法，必须慎之又慎，如此才可能有好的效果。

英国哲学家怀特海（Alfred North Whitehead）曾有"概念误置"的说法，很可引为戒律。《钟与鼓》之外，像流行在中国汉魏文学史研究中的"文学自觉"说，大概都有"误置"的嫌疑，"自觉""不自觉"是个哲学性质的问题，怎么能用以圈定一段时间里的所有文学现象？拿"口传"说看《诗经》，拿"文化记忆"理论③说先秦书写，拿福柯的"作者"理论说"大史公"，新颖、震烁，也颇让人有"其然，岂其然哉"的疑问。您在《兴与象》中的《先秦时代"书"之传授》对"口传"的反驳是有力的。④但是，经验告诉我们，有时让一个学者改变一下看法，不比搬山容易多少，在这一点上好像又不分国界。可是还得有人做"移山"的"愚公"。中国学者喜欢用"通假字"解释新出文献上的字，也是一个其来有自的老法子。您的反驳，举证也是有力的，通假现象，无疑是有的，但不可过度以"某通某"解释一些疑难字。这是一个"度"的把握问题。

读您上述的文章，我注意到两大焦点：其一是信古还是疑古（其实在

---

①　编者注：〔美〕帕里（Milman Parry）博士论文首先提出"古代希腊的游吟诗人荷马作的史诗《伊利亚特》和《奥德赛》都包括许多格式套语"，其学生洛德（Albert B. Lord）发挥了这个"口述文学"概念，参见 *The Singer of Tales*（《故事的颂吟者》），哈佛大学出版社，1960。

②　编者注：指王靖献《钟与鼓：〈诗经〉的套语及其创作方式》，谢濂译，四川人民出版社，1990，第41~71页。

③　编者注：此处所指理论出自〔德〕扬·阿斯曼（Jan Assmann）《文化记忆》，金寿福、黄晓晨译，北京大学出版社，2015。

④　〔美〕夏含夷：《兴与象：中国古代文化史论集》，第163~178页。

冯友兰早期的书中还提到一个"释古"派，他是分了三派的。"释古"一派，在今天也颇有其人）。其二是治中国古代学问有无"中外"之别。

"中外"之别是会有的，研究者文化背景不同，看问题总会有差异。但如果都抱着求真理的态度，研究对象相同，大家总会有共同的理解。老前辈汉学家芬格莱特、史华慈的不少见解，就是被中国的同行接受的。至于"疑古"还是"信古"，当信则信，当疑则疑，本来不是问题，可恰在这件事情上问题很大。非常令人诧异的是，何以一说中国文化时间长，就是"爱国""沙文"①。长不长，也是不以人喜欢不喜欢而改变。长，就意味着荣耀？在 80 年代，"中国封建时期何以这样长"曾是学术界流行的问题，被广泛讨论。"长"在当时绝对不是被当作光荣的事情的。从教授的文章中可以读到，美国的许多汉学家都是读着顾颉刚、胡适的书成长的，在中国"古史辨"的"疑古"也是影响了几代人，一直到我们上大学的 20 世纪 80年代初，还读到有人这样说："读古书，不了解古史辨，就不上路。"

读上述蒙文通先生的文章，时常可以感受到康有为《新学伪经考》《孔子改制考》给他的刺激。李学勤先生提出"走出疑古时代"②，也当如此看吧。其实，在李学勤先生之前，已经有学者对"古史辨"作出反思。例如顾颉刚先生的高足老前辈杨向奎先生，在多年前就写过思考"古史辨"的文章③。其实就是在"疑古"流行时，也是有独立思考的。以《老子》为例，在 20 世纪 80 年代，就是在"疑古"思潮还有很大影响的时候，就有詹剑锋教授《老子其人其书及其道论》的问世，多方考证《老子》年代说法的可信。郭店简出土后大量讨论文章问世，就我所见，却很少有谁提起詹教授，令人奇怪。总之正像您文章所说，中国学术界人很多，不是铁板一块。"疑古"思潮有教训，"走出"也应当戒惕。"疑古思潮"可以"走出"，怀疑精神则不可失掉。

当时"疑古"思潮的出现，大背景是"反封建"，也是属于"五四"精神的。然而，"反封建"的作用有多大尚需考量，"反古书"的"作用"

---

① 编者注：此处回应夏含夷《知之不如好之，好之不如乐之》："我担心，在内心深处担心，在西方，在中国研究方面，现在有一种露骨的偏见。……这种偏见纠缠不休的是什么呢？无非是我们的中国同行，他们离其研究领域太近，在里面陷得太深，也太沙文主义，以至无法保持学术上的客观。"〔美〕夏含夷：《兴与象——中国古代文化史论集》，第 312 页。

② 李学勤：《走出疑古时代》，长春出版社，2007，第 1～10 页。

③ 杨向奎：《论"古史辨派"》，《杨向奎集》，中国社会科学出版社，2006，第 368 页。

之大却十分明显。李学勤先生提出"走出"，好写短文的他，也没有好好说明他的思路（比较一下《古史辨》第一册顾先生的长篇大论的自序，李先生的说明就越发显得简短。或许李先生有说明，我没看见）。就我个人的理解，李先生说法的合理性，其实是在文献考究的层面上。在这个层面应该"走出""疑古思潮"，小心谨慎地"释古"。这原本只是个学术问题。至于在学术之外是不是含存着什么意思，就难保、难说了。往学术里掺杂一些额外的东西，中国学者有，海外学界同行也难说并无此弊。这事情的解决，靠学者的学术自律，靠健康的学术批评。读您的《何谓"中中学术"》①，读得人心惊肉跳的。中国文化千百年是否为"连续"的，这还是一个实证问题，不是理论问题。正如您文章所言，汉字自商代至今还在使用，这就是一个有力实证。至于您文章所提到的那些人的看法，即承认中国古老悠久，就是"爱国"乃至"沙文"云云，我感觉：这样说中国学者，是他们对中国学术从业者的基本面缺乏了解。近读德国汉学家顾彬（Wolfgang Kubin）教授一篇《语言帝国主义》②的散文，他不无讽刺地这样说：在某些国家的学者那里，若你不会用英语写作，就等于不存在。另外他对中国学者不学外语的批评，也是触及当今中国学术界的一个明显缺憾的。当今中国学术界的主要成员是 20 世纪 80 年代成长起来的一批人，由于生活的限制，他们用英语写文章的实在是很稀少。这方面，1990 年后出生的一批学者就好得多，他们可以留学海外，英文一般都不错，起码对欧美及其他海外汉学研究有近距离的接触，相信他们与海外同行的交流会更加顺畅。总之，借历史悠久讲爱国主义，甚至是带上了"沙文"情绪的学者，有，但就我所了解，这不是 80 年代成长起来的一代学人的基本面。当然，以海外汉学家同行视角，他们一定还有各种的缺憾，甚至被感觉不那么"现代"，但是，若因此就等于"沙文"，就难免"屈枉""不谅人只"了。

至于您所谈到的史嘉柏教授的看法，应该承认，我对他缺乏了解，看您的引文，也实在不明白他要说什么。把中国学问与"历来"中国人摘开，又何必呢？中国文化毕竟不是古代埃及、古代巴比伦文明。我不知道在史

---

① 〔美〕夏含夷：《兴与象——中国古代文化史论集》，第 329 ~ 345 页。

② 编者注："目前英语是国际学术的语言。一个学者如果不用英语写作，他就等于不存在，在英语国家人的眼睛里不存在。不少人觉得英语是容易学的。不对，好的英语非常复杂，特别是牛津的。如果不符合它的水平，英语国家不接受英文写的作品。"〔德〕顾彬：《语言帝国主义》，《南方周末》2016 年 9 月 16 日专栏。

嘉柏教授心目中，是否如曾经流行过的看法一样，认为中华古代文明是"死了的"（在中国，胡适的"整理国故"，就有些打点死者遗物的意思）。而且他的观点要成立，还得证明后来"历代中国人"对古代文明看法都是错误的。一座山峰如喜马拉雅，从南坡可以爬，从北坡也可以爬。学术有好坏，却不一定以是不是"历代中国人"来判别的。

夏含夷：李教授，您可真厉害，您读的书比我多很多，包括欧美汉学家的作品和哲学家的理论，更不用说中国书，无论是古书还是近现代学术作品。譬如说，您提到蒙文通的贡献，我虽然早听说了，可是从来没有看过。专业的书我大概都看过了，可是我对通论性著作的阅读比较落后。

读的书和语言能力当然有一定的联系。您说80年代成长起来的中国学者，用英语写文章的很稀少，1990年后出生的一批学者，就好得多，他们可以留学。据我的经验，这个说法一点也不错，现在在中国国内，年轻学者对外国学术现状很熟悉，这和前一辈学者迥然不同。40年代到70年代成长的学者们由于种种原因与外面隔开，没有多少机会学习外语，也看不到外文书。奇怪的是，这是一种后退。很多20、30年代成长的学者的外语很好，他们很多是在传教学校受教育的。我听说，洪业（William Hung，1893～1980）在30年代于燕京大学教书的时候，学生读中国古书的时候一定要翻译成英文。恐怕连现代年轻学者也达不到这样的英文水平。

西方学术界也经过了类似的演变。19世纪末20世纪初有一些洋人长期住在中国，诸如剑桥第二位汉学教授翟理思（Herbert A. Giles，1845～1935）从1867年到1892年在英国驻中国大使馆工作，甲骨文大师金璋（Lionel C. Hopkins，1854～1952）从1874年到1908年也一直在中国，更不用说福开森（John Calvin Ferguson，1866～1945），从1888年到1943年在中国生活了半个多世纪。虽然如此，从40年代开始就大不一样了。我的导师倪德卫（David S. Nivison，1923～2014）是很典型的例子。倪教授于1940年进入哈佛大学，本来想学习拉丁文和希腊文的古典文学，但是1941年，美国投入了第二次世界大战，他就去当兵了，因为他有语言天赋，就在美国军队情报局翻译日本军队的情报。战争结束以后，他回到哈佛，转到汉学专业。于1948年，还没有获得博士学位的时候，他就开始在斯坦福大学教书。由于当时的政治情况，倪德卫直到1981年才第一次访问中国，虽然他古代汉语的阅读能力非常强，可是连一句汉语也说不出来。在他那一辈的学者当中，他并不是孤例。

幸亏，现当代西方汉学家的汉语会话能力越来越好，他们对中国学术界也越来越熟。我自己在这方面得了不少"便宜"。如前所说，我于70年代在台湾留学三年，当时我的中文沟通能力已经不错。在80年代中国开放了以后，我也有很多机会去中国大陆，认识了很多同行学者们。这个不用多说，上面已经提到了。

除了语言能力以外，您也提到西方学者和中国学者的教育背景不同。中国学者研究中国传统文化的时候，不但必须专门学习一个学科，并且也要专攻一个时期。一般的西方汉学家不一样。我们在大学里常常是唯一的汉学家，或至少是少数教授之中的一位，学生需要什么样的课程我们都要教。我自己还好，一直能够从事中国先秦文化史研究，教过甲骨文、金文、简帛、《周易》、《尚书》、《诗经》、《左传》、《论语》、《孟子》、《老子》等专课，也教过中国考古学、中国上古史、西方汉学学术史等普通的课。从一方面来看，这是一个短处，这样就使我做的研究很杂，但是从另一方面看也是一个长处，我可以从很多不同的角度思考问题。

中国和西方学者的另外一个不同是所谓的"家法"。一般来说，中国学者会信从他们的老师。这当然有好处，但是也有坏处。学术有一代一代的传承当然是应该的，但是这样很难产生新的看法。当然，新的看法不一定对，但是我们也要知道老的看法也不一定对，老师的看法也不一定对。再举一个例子，我和倪德卫教授辩论了中国上古年代学三十多年了，有的时候看法一致，有的时候争论得相当厉害，谁也说不过谁，直到先生过世不久之前，我们仍然在辩论。我觉得两个人都从中得到了一定启发。

李山：谢谢您的夸奖！夏教授的博学我也是很佩服的。关于您说到的"家法"我也想补充几句，西方哲人说"爱真理甚于爱我师"，中国孔子说"当仁不让"。可是，中国学者如果对老师的看法有不同见解，一般也是含蓄地说，甚至是不提。对老师不满，一般也是私下说。尽管有人对"为尊者讳"进行过严厉的批评，可习惯上还是如此。这一点确有差异，也当改变。基本也如您所说，中国的老师专业分工很强，不过年轻的教师也会教些别的，比如古代文学的通史课，有不少年轻老师都上过，起码我们当年轻老师时如此。大概五六十年代的老师，也是通着教的，所以有些老前辈的学术论文集几乎涵盖整个文学史。这也实在是有其好处的，起码视野宽一些。

此外您提到的语言沟通的确是大问题。80年代成长起来的一批中国学者的外语状态就不说了，这些年也常见一些包括德国、美国的汉学家同行来做讲座、开会。一般来说，"本尊"来了，是当面请教、"疑义相与析"的好机会，可是往往未必理想——能畅快地用汉语表达自己的，在汉学家中实在少见。每到此时，我就深感自己的外语水平是个短板，不能用海外同行的语言交流。顺畅而清楚地说清自己的想法，说明自己文章何以那样写，对了解双方各自的差异，减少分歧，是多么重要啊，可惜往往却被语言的障碍拦住了。

主持人：通过二位先生的问答，我们对海外汉学在中国近三十年的学术界所起到的作用有所了解。回到这次笔谈的主题《诗经》，能否请二位先生谈一谈，如何理解《诗经》的文化地位和作用，今天我们能在多大程度上理解《诗经》及其历史真实？并希望二位先生谈一谈《诗经》研究在各自学术进路中的意义或价值指归。

李山：《诗经》的篇章大体产生在距今三千年到两千五六百年这段时期。这是古代中国文化发育很重要的一段。读《诗经》，可以了解如下几个方面：古人对人与天地自然关系的理解，对上（贵族上层）、下（一般国人）关系的认定，对"家"与"国"关系的理解，对"我"与其他族群（如猃狁）战争关系的处置方式等。从这几个方面，就可以大体了解一种文化的内涵与特质了，假如我们就以上几个方面观察《荷马史诗》及许多的古希腊悲剧，得到的认知绝对有很大的差异。即以《诗经》的农事诗篇而言，如果读《豳风·七月》时，与古希腊赫西俄德的《工作与时日》做一点对读，人如何看待自然，看待自然与"我"，其间差异还是很大的。至于讲述周人历史的诗篇，虽然也有不少中国学者称之为"史诗"，可是若将《大雅》中的《生民》《公刘》《绵》《皇矣》与古代希腊、古代印度的"史诗"相比，差异岂止千万里！这些，都是文化人群、人文性格的差别。《诗经》被称为"卡农"式的经典后，读者不断研读它，因此对后续文化人群的影响有多大，应该是怎么说都不过分的。例如儒家的"慎独"说，就来自诗经《大雅·抑》"尚不愧于屋漏"①的句群，可是，《诗经》是有神的，到了儒家，就引申之成为一个重要的哲学概念。至于这部经典对中国后来诗歌的影响，就更是一言难尽。

夏含夷：谈到第二个问题，现在很少有人相信存在着一个"历史真

---

① （唐）孔颖达等：《毛诗正义》，（清）阮元校刻《十三经注疏》，中华书局，2009，第1197页。

实"。朱熹关于《周易》有很精彩的说法，即"孔子之易非文王之易，文王之易非伏羲之易"①。这个道理不仅适用于《周易》，也适用于《诗经》：孔子之诗非文王之诗，也非毛亨之诗。但是不仅如此，我们更可以说孔子之诗也非子夏之诗，毛亨之诗也非郑玄之诗，也就是说《诗》的不同并不仅仅是代际差异，同时代的人所看到的《诗》也有不同。所谓的"不同"包括多个层次，有的是版本的不同，有的是理解的不同，但是都产生了重要的差别。我们可以说没有任何"一本"《诗经》是真实的《诗经》。

这并不是说我们无法研究《诗经》的历史，而只是说没有一个唯一"正确"的文本或"正确"的解释。有的文本可能就某一时代或某一历史环境而言更为可靠，有的解释可能更有助于说明诗的含义，但是这不排除其他文本或其他解释的价值。

关于《诗经》研究在我自己学术进路中的意义，这个问题也不容易回答。我自己的学术路子已经不短，也不是一条坦途，相当波折。我早年研究铜器铭文的时候，以为《诗经》是一个语言学资料库，然而研究《周易》的时候就颇看重《诗经》的宇宙观。无论如何，我一直对《诗》的形成和早期传授最感兴趣。这一点，之后我们再继续展开讨论。

李山：与甲骨文相比，《诗经》内涵更丰富，与《尚书》相比，《诗经》篇章更含情，因而更方便了解古人的内心世界。有趣的是夏教授《兴与象》里一些文章，还将《诗经》的某些篇章意象与《易》联系起来，从而别开生面。例如"鸿"的意象，既出现于《易》也出现于《诗》，时代相同，可以作互通的解释。②只是对于诗篇一出现"鸿"，就意味着都与男女婚配相关的观点，我却有些不同看法。不过，在此这属于枝节问题，先不谈了。

我同意教授关于"真实"的看法。有人说近几十年来的文学乃至史学的危机来自语言学。语言是表达，也是"过滤"，至于怀有特定目的的历史书写，就不仅是"过滤"了。如《诗经》表现自己的始祖后稷，称颂他"克配彼天"。可是，《左传》《史记》都说从周人始祖到周文王才十五辈，始祖却可以出现在尧舜的庙堂为农官"立我烝民"，明显有"野孩子认父亲""暴发户造家谱"的嫌疑。可是，这里也有可追究的"真实"，那就是

① （宋）黎靖德编《朱子语类》，王星贤点校，中华书局，1986，第1648页。
② 〔美〕夏含夷：《兴与象——简论占卜和诗歌的关系及其对〈诗经〉和〈周易〉的形成之影响》，《兴与象——中国古代文化史论集》，第1~19页。

周人何以这样说，这样说的目的是什么。现代人与古人读经典的一个重要差别，应该就是对"真实"别有看法。

《诗经》近年出现了一些新的材料，如"阜阳汉简""安大简"等，对于研究《诗经》的文本变化，帮助很大。最近海昏侯墓葬又发掘出了西汉的文本，对于了解"经学时代"的《诗经》今古文的异同，将会有很大帮助吧。

主持人：关于上古文献的传播更依赖于口头媒介还是书面载录，或者说书写传统的可靠性问题，一直是近年引发较多争议的话题。近年来，通过"音近讹误"等现象切入的研究已不限于《诗经》等韵文体裁，也被广泛用于处理《尚书》和《春秋》三传等散文体式的生成问题。那么，"口头传统"或"口述文学"的研究范式是如何被引入中国上古文献研究的？它能在多大程度上解释先秦传世文献的异文问题？在文献"稳定性—不稳定性"的二元对立结论之外，口述理论还能为我们提供什么样的思考方向？

夏含夷：关于"口述文学"和"书写文明"的问题也挺大，近年来激发出了不少研究工作，包括我自己的几篇文章，但是不知道到底有多少成就，对它们之间的互相影响有多少新认识。我们都知道古人像后来每一代人那样，都会说话，话语是最基本的交流工具，这大概是没有人可以否认的。虽然如此，我们没有证据指向口述文学的因素。这个问题提到"音近讹误"，有人说是口述文学的证据，可是我不以为然。这个现象传统称作"音近通假"，有很多因素都可以造成这个关系，有的肯定是口述的，但是我们也不能排除书写的不同习惯。我觉得"形近讹误"更能说明问题。形近讹误大概只能是在抄写过程中造成的。连最积极宣传口述文学理论的柯马丁（Martin Kern）先生也承认了这一点。在他很有影响的文章《方法论反思：早期中国文本异文之分析和写本文献之产生模式》里说：

> 这种假想如何解释文本中存在的即使是数量很少的抄写错误？就算一个写本中只包含唯一一个显然是书写者犯下的错误，这个孤证也足以证明存在着直接复制的过程。[①]

柯马丁不太情愿地承认了这一点，他还提出了一个条件：

[①] 〔美〕柯马丁：《方法论反思：早期中国文本异文之分析和写本文献之产生模式》，陈致主编《当代西方汉学研究集萃·上古史卷》，上海古籍出版社，2012，第379~380页。

但是我们不能将"抄写错误"随意地解释为书写的错误，除非我们可以通过间接证据或者某个写本被复制的信息对此加以证实。①

也许在柯马丁写作此文英文原文的时候（即 2002 年），这样的条件还很难证明，然而地不爱宝，最近二十年以来有不少证据确凿无疑地证明了写本的复制，最明显的例子是清华简《郑文公问太伯》的甲乙本。正如清华大学的编者马楠所指出的，两个抄本"系同一书手根据不同底本进行抄写，为目前战国简中仅见的情况"②。《郑文公问太伯》不应该是孤例，现在所有的证据都说明战国时代大多数的文本同样是根据底本抄写的。

如果从书写的一般情况回到《诗经》，再谈口述文学和书写文明对其传授（特别是其传授过程中"稳定性—不稳定性"的问题）有着怎样的影响，就不容易下一个定论，我们还缺乏足够的证据做出很全面的论述。虽然如此，从安大简来看，在不晚于战国中期的时候相当一部分《诗经》的形式已经非常稳定。当然，就连战国中期距《诗经》的编纂时代也已经有两三百年，更不用说 305 篇的创作年代。我在《出土文献与〈诗经〉口头和书写性质问题的争议》这篇小文里，论证了《诗经》某几篇和西周铜器铭文比较相似，铜器铭文肯定是书写的，因此《诗经》至少那几篇也应该是书写的。③ 如果有几篇诗是书写的，那么其他的诗也可能是书写的。当然这一点没有铁证，但是肯定也没有反证。

李山：夏教授的那篇以清华简《祭公之顾命》为例的《先秦时代"书"之传授》，对这个问题已经做出了很重要的回答。像《尚书》尤其是"周初八诰"那样佶屈聱牙的文字，说是"口传"，就很有"不读书"之嫌疑，这所谓的"书"，指的是大量的西周金文，早期金文也是佶屈聱牙，风调一致。西周人能在金属上写字，推想他们要口头去传承那些《尚书》篇章，就太匪夷所思了（汉初的伏生向人口授他记住的那些《尚书》篇章实出不得已，而他能记住那些篇章，应该是"熟读"的结果）。

关于"口传"及"稳定性—不稳定性"的讨论有一个衍生的结论，就

---

① 〔美〕柯马丁：《方法论反思：早期中国文本异文之分析和写本文献之产生模式》，陈致编《当代西方汉学研究集萃：上古史卷》，第 380 页。
② 李学勤主编《清华大学藏战国竹简（陆）》，中西书局，2016，第 118 页。
③ 〔美〕夏含夷：《出土文献与〈诗经〉口头和书写性质问题的争议》，孙夏夏译，《文史哲》2020 年第 2 期。

是"《诗经》不可断代"① 的提法，对此我想说一点看法，请夏教授教正。

谈到《诗经》，就现有的文献（包括大家都在期待海昏侯墓葬的《诗经》文献，就整理者的零散的介绍）而言，传世《诗经》文本大体是可信的。安大简出现，网络"标题党"闹了半天，看竹简文字，也只是与传世本局部上互有优劣而已。说到《诗经》的断代，其实又关系到《诗经》在先秦是否写定的问题。西周金文可以断代，那是因为它们被刻写，且很多是写成后即埋入地下，未经后人扰动。《诗经》呢，尽管有战国时安大简部分原文抄写本，有《孔子诗论》对诸多诗篇相当广泛的言说，可是，若不对"口传"有合理的理解，就很难反驳"不可断代"断言，也很难为"可以断代"立下基础。

首先，读《诗经》的"雅颂"，与国风中大多数篇章语言风调上差异明显，是可以感觉到的。进而在《雅》《颂》诗篇内部，如果花些功夫诵读涵泳，近三百年的诗篇的前后不同，也是可以感觉得到的。很怀疑那些坚信"《诗经》不可断代"的专家是否像对唐诗那样，对《诗经》也下过这样的苦功。您在《古史异观》中曾提到一种"历史语言学断代法"，即以语词（包括实词、虚词）为单据观察作品的年代方法②，这样的方法，也曾见中国学者用以讨论一些小说（如《红楼梦》的作者）问题，甚至在一本名为《大众科学》的书里，也可以读到这种"指纹断代法"，书中称其为文学中的"数学方法"。较诸以艺术风格之类判断文学作品的时代，当然是客观性更强。说到《诗经》，特别是《雅》《颂》篇章，实际也可以用历史语言学判断其年代。这里我想举一个例子，未必恰当，就是"子孙""孙子"的这个用语变化的证据作用。

《诗经》时代的周贵族，子孙意识极强。金文和《诗》篇中"子孙"

---

① 编者注："我同意柯马丁的很多意见，比如《诗经》是没有年代的。首先，没有任何证据表明汉以前《诗经》曾被作为一个整体记录过，我们可以猜测它曾经被记录过，却在秦火中焚毁了，但也可能是到比较晚的年代才出现了集合本。我觉得当时的人在没听过《诗经》之前是记录不下来的，得先有人记住诗的内容，解释给你听，然后你才能从所知的字库中找到对应于你听到的读音的汉字，艰难地记录下来。在汉以前，可能很多人都能把《诗经》背得很熟，以至于不需要文本的记录。想一想，如果《诗经》一直是一种口头文本，又是用古老的方言传诵的，如果语言变化了，那么文本的内容也会跟着变化；在传播的过程中，如果有人不明白某些小地方的意思，他可能就会按照自己的理解添加些声音相似的音……所以这不是一个固定时刻写成的文本，而是属于一段相当长期的传播和诠释的历史。"盛韵：《宇文所安谈文学史的写法》，《东方早报·上海书评》2009年3月8日第2版。

② 参见〔美〕夏含夷《略论今文〈尚书〉周书各篇的著作年代》，《古史异观》，上海古籍出版社，2005，第320~326页。

"子子孙孙"等很多。尝见四川大学的彭裕商教授在其有关器物年代的著述中说到这样一点：金文中出现"子孙"类祝福意识的年代，不会太早，就是说不会在周人建立王朝后最初十几年甚至数十年之内。[①] 作为王朝的新贵族，他们的子孙意识渐强，需要一点时间。这样的说法，验诸金文的实际，还是颇为合适的。回到"子孙"这个词语，在成百上千的"子孙""子子孙孙"中，竟有那样一些铜器铭文，不说常见的"子孙"，而说"孙子"、"孙孙子子"以及"世孙子""百世孙子"。我曾用了一点时间在中华书局出版的《殷周金文集成》、《近出殷周金文集录》和《殷周金文集成引得》等书中，一一考核这些出现"孙子""孙孙子子"的金文的年代，有二十几件是学者已明确地判断为西周中期的。还有一些被标为"西周早期"的器铭，西周早期也有七十年左右的时间，这些所谓"早期"的器物，也是多为更接近"中期"时段的制品。综合起来可以判定，这些"孙子""孙孙子子"等嘏词，其流行正在西周的昭穆之际。至西周晚期，还可以见到这样的情形，但情况也有所不同，同一篇铭文因写在不同器物上，有的写为"孙子"，有的却变成"子孙"了。就是说，是"孙子"还是"子孙"，在晚期制作器物时，已经不是很在意了。

拿这样的语词变化现象去看《诗经》的篇章，如《大雅·文王》"文王孙子，本支百世"[②]，看《商颂·玄鸟》"武丁孙子，武王靡不胜"[③] 之类，其年代也就大致有了眉目，起码对《大雅》《商颂》年代的旧说，是一个冲击。这只是举其中一个例子而已。这里要说的重点是：西周的《雅》《颂》诗篇在语言层面居然可以与西周金文存在证据性的关联。也就是说，我们可以将《诗经》的《雅》《颂》篇章与最可信据的金文语言相对比，从而找到一些诗篇的时间证据。这也是当我听到"不可断代"说之后，不以为然的缘由，进而疑心这类言论的持有者究竟对《诗经》的文本所含的语言现象是否做了认真考究。

不过，说《诗经》是"口传"的，又未尝没有道理。很难想象在《诗经》特别是《雅》《颂》各篇问世的年代，就写成文本以供使用或流布（制词的目的就是配乐演唱），而至今也确实未见写在西周铜器或者其他什么材料上的诗篇（《诗经》个别句子是有的，如"日就月将"句，就与另外

① 彭裕商：《西周青铜器年代》，巴蜀书社，2003，第 255、258 页。
② （唐）孔颖达等：《毛诗正义》，（清）阮元校刻《十三经注疏》，第 1084 页。
③ （唐）孔颖达等：《毛诗正义》，（清）阮元校刻《十三经注疏》，第 1344 页。

的一个四言句配合出现在铭文里。可这是孤证)。可是，若把《诗经》的"口传"当成"帕里—洛德"理论意义下的"口传"，则很可能就是谬以千里了。《诗经》的《雅》《颂》篇章多用于庄重的典礼、神圣的宗庙等场合。而且，与《尚书》不同，其歌词是配乐演唱的，就是说，《诗经》大多数歌词是伴着旋律由耳入心的，诗句与旋律的相配，对记忆应该是更有效的吧，其听众最初也主要以周贵族为主。宗庙祭祀以及一些典礼上，唱错了歌词，做错了动作，把典礼弄砸是要死人的。这在一些原始部落都有这样的事情。《诗经·小雅·楚茨》篇也有"礼仪卒度，笑语卒获"①的句子，表明的是典礼中不论是动作还是言说（包括歌唱在内）都是万不可马虎的。

王朝重大的神事活动一定是有专业人员参与的。在《小雅·楚茨》谈到"工祝致告"②，人神交通就是由他们来办的。工祝负责人神交通，典礼不是谁都可以说话的，居然就有位汉学家同行把《楚茨》当作轮流发言的"表演"，不知怎么想的。③ 在《仪礼》的一些文字中，可以看到"夏祝""商祝"，大概也是典礼上的同类人员。回到《诗经》，《周颂·有瞽》言"有瞽有瞽，在周之庭"④，合理的解释就是这些在"周庭"的"瞽"，是外来的。于是《礼记》言"瞽宗，殷学也"⑤ 就不可轻易忽略。《有瞽》的诗篇还专门写到这些瞽人艺术家来到周庭演奏音乐，"喤喤厥声，肃雍和鸣，先祖是听"⑥，即他们的歌乐是祭祀用曲。在《大雅·灵台》篇中，也有对"蒙瞍"（其实也就是"瞽"）艺术活动的表现，诗称他们在辟雍"於论鼓钟"⑦，也就是演练乐曲，在"辟雍"则表明也是用于祭祀周人祖先的。

这些瞽人还见于《周礼·春官》关于"大司乐"及其下属音乐舞蹈教学

---

① （唐）孔颖达等：《毛诗正义》，（清）阮元校刻《十三经注疏》，第 1006 页。
② （唐）孔颖达等：《毛诗正义》，（清）阮元校刻《十三经注疏》，第 1007 页。
③ 编者注：参见〔美〕柯马丁《作为表演文本的〈诗经〉：以〈小雅·楚茨〉为例》［"*Shi Jing* Songs as Performance Texts: A Case Study of 'Chu Ci'," *Early China* 25（2000）：49 – 111］。另，柯马丁在近期论文中部分否定了此前论点："由此，我决定推翻我在八年前出版的研究中的观点，即把这首诗视为真正的表演文本。现在我认为它是东周时期纪念文化的一部分。"参见柯马丁《从青铜器铭文、〈诗经〉及〈尚书〉看西周祖先祭祀的演变》注释 94，《国际汉学》2019 年第 1 期。
④ （唐）孔颖达等：《毛诗正义》，（清）阮元校刻《十三经注疏》，第 1281 页。
⑤ （唐）孔颖达等：《礼记正义》，（清）阮元校刻《十三经注疏》，第 3230 页。
⑥ （唐）孔颖达等：《毛诗正义》，（清）阮元校刻《十三经注疏》，第 1282 页。
⑦ （唐）孔颖达等：《毛诗正义》，（清）阮元校刻《十三经注疏》，第 1130 页。

活动的记载中。在这篇文献中，"瞽宗"作为一种学术机构，负责教授"国子"（周贵族子弟）"乐德"、"乐语"以及"乐舞"等，颇像今天的一些音乐学院，若说这些"瞽宗"的"教授"们也会赋诗谱曲乃至编舞，应该是事实吧。另外，《周礼》关于这一系"大司乐"职官的记载还有"大师""大祭祀：帅瞽登歌，令奏击拊"①，"乐师""及彻，帅学士（应即国子）而歌彻"，明确记录了他们于祭祀典礼场合中歌唱的职责。诗篇的传承，正有赖于这样一批专业人士。他们多为失明者，按照感官互补的原理，他们耳音感觉好，适宜音乐歌吟，他们的身份不高，可是他们身上的艺事却关乎周家的祖宗神灵，关乎重大典礼。他们的境地，颇有点像美国电影《绿皮书》中那位黑人艺术家。在记忆诗篇上，假如西周较早的一些诗篇一旦制作，便经这些人"於论"演练并教习那些"国子"，由于性命攸关，这些侍奉周贵族的专业人士就不会让自己的记忆出错，代代相传，就是到春秋礼坏乐崩时，只要周贵族能养活他们，他们就原字原句稳稳地口耳传承诗篇及其歌乐，是不是用书写的材料写下来，与他们不相干。他们可能是柏拉图式不相信书写技艺的人②，他们从来都是靠一字不差的诵唱来侍奉那些贵族听众，因为在他们，弄错了——对不起，轻则被责，重则有性命之忧。

当诗篇一定要写下来时，即意味着这批专业人员已失去生存的依靠。《论语》："大师挚适齐，亚饭干适楚，三饭缭适蔡"③，说的就是贵族典礼的专业人员失业、再就业，这其实很可能就是延续数百年的一个行当、专业的消失。原先的诗篇是写在这些艺人的记忆里的，这些人员职位难保，诗篇的传承就需要写在竹帛上了。他们的记忆，于是落在书面上。

我这是从现有文献做的一点推论，目的是要解决一个困惑：《诗经》西周

---

① （东汉）郑玄注，（唐）贾公彦疏：《周礼注疏》，（清）阮元校刻《十三经注疏》，第1719页。

② 编者注："所以自以为留下文字就留下专门知识的人，以及接受了这文字便以为它是确凿可靠的人，都太傻了，他们实在没有懂得阿蒙的预测，以为文字还不只是一种工具，使人再认他所已经知道的。……你可以相信文字好像有知觉在说话，但是等你想向它们请教，请它们把某句所说的话解释明白一点，它们却只能复述原来的那同一套话。还有一层，一篇文章写出来之后，就一手传一手，传到能懂的人们，也传到不能懂的人们，它自己不知道它的话应该向谁说和不应该向谁说。如果它遭到误解或虐待，总得要它的作者来援助；它自己一个人却无力辩护自己，也无力保卫自己。"（〔古希腊〕柏拉图：《斐德若篇》，商务印书馆，2018，第74~75页）

③ 《论语·微子》："大师挚适齐，亚饭干适楚，三饭缭适蔡，四饭缺适秦，鼓方叔入于河，播鼗武入于汉，少师阳、击磬襄入于海。"（三国魏）何晏集注（宋）邢昺注疏《论语注疏》，（清）阮元校刻《十三经注疏》，第5497页。

时期的《雅》《颂》篇章，居然是可以与西周金文在语言的诸多层面对得上的。假如是口传的随传随改，就难以理解了。总之，说《诗经》不可断代，有悖于《雅》《颂》诗篇的语言与西周金文之间存在可以验证的事实。

很想听听夏教授在这件事情上的理解。

夏含夷：《诗》三百篇的断代是个极为复杂的难题，包括诗歌原来是什么时候、怎样创造的，也包括是怎样传授的，传授过程产生了什么样的变化，有多少变化才可以算是同一首诗。譬如，以清华简为例，我觉得《周公之琴舞》的《敬之》和《毛诗》的《敬之》只有个别文字的不同，并且这些文字不同大多数仅仅是通假字或者不同书写习惯产生的，两个文本可以视作一首诗。与此不同，《耆夜》的《蟋蟀》和《毛诗》的《蟋蟀》虽然都以"蟋蟀"为主要兴象，两个文本表面上都有比较相似的构造，但是主要内容仍然不同。有人讨论哪一首早，哪一首晚，其间有什么相应关系，恐怕不如视之为两首诗。关于这一点，我和李山教授的看法基本一致，至少是大同小异。

我也同意李教授怀疑那些说"《诗经》不可断代"的专家。我觉得我们首先可以不从《毛诗》，把包括《周南》和《召南》在内的很多诗，说成是周文王、武王时候的作品，更不用听从一些人说《商颂》是商代的诗歌。估计我和李教授的断代也是大同小异，即《周颂》最早，接着有《大雅》《小雅》，《国风》和《商颂》《鲁颂》最晚。虽然如此，我和李教授的"小异"也不能说不重要。最重要的不同，可能是我们的把握和态度。从李教授几篇文章中，我所得到的感觉是您对《雅》《颂》诗篇的时代很有信心，说像《大雅·文王》这样的史诗是西周中期穆王或共王时代作的。李教授在《西周穆王时期诗篇创作考》的长篇文章中说《周颂》作于西周中期，我基本赞同，然而接着说《大雅》诸多诗篇也是那个时候创作的，说"诗篇的总体特征又与西周中期诗篇无二，放在周穆王时期还是没有什么问题的"①，恐怕我宁愿采取比较保守的态度。您在另外一篇文章即《〈尧典〉的写制年代》中，利用对《诗经》的这种断代，更进一步说《书·尧典》也是穆王时期写制的②，恐怕我完全不能赞成。在这篇文章里，李教授以我对《尚书·周

---

① 李山：《西周穆王时期诗篇创作考》，周延良主编《中国古典文献学丛刊》第七卷，中国古文献出版社，2009，第 83 页。

② 李山：《〈尧典〉的写制年代》，《文学遗产》2014 年第 4 期。

书》中各篇的断代方法作为出发点，尽管指出那篇文章①的不少问题——我承认那篇文章有不少具体问题，但是像李教授所说那样，它的语言学方法应该基本对头。我之所以不能赞同李教授的结论是因为，您对《大雅》和《尧典》的断代法，虽然也参考西周铜器铭文的方法，可是利用的多是比较"软"的证据，像四字句的比例。我觉得对西周铜器铭文总体分析，要等到西周晚期，甚至东周初期才逐渐有像《大雅》那样规范的表述。您说从穆王时代才建立辟雍，也才开始大祭文王和武王。这个见解没错，但是以后每一代都会继承这种礼制。我们只能说提到辟雍和祭祀文王的诗大概不会早于穆王时代，然而也不一定是那么早。从总体分析来看，我觉得像《文王》《文王有声》这些诗篇与显然是西周晚期的诗篇诸如《桑柔》和《江汉》，没有两样，都应该是差不多同时的作品，像您在另外一篇文章中那样②定在周宣王时代更有道理。

《诗》的传授更麻烦，不仅牵涉书写和口头问题，还有很多不同因素要考虑，诸如上古不同区域的语言和文化的不同、《诗》的教育作用，等等。在拙作《出土文献与〈诗经〉口头和书写性质问题的争议》③一文里，我对相关问题做了初步的讨论，但是更深入的结论要等待新的出土文献，也要等待别人提出更多的新问题、更多的新看法。

李山：谢谢教授对我的"断代"的评点。我会认真考虑。用语词去"断代"，只是一种新方法的尝试，其他旧的方法当然也不可偏废。中期与晚期的诗篇粗看上去相似，细看还是有分别的。西周中期有中期的文化现象，晚期有晚期的社会问题，诗篇也会不同。不过，您的看法中，有几点我已经意识到，会仔细斟酌。另外，有些文章相对早一些，取证粗线条，如发表在《中国古典文献学丛刊》的那一篇，后来又有所改写，补充了一些证据。总之，书阙有间矣，我们面对的问题很难。然而，说到底，《诗经》的诗篇，特别是西周近三百年间的《雅》《颂》篇章，还是可以断代的。

① 〔美〕夏含夷：《略论今文〈尚书〉周书各篇的著作年代》，《第二届国际中国古文字研讨会论文集续编》，香港中文大学，1996，第399~404页；后来又载于〔美〕夏含夷《古史异观》，上海古籍出版社，2005。
② 李山：《〈诗经〉文学的宣王时代》，《文学遗产》2020年第5期。
③ 该文原来是用英文发表的。Edward L. Shaughnessy, "Unearthed Documents and the Question of the Oral Versus Written Nature of the *Classic of Poetry*," *Harvard Journal of Asiatic Studies* 75.2 (December, 2015): 331–375. 后来由孙夏夏翻译成中文：《出土文献与〈诗经〉口头和书写性质问题的争议》，《文史哲》2020年第2期。

主持人：中国上古较早就产生了书面记录的需求。传世文献谓"有典有册"，从出土文献来看，甲骨卜辞、彝器铭文，在功能上都要求以书面形式写定，但是先秦文献中有相当数量的口头话语记录，祭祀仪式活动也深刻地影响着书写的内容。口传与书写之间除了"先行后续"的单向生成关系之外，是否还存在其他维度的可能性？我们应当如何理解"书写"对中国古典文献的意义？

李山：人类没有文字时靠口头，可是有了文字之后，再不加分别地说先口头再书写，就有点不分青红皂白。甲骨文、金文的书写，有实物为证。不相信的，如柯马丁先生，也可以说出一大堆理由。可是，那样缴绕地谈论问题，取信也难。在甲骨文之前，陶寺遗址的陶器上就写着一个"文"字，且就一个字。怎么去理解这个字与"口头"的"先后"呢？关于"有典有册"，尝见有学者著文称一些写有文字的甲骨是钻过眼儿的，学者据此推测是用绳子拴系过。或许这些拴系在一起的甲骨，就是当时的"典册"。商代有一篇铭文，记录的是商王与大臣一次射鼋，四支箭全中。居然当时就为此铸造了一件铜器，塑造的是鼋身中四箭的形状，还刻上一篇记录此事的铭文①。这样的铸造和写作意趣，很值得玩味。

像《尚书》的诰命之辞，一定是史官记录的结果。文字的形成，就有社会学家研究认为与宗教事务有关。如此看来，书写是很神圣的。此外，还有鬼神之外的现实原因，也会使书写变得很重要，不容缓办。看宜侯夨簋和克罍，上面的铭文是关于封建的，写明周王划给诸侯的封疆山川土地民人。有意思的是在《左传·定公四年》，又有祝佗那段关于卫国受封时土地人民及对王室义务的长篇发言，应该就是对受封文件的复述。② 这样的书写，事关一个邦国的权利，应该是在当初就形诸文字的。在今天的中国农村，几个弟兄分家，是要立"分家单"的，分家单由中人书写，一式几份，

---

① 编者注：参见作册般鼋铭文，"丙申，王迺于洹，获。王一射，双射三，率亡废矢。王令寝馗兄于作册般，曰：'奏于庸。'作女宝"。（《新收》1553）

② 编者注：《左传·定公四年》原文为："……见诸王而命之以蔡，其命书云：'王曰，胡，无若尔考之违王命也。'若之何其使蔡先卫也？武王之母弟八人，周公为大宰，康叔为司寇，聃季为司空，五叔无官，岂尚年哉！曹，文之昭也；晋，武之穆也。曹为伯甸，非尚年也。今将尚之，是反先王也。晋文公为践土之盟，卫成公不在，夷叔，其母弟也，犹先蔡。其载书云：'王若曰：晋重、鲁申、卫武、蔡甲午、郑捷、齐潘、宋王臣、莒期。'藏在周府，可覆视也。吾子欲复文、武之略，而不正其德，将如之何？"（晋）杜预注，（唐）孔颖达等正义《春秋左传正义》，（清）阮元校刻《十三经注疏》，第4637~4638页。

上面写着从父母那里得到哪些宅地、房屋及其他重要财产，还要写明对父母应尽的义务（我就有这样的文件），与西方的财产"遗嘱"应很不一样。将来遇到兄弟的纠纷，口说无凭时，是要拿出"分家单"的。祝佗的言辞与拿出"分家单"很像。这是说书写。

　　还有一些特定的口头表达，照我粗浅的理解，与一些专业人士有关，只要这些专业人员在，世代相传，未必就一定要写在什么地方。如前面已经谈到的《诗经·楚茨》的"工祝致告"，神职人员在祭祖典礼上有其特定的口语表达，一定是带着某种腔调的。征诸《仪礼》《礼记》中关于各种仪式的记载，其中也有一些套话，如"冠礼"中"嗟尔幼志"之类，也是规范化的口语表达。其实在夏教授的一篇文章里也说到这样一点：《诗经·周颂》的一些篇章，是由祭祀的颂辞发展出来的。① 从逻辑上说，这是有道理的。像这些仪式中的言语，我还是倾向它的专业性，即有这样一批神职人员，他们以一定的声腔，在典礼的恰当环节诵读这些语句。丧礼中有"夏祝""商祝"等，而在宴会场合也有"不醉无归"的固定辞令（这句话也见于《诗》句中）。这些有的也自成段落，却只见于"周礼"文献，并未入《诗经》篇章，显示它们与"诗"（配上乐舞演唱）还是分开的。如果不是礼坏乐崩，也许这些口头表达永远附在一种职业人员身上。这就是德国学者扬·阿斯曼（Jan Assmann）所说的"仪式的统一性"。但是，社会变迁，专业人员失业，就有人来用文字记录一些仪式及其用语。中国先秦的情况，文献显示，书写这些的是儒家。这一点，前辈如沈文倬等有研究。说书写一定在口传之后，在文字产生之后，就与古代生活的复杂性不大合得上。思维的最高境界是走向具体，守着个什么理论原地不动，就是"坐地日行八万里"了。

　　夏含夷：正如这个问题所示，中国从商代晚期开始就"有典有册"，书写是越来越重要的信息交流的工具。然而，也正如这个问题所示，先秦文献中也有相当数量的口头话语记录。这一点也不奇怪。如我在回答上一个问题时所说的那样，古人当然会说话。不但如此，话语肯定是当时最重要的交流工具，在当时的典籍中当然会有所反映。然而这些记录好像不能证明当时的书写依附于话语，是一种口头文学。

---

① 〔美〕夏含夷：《从西周礼制改革看〈诗经·周颂〉的演变》，《河北师院学报》（社会科学版）1996年第3期。

口头文学最重要的学术研究是围绕古希腊荷马史诗的创作展开的。据传说，《伊利亚特》和《奥德赛》所描写的历史事件是在公元前 12 世纪发生的，荷马应该是当时或稍后的人物。然而，我们现在知道当时希腊还没有文字，《伊利亚特》和《奥德赛》肯定不是当时的作品。20 世纪的古典学者已经有基本相同的看法，这两部史诗原来是口头创作的。后来有学者提出中国文学——特别是《诗经》——原来也是口头创作的。最早提出这个看法的人大概是法国学者葛兰言（Marcel Granet，1884～1940），后来在美国学习的中国学者王靖献（C. H. Wang）有直接的论述，最近宇文所安（Stephen Owen）和柯马丁更积极地宣传口头文学在中国古代的作用。我对这些学者的研究工作在一篇小文里已经做了总结①，所以于此就不赘述。

这个问题还提到"祭祀仪式活动也深刻地影响着书写的内容"，好像是暗示一些西方学者对书写原本的作用的看法，诸如陆威仪（Mark Edward Lewis）说甲骨文的作用是为了联系鬼神，②或者罗泰（Lothar von Falken-hausen）说铜器上的铭文不是为了给人看，而是为了给祖先看的。③我当然不否认甲骨文和铜器铭文的宗教作用，可是在我看来，这不是当时书写的全部功能。在商周时代也"有典有册"，只是在考古视角下这些典册没有得到保存。

口头文学最极端的说法大概来自柯马丁。在评论陆威仪所著的《中国古代书写与权威》（*Writing and Authority in Early China*）时，柯氏说：

> 我要说的是铜器铭文原来不是书写的，而是临时铸造于铜器上的口头颂歌；铭文不是为了无声地阅读，而是为了唱诵的。④

我得承认，看这句话的时候自己吓了一跳；我明白柯氏的意思，但是

---

① 〔美〕夏含夷：《〈诗经〉口传起源说的兴起与发展》，《饶宗颐国学院院刊增刊》，香港浸会大学饶宗颐国学院，2018，第 193～214 页。

② Mark Edward Lewis, *Writing and Authority in Early China*（SUNY Press, 1999），p. 15.

③ Lothar von Falken-hausen, "Issues in Western Zhou Studies：A Review Article," *Early China* 18（1993）：152－156.

④ Martin Kern 评论 "Mark Edward Lewis, *Writing and Authority in Early China*," *China Review International* 7. 2（2000）：343. "I wish to argue that bronze inscriptions were not primarily written but were essentially oral hymns that at a certain point became cast in bronze; they were intended not to be silently read but to be sung or recited."

铜器铭文怎么会不是书写的呢！它们当然是书写的，现在也有很好的研究说明铭文原来也是书写于竹简或木板上的。① 如果我们要真正理解铜器铭文的制作（而不仅仅是它的铸造），就必须要理解这个书写过程。这样一来，铜器铭文"先行后续"的关系恐怕和柯马丁所设想的模式正好相反，应该是以书写为先，唱诵为后续。

铜器铭文和《诗经》的诗歌当然不是一回事，诗歌的唱诵和书写"先行后续"的关系也不一定和铜器铭文一样。然而，既然书写在铜器铭文的制作中有优先地位，我们考虑同时代《诗经》的创作时也不应该忽略书写的作用。《诗经》的传授更是如此。

李山：我基本同意夏教授的看法。葛兰言的那本书，很好看，却基本不可信，因为他的理论预设是：《风》诗全是纯粹的民歌。其实，《风》诗的篇章与原生态的民歌相去甚远。王靖献先生的研究在中国也早有译本。他的看法要成立，先得证明那时候有像古希腊那样的游吟诗人，同时，还得证明"国风时代"没有书写（不过我更相信，《风》诗作品完成，与一批专业人员有关，但他们又与"游吟诗人"存在的理由不同）。其实，王靖献教授的做法是典型的套用，似是而非。

说到书写，说书写一定是献给神的，这大体也是在以偏概全。将文字铭刻在青铜器物上，作为献给神灵的物品，只是一种情况，就像我在上面说的，诸侯要立国，面临领土或地位的争端时，是要拿出"文书"证据的。金文中的一些篇章，颇可证明在封建时代，是有土地、人民及相关义务的规定的，这样的文字恐怕是马上就要书写下来成为"文书"，也可能就是像教授在《兴与象》中所说的，这文书来自册封副本，需妥善保管。西周时期人们是相信鬼神，但不是所有的事情都可以划归鬼神之事。早就有人类学家说过，就是在原始部落的人，也不是事事都祈求鬼神。一根筋地想象古人也是"一根筋"，那可真是一根筋！

研究学问必须客观理性，而客观理性的大敌是"先入为主"，即拿着一个什么理论去套，顺之者承认，逆之者否定。以教授所谈到的柯马丁先生而言，他有一篇文字专门讨论《小雅·楚茨》篇，以证明他的"表演"说，可是看他的解读文本，貌似是在取证，实际是在牵强，挑些有利的句子为

---

① 见 Oňdrej Škrabal, "Writing before Inscribing: On the Use of Manuscripts in the Production of Western Zhou Bronze Inscriptions," *Early China* 42 (2019): 273 – 332。

我所用。诗篇的全体，在他眼里不存在，只有他看到的东西，就更不用说《诗经》同时代的同类题材诗篇的存在了。这样的研究是拿文献为某种理论做垫脚石，其实就是没有文献。不过，还别说，国内颇有一些人觉得不错呢！

主持人：自20世纪以来，与《诗经》相关的简帛金石文献一直不断被发现。如发现于20世纪初的敦煌《诗经》写卷、熹平石经残石、吐鲁番《毛诗》残卷，发现于20世纪下半叶的武威汉简、银雀山汉简、马王堆帛书、阜阳汉简、郭店楚简、上博简等，其中也存在大量与今本《诗经》不同的异文。今天我们如何评价上述文献为《诗经》研究带来的启示？上述文献何以未在当时造成如21世纪初发生的学术争论？我们应当如何看待出土文献所带来的"重建古典学"议题？

夏含夷：在谈20世纪上半叶古文献发现的重要性之前，我先来谈一下"应当如何理解出土文献所带来的'重建古典学'议题"。我们常常听到"重写中国古史""重建古典学"这样的呼吁，我自己也常常这样说。然而，我每次这样说的时候，都会回想起我在台湾的老师爱新觉罗·毓鋆（1906～2011）。毓老当时在台湾相当有名，常常给学生上四书五经的课。我从1975年到1977年和毓老一起阅读了中国经典，特别是《老子》和《周易》。正好在那个时候，我们听说在长沙发掘了马王堆三号墓，其中有两个《老子》写本和一个《周易》写本，可老师一点也不在乎。我当时太年轻，也没有在意，看懂《老子》和《周易》的原文和注解已经够难的了。直到读研究生以后，我才开始关心古文字学与出土文献学。然而，在二十多年之后回到台湾拜访老师的时候，我连提也不会提我自己这方面的研究，因为我知道他认为古文字学仅仅是没有价值的小学。

在2005年给老师庆祝百岁生日的时候，毓老居然提到在大陆出版了一个新的《周易》，问我有没有这样的书。我说有，也承认了我自己在做相关研究。听到这个，一百岁的老师跑到地下室对面的书架，拿着很沉的上博简第三册回到我那边，突然把书扔到地板上，说："这不是咱们周公的《周易》，不是咱们孔子的《周易》！"对他来说，上博《周易》是完全没有用的东西。我回家想了一想，老师一辈子关心中国上古文化，为什么这样轻视出土文献？答案很简单：对他来说，中国古代文化已经是百分之百的完美，不但不需要新的发现，甚至根本没有空间去安放它们。大概只因为我自己是野蛮人，没有体会到中国古代文化的完美性，所以才会觉得出土文献不但可以弥补其不足之处，也可以改正其不对之处。

现在回到这个问题，即 20 世纪上半叶发现的文献"何以未在当时造成如 21 世纪初发生的学术争论"，也许我和毓老的经验可以说明这个问题的至少一个方面。当时，古文字学仅仅是小学，大多数中外学者都不在意。其实他们根本不觉得当时出土的资料是文献。不仅仅是一般的学者如此，古文字学家也同样如此。我还记得我刚刚开始参加中国古文字会议的时候，大家都将甲骨文、金文和简帛文书称作"出土文字资料"，大概到了 90 年代才开始用"出土文献"这样的称呼。这和马王堆的文献当然有关系，但是马王堆的资料还不一定能够引起每个人的兴趣。恐怕到 90 年代末郭店和上博简出版了以后，大多数的学者才开始注意。到现在，研究中国古代文化的人无法忽略出土文献，外行学者阅读这些新资料的时候也会想起新的问题。因为这样的人不是由古文字学或出土文献学的背景培养出来的，所以他们问的问题都相当新鲜，有的有价值，有的没有价值，但是都可以促进本学科的学者多思考他们旧有的看法，相当值得重视。《诗经》研究也不例外。

李山： 您所说的毓老的逸事，很奇特，我的求学生涯中还真没有遇到过。他老先生是"遗老"一派吧。对新的学术研究方法不认可的，有，只是没见过像这位老先生那样极端的。当代中国学术界的地盘是 20 世纪恢复高考后造就的一两代学人的。地下新材料大量出现，也基本与这些学人的成长相伴。

新材料一定会对既有学术研究产生冲击。陈寅恪先生早就说过，有新材料不知用，这样的研究谓之不入流。① 可是，新材料一定带来新知识吗？道理上如此，可看《孔子诗论》出现后国内一些学者的解释，努力拿《毛诗序》相比附，实际是把新材料的作用"拉平"了。再看一下对清华简的阅读，《耆夜》篇有大致与《唐风·蟋蟀》相同的诗篇，就率尔相信《蟋蟀》是西周建国之前的诗篇；清华简中出现了"周公之琴舞"，马上就由此判断《周颂·敬之》的年代及内容等。这里，倒是真需要对文献的年代"古史辨"一下为好。拿《耆夜》与《尚书》周初的那些篇章稍加比较，

---

① 编者注："一时代之学术，必有其新材料与新问题。取用此材料，以研求问题，则为此时代学术之新潮流。治学之士，得预此潮流者，谓之预流。其未得预者，谓之不入流。此古今学术之通义。"陈寅恪：《陈垣敦煌劫余录序》，《金明馆丛稿二编》，生活·读书·新知三联书店，2001，第 266 页。

与周初的西周金文稍加比较，就应该能判断出它的年代，没有这样的文献考究，就径直地依之以判断《诗经》篇章的年代，恕我直言，是很不专业的。这里，还是不要放弃"辨"的精神为好。由此而言，要"重建"，谈何容易！再者，说"重建"，如果说是新文献改变了人们对一些事物的既定看法，这样的"重建"也确实是正在发生着。若说"重建"就是将过去的研究推倒重来，像老屋建新房那样，则未免侉张。我个人觉得，有新思维、新视点的研究，对传统的和出土的文献做出新颖而又启人神智的理解，反而更称得上"重建"。关键是，新思维、新视点的出现，又是很需要条件的。

这次笔谈的重点是《诗经》，允许我再以《诗经·商颂》的年代问题为例多说几句吧。在《商颂》的年代问题上，当今的中国学者几乎众口一词：《商颂》是商代诗篇。而且，我还在一次学术会议上亲耳听说：商代能制造那么好的青铜器，难道就不能写诗篇吗？这大概是不少人思考《商颂》的一个心理制高点。可这是《商颂》年代判断的学术理由吗？见一个坑里有水，就能断言一定有鱼？从时代文明水平到文献层面的判断，又隔着多少层次呢？《商颂》几首诗篇是文字言语的制品，判断其年代就得需要回落到语言的基本层面，否则就是盲目推论。甲骨文、金文出现了那么多年，出土了那么多，可在《商颂》问题上，若认真地比较一下《商颂》诗篇语言与甲骨文的异同，认真地比较其与西周金文（特别是西周中期器铭）语言上的异同，可能就不会那样信口而言。其实早在多少年前，王国维就以其读甲金文的感受判断《商颂》为"宗周中叶"宋国人的诗篇。他的判断，又见有几人郑重对待？还有更"精彩"的怪事，尝读到一位古文字学者文章说，因为《商颂》中的"字"（注意不是语词、句子）甲骨文里就有，因而《商颂》为商代诗篇。这与说长篇小说《李自成》的用字出现在《康熙字典》中就判断其为清初小说，同样不讲学理。这样极端的例子，并不代表大多数，但其存在起码可以提醒人们：以新材料为条件的重建，只能是学者个人的事情，即有其人方有其事。讲究学理，学植深厚，态度端正，就可能在一些问题上提出新见。打一个"重建"的旗帜，人马杂沓，就难保学术的质量了。总之我个人觉得，还是谦虚一点好，慎用"重建"的名号。

夏含夷：李教授说得很好："谦虚一点好。"每一代都在"重建"，我们现在并不例外。重建都是根据现在新有的文化环境，也许是根据新的资料，也许是根据新的知识，也许是根据新的社会组织，这些都会影响我们怎么看待老问题。我上面提到西方汉学家和中国学者有着不同的教育背景，因此对中国传统文化当然就有不同的思考方式。有的时候，我们通过这样不同的思考方式，可以看出老问题中新的一面。虽然有的时候他们也会出错，但是有的错误也可以启发中国学者考虑其出错的原因，而这种反思也可以促进新的学术进展。同时，新的资料也可以触发新的思维，但同样也不是绝对的。正如李教授所说的那样，不少人把新材料的作用"拉平"了。您讲到的《孔子诗论》的例子，提得非常恰当。很多人最先想到的就是要把它和《毛诗序》联系起来，完全没有考虑到两者可能是很不一样的作品。还有一个现象：读者往往利用各种通假字，将出土文献读得像传世文献一样。对我来说，这不但失去出土文献的价值（利用李教授的话，把它"拉平"了），并且也失去一个很好的机会，去重新思考传世文献讲的是什么，又是怎样产生的。我有的时候和学生开玩笑说，这就像《韩非子》"买履信度"的样子。

我看我和李山教授对出土文献和传世文献的关系，特别是对怎样理解《诗经》，已经达到了比较一致的认识，至少是大同小异。我们这样共同的认识不一定对，但是希望可以促进《古代文学前沿与评论》的读者重新思考问题，做再深入的研究，产生更进一步的新认识。

主持人： 感谢两位教授为我们带来如此精彩的讨论。两位先生有不同的文化背景，却同样怀抱着开放的心态，始终关注并尊重着大洋彼岸的学术进展。在这次笔谈中，两位先生既对过去几十年间的中西学术交流做出了回顾，对近年来的先秦文献研究热点问题做出了回应，也对未来研究的取径提出了宝贵的建议与期许。我们很高兴看到两位先生在具体问题上的观点碰撞，相信读者们一定能从中窥见不同的研究范式与态度所呈现的不同学术面貌；也乐见两位先生在对待出土文献和传世文献、口头传统与书写传统等大方向的问题上达成的共识。其中，通向这一共识所经历的不同的思考过程，或许比共识的结论本身更为重要，相信我们都能从中获得很多启示。在此再次感谢二位先生参与本次笔谈！

[作者单位：美国芝加哥大学、北京师范大学文学院]

简牍《诗》类文献的发现与研究*

陈民镇

内容提要　目前与《诗经》有关的简牍文献主要有阜阳汉简《诗经》，上博简《交交鸣乌》《多薪》《卉茅之外》，清华简《耆夜》《周公之琴舞》《芮良夫毖》，安大简《国风》，海昏简牍《诗经》以及夏家台楚简《诗经》。围绕文本释读、异文对读、形制与格式研究、字词考释、用字现象研究、文本性质研究、文本年代研究、《诗经》流传研究、经学史研究等方面，学者对简牍《诗》类文献的价值做了充分发掘，取得了可观的成绩。

关键词　简牍　《诗经》　文献

《诗经》作为中国第一部诗歌总集、"六经"之一，是中国文化的核心经典。汉代一度流行的"三家诗"（《齐诗》《鲁诗》《韩诗》）失传，《毛诗》独盛，成为如今通行的《诗经》文本。然而《毛诗》只是历史上《诗经》众多版本中的一种，且经过辗转流传，已非先秦《诗经》原貌。自1977年阜阳汉简发现以来，多种简牍《诗》类文献已重现于世。这些《诗经》的早期写本，为我们呈现了《诗经》的早期形态及其在形成和流传过程中的复杂性。本文即围绕简牍《诗》类文献展开，对相关发现与研究试做梳理与总结。

* 本文系北京市社会科学基金青年学术带头人项目"出土《诗》类文献研究"（项目编号：21DTR035）的阶段性成果。

一 简牍《诗》类文献的发现

目前与《诗经》有关的简牍文献主要有如下 6 批。

（一）阜阳汉简《诗经》

1977 年 7~8 月，安徽阜阳双古堆 1 号汉墓出土了一批竹简、木简和木牍，是为"阜阳汉简"，这批简牍包括《诗经》《苍颉篇》《万物》《周易》《庄子》《相狗经》《日书》等文献①。双古堆 1 号汉墓的墓主系西汉第二代汝阴侯夏侯灶，他卒于汉文帝十五年（前 165），这也是阜阳汉简抄写年代的下限。阜阳汉简保存状态不佳，残损严重，其中《诗经》简残存 170 余片，内容涉及《国风》残诗 65 首，除《桧风》之外，其他十四国风皆有出现；另有见于《小雅·鹿鸣之什》的 4 首诗（《鹿鸣》《四牡》《常棣》《伐木》）的残句。②

（二）上海博物馆藏战国楚竹书（上博简）《交交鸣乌》《多薪》《卉茅之外》

上博简于 1994 年入藏上海博物馆，涉及儒典、诗赋、史书、子书、数术等方面的内容。目前已出版 9 辑整理报告，尚未完全刊布。其中第一辑的《孔子诗论》有孔子论《诗》的内容，记载了孔子对若干诗篇诗旨的理解，第四辑《采风曲目》记录了若干曲目和曲调。真正属于《诗》类文献文本的是第四辑的两首逸诗（《交交鸣乌》《多薪》）③ 以及曹锦炎近来单独公布的《卉茅之外》④。《交交鸣乌》有残简 4 支，原诗分三章，章十句。《多薪》有残简 2 支。《卉茅之外》则由 1 支整简和 2 支残简组成。这三首诗的体例和内容近于《诗经》，可能是楚人对《诗经》的拟作。

---

① 安徽省文物工作队、阜阳地区博物馆、阜阳县文化局：《阜阳双古堆西汉汝阴侯墓发掘简报》，《文物》1978 年第 8 期；文物局古文献研究室、安徽省阜阳地区博物馆阜阳汉简整理组：《阜阳汉简简介》，《文物》1983 年第 2 期。

② 文物局古文献研究室、安徽省阜阳地区博物馆阜阳汉简整理组：《阜阳汉简〈诗经〉》，《文物》1984 年第 8 期；胡平生、韩自强：《阜阳汉简诗经研究》，上海古籍出版社，1988。

③ 马承源主编《上海博物馆藏战国楚竹书》（四），上海古籍出版社，2004。

④ 曹锦炎：《上博竹书〈卉茅之外〉注释》，《简帛》第 18 辑，上海古籍出版社，2019，第 1~11 页。

（三）清华大学藏战国竹简（清华简）《耆夜》《周公之琴舞》《芮良夫毖》

清华简于 2008 年入藏清华大学，目前已经出版 11 辑整理报告，涉及《书》类文献、《诗》类文献、史书、子书、数术、乐律等方面的内容。其中第一辑刊布的《耆夜》出现了与《毛诗·唐风·蟋蟀》近似的篇章，据简文，系周公见蟋蟀升于堂而作，此外尚有 4 首宴飨诗，分别为周武王酬毕公、周武王酬周公、周公酬毕公以及周公酬武王之诗；① 第三辑刊布的《周公之琴舞》中除了与《毛诗·周颂·敬之》相类似的篇章，还有多首颂诗；同样见于第三辑的《芮良夫毖》是一首前所未见的诗，文体近于"雅"②。清华简是战国中晚期的写本，有的内容（如《周公之琴舞》）则可追溯至西周初期。

（四）安徽大学藏战国竹简（安大简）《国风》

安大简于 2015 年入藏安徽大学，包括《诗经》、楚史、楚辞、子书等重要文献。目前已经出版第一辑，披露了 57 篇《诗经·国风》的内容。③安大简是战国早中期的写本，安大简《国风》是目前所知最早的《诗经》写本。安大简各国风之后有"《周南》十又一""《召南》十又四""《侯》六""《郦》九""《魏》九"之类的归属说明与篇数统计，由于存在缺漏或误记，安大简《国风》实际包括《周南》10 篇、《召南》14 篇、《秦（秦风）》10 篇、《侯（侯风）》6 篇、《郦（郦风）》7 篇、《魏（魏风）》10 篇，共 57 篇。最值得注意的是《侯》与《魏》。《侯》6 篇在《毛诗》中皆属《魏风》（缺首篇《葛屦》）；而《魏》除了《葛屦》在《毛诗》中属《魏风》，其余 9 篇皆属《毛诗》中的《唐风》。

（五）海昏简牍《诗经》

2015 年 11 月，江西南昌海昏侯刘贺之墓的主椁室正式启动发掘，出土

---

① 清华大学出土文献研究与保护中心编，李学勤主编《清华大学藏战国竹简》（壹），中西书局，2010。

② 清华大学出土文献研究与保护中心编，李学勤主编《清华大学藏战国竹简》（叁），中西书局，2013。

③ 安徽大学汉字发展与应用研究中心编，黄德宽、徐在国主编《安徽大学藏战国竹简》（一），中西书局，2019。

了大批珍贵的文物，包括数量不少的简牍。其中，有 1200 余枚竹简的内容属于《诗经》。其内容尚未完全披露，朱凤瀚《西汉海昏侯刘贺墓出土竹简〈诗〉初探》① 及朱凤瀚主编《海昏简牍初论》② 有初步介绍。

（六）夏家台楚简《诗经》

2015 年，湖北荆州郢城遗址之南的夏家台 106 号墓出土了 400 余枚竹简，时代在战国时期，其中有《诗经·邶风》的内容，系首次在楚墓发现《诗经》写本。这批材料尚未公布，据报道，其中包含《邶风·柏舟》"我心匪鉴，不可以茹。亦有兄弟，不可以据"之句。③

以上简牍《诗》类文献的时代跨度从战国早中期至西汉中期，揭示了《诗经》的早期流传线索。尤其是战国时期的安大简、清华简、上博简和夏家台楚简，作为秦"焚书"以及"今文"流行之前的文本，呈现了《诗经》的早期文本内容与物质形态，弥足珍贵。

二　简牍《诗》类文献的研究

（一）阜阳汉简《诗经》研究

简牍《诗》类文献以阜阳汉简《诗经》（以下简称"《阜诗》"）公布最早，相应的研究也起步较早。胡旋《阜阳汉简〈诗经〉集释》④ 对《阜诗》做了集释，对《阜诗》的研究现状有所介绍。宋迎春《阜阳汉简发现、整理与研究综述》⑤、陈敏学《阜阳汉简研究综述》⑥ 二文则是针对阜阳汉简的总体综述。相关研究主要涉及以下几方面。

1. 异文研究

胡平生、韩自强合作的《阜阳汉简〈诗经〉简论》⑦ 初步考察了《阜

---

① 《文物》2020 年第 6 期。
② 北京大学出版社，2020。
③ 《夏家台战国楚墓出土竹简〈诗经〉——系我国楚墓首次出土该类文献》，《荆州日报》 2016 年 1 月 29 日，第 1 版；《湖北荆州刘家台与夏家台墓地发现大批战国墓葬》，《中国文物报》2016 年 4 月 8 日，第 8 版。
④ 吉林大学硕士学位论文，2013。
⑤ 《阜阳师范学院学报》（社会科学版）2006 年第 1 期。
⑥ 《阜阳师范学院学报》（社会科学版）2015 年第 6 期。
⑦ 《文物》1984 年第 8 期。又见胡平生、韩自强《阜阳汉简诗经研究》。

诗》的异文，指出有音义相近或相同的异文（假借字、异体字）、意义可能不同的异文、与虚词有关的异文、错字造成的异文四种情形。在《阜阳汉简〈诗经〉异文初探》① 中，胡平生对《阜诗》异文做了更详尽的讨论。黄宏信《阜阳汉简〈诗经〉异文研究》② 将《阜诗》异文分为意义相同的异文、意义可能不同的异文、意义相近的异文、通假而致的异文、古今字或简化字的异文、虚字异文、可以订正《毛诗》错误的异文、《阜诗》异文中的错误、由于字形不稳定而致的异文九种情形。

关于《阜诗》异文的具体讨论，另可参见饶宗颐《读阜阳汉简〈诗经〉》③、张吟午《毛诗、镜诗、阜诗〈硕人〉篇异文比较》④、许廷桂《阜阳汉简〈诗经〉校读札记》⑤、张树波《诗经异文简论》⑥、陆锡兴《〈诗经〉异文研究》⑦、于茀《金石简帛诗经研究》⑧、程燕《诗经异文辑考》⑨、于茀《阜阳汉简〈诗经·二子乘舟〉被忽视的异文》⑩、王红岩《阜阳汉简〈诗经·卫风·考槃〉"未吾"考绎》⑪、刘信芳《阜阳汉简〈诗经〉补说十六则》⑫、孙海龙《阜阳汉简〈诗经〉S001 与〈卷耳〉新证》⑬ 等论著。

2. 形制与格式研究

胡平生《〈阜阳汉简·诗经〉简册形制及书写格式之蠡测》⑭ 指出《阜诗》竹简写字的部分长度为 24 厘米左右；凡《诗经》每章三句至十一句者，大抵一支简写一章，每简容字 10 字至 50 字不等，字间疏密程度视字数多少而定；凡《诗经》每章十二句者，两支简写一章，每简 25 字左右；所

---

① 《中华文史论丛》第 37 辑，上海古籍出版社，1986，第 1～36 页。又见胡平生、韩自强《阜阳汉简诗经研究》。
② 《江汉考古》1989 年第 1 期。
③ 《明报月刊》（香港）第 19 卷第 12 期，1984 年 3 月。
④ 《江汉考古》1986 年第 4 期。
⑤ 《重庆师范大学学报》（哲学社会科学版）1987 年第 3 期。又以《阜阳汉简〈诗经〉校释札记》载《文学遗产》1987 年第 6 期。
⑥ 中国诗经学会编《诗经国际学术研讨会论文集》，河北大学出版社，1994，第 460～477 页。
⑦ 中国社会科学出版社，2001。
⑧ 北京大学出版社，2004。
⑨ 安徽大学出版社，2010。
⑩ 《古籍整理研究学刊》2014 年第 5 期。
⑪ 《汉字文化》2017 年第 1 期。
⑫ 《中国文字学报》第 9 辑，商务印书馆，2018，第 132～149 页。
⑬ 《中国韵文学刊》2018 年第 3 期。
⑭ 国家文物局古文献研究室编《出土文献研究续集》，文物出版社，1989，第 190～196 页。又见胡平生、韩自强《阜阳汉简诗经研究》。

谓汉代"六经"简册长二尺四寸的说法，在汉初尚未形成。该文在有限的《阜诗》残简的基础上，推测出《阜诗》竹简的形制和书写格式，尤其是据出土材料修正了汉代"六经"简册长二尺四寸的旧说，具有启发性。从书写于战国简牍的"六经"看，经书简册长二尺四寸的制度在先秦尚未确立；从《阜诗》看，该制度在汉文帝时期亦不存在。该制度主要在西汉末期的简牍材料（如武威汉简）和东汉时人的论述中得到反映。

此外，许志刚《汉简与〈诗经〉传本》① 也结合《阜诗》讨论了《诗经》的篇题、国别标识、章句标识等问题。在另一篇文章《阜阳汉简与汉初诗经学》② 中，许志刚对《阜诗》的篇题等书写格式有进一步的讨论。

3. 用字现象研究

周朋升《阜阳汉简〈诗经〉用字习惯考察》③ 将《阜诗》的用字习惯分为一个词对应一个字形、一个词对应两个（或多个）字形、两个（多个）词用一个字表示三种情况；落实到具体的词与字的对应关系中，又可以分为字的本用和字的他用两种类型。

赵久湘《阜阳汉简〈诗经〉异体字探析》④ 讨论了《阜诗》的异体字，得异体字 17 个，共出现 31 次，占总篇幅的 2.61%。刘美霞《阜阳汉简〈诗经〉异体字研究》⑤ 从全同异体字、非全同异体字、包孕异体字三个方面讨论《阜诗》的异体字。此外，叶庆红《〈阜阳汉简〉文字研究二题》⑥ 对包括《诗经》在内的阜阳汉简的异体字做了较系统的总结。

4. 诗篇次序研究

胡平生、韩自强《阜阳汉简〈诗经〉简论》根据反印墨迹推断诗篇的次序，指出《阜诗》存在与《毛诗》次序明显不合的现象。至于这种现象产生的原因，作者认为一种可能是《阜诗》次序原本便与《毛诗》不同，另一种可能是由于《阜诗》曾被扰动，次序已被打乱。

此外，文幸福《诗经毛传郑笺辨异》⑦、许志刚《汉简与〈诗经〉传本》对诗篇次序亦有讨论。

---

① 《文献》2000 年第 1 期。
② 《诗经研究丛刊》第 19 辑，学苑出版社，2011，第 94～101 页。
③ 《学术交流》2013 年第 5 期。
④ 《怀化学院学报》2006 年第 11 期。
⑤ 《东南传播》2008 年第 8 期。
⑥ 西南大学硕士学位论文，2008。
⑦ 台北文史哲出版社，1989。

5. 文本性质研究

李学勤曾指出《阜诗》或是楚国流传下来的另一种本子，① 但未加论证。胡平生、韩自强《阜阳汉简〈诗经〉简论》认为李氏提出的这一可能性是存在的，并指出《阜诗》不属于鲁、齐、韩、毛四家诗的任何一家，可能是未被《汉书·艺文志》著录而流传于民间的另外一家。

孙斌来《阜阳汉简〈诗经〉的传本及抄写年代》② 则完全赞同李学勤的推测，认为《王风·君子阳阳》"右招我由房"之"招"在《阜诗》中写作"挠"，系避楚康王之讳；《齐风·载驱》"齐子游敖"之"敖"，在《阜诗》中写作"支"，"敖"是楚国无谥号国君的代称，因此《阜诗》以"支"表"敖"也是避楚讳的表现；此外，孙氏还指出了《阜诗》中其他的楚人用字习惯。孙氏由此得出结论：《阜诗》是楚国流传下来的另一种本子。不过孙氏所揭示的线索，多出于通假等原因，目前尚无直接证据表明《阜诗》避楚讳。

梁振杰《从阜阳汉简〈诗经〉异文看汉初的〈诗经〉流布》③ 指出，《阜诗》大量异文，尤其是意义与《毛诗》不同异文的出现，使得我们有理由认为其与《毛诗》及三家《诗》并非同一体系的《诗经》传本，而是四家《诗》之外未被《汉书·艺文志》著录的一部《诗经》著作。其说仍延续胡平生、韩自强《阜阳汉简〈诗经〉简论》的观点。文幸福《诗经毛传郑笺辨异》亦认为，《阜诗》属于另一系统之今文诗家。

许廷桂《阜阳汉简〈诗经〉校读札记》则指出，仅仅根据《诗经》经文的异同便断定《阜诗》的"家"属并不允当；不同"家"的《诗经》，固然在经文上互有一些出入，但它们的根本区别在于解说不同。

许志刚在《阜阳汉简与汉初诗经学》一文中则认为，《阜诗》或与鲁诗有关。

6. 文本年代研究

孙斌来《阜阳汉简〈诗经〉的传本及抄写年代》认为《阜诗》是楚国流传下来的另一种本子，在此基础上，指出《阜诗》不避楚平王居的名讳，因此《阜诗》最初抄写时代在楚灵王时期（前 540～前 529），后经汉代学者修订，出土的《阜诗》系在刘邦称帝之后、刘盈为帝之前抄写。

---

① 李学勤：《新出简帛与楚文化》，湖北省社会科学院历史研究所编《楚文化新探》，湖北人民出版社，1981，第 34 页。
② 《古籍整理研究学刊》1985 年第 4 期。
③ 《汉语言文学研究》2013 年第 2 期。

一般认为，阜阳双古堆 1 号汉墓的墓主系第二代汝阴侯夏侯灶，许志刚《阜阳汉简〈诗经〉年代考辨》① 则另立新说，以出土器物与铭文证明墓主为第三代汝阴侯夏侯赐，《阜诗》应抄写于景帝前期。

曹建国认为，汉惠帝四年（前 191）方废除"挟书令"，而《阜诗》以汉隶书写，则其成书应在汉惠帝四年到汉文帝十五年之间。②

王刚、陈焕妮合作的《阜阳汉简〈诗经〉文本年代问题探究》③ 指出，秦朝不重儒生，且对六国文字的使用不加干涉，至汉高祖时，《诗经》仍以讽诵为主，综合这些因素推断，《阜诗》抄写于汉文帝时期更合理。

7.《诗经》流传研究

王刚、陈焕妮《阜阳汉简〈诗经〉文本年代问题探究》认为，由于秦"焚书"力度大，而残简异文有重"音"的规律，由此大致可以认为《阜诗》以汉初讽诵本为抄写底本。

赵争《两汉〈诗经〉流传问题略论——以阜阳汉简〈诗经〉为中心》④ 指出，《阜诗》中某些因形近致误的错字表明《阜诗》并非由讽诵而书于竹帛的原始写本，而是据某种底本转抄而来的抄本；《阜诗》的篇次很可能与今传本有异；结合《阜诗》及其他材料，可以断定汉初有完整的《诗经》文本存世，其时应当不存在一种在字形上具有定本意义的《诗经》文本；从字形上看，汉代《诗经》流传呈现出一种民间与官方、分化与统一并行的双轨制状态。

8.《诗序》研究

胡平生、韩自强《阜阳汉简〈诗经〉简论》讨论了三枚《诗序》残简，认为这三枚残简果若是《诗序》，那么可以否定只有《毛诗》有《诗序》的旧说，并且可以据此讨论《诗序》的作者及其形成的时代下限。此外，文幸福《诗经毛传郑笺辨异》一书亦论及《诗序》问题。

（二）上博简《交交鸣乌》研究

1. 文本释读

《交交鸣乌》原无篇题，"交交鸣乌"的篇名系整理者取自该诗首句。

---

① 《山西大学学报》（哲学社会科学版）2015 年第 3 期。又见《诗经研究丛刊》第 26 辑，学苑出版社，2015，第 297～307 页。
② 曹建国：《楚简与先秦〈诗〉学研究》，武汉大学出版社，2010，第 4 页。
③ 《淮阴师范学院学报》（哲学社会科学版）2021 年第 2 期。
④ 《大连理工大学学报》（社会科学版）2013 年第 4 期。

"鸣乌"之"乌"，简文写作"鸴"，整理者指出系"乌"之古文。李锐引《吴越春秋·勾践入臣外传》"仰飞鸟兮乌鸢，凌玄虚兮号翩翩。集洲渚兮优恣，啄虾矫翮兮云间"之句，指出"乌"当为水鸟褐河乌①，季旭昇赞同这一说法②。曹建国则认为"鸴"当读作"鹥"，系凤凰类的鸟。③ "鸴"又见于清华简《赤鹄之集汤之屋》，当以读作"乌"为宜。

关于释文的其他讨论，可参见廖名春《楚简〈逸诗·交交鸣乌〉补释》④、季旭昇《〈上博四·逸诗·交交鸣乌〉补释》⑤、董珊《读上博藏战国楚竹书（四）杂记》⑥、杨泽生《读〈上博四〉札记》⑦、季旭昇《〈交交鸣乌〉新诠》、刘洪涛《上博竹书〈鸣乌〉解释》⑧、王宁《逸诗〈交交鸣乌〉笺释》⑨、何昆益《〈上博（四）〉逸诗〈交交鸣鴶〉析论》⑩、常佩雨《上博简逸诗〈交交鸣鹥〉新论》⑪、程鹏万《〈交交鸣乌〉第二简上的反印文字》⑫ 等。季旭昇主编《〈上海博物馆藏战国楚竹书（四）〉读本》⑬、俞绍宏《上海博物馆藏楚简校注》⑭、俞绍宏及张青松编著《上海博物馆藏战国楚简集释》⑮ 等已有集释与总结。

2. 文本性质研究

曹建国《楚简逸诗〈交交鸣鴶〉考论》认为《交交鸣鴶》无论是从语言中的隐喻、它的用语，还是它的句法结构模式，其文体特征都呈露出《雅》诗的印迹，系楚人模仿《诗经》的作品。常佩雨《上博简逸诗〈交交鸣鹥〉新论》指出，从《交交鸣鹥》的形式、主题，楚地文化色彩，创

---

① 李锐：《读上博（四）札记（一）》，简帛研究网，2005 年 2 月 20 日。
② 季旭昇：《〈交交鸣乌〉新诠》，陈昭容主编《古文字与古代史》第 1 辑，台北"中央"研究院历史语言研究所，2009，第 481～510 页。摘要载简帛网，2006 年 9 月 27 日。
③ 曹建国：《楚简逸诗〈交交鸣鴶〉考论》，《考古与文物》2010 年第 5 期。原载简帛网，2006 年 11 月 26 日。
④ 《中国文化研究》2005 年春之卷。原载简帛研究网，2005 年 2 月 12 日。
⑤ 简帛研究网，2005 年 2 月 15 日。
⑥ 简帛研究网，2005 年 2 月 20 日。
⑦ 《古文字研究》第 26 辑，中华书局，2006，第 336 页。原载简帛研究网，2005 年 3 月 24 日。
⑧ 简帛网，2007 年 4 月 24 日。
⑨ 简帛研究网，2008 年 1 月 28 日。
⑩ 《诗经研究丛刊》第 20 辑，学苑出版社，2011，第 41～53 页。
⑪ 《河南社会科学》2012 年第 6 期。
⑫ 《简帛》第 11 辑，上海古籍出版社，2015，第 39～42 页。
⑬ 台北万卷楼，2007。
⑭ 中国社会科学出版社，2017。
⑮ 社会科学文献出版社，2019。

作时代以及与清华简逸诗的对比看，该诗搭起了从《诗经》到楚辞的桥梁，具有一定的文学史意义。

3. 诗旨研究

关于《交交鸣乌》的诗旨，整理者认为该篇的内容为歌咏"君子""若玉若英"的品性和"若虎若豹"的威仪，以及彼此交好"偕华偕英"等譬喻。季旭昇《〈交交鸣乌〉新诠》认为，该诗应该是楚国贵族赞美楚王的作品，可以归为《楚颂》，至于本诗赞美的对象，则以楚庄王的可能性最大。

（三）上博简《多薪》研究

1. 文本释读

关于《多薪》释文的讨论，可参见廖名春《楚简"逸诗"〈多薪〉补释》①、蔡根祥《〈上博（四）〉逸诗〈多新〉再论》②、吕佩珊《上博（四）〉逸诗〈多薪〉析论》③、常佩雨《上博简逸诗〈多薪〉考论》④ 等文。《多薪》的集释，亦可参见季旭昇主编《〈上海博物馆藏战国楚竹书（四）〉读本》、俞绍宏《上海博物馆藏楚简校注》、俞绍宏及张青松编著《上海博物馆藏战国楚简集释》等。

2. 文本性质研究

常佩雨《上博简逸诗〈多薪〉考论》指出，从诗歌用词和取兴推断，《多薪》应是战国时期楚国人模拟《诗经》的作品。

3. 诗旨研究

整理者指出，《多薪》歌咏的是兄弟二人之间亲密无比的关系。廖名春《楚简"逸诗"〈多薪〉补释》认为《多薪》的诗意在于用松的常青来比喻兄弟之情。董珊《读上博藏战国楚竹书（四）杂记》认为以"多薪"谐声"多亲"来譬喻众多亲戚。吕佩珊《〈上博（四）〉逸诗〈多薪〉析论》指出《多薪》表面为歌颂手足情深之诗，而其寓含之深意则有待进一步研究。黄敦兵、雷海燕《试论上博简〈多薪〉篇对兄弟伦情的诗意言说》⑤ 对

---

① 《文史哲》2006 年第 2 期。
② 《传统中国研究集刊》第 6 辑（第三届传统中国研究国际学术讨论会论文集），上海人民出版社，2009，第 19～34 页。
③ 《诗经研究丛刊》第 20 辑，学苑出版社，2011，第 54～67 页。
④ 《河南师范大学学报》（哲学社会科学版）2012 年第 1 期。
⑤ 《伦理学研究》2007 年第 6 期。

《多薪》反映的兄弟伦理亲情有进一步的讨论。吴洋《上博（四）〈多薪〉诗旨及其〈诗经〉学意义》① 指出，《多薪》一诗以"多薪"起兴，通过对比人工采伐之薪柴与天然生长之树木来表现天生的兄弟比其他社会关系都更为可贵，这也是合理解释《诗经》中《王风·扬之水》和《郑风·扬之水》两篇的重要线索。

（四）上博简《卉茅之外》研究

1. 文本释读

在曹锦炎披露《卉茅之外》（或作《艸茅之外》）的图版并做初步研究之后，蔡伟《读上博简〈卉茅之外〉札记》② 及《上博简〈卉茅之外〉补证二则》③、程浩《上博竹书逸诗〈卉茅之外〉考论》④、董珊《上博简〈艸茅之外〉的再理解》⑤、胡宁及丁宇《上博简〈卉茅之外〉试解》⑥、孟蓬生《上博简〈艸茅之外（間）〉初读》⑦、何义军《上博简〈卉茅之外〉试解一则》⑧、李发《上博佚诗〈艸茅之外〉读后》⑨ 等文续做了讨论，有助于文本释读研究的深化。

2. 文本性质研究

程浩《上博竹书逸诗〈卉茅之外〉考论》认为《卉茅之外》系逸诗。董珊《上博简〈艸茅之外〉的再理解》指出，《艸茅之外》与其上、下的残文，原本属于同一件书信，作者以诗歌或韵文来复函作答，反映了"诗"这一体裁在早期的应用情况。

3. 其他

此外，李松儒《新公布上博竹简〈卉茅之外〉字迹研究》⑩ 还对《卉

---

① 《文学遗产》2013 年第 6 期。
② 复旦大学出土文献与古文字研究中心网站，2019 年 5 月 30 日。
③ 复旦大学出土文献与古文字研究中心网站，2019 年 8 月 4 日。
④ 《古文字研究》第 33 辑，中华书局，2020，第 520～522 页。原载清华大学出土文献研究与保护中心网站，2019 年 7 月 3 日。
⑤ "先秦秦汉史"微信公众号，2019 年 7 月 30 日。
⑥ 复旦大学出土文献与古文字研究中心网站，2019 年 8 月 7 日。
⑦ 《民俗典籍文字研究》第 25 辑，商务印书馆，2020，第 196～206 页。原载西南大学汉语言文献研究所网站，2019 年 9 月 23 日。另见"语言与文献"微信公众号，2019 年 7 月 30 日、7 月 31 日、8 月 1 日。
⑧ 西南大学汉语言文献研究所网站，2019 年 9 月 7 日。
⑨ 西南大学汉语言文献研究所网站，2019 年 9 月 7 日。
⑩ 《出土文献》2021 年第 2 期。

茅之外》的字迹开展研究，认为该篇与《鬼神之明·融师有成氏》《兰赋》《李颂》诸篇为同一书手所写。

（五）清华简《耆夜》研究

《耆夜》在清华简《诗》类文献中公布最早，研究成果颇为丰富，牛清波《清华简〈耆夜〉研究述论》①一文有所总结。除了散见于各期刊、集刊、网站的文章，清华大学出土文献研究与保护中心编《清华简研究》第2辑（"清华简与《诗经》研究"国际学术研讨会论文集）②收录了多篇相关论文，可以参看。《耆夜》除了涉及《蟋蟀》以及4首佚诗，还涉及"西伯戡黎"等重要史事以及"饮至"等礼典，相关研究论著较多，但因与《诗》无直接关联，故不在本文的关注范围之内。

1. 文本释读

在《耆夜》公布之后，苏建洲《〈清华简〉考释四则》③、米雁《清华简〈耆夜〉、〈金縢〉研读四则》④、黄怀信《清华简〈耆夜〉句解》⑤、刘云《清华简文字考释四则》⑥、邓佩玲《读清华简〈耆夜〉佚诗〈镜（辖）乘〉、〈晶＝（央央）〉小札》⑦、李炳海《清华简〈耆夜〉与〈诗经〉相关词语的考释——兼论〈诗经〉科学阐释体系的建立》⑧等文以及相关网帖对文本释读提出了一些重要意见，可参见颜伟明及陈民镇撰《清华简〈耆夜〉集释》⑨、刘光胜《〈清华大学藏战国竹简（壹）〉整理研究》⑩、季旭昇主编《〈清华大学藏战国竹简（壹）〉读本》⑪的汇释。

2.《蟋蟀》文本流传研究

《耆夜》所见《蟋蟀》与《毛诗·唐风·蟋蟀》之间的关系是学者讨

---

① 《文艺评论》2017年第1期。

② 中西书局，2015。

③ 复旦大学出土文献与古文字研究中心网站，2011年1月9日。

④ 简帛网，2011年1月10日。

⑤ 《文物》2012年第1期。原载简帛网，2011年3月21日。

⑥ 《考古与文物》2012年第1期。原载复旦大学出土文献与古文字研究中心网站，2011年6月10日。

⑦ 复旦大学出土文献与古文字研究中心网站，2011年9月10日。

⑧ 《文史哲》2014年第1期。又见姚小鸥主编《清华简与先秦经学文献研究》，生活·读书·新知三联书店，2016。

⑨ 复旦大学出土文献与古文字研究中心网站，2011年9月20日。

⑩ 上海古籍出版社，2016。

⑪ 台北艺文印书馆，2013。

论的热点。刘成群《清华简〈鄀夜〉〈蟋蟀〉诗献疑》①、刘光胜《清华简〈耆夜〉考论》②、曹建国《论清华简中的〈蟋蟀〉》③、黄怀信《清华简〈蟋蟀〉与今本〈蟋蟀〉对比研究》④、李锐《清华简〈耆夜〉再探》⑤、孔德凌《清华简〈蟋蟀〉与〈唐风·蟋蟀〉异同考论——兼论清华简〈蟋蟀〉的主题》⑥、张三夕及邓凯《清华简〈蟋蟀〉与〈唐风·蟋蟀〉为同题创作》⑦、段颖龙《从清华简〈耆夜〉看毛诗〈蟋蟀〉之成因与〈诗经〉早期的流传》⑧、柯马丁（Martin Kern）《早期中国诗歌与文本研究诸问题——从〈蟋蟀〉谈起》⑨、黄效《清华简〈蟋蟀〉再议》⑩、张强及董立梅《清华简〈蟋蟀〉与〈唐风·蟋蟀〉之异同考》⑪、贾海生及钱建芳《周公所作〈蟋蟀〉因何被编入〈诗经·唐风〉中》⑫ 等文均试图分析《毛诗·蟋蟀》与《耆夜》所见《蟋蟀》的差异以及文本差异形成的原因，进而讨论《诗经》的早期流传。

3. 《蟋蟀》诗旨研究

李学勤《论清华简〈耆夜〉的〈蟋蟀〉诗》⑬、孙飞燕《〈蟋蟀〉试读》⑭、李均明《〈蟋蟀〉诗主旨辨——由清华简"不喜不乐"谈起》⑮、陈民镇《〈蟋蟀〉之"志"及其诗学阐释——兼论清华简〈耆夜〉周公作〈蟋蟀〉本事》⑯ 等文就《蟋蟀》的诗旨加以考辨。

---

① 《学术论坛》2010 年第 6 期。

② 《中州学刊》2011 年第 1 期。又见《中华文化论坛》2011 年第 1 期。

③ 《江汉考古》2011 年第 2 期。

④ 《诗经研究丛刊》第 23 辑，2013。

⑤ 《清华简研究》第 2 辑，第 118～131 页。

⑥ 《北方论丛》2015 年第 1 期。

⑦ 《海南大学学报》（人文社会科学版）2016 年第 2 期。

⑧ 《河北师范大学学报》（哲学社会科学版）2018 年第 1 期。

⑨ 《文学评论》2019 年第 4 期。另见 Martin Kern，"'Xi shuai'蟋蟀（'Cricket'）and Its Consequences: Issues in Early Chinese Poetry and Textual Studies," *Early China*，Vol. 42（2019）: 39 – 74.

⑩ 《江西师范大学学报》（哲学社会科学版）2020 年第 2 期。

⑪ 《西北民族大学学报》（哲学社会科学版）2020 年第 5 期。

⑫ 《中国典籍与文化》2013 年第 4 期。

⑬ 《中国文化》2011 年春季号。

⑭ 《清华大学学报》（哲学社会科学版）2009 年第 5 期。

⑮ 《出土文献》第 4 辑，中西书局，2013，第 32～37 页。又见《绍兴文理学院学报》（哲学社会科学版）2014 年第 1 期、《清华简研究》第 2 辑。

⑯ 《中国诗歌研究》第 9 辑，社会科学文献出版社，2013。

4. 乐诗及文本年代研究

陈致《清华简所见古饮至礼及〈耆夜〉中古佚诗试解》① 认为《耆（郘）夜》所见乐诗不太可能是商周之际原来的作品，即使与原来的作品有一定的关系，也是经过了改写和加工。刘光胜《清华简〈耆夜〉考论》通过乐诗部分词语与西周、春秋及战国时代的金文对比，认为该篇很可能成书于西周中晚期至春秋前段。刘成群《清华简〈乐诗〉与"西伯戡黎"再探讨》② 等文对此亦有探讨。

5. 文本性质研究

刘光胜《〈清华大学藏战国竹简（壹）〉整理研究》、吴良宝《再论清华简〈书〉类文献〈郘夜〉》③ 等认为《耆（郘）夜》属《书》类文献。蔡先金《清华简〈耆夜〉古小说与古小说家"拟古诗"》④ 认为《耆夜》所见乐诗属于"拟古诗"，揭示了古小说家在小说创作过程中"用诗"辅助叙事的文学现象，也填补了战国散文时代诸子在"诗"创作方面存在的空白。刘成群《清华简〈郘夜〉〈蟋蟀〉诗献疑》认为《耆（郘）夜》中包括《蟋蟀》在内的几首诗有可能是战国楚士的一种拟作。《汉书·艺文志》称三家诗"或取《春秋》，采杂说，咸非其本义"，陈才《清华简〈耆夜〉拾遗》⑤ 怀疑《耆夜》与《汉书·艺文志》所说的"杂说"应属于同一类文献，甚至有可能就是班固所说的"杂说"中的一种。

（六）清华简《周公之琴舞》研究

李学勤《新整理清华简六种概述》⑥ 与李守奎《清华简〈周公之琴舞〉与周颂》⑦ 较早向学界介绍了《周公之琴舞》的内容。在整理报告正式出版之后，见于期刊、集刊、网站的研究文章层出不穷，姚小鸥主编《清华简

---

① 《出土文献》第 1 辑，中西书局，2010，第 6～30 页。又见复旦大学出土文献与古文字研究中心编《出土文献与传世典籍的诠释——纪念谭朴森先生逝世两周年国际学术研讨会论文集》，上海古籍出版社，2010。
② 《史林》2009 年第 4 期。
③ 《扬州大学学报》（人文社会科学版）2015 年第 2 期。
④ 《济南大学学报》（社会科学版）2017 年第 1 期。
⑤ 《历史文献研究》第 35 辑，华东师范大学出版社，2015，第 303～310 页。
⑥ 《文物》2012 年第 8 期。
⑦ 《文物》2012 年第 8 期。又见氏著《古文字与古史考——清华简整理研究》，中西书局，2015。

与先秦经学文献研究》① 与《清华简研究》第 2 辑所收论文相对集中。张峰《清华简〈周公之琴舞〉研究述论》②、祝秀权及曹颖《清华简〈周公之琴舞〉研究综述》③、王静《清华简〈周公之琴舞〉研究综述》④、王薇《清华简〈周公之琴舞〉研究》⑤、刘潇川《清华简〈周公之琴舞〉研究》⑥ 等文对《周公之琴舞》的研究已有总结。

1. 文本释读

在整理报告的基础上，李守奎《〈周公之琴舞〉补释》⑦ 一文对简文的释读提出了一些补充意见。在简帛网简帛论坛《清华简〈周公之琴舞〉初读》之下，学者们也有不少有价值的观点。正式发表的文章如李学勤《论清华简〈周公之琴舞〉"害天之不易"》⑧、黄甜甜《〈周公之琴舞〉初探》⑨、黄甜甜《清华简〈周公之琴舞〉"不易"新释》⑩、孙飞燕《清华简〈周公之琴舞〉补释》⑪、马楠《试说〈周公之琴舞〉"右帝在路"》⑫、陈致《读〈周公之琴舞〉札记》⑬、陈致《清华简〈周公之琴舞〉中"文文其有家"试解》⑭、黄杰《初读清华简（三）〈周公之琴舞〉笔记》⑮、胡敕瑞《读清华简札记之二》⑯、吴雪飞《清华简（三）〈周公之琴舞〉补释》⑰、子居《清华简〈周公之琴舞〉解析》⑱、季旭昇《〈清华三·周公之琴舞·成王敬毖〉第四篇研究》⑲、季旭昇《〈清华三·周公之琴舞·成王敬毖〉

---

① 生活·读书·新知三联书店，2016。
② 《文艺评论》2015 年第 12 期。
③ 《中国韵文学刊》2018 年第 3 期。
④ 《长江丛刊》2018 年第 29 期。
⑤ 天津师范大学硕士学位论文，2014。
⑥ 济南大学硕士学位论文，2015。
⑦ 《出土文献研究》第 11 辑，中西书局，2012，第 5~23 页。
⑧ 《出土文献研究》第 11 辑，中西书局，2012，第 1~4 页。又见氏著《夏商周文明研究》，商务印书馆，2015。
⑨ 《深圳大学学报》（人文社会科学版）2013 年第 6 期。
⑩ 《古文字研究》第 31 辑，中华书局，2016，第 341~345 页。
⑪ 《考古与文物》2018 年第 6 期。
⑫ 《出土文献》第 4 辑，中西书局，2013，第 94~96 页。
⑬ 简帛网，2014 年 4 月 26 日。又见《清华简研究》第 2 辑。
⑭ 《出土文献》第 3 辑，中西书局，2012，第 41~47 页。
⑮ 简帛网，2013 年 1 月 5 日。
⑯ 清华大学出土文献研究与保护中心网站，2013 年 1 月 5 日。
⑰ 简帛网，2013 年 1 月 17 日。
⑱ 孔子 2000 网"清华大学简帛研究"专栏，2014 年 1 月 4 日。
⑲ 《古文字研究》第 30 辑，中华书局，2014，第 392~395 页。

第五篇研究》①、季旭昇《〈周公之琴舞〉"周公作多士儆毖"小考》②、苏建洲《清华三〈周公之琴舞〉〈良臣〉〈祝辞〉研读札记》③、陈伟武《读清华简〈周公之琴舞〉和〈芮良夫毖〉零札》④、石小力《清华简〈周公之琴舞〉"文非易币"解》⑤、陈美兰《〈清华简（叁）·周公之琴舞〉札记三则》⑥、蒋文《清华简〈周公之琴舞〉"周公作多士敬毖"诗解义——兼及出土及传世文献中几例表"合于刑"义的"刑"》⑦、颜世铉《说清华简〈周公之琴舞〉"甬启"——兼释两则与"庸"音义相关的释读》⑧、张崇礼《清华简〈周公之琴舞〉考释》⑨、崔存明《试说清华简〈周公之琴舞〉"日内皋蟊不窢，是佳尼"》⑩、宁镇疆《由它簋盖铭文说清华简〈周公之琴舞〉"差寺王聪明"句的解读——兼申"成王作"中确有非成王语气〈诗〉》⑪、王辉《一粟居读简记（五）》⑫、单育辰《清华三〈诗〉〈书〉类文献合考》⑬、夏含夷（Edward L. Shaughness）《〈诗〉之祝诵——三论"思"字的副词作用》⑭、姚小鸥及杨晓丽《〈周公之琴舞·孝享〉篇研究》⑮、姚小鸥及李文慧《〈周公之琴舞〉诸篇释名》⑯ 等，对文本释读多有阐发。相关讨论，可参见孙永凤《清华简〈周公之琴舞〉集释》⑰ 的汇释。

2. 异文对读研究

《周公之琴舞》有与《毛诗·周颂·敬之》相近的内容，沈培《〈诗·

① 《中国文字》新 40 期，台北艺文印书馆，2014，第 1 ~ 10 页。
② 《清华简研究》第 2 辑，第 15 ~ 27 页。
③ 《中国文字》新 39 期，台北艺文印书馆，2013，第 69 ~ 76 页。
④ 《清华简研究》第 2 辑，第 28 ~ 32 页。又见氏著《愈愚斋磨牙二集》，中西书局，2018。
⑤ 《出土文献》第 7 辑，中西书局，2015，第 98 ~ 102 页。又见氏著《东周金文与楚简合证》，上海古籍出版社，2017。
⑥ 《出土文献研究》第 15 辑，中西书局，2016，第 73 ~ 88 页。
⑦ 《出土文献与古文字研究》第 8 辑，上海古籍出版社，2019，第 187 ~ 200 页。
⑧ 《出土文献》第 8 辑，中西书局，2016，第 108 ~ 120 页。
⑨ 复旦大学出土文献与古文字研究中心网站，2015 年 8 月 30 日。
⑩ 《简帛研究二〇一五》春夏卷，广西师范大学出版社，2015，第 22 ~ 29 页。
⑪ 《出土文献》2020 年第 4 期。
⑫ 《清华简研究》第 2 辑，第 193 ~ 200 页。
⑬ 《清华简研究》第 2 辑，第 227 ~ 230 页。
⑭ 《清华简研究》第 2 辑，第 41 ~ 51 页。
⑮ 《中州学刊》2013 年第 7 期。又见姚小鸥主编《清华简与先秦经学文献研究》。
⑯ 《中国诗歌研究》第 10 辑，社会科学文献出版社，2014，第 1 ~ 18 页。又见姚小鸥主编《清华简与先秦经学文献研究》。
⑰ 吉林大学硕士学位论文，2015。

周颂·敬之〉与清华简〈周公之琴舞〉对应颂诗对读》①、廖名春《清华简〈周公之琴舞〉与〈周颂·敬之〉篇对比研究》②、顾史考（Scott Cook）《清华简〈周公之琴舞〉成王首章初探》③、王克家《清华简〈敬之〉篇与〈周颂·敬之〉的比较研究》④、季旭昇《〈毛诗·周颂·敬之〉与〈清华三·周公之琴舞·成王敬毖〉首篇对比研究》⑤、宗静航《〈周公之琴舞〉与〈诗经〉异文和经传解释小识》⑥、吴洋《从〈周颂·敬之〉看〈周公之琴舞〉的性质》⑦ 等文均对二者做了对读研究。

3. 颂诗及乐舞术语研究

《周公之琴舞》进一步佐证"颂"表现为诗乐舞合一的形态，其中"九遂"的形式和"成""终""乱"等术语皆引起学者关注。如邓佩玲《〈诗经·周颂〉与〈大武〉重探——以清华简〈周公之琴舞〉参证》⑧ 从《周公之琴舞》入手，重新讨论了《大武》的形式，并指出"成"是乐章组成单位，每"成"相当于乐章的每一章节，而"终"与现代汉语的"遍""次"相近，是计量乐章演唱次数的量词；"絉"或读"卒"，相当于传世文献的"终"；乐章中的"始""乱"似乎只是从结构角度对乐章中每一章节进行上、下两半的切分，标示音乐及舞容的变化，与诗篇内容的关系不大。另可参看方建军《清华简"作歌一终"等语解义》⑨、方建军《论清华简"琴舞九絉"及"启、乱"》⑩、王志平《清华简〈周公之琴舞〉乐制探微》⑪、赵敏俐《〈周公之琴舞〉的组成、命名及表演方式蠡测》⑫、蔡先金

① 《出土文献与古文字研究》第 6 辑，上海古籍出版社，2015，第 327～357 页。
② 《深圳大学学报》（人文社会科学版）2013 年第 6 期。又见姚小鸥主编《清华简与先秦经学文献研究》。
③ 《古文字研究》第 30 辑，中华书局，2014，第 396～403 页。另可参见氏著《上博等楚简战国逸书纵横览》，中西书局，2018，第 298～314 页。
④ 《中国诗歌研究》第 10 辑，第 30～36 页。又见姚小鸥主编《清华简与先秦经学文献研究》。
⑤ 李宗焜主编《古文字与古代史》第 4 辑，台北"中央"研究院历史语言研究所，2015，第 369～402 页。
⑥ 《清华简研究》第 2 辑，第 89～96 页。
⑦ 《出土文献研究》第 12 辑，中西书局，2013，第 40～46 页。又见袁济喜、诸葛忆兵主编《国学视野下之古代文学研究》，中国社会科学出版社，2016。
⑧ 《岭南学报》复刊第 4 辑，上海古籍出版社，2016，第 219～246 页。又见氏著《〈雅〉〈颂〉与出土文献新证》，商务印书馆，2017。
⑨ 《中国音乐学》2014 年第 2 期。
⑩ 《音乐研究》2014 年第 4 期。
⑪ 《出土文献》第 4 辑，中西书局，2013，第 65～79 页。
⑫ 《文艺研究》2013 年第 8 期。又见姚小鸥主编《清华简与先秦经学文献研究》。

《清华简〈周公之琴舞〉的文本与乐章》①、江林昌《清华简与先秦诗乐舞传统》②、江林昌及孙进《由清华简论"颂"即"容"及其文化学意义》③、陈鹏宇《周代古乐的歌、乐、舞相关问题探讨——兼论清华简〈周公之琴舞〉》④、邱德修《〈周公之琴舞〉简"乱曰"新证》⑤、张存良《由清华简〈周公之琴舞〉谈先秦诗乐中的"启"和"乱"》⑥、王福利《清华简〈周公之琴舞〉新解》⑦、王立增《清华简〈周公之琴舞〉、〈耆夜〉中的音乐信息》⑧、谢炳军《清华简〈周公之琴舞〉与两周"礼乐文章"——兼论之关系》⑨、张玉春及谢炳军《清华简〈周公之琴舞〉与两周礼乐》⑩、柯鹤立（Constance A. Cook）《试论〈周公之琴舞〉中"九成"奏乐模式的意义》⑪诸文的讨论。

4. 篇章结构研究

《周公之琴舞》称"周公作多士儆毖，琴舞九絉"，又称"成王作儆毖，琴舞九絉"，在"成王作"之下确有诗 9 篇，分别冠以"元内（入）启曰""再启曰""三启曰"以至"九启曰"，然而在"周公作"之下只有冠以"元内（入）启曰"的诗 1 篇。李学勤《新整理清华简六种概述》指出这种情形并不意味着简文周公所作缺失了 8 篇，因为仔细分析成王作以下 9 篇的诗句，有的是王的口气，有的却是朝臣的口气。在《论清华简〈周公之琴舞〉的结构》⑫ 一文中，李学勤指出现有的 10 篇诗前后呼应，"周公作"之下的一篇固然是周公儆毖多士的口吻，并且适于作为全诗的领首，但在"成王作"之下的 9 篇，却有一些不可能出自成王；并推测《周公之琴舞》原诗实有 18 篇，由于长期流传有所缺失，同时出于实际演奏吟诵的需要，

---

① 《西北师大学报》（社会科学版）2014 年第 4 期。又见姚小鸥主编《清华简与先秦经学文献研究》。

② 《文艺研究》2013 年第 8 期。又见姚小鸥主编《清华简与先秦经学文献研究》。

③ 《中国高校社会科学》2013 年第 3 期。

④ 《出土文献》第 4 辑，中西书局，2013，第 80～93 页。

⑤ 《清华简研究》第 2 辑，第 4～14 页。

⑥ 中共金塔县委等编《金塔居延遗址与丝绸之路历史文化研究》，甘肃教育出版社，2014，第 347～351 页。

⑦ 《中州学刊》2019 年第 5 期。

⑧ 《交响－西安音乐学院学报》2015 年第 3 期。

⑨ 《历史文献研究》第 40 辑，华东师范大学出版社，2018，第 72～87 页。

⑩ 《历史文献与传统文化》第 22 辑，广东人民出版社，2017，第 1～13 页。

⑪ 《清华简研究》第 2 辑，第 52～56 页。

⑫ 《深圳大学学报》（人文社会科学版）2013 年第 1 期。

经过组织编排，成了现在我们见到的结构。

李守奎在《清华简〈周公之琴舞〉与周颂》中指出，如果周公之诗与成王之诗是在同一个仪式上演奏，而且只演奏这一首（严格说是半首），二者相加是十，与《毛诗》中雅与周颂以十为单位为一组相合；并怀疑在这场典礼中有两场乐舞，一场演奏周公对多士的儆毖，一场演奏成王的儆毖，这两场可能前后相承，构成一个完整的典礼，《周公之琴舞》主记了成王之诗舞，对周公之诗有所省略。

赵敏俐《〈周公之琴舞〉的组成、命名及表演方式蠡测》①认为《周公之琴舞》中应该包括两组诗，第一组为"周公之诗"，只残存半首，缺失八首半（因为比照"成王之诗"，周公的这首诗中还缺少"乱"的部分）；第二组应为"成王之诗"，保存完整。

李辉《〈周公之琴舞〉"启＋乱"乐章结构探论》②认为，《周公之琴舞》只有周公、成王合作的"琴舞九遂"，并非另有周公作的"琴舞九遂"，两个"元纳启"实为一体，皆为周公之辞。

5. 文本年代研究

李学勤《再读清华简〈周公之琴舞〉》③认为，《周公之琴舞》中诗篇的作期大致为周公致政、成王嗣位期间。李守奎《清华简〈周公之琴舞〉与周颂》亦强调，《周公之琴舞》所记确有可能是成王嗣位大典及其所演奏的乐歌的一部分，周初成王之诗的语言多承商代成语。

一些学者认为《周公之琴舞》有晚出的痕迹。如王辉《一粟居读简记（五）》认为《周公之琴舞》极可能是西周晚期或春秋时的作品，其真正作者并非成王、周公。吴洋《从〈周颂·敬之〉看〈周公之琴舞〉的性质》认为今本《敬之》产生于西周初年，而《周公之琴舞》的相应诗篇具有比较明显的改写痕迹，很可能是春秋以后甚至战国人的再创作。

李守奎《先秦文献中的琴瑟与〈周公之琴舞〉的成文时代》④一文则强调不宜简单看待该篇的写作年代。根据文字构形、出土文献、传世经籍

---

① 《文艺研究》2013年第8期。又见姚小鸥主编《清华简与先秦经学文献研究》。
② 《文史》2020年第3期。
③ 《绍兴文理学院学报》（哲学社会科学版）2014年第1期。又见氏著《夏商周文明研究》。以《〈周公之琴舞〉小记》为题收入《清华简研究》第2辑。
④ 《吉林大学社会科学学报》2014年第1期。又见氏著《古文字与古史考——清华简整理研究》。

和出土实物的线索，李氏认为瑟早于琴，《周公之琴舞》所见周公与成王诗前面的序中出现的"琴"，应当是战国时代重新组织编排所致。先秦文献不论是内容、语言形式还是组织结构，大都是在流传过程中层累而成，不能妄断真伪。

6. 文本性质研究

李学勤《新整理清华简六种概述》指出，《周公之琴舞》的性质是一种乐章，堪与备受学者重视的《大武》乐章相比。在《再读清华简〈周公之琴舞〉》一文中，李氏强调《周公之琴舞》是周公及群臣向成王进戒与成王自儆之诗。

黄甜甜《〈周公之琴舞〉初探》指出，从对文本接受的角度来看，一方面，楚人把周公之诗和成王之诗作为毖儆类文献来接受；另一方面，楚人也视周公之诗和成王之诗为乐章，可能乐舞背景已经失传，但楚人尚存《周颂》"什"的观念，因此将这十篇放在一起。在《试论清华简〈周公之琴舞〉与〈诗经〉之关系》① 一文中，黄氏再次强调《周公之琴舞》具有乐章与毖儆类文献的双重性质，并认为成王"元启"与《周颂·敬之》文本的对读揭示出简本较为原始，整体上略胜于今，但二者可能是不同流传系统的产物，前者类似于《大武》乐章文辞的单独流传，后者依附于《周颂》，二者在战国时代曾经并存。

马银琴《〈周公之琴舞〉与〈周颂·敬之〉的关系——兼论周代仪式乐歌的制作方式》② 认为，《周公之琴舞》通过"琴舞""启曰""乱曰"等表现出来的乐歌属性，并非其文辞的本来面目，而是后世改制的结果。其中的歌辞很可能来源于周公致政成王时发生在君臣之间的"儆毖"之语。

姚小鸥、孟祥笑《试论清华简〈周公之琴舞〉的文本性质》③ 认为，《周公之琴舞》主要呈现的是"诗家"所重之"义"，而非"乐家"所传之"声"，它是未经汉儒整理的诗家传本的早期形态，其存有乐舞术语是先秦诗家未将乐工标记语全部剥离所致。

马芳《从清华简〈周公之琴舞〉、〈芮良夫毖〉看"毖"诗的两种范式

---

① 《中原文化研究》2015 年第 2 期。
② 《清华大学学报》（哲学社会科学版）2019 年第 2 期。
③ 《文艺研究》2014 年第 6 期。又见姚小鸥主编《清华简与先秦经学文献研究》以及《清华简研究》第 2 辑。

及其演变轨迹》① 认为《周公之琴舞》和《芮良夫毖》均以儆戒为主要内容，两诗分别创制于西周初年和西周晚期，分别代表了"毖"诗的两种范式，即颂体范式和雅体范式。

孙飞燕《清华简〈周公之琴舞〉与〈诗经·周颂〉的性质新论》② 从《周公之琴舞》出发，重新反思《诗经·周颂》的性质，指出过去学者多认为《周颂》是"告神明"的祭祀诗，而《周公之琴舞》则是面向大臣的讲话。经过全面的梳理，孙氏认为《周颂》的性质可能是统治者在重大典礼上所作的乐舞之诗。

王长华《关于新出土文献进入文学史叙述的思考——以清华简〈周公之琴舞〉为例》③ 认为，《周公之琴舞》中的诗篇极有可能是由周宫廷乐师整理之后传入楚地，楚人按照自己的理解，吸纳和结合了楚地音乐表现形式并对其进行了改造。

祝秀权《清华简〈周公之琴舞〉释读》④ 认为《周公之琴舞》诗篇与《周颂·敬之》是根据同一底本创作的不同版本，不是同一创作版本的不同流传。

吴洋《从〈周颂·敬之〉看〈周公之琴舞〉的性质》的看法与其他学者有所不同，吴氏认为《周公之琴舞》的体裁明显来自《书》类文献而非《诗》类文献，甚至与《逸周书》有某种密切联系。

7.《诗经》流传研究

《周公之琴舞》为《诗经》编定与流传的研究提供了重要线索，并启发学者重新反思"孔子删《诗》"的公案。徐正英《清华简〈周公之琴舞〉与孔子删〈诗〉相关问题》⑤ 认为，《周公之琴舞》为"十分去九"删诗幅度提供了文本范例，还启示体认"去其重"是既去重复篇目，又去相近内容。徐正英、马芳《清华简〈周公之琴舞〉组诗的身份确认及其诗学史意义》⑥

① 《学术研究》2015 年第 2 期。
② 《简帛研究二〇一四》，广西师范大学出版社，2014，第 5 ~ 11 页。
③ 《河北师范大学学报》（哲学社会科学版）2014 年第 2 期。又见朱万曙、徐楠、徐建委编《中国古代文学研究——视野与方法论集》（上），中国人民大学出版社，2015。
④ 《山东理工大学学报》（社会科学版）2017 年第 4 期。又见祝秀权《清华简〈周公之琴舞〉释读管见》，《文学与文化》2018 年第 1 期。
⑤ 《文学遗产》2014 年第 5 期。又见《诗经研究丛刊》第 26 辑，学苑出版社，2015。
⑥ 《复旦学报》（社会科学版）2014 年第 1 期。又见姚小鸥主编《清华简与先秦经学文献研究》。

一文对此有进一步强调。刘丽文《清华简〈周公之琴舞〉与孔子删〈诗〉说》① 一文亦指出《周公之琴舞》可证明"孔子删《诗》说"不诬。

谢炳军《〈诗经〉的结集及其对〈周公之琴舞·敬之〉的选编——答徐正英先生》② 则认为，从诗教传统及诗集的流播状态，略可判断《诗经》并非由孔子所删定，而从王官对《诗经》文本的结集及修订的情况来看，作为诗歌选集的《诗经》之诗亦并非为孔子所选录。谢炳军《再议"孔子删〈诗〉"说与清华简〈周公之琴舞〉——与徐正英、刘丽文、马银琴商榷》③ 对此有进一步申论。刘娟《再论清华简〈周公之琴舞〉与"孔子删诗"——历时性与共时性双重视域下的〈诗〉本生成》④ 的观点与谢炳军相近。

马芳《也谈〈清华简·周公之琴舞〉与"孔子删诗"问题——兼与谢炳军博士商榷》⑤ 则认为，谢炳军以"王官删诗"否认"孔子删诗"，以《周公之琴舞》不是《诗》之"逸诗"为由否认《周公之琴舞》可作"孔子删诗"说的证据，这两个否认理由都不充分。王官删诗与孔子删诗时代不同，编辑思想不同，各有其政治、历史、文献背景，各有其用，二者并不矛盾。

吴万钟《〈清华简·周公之琴舞〉之启示》⑥ 指出，今存《周颂》中仅存《敬之》一篇，依此资料来判断，孔子"去其重"之"重"的实际情况恐怕不是同样作品的重复，而是作品内容类似而重复的可能性比较大。

8. 对楚辞的影响

徐正英《清华简〈周公之琴舞〉组诗对〈诗经〉原始形态的保存及被楚辞形式的接受》⑦ 认为，春秋时期随着东周宫廷典籍的散落与南传，楚国代代传抄保存下了这组有原始形态乐章标识的《诗经》"逸诗"，至战国时期，又幸被以屈原《离骚》为代表的楚辞形式所接受，将本为乐章标识的"乱曰"变换性质而化用于楚辞作品的尾章章首，成为总括揭示全篇主旨的

① 《文学遗产》2014 年第 5 期。又见刘丽文、段露航《清华简〈周公之琴舞〉对〈诗经〉流传与编定的启示》，《清华简研究》第 2 辑，第 77~88 页。
② 《中州学刊》2016 年第 2 期。
③ 《学术界》2015 年第 6 期。
④ 《岭南师范学院学报》2017 年第 4 期。
⑤ 《中州学刊》2016 年第 7 期。
⑥ 《中国诗歌研究》第 10 辑，第 37~47 页。又见姚小鸥主编《清华简与先秦经学文献研究》。
⑦ 《文学评论》2014 年第 4 期。

结尾语，并构成了楚辞的主要形式特征之一。

此外，李颖《清华简〈周公之琴舞〉与楚辞"九体"》① 与李炳海《试论〈周公之琴舞〉中九絉的内涵及价值》② 皆注意到"九絉"与楚辞"九体"的关系。

9. 史学及思想史研究

此领域亦有学者关注《周公之琴舞》的史学价值。如张利军《清华简〈周公之琴舞〉与周公摄政》③ 认为《周公之琴舞》是周成王嗣位朝庙的乐诗，且作于周武王的丧礼后、周公摄政之前的周成王嗣位朝庙典礼上，《周公之琴舞》可补周公由顾命大臣到摄王政者转变的史实缺环。

杨桦《清华简〈周公之琴舞〉及其德政思想》④、俞艳庭《权力话语与政治诗学——以清华简〈周公之琴舞〉为中心的讨论》⑤ 则涉及政治思想史的内容。

（七） 清华简《芮良夫毖》研究

李学勤《新整理清华简六种概述》与赵平安《〈芮良夫毖〉初读》⑥ 较早向学界介绍了《芮良夫毖》。在整理报告正式出版之后，各期刊、集刊、网站多有文章发表，其中以姚小鸥主编《清华简与先秦经学文献研究》与《清华简研究》第 2 辑收录的研究论文相对集中。周天雨《清华简〈芮良夫毖〉研究综述》⑦ 一文已有综述。以下对《芮良夫毖》的相关研究分别予以介绍。

1. 文本释读

在整理报告出版之后，简帛网简帛论坛《清华简三〈芮良夫毖〉初读》下的跟帖就文本释读提出了不少新见，正式发表的论文则有马楠《〈芮良夫毖〉与文献相类文句分析及补释》⑧、王坤鹏《清华简〈芮良夫毖〉篇笺释》⑨、子居《清华简〈芮良夫毖〉解析》⑩、邬可晶《读清华简〈芮良夫

---

① 《中国诗歌研究》第 10 辑，第 19～29 页。又见姚小鸥主编《清华简与先秦经学文献研究》。

② 《斯文》第 4 辑，社会科学文献出版社，2019，第 17～27 页。

③ 《中国史研究》2018 年第 1 期。

④ 《长江大学学报》（社会科学版）2014 年第 6 期。

⑤ 《济南大学学报》（社会科学版）2017 年第 5 期。

⑥ 《文物》2012 年第 8 期。又见《清华简研究》第 2 辑。

⑦ 《殷都学刊》2017 年第 2 期。

⑧ 《深圳大学学报》（人文社会科学版）2013 年第 1 期。

⑨ 简帛网，2013 年 2 月 26 日。

⑩ 孔子 2000 网"清华大学简帛研究"专栏，2013 年 2 月 24 日。

毖〉札记三则》①、王瑜桢《〈清华大学藏战国竹简（叁）·芮良夫毖〉释读》②、白于蓝《清华简〈芮良夫毖〉6—8 号简校释》③、庞壮城《清华简〈芮良夫毖〉释译》④、陈伟武《读清华简〈周公之琴舞〉和〈芮良夫毖〉零札》、冯胜君《读清华简〈芮良夫毖〉札记》⑤、邓佩玲《〈清华简三·周公之琴舞〉"非天诶愳"与〈诗·周颂〉所见诫勉之辞》⑥、黄杰《清华简〈芮良夫毖〉补释》⑦、沈培《试说清华简〈芮良夫毖〉跟"绳准"有关的一段话》⑧、刘乐贤《也谈清华简〈芮良夫毖〉跟"绳准"有关的一段话》⑨、周鹏《清华简〈芮良夫毖〉"訴訨"与"柔訨"解》⑩、张崇礼《清华简〈芮良夫毖〉考释》⑪、高中华及姚小鸥《清华简〈芮良夫毖〉疏证（上）》⑫、姚小鸥及高中华《清华简〈芮良夫毖〉疏证（下）》⑬、高中华及姚小鸥《清华简〈芮良夫毖〉缺文试补》⑭、连劭名《楚简〈芮良夫毖〉新证》⑮等。另可参见方媛《清华三〈芮良夫毖〉集释》⑯、朱德威《〈芮良夫毖〉集释》⑰的汇释。

2. 文本性质研究

一般认为，《芮良夫毖》系芮良夫进献天子的规谏之作。高中华、姚小

---

① 《古文字研究》第 30 辑，中华书局，2014，第 408～414 页。
② 《出土文献》第 6 辑，中西书局，2015，第 184～194 页。
③ 《古文字研究》第 31 辑，中华书局，2016，第 346～350 页。又见氏著《拾遗录：出土文献研究》，科学出版社，2017。
④ 《出土文献综合研究集刊》第 1 辑，巴蜀书社，2014，第 141～146 页。
⑤ 《汉语言文字研究》第 1 辑，上海古籍出版社，2015，第 184～186 页。
⑥ 《汉语言文字研究》第 1 辑，第 173～183 页。
⑦ 《简帛研究二〇一五》秋冬卷，广西师范大学出版社，2015，第 1～24 页。
⑧ 清华大学出土文献与中国古代文明研究中心、清华大学出土文献研究与保护中心《出土文献与中国古代文明——李学勤先生八十寿诞纪念论文集》，中西书局，2016，第 177～189 页。
⑨ 《清华简研究》第 2 辑，第 137～142 页。
⑩ 《古文字论坛》第 2 辑（中山大学古文字学研究室成立六十周年纪念专号），中西书局，2016，第 239～243 页。
⑪ 复旦大学出土文献与古文字研究中心网站，2016 年 2 月 4 日。
⑫ 《中国诗歌研究》第 14 辑，社会科学文献出版社，2017，第 1～38 页。
⑬ 《中国诗歌研究》第 15 辑，社会科学文献出版社，2017，第 1～28 页。
⑭ 《文献》2018 年第 3 期。
⑮ 《中原文物》2018 年第 4 期。
⑯ 安徽大学硕士学位论文，2016。
⑰ 吉林大学硕士学位论文，2017。

鸥《论清华简〈芮良夫毖〉的文本性质》① 则指出《芮良夫毖·小序》中的"厥辟"应当指诸侯，而非周天子；芮良夫的政治身份为周天子一人之下的执政卿士，《芮良夫毖》为芮良夫诰教诸侯及御事的诗篇。

马芳《从清华简〈周公之琴舞〉、〈芮良夫毖〉看"毖"诗的两种范式及其演变轨迹》及《从清华简〈芮良夫毖〉看"毖"诗及其体式特点》② 将《芮良夫毖》视作"毖"诗，并讨论了其体式特点。

邓佩玲《谈清华简〈芮良夫毖〉"毖"诗所见之诤谏——与〈诗〉及两周金文之互证》③ 据《芮良夫毖》指出过去"变《风》变《雅》不入乐"的说法有进一步调整的空间，《芮良夫毖》应是乐歌。

曹建国《清华简〈芮良夫毖〉试论》④ 认为《芮良夫毖》的文体可以命名为"毖"，属于诗歌类的韵文，内容则主于儆戒。与邓佩玲的看法不同，曹氏认为尽管文中出现了"终"这样的音乐术语，但根据文本内在节奏韵律来判断，这篇简文并不能入乐，而应该是诵读类的诗文本。他还指出，从文辞、思想、用韵等方面考察，这篇作品的创作时代不可能早至西周晚期。再结合战国时期文献传载方式的变化，推断这篇简文应该是战国中晚期的作品，并且极有可能是托名之作。

陈鹏宇《清华简〈芮良夫毖〉套语成分分析》⑤ 结合口头程式理论，分析了《芮良夫毖》的套语成分，指出该篇含有一半以上的套语成分（大于55%），反映作者创作的时候，多处都是拿固定的语句或结构来套用，从其套语成分看，更近于《雅》。《芮良夫毖》是献诗制度下芮良夫呈进的一篇规谏作品，创作时间在国人之变以前。

3. 体例研究

赵平安《〈芮良夫毖〉初读》指出，《芮良夫毖》的结构和《周书》多篇相似，都是两段式，先交代背景，然后详载君臣之言。

姚小鸥《〈清华大学藏战国竹简·芮良夫毖·小序〉研究》⑥ 依据《毛诗序》分"大序""小序"推理，《芮良夫毖》前之"序"可称为"小

① 《中州学刊》2016年第1期。
② 《江海学刊》2015年第4期。
③ 《清华简研究》第2辑，第152~171页。又见氏著《〈雅〉〈颂〉与出土文献新证》。
④ 《复旦学报》（社会科学版）2016年第1期。
⑤ 《深圳大学学报》（人文社会科学版）2014年第2期。另参见作者的博士学位论文《清华简中诗的套语分析及相关问题》，清华大学，2014。
⑥ 《中州学刊》2014年第5期。又见姚小鸥主编《清华简与先秦经学文献研究》。

序"，为先秦《诗序》之遗存。姚小鸥、高中华《〈芮良夫毖·小序〉与〈毛诗序〉的书写体例问题》① 进一步强调此说，并指出序文的主要部分采撷或化用诗篇文句组织而成，其中对于诗篇的说解，不仅深入诗篇文本，而且对于诗篇的创作背景也有交代，有助于更好地理解诗篇。

4. 史学及思想史

程薇《清华简〈芮良夫毖〉与周厉王时期的外患》② 从《芮良夫毖》出发，讨论了周厉王时期的外患。

王坤鹏《清华简〈芮良夫毖〉学术价值新论》③ 认为《芮良夫毖》反映了西周晚期世族势力勃兴、家臣制度完善、世族之间矛盾丛生的历史情实，同时反映了西周晚期王权观念的重大改变。

宁镇疆《早期"官人"之术的文献源流与清华简〈芮良夫毖〉相关文句的释读问题》④ 及《由〈国语·齐语〉〈管子·小匡〉中的"官人"术说到清华简〈芮良夫毖〉相关文句的渊源与解读》⑤ 结合《国语·齐语》《管子·小匡》等文献，讨论了早期"官人"之术的文献源流。宁镇疆《由清华简〈芮良夫毖〉之"五相"论西周亦"尚贤"及"尚贤"古义》⑥ 则结合《芮良夫毖》指出西周"世官"制下同样强调"尚贤"，"尚贤"之举并不待春秋之时或墨子鼓吹而始有。

高中华、姚小鸥《周代政治伦理与〈芮良夫毖〉"谁适为王"释义》⑦ 从周代政治伦理出发讨论"谁适为王"一语的含义。

刘子珍、王向华《"变雅"及清华简〈芮良夫毖〉所见怨刺精神探源》⑧ 认为"变雅"的"变"仅指题材内容，其精神旨归其实与传统的颂雅之作并无不同，秉承的均是周初宗教信仰与人伦观念，这在《芮良夫毖》中亦有直接体现。

---

① 《中州学刊》2019 年第 1 期。
② 《出土文献》第 3 辑，中西书局，2012，第 54～60 页。
③ 《孔子研究》2017 年第 4 期。
④ 《出土文献》第 13 辑，中西书局，2018，第 97～110 页。又见《诗经与礼制研究》第 1 辑，上海大学出版社，2019。
⑤ 郑开主编《齐文化与稷下学论丛》，齐鲁书社，2018，第 224～236 页。
⑥ 《学术月刊》2018 年第 6 期。又见《诗经与礼制研究》第 1 辑。
⑦ 《文艺评论》2016 年第 9 期。
⑧ 《宜春学院学报》2016 年第 8 期。

（八）安大简《国风》研究

安大简《国风》虽然公布未久，但成果丰硕，李丹《〈安徽大学藏战国竹简（一）〉研究综述》① 已有初步总结。《战国文字研究》第 1 辑②、《战国文字研究》第 2 辑③及《简帛》英文版（*Bamboo and Silk*）第 4 卷第 1 期收录相关论文相对集中。目前围绕安大简《国风》的研究论著主要从以下几方面展开。

1. 异文研究

安大简《国风》保存了大量异文，有助于我们认识《国风》的早期文本形态。徐在国《安徽大学藏战国竹简〈诗经〉诗序与异文》④ 对安大简《国风》的异文有较全面的总结，他将简本的异文分为通假、异体、同义三种，并指出这些异文以通假、异体居多，同义最少。黄德宽《略论新出战国楚简〈诗经〉异文及其价值》⑤ 分析了简本异文形成的几种情况：（1）因用字不同而形成异文；（2）由字词的增减而形成异文；（3）由简本与传世本章次不同而形成异文；（4）因章节数量不同而形成异文。其进而总结了安大简《国风》异文的价值：（1）有助于一些诗篇疑难字的理解；（2）有助于纠正因文本流传而导致的误释误读；（3）可以解决古文字考释中的一些疑难问题；（4）有助于《诗经》文本形成、流传以及《毛诗》来源研究。

学者对安大简《国风》的异文多有讨论，相关论文甚多，以下试举其要。

因用字不同（具体而言存在异体、通假、同义、讹误等情况）而形成的异文，如《周南·关雎》"窈窕淑女"之"窈窕"，在简本中作"要翟"，徐在国指出"要翟"应读为"腰嬥"，即细腰，"腰嬥淑女"即身材匀称美好的女子⑥，杜泽逊等则认为"窈窕"为联绵词，没有必要改释⑦；《关雎》"寤寐思服"之"寐"，在简本中作"寝"，徐在国认为"寝""寐"义同互

---

① 《常州工学院学报》（社科版）2020 年第 3 期。

② 安徽大学出版社，2019。

③ 安徽大学出版社，2020。

④ 《文物》2017 年第 9 期。

⑤ 《安徽大学学报》（哲学社会科学版）2018 年第 3 期。

⑥ 徐在国：《"窈窕淑女"新解》，《汉字汉语研究》2019 年第 1 期。

⑦ 杜泽逊：《安大简〈诗经·关雎〉"要翟"说》，《中国典籍与文化》2020 年第 1 期；孙可寒：《安大简〈诗经〉"要翟"训释补议》，《现代语文》2021 年第 3 期。

训，同义替换①，蒋文看法相同②，郭理远则认为简本中的"寝"是"寐"字之误③；《毛诗·召南·羔羊》"退食自公"，简本作"後人自公"，整理者认为"後人"是《诗》的原貌原意，陈剑认为"後"应是"退"之误，"人"应是"以"字的讹形④，吴剑修则认为所谓的"人"应该是"司"的异体，通"食"⑤，俞绍宏、张青松认为"人"可能是"飤"漏抄或省抄"食"旁，"飤"可用作"食"⑥，尉侯凯对古文字中"退""后"的讹混现象做了讨论⑦；《毛诗·秦风·小戎》"乱我心曲"的"乱"在简本中作"覭"，徐在国认为简本"覭"字是"挠"字异体，后人因"挠"所从的"器"与古文字"乱"形、义皆相近，将"挠"误释为"乱"⑧，郭理远、刘泽敏则认为简本的"覭"是"乱"的讹字⑨；《毛诗·唐风·绸缪》"见此邂逅"的"邂逅"在简本中作"那侯"，刘刚认为当以"那（邢）侯"为是，"邢侯"与诗中的"良人""粲者"相呼应⑩；《毛诗》中多篇的"言"字，在简本中写为"我"，正呼应了《郑笺》以"我"释"言"的说法，夏大兆、洪波对此均有分析⑪。此外，郝士宏《新出楚简〈诗经·秦风〉异文笺证》⑫、刘刚《〈诗经〉古义新解（二则)》⑬、郭理远《谈安大

---

① 徐在国：《谈安大简〈诗经〉的一个异文》，《湖南大学学报》（社会科学版）2019年第2期。

② Jiang Wen, "A Re-examination of the Controversy over the Oral and Written Nature of the Classic of Poetry's Early Transmission, Based on the Anhui University Manuscript," *Bamboo and Silk* 1 (2021)：128–148.

③ 郭理远：《谈安大简〈诗经〉文本的错讹现象》，简帛网，2019年10月10日。

④ 陈剑：《简谈安大简中几处攸关〈诗〉之原貌原义的文字错讹》，简帛网，2019年10月7日。

⑤ 吴剑修：《安大简〈诗经〉"自公後人"释文辨误补正》，简帛网，2020年12月14日。

⑥ 俞绍宏、张青松：《说说安大简〈召南·羔羊〉中的"人"》，《古文字研究》第33辑，中华书局，2020，第363~367页。

⑦ 尉侯凯：《说"退"、"後"》，简帛网，2019年10月9日。

⑧ 徐在国：《谈〈诗·秦风·小戎〉"乱我心曲"之"乱"及文字考释的重要性》，《安徽大学学报》（哲学社会科学版）2020年第5期。

⑨ 郭理远：《谈安大简〈诗经〉文本的错讹现象》，简帛网，2019年10月10日；刘泽敏：《读安大简〈秦风·小戎〉札记一则》，《珞珈史苑》第1辑，武汉大学出版社，2019，第104~109页。

⑩ Liu Gang, "On Reading Xiehou 邂逅（'Chance Meeting'）as Xinghou 邢侯（'Marquis of Xing')," *Bamboo and Silk* 1 (2018)：1–15.

⑪ 夏大兆：《诗经"言"字说——基于安大简〈诗经〉的考察》，《中原文化研究》2017年第5期；洪波：《从安大简谈〈诗经〉第一人称代词"言"字》，中国社会科学院语言研究所网站，2019年10月18日。

⑫ 《安徽大学学报》（哲学社会科学版）2018年第3期。

⑬ 《语言科学》2018年第3期。

简〈诗经〉文本的错讹现象》①、徐在国《谈〈诗·秦风·终南〉"颜如渥丹"之"丹"》②、陈剑《简谈安大简中几处攸关〈诗〉之原貌原意的文字错讹》③、夏含夷"A First Reading of the Anhui University Bamboo-Slip *Shi-jing*"④、华学诚《浅议异文、通假与经典化——以毛诗〈关雎〉"茇"安大简作"教"为例》⑤、高中华《谈安大简〈诗经·殷其雷〉的"思"字异文》⑥、陈伟武《安大简〈诗经·流木〉补说》⑦、郑婧及王化平《安大简〈诗经〉与〈毛诗〉的几处异文对读》⑧、滕胜霖《〈诗经·唐风〉字义琐考二则》⑨、蔡伟《安大简"折命不爇"补证》⑩、赖怡璇《谈谈安大一〈诗经〉从"手"的新见形声字》⑪ 等文皆围绕用字不同的异文展开讨论。

由字词的增减而形成的异文，如《毛诗·召南·江有汜》三章中的"之子归"，在简本中皆作"寺（之）子于归"，宁登国、王作顺认为简本的"之子于归"更符合《诗经》的句式；⑫《毛诗·秦风·权舆》"於我乎，夏屋渠渠"，在简本中作"始也於我，夏屋渠渠"，郑婧、王化平认为简本《诗经》更优，"始也"与"今也"正好相对成文，⑬ 汪梅枝也认为简本首句"始也於我"全面地呈现了诗意，"始也"居句首合乎汉语表达规律，合乎诗歌韵律，优于《毛诗》；⑭《毛诗·唐风·有杕之杜》"曷饮食之"，在简本中作"可以饮飤之"，张峰认为简本的"可"似应读为"何"，"何以

---

① 简帛网，2019 年 10 月 10 日。
② 《汉字汉语研究》2020 年第 1 期。
③ 简帛网，2019 年 12 月 10 日。
④ *Bamboo and Silk* 1（2021）：1 – 44.
⑤ 《语文研究》2020 年第 3 期。
⑥ 《聊城大学学报》（社会科学版）2020 年第 2 期。又见清华大学出土文献研究与保护中心编《半部学术史，一位李先生——李学勤先生学术成就与学术思想国际研讨会论文集》，清华大学出版社，2021，第 633～639 页。
⑦ 《古文字研究》第 33 辑，中华书局，2020，第 392～396 页。
⑧ 《内江师范学院学报》2021 年第 1 期。
⑨ 《战国文字研究》第 2 辑，第 63～69 页。
⑩ 简帛网，2019 年 10 月 11 日。
⑪ 《出土文献》2021 年第 3 期。
⑫ 宁登国、王作顺：《安大简〈诗经·江有汜〉异文的解题价值》，《聊城大学学报》（社会科学版）2020 年第 2 期。
⑬ 郑婧、王化平：《安大简〈诗经〉与〈毛诗〉的几处异文对读》，《内江师范学院学报》2021 年第 1 期。
⑭ 汪梅枝：《从安大简看〈诗经·权舆〉之"於我乎"》，《聊城大学学报》（社会科学版）2020 年第 1 期。

饮食之"应是"以何饮食之"，后来为了句式整齐，流传中可能改作"何饮食之"，又将"何"读为"曷"；① 《周南·卷耳》简本中的"维以永怀""维以永伤"，张峰认为可能是抄者在摘抄时分别抄漏了"不"字；② 郭理远总结了安大简《诗经》的脱字现象，如《周南·卷耳》"我古勺金罍"在今本中作"我姑酌彼金罍"，等等。③

由简本与传世本章次不同而形成的异文，杨玲、尚小雨已有较详细的总结，并尝试提出差异产生的原因：（1）《诗经》口耳相传的传播方式；（2）人们对诗篇内在逻辑的修正；（3）手抄者个人的疏漏。④ 郑婧研究指出《駉》篇以《毛诗》章次更优，而《绸缪》篇则以安大简《诗经》章次顺序为佳。⑤

因章节数量不同而形成的异文，主要见于《召南·驺虞》，该诗在《毛诗》中是二章，章三句，而在简本中是三章，章三句。郑婧、王化平指出简本三章内容更加丰富，章末句也不同，《召南·驺虞》"于嗟乎驺虞"在简本中作"于差从虞"，简本的"于差从虞"更符合《诗经》四句诗的传统，就《驺虞》篇而言，简本更优。⑥

2. 字词考释

安大简本虽有传世本对读，但仍有一些字词尚存疑义。一些新见字或疑难字，如与《召南·摽有梅》"摽"对应之字，侯瑞华隶定为"苏"，"加"是"抛"字所从，"摽""抛"相通，⑦ 孙合肥指出"力""又"在用作表意偏旁时可以通用，⑧ 徐在国认为该字当隶作"芨"，读为"囲"；⑨ 与《鄘风·君子偕老》"绐"对应之字，之前被认为从"玉""攸"声，徐在

① 张峰：《安大简〈诗经〉与毛诗异文》，简帛网，2020 年 10 月 9 日。
② 张峰：《安大简〈诗经〉与毛诗异文》，简帛网，2020 年 10 月 9 日。
③ 郭理远：《谈安大简〈诗经〉文本的错讹现象》，简帛网，2019 年 10 月 10 日。
④ 杨玲、尚小雨：《比较视域下的安大简〈诗经〉章次互易异文产生原因和价值探析》，《渭南师范学院学报》2020 年第 10 期。
⑤ 郑婧：《安大简〈诗经〉与〈毛诗〉的章次差异初探》，《四川职业技术学院学报》2021 年第 1 期。
⑥ 郑婧、王化平：《安大简〈诗经〉与〈毛诗〉的几处异文对读》，《内江师范学院学报》2021 年第 1 期。
⑦ 侯瑞华：《读安大简〈诗经〉二题》，《战国文字研究》第 2 辑，第 51～62 页。又见侯瑞华《读安大简〈诗经·摽有梅〉札记一则》，简帛网，2019 年 10 月 7 日。
⑧ 孙合肥：《安大简〈诗经〉"摽"字补说》，《半部学术史，一位李先生——李学勤先生学术成就与学术思想国际研讨会论文集》，第 630～632 页。
⑨ 徐在国：《安大简〈诗经·召南·摽有梅〉诗之篇名试解》，《北方论丛》2019 年第 6 期。

国从李家浩之说，指出该字右侧实为"羽"之省写，将该字解释为从"玉""翰"声；① 与《魏风·汾沮洳》"汾"对应之字，夏大兆释作"茨"，即"焚"的异体字；② 简本中与"穑""逢"相对应的字，徐在国认为皆从"甾"得声。③

过去的一些未识字或误识字，亦可通过异文的线索得以重新理解。如黄德宽通过简本《邶风·柏舟》"髧"字字形，考释了甲骨文、清华简等材料中的"湛"；④ 黄德宽通过简本《召南·驺虞》所见"茁"字字形，考释了甲骨文中的"茁"字；⑤ 黄德宽《新出战国楚简〈诗经〉异文二题》通过《召南·何彼禯矣》所见"肃"字字形，讨论了西周春秋钟镈铭文的相关字；⑥ 徐在国通过简本《周南·卷耳》"不盈顷筐"所见"倾"字字形，释出了楚帛书的相关字；⑦ 徐在国通过简本《周南·卷耳》所见"兕"字字形，考释了包山简的相关字；⑧ 徐在国通过简本《周南·葛覃》所见"穫"字形，指出清华简《金縢》中与《尚书·金縢》"穫"相对应的字应分析为从"攴""刈"声，系"刈"字繁体，⑨ 侯瑞华进而指出清华简《金縢》所见字可以分析为从"刀""夕"声，是"刈"字异体；⑩ 徐在国通过简本《邶风·君子偕老》中与今本"副"相对应的"杯"，指出铜器铭文所见"不杯"应读为"丕福"，即"大福"；⑪ 程燕通过简本《召南·殷其雷》所见"殷"字字形，对楚文字的"亚"及从"亚"之字加以梳理，并作重新考释，⑫ 蒋伟男亦据该字讨论了清华简《成人》的相关字；⑬ 程燕通

---

① 徐在国：《关于安大简〈诗经·君子皆寿〉中一个字的考释》，《出土文献综合研究集刊》第 11 辑，巴蜀书社，2020，第 113～115 页。
② 夏大兆：《"焚"字补释》，《考古与文物》2020 年第 3 期。
③ 徐在国：《谈安大简〈诗经〉从"甾"的相关字》，《战国文字研究》第 2 辑，第 10～15 页。
④ 黄德宽：《释新出战国楚简中的"湛"字》，《中山大学学报》（社会科学版）2018 年第 1 期。
⑤ 黄德宽：《释甲骨文"袅（茁）"字》，《中国语文》2018 年第 6 期。
⑥ 黄德宽：《新出战国楚简〈诗经〉异文二题》，《中原文化研究》2017 年第 5 期。
⑦ 徐在国、管树强：《楚帛书"倾"字补说》，《语言科学》2018 年第 3 期。
⑧ 徐在国：《谈楚文字中的"兕"》，《中原文化研究》2017 年第 5 期。
⑨ 徐在国：《〈诗·周南·葛覃〉"是刈是濩"解》，《安徽大学学报》（哲学社会科学版）2017 年第 5 期。
⑩ 侯瑞华：《楚简"刈"字补论》，《出土文献》2021 年第 1 期。
⑪ 徐在国：《据安大简考释铜器铭文一则》，《战国文字研究》第 1 辑，第 62～65 页。
⑫ 程燕：《谈楚文字中的"亚"字》，《安徽大学学报》（哲学社会科学版）2017 年第 5 期。
⑬ 蒋伟男：《利用安大简补说清华九〈成人〉一则》，《汉字汉语研究》2020 年第 1 期。

过简本《葛覃》和《君子偕老》的材料，重新考释了上博简《孔子诗论》简 24 中的两个残字，认为将此二字释作"绵绤"是合理的，① 此外，她还对从"谷"之相关字进行了辨析。②

3. 用字现象研究

安大简《诗经》的用字现象亦引发学者关注，如吴国升《读安徽大学藏战国竹简札记》③、周翔及邵郑先《安大简〈诗经〉专字丛考》④、周翔及陆云清《安大简〈诗经〉新见专字辑证》⑤ 等文对简本所见专字做了梳理与讨论，郝士宏《从安大简看〈诗经〉"采采"一词的训释》⑥ 区分了表重言的"菜菜"与表动词的"采"在写法上的区别，夏大兆、沈忆莲《安大简〈诗经〉一字多词现象研究》⑦ 归纳了安大简《国风》中一字对应多词的现象，李鹏辉《谈安大简〈诗经〉中的裹及其相关字》⑧ 则讨论了"裹""裏"与"褻"一词对应多字的现象。

4. 训诂研究

安大简《国风》的新材料还可为词义的训释乃至诗旨的理解提供重要线索。

《毛诗·召南·驺虞》"于嗟乎驺虞"在简本中作"于差从虘"，黄德宽认为当读作"于嗟纵乎"，该诗说的是田猎时遵循常禁而放生幼兽的行为；⑨郑婧、王化平认为此说与诗旨不符，《驺虞》谈论的是射猎，"放生"便与诗旨相矛盾，"驺虞"应为义兽名；⑩ 王宁认为《驺虞》这篇应名为《从乎》，理解为"逐猎呀"，"于嗟"表示赞叹的语气；⑪ 杨鹏桦、王晨也认为

① 程燕：《上博简〈孔子诗论〉"绵绤"字形补说》，《战国文字研究》第 2 辑，第 16 ~ 18 页。
② 程燕：《"谷"字探源：兼释"谷"之相关字》，《语言科学》2018 年第 3 期。
③ 《汉字汉语研究》2020 年第 1 期。
④ 《汉字汉语研究》2020 年第 1 期。
⑤ 《战国文字研究》第 2 辑，第 28 ~ 39 页。
⑥ 《战国文字研究》第 1 辑，第 66 ~ 73 页。
⑦ 《汉字汉语研究》2020 年第 2 期。
⑧ 《战国文字研究》第 1 辑，第 83 ~ 92 页。
⑨ 黄德宽：《略论新出战国楚简〈诗经〉异文及其价值》，《安徽大学学报》（哲学社会科学版）2018 年第 3 期。
⑩ 郑婧、王化平：《安大简〈诗经〉与〈毛诗〉的几处异文对读》，《内江师范学院学报》2021 年第 1 期。
⑪ 王宁：《据安大简〈诗经〉再解〈驺虞〉》，复旦大学出土文献与古文字研究中心网站，2019 年 6 月 30 日。

"从"应理解为"追逐";① 夏含夷认为"从"应该从字面上理解为"跟从"②;赵培认为从简本看,此篇之起,或与狩猎纵生及其所喻指的弭兵止杀相关,其后则发生了传解的转换。③

《秦风·小戎》之"蒙伐有苑",《毛传》将"伐"解作"中干",刘刚指出"中干"一词见于包山楚简和望山楚简,多与旌旗并列;安大简本中与"伐"相对应的字写作"帗(旆)","蒙旆"所指便是旌旗;诗中另有"龙盾",若"蒙伐"指盾,则前后重复。《小戎》"厹矛鋈镦,蒙伐有苑"与曾侯乙墓竹简的"一秘,二旆"一样,当指旗杆之首有矛、矛下方系有旆的旗。④

黄德宽《略论新出战国楚简〈诗经〉异文及其价值》已论及《鄘风·墙有茨》"中冓"的训释,卢海霞、袁金平《〈诗·鄘风·墙有茨〉"中冓"释义新证》⑤ 在此基础上总结了关于《鄘风·墙有茨》"中冓"的讨论,指出《毛诗》"中冓"之"冓"为"㝗"的音近借字,"㝗"训"夜","中㝗"指中夜、夜半。

《墙有茨》的"茨"一般认为是"蒺藜"的合音词,表示一种长刺的植物。程燕根据简本中"茨"作"蝥蟴",指出二字皆从"虫"旁,故"茨"的词义应与虫相关。而《尔雅·释虫》所见"蒺藜",或指蝍蛆。程燕认为将"茨"解释为蝍蛆更符合诗意:用居于墙上、活动于夜间、丑恶的蝍蛆起兴,引起夫妻夜间枕边所说之言辞。⑥ 颜世铉则认为将"蝥蟴"解释为植物名比解释为蝍蛆更为合理。⑦

《硕鼠》篇中"硕鼠"的含义向有分歧。李鹏辉根据简本中"硕鼠"的两处异文"䃂䶂""石䶂",认为"硕鼠"可能指蝼蛄,而非真正意义上

① 杨鹏桦、王晨:《试论〈诗〉〈召南·驺虞〉的安大简异文及相关问题》,(台北)《汉学研究》第 37 卷第 3 期,2019 年 9 月。

② Edward L. Shaughnessy, "A First Reading of the Anhui University Bamboo-Slip *Shijing*," *Bamboo and Silk* 1 (2021): 1 – 44.

③ 赵培:《从"贯革之射息"到"王道成"——〈召南·驺虞〉早期传解的转换逻辑及安大简的整理》,《北方论丛》2021 年第 5 期。

④ 刘刚:《〈诗·秦风·小戎〉"蒙伐有苑"新考》,《中原文化研究》2017 年第 5 期。

⑤ 《三峡论坛》(三峡文学·理论版)2019 年第 4 期。

⑥ 程燕:《〈墙有茨〉新解》,《安徽大学学报》(哲学社会科学版)2018 年第 3 期。

⑦ Yen Shih-hsuan, "A Tentative Discussion of Some Phenomena Concerning Early Texts of the *Shijing*," *Bamboo and Silk* 1 (2021): 45 – 93.

的老鼠。① 朱彦民等也持此种观点，② 网友"子居"则认为是五趾跳鼠。③
张翼认为《诗》中"硕鼠"最有可能是褐家鼠。④

此外，季旭昇《从安大简与上博简合证〈孔子诗论〉"既曰天也"评的
应是〈鄘风·君子偕老〉》⑤、刘刚《〈诗·鄘风〉"干旄"臆解——以出土
文献和器物中的马饰为参照》⑥、刘刚《据安大简校勘〈尚书〉一例》⑦、王
宁《据安大简说〈伐檀〉中的"猑"与"獂"》⑧、王宁《据安大简〈诗
经〉解〈书·舜典〉"朱虎熊罴"之"朱"——兼释〈毛诗·秦风·小戎〉
中的"镂"》⑨、宁镇疆《由安大简〈诗经〉之"寺子"小议〈书〉类文献
中的"时"字》⑩、吴洋《读安大简〈诗经〉札记》⑪、沈培《试析安大简
〈诗经〉中〈秦风·渭阳〉的诗义》⑫、刘刚《〈诗·扬之水〉"卒意四言"
新证》⑬ 等文亦涉及训诂问题。

5.《国风》次序研究

安大简《国风》各风的次序与《毛诗》等版本皆有不同，尤其是简本
的"侯"不见于《毛诗》，其内容包含《汾沮洳》《陟岵》《园有桃》《伐
檀》《硕鼠》《十亩之间》6 篇，而这 6 篇在《毛诗》中则属于《魏风》
（简本缺《毛诗·魏风》的首篇《葛屦》）；简本的"魏"包含《葛屦》
《蟋蟀》《扬之水》《山有枢》《椒聊》《绸缪》《有杕之杜》《羔裘》《无衣》
《鸨羽》10 篇，除了《葛屦》在《毛诗》中属《魏风》，其余 9 篇在《毛
诗》中皆属《唐风》。但与《唐风》相比，简本"魏"无《杕杜》《葛生》
《采苓》3 篇。

那么"侯"究竟所指为何呢？整理者引用黄德宽的观点，疑《侯风》

---

① 李鹏辉：《〈诗经·硕鼠〉新证》，《北方论丛》2019 年第 6 期。
② 朱彦民：《也说〈诗经〉"硕鼠"》，《中原文化研究》2020 年第 4 期。
③ 子居：《安大简〈邦风·侯风·硕鼠（石鼠）〉解析》，中国先秦史网站，2021 年 6 月 4 日。
④ 张翼：《〈诗〉"硕鼠"训诂新考》，《文献语言学》第 12 辑，中华书局，2021，第 26～39 页。
⑤ 《安徽大学学报》（哲学社会科学版）2020 年第 5 期。
⑥ 《北方论丛》2019 年第 6 期。
⑦ 《战国文字研究》第 2 辑，第 24～27 页。
⑧ 复旦大学出土文献与古文字研究中心网站，2020 年 3 月 30 日。
⑨ 复旦大学出土文献与古文字研究中心网站，2020 年 3 月 4 日。
⑩ 《历史文献研究》2020 年第 2 期。
⑪ 《国学学刊》2020 年第 2 期。
⑫ 《文献语言学》第 12 辑，中华书局，2021，第 15～25 页。另见氏撰《试析安大简〈诗经〉
〈秦风·渭阳〉的诗义及其与毛诗本的关系》，简帛网，2019 年 10 月 5 日。
⑬ 《战国文字研究》第 1 辑，第 78～82 页。

即《王风》。① 赵敏俐则认为，安大简《诗经》中引起争议最多的《侯风》不是《王风》的另一种称呼，而是"误书"。②

胡平生根据安大简《侯风》中诸篇属《毛诗·魏风》以及魏文侯与《诗经》的关系，指出《侯风》相当于《魏风》。③

夏大兆认为"侯"指晋，《侯风》6 篇是晋诗。其理由如下：（1）简本《侯风》六篇全属于《毛诗·魏风》，而魏被晋所灭；（2）"侯"是晋君的爵称，同姓封国的国君，一般称"侯"；（3）简文"侯六"之下有"鱼寺﹦"，应读为"作吾之诗"，简本"侯六"之"侯"为晋国自称；（4）《毛诗·唐风》在安大简本中是《魏风》，是真正的《魏风》诗。④

王宁认为"侯六"的"侯"字应当为"唐"之误。⑤ 陈民镇比较安大简本以及《毛诗》等传世文献，认为《国风》的相对次序是较为明确的，据此推论《侯风》相当于《唐风》。⑥ 曹建国、宋小芹认为"侯风"下面的文字表明《侯风》即叔虞之诗，也就是《唐风》。⑦ 陈前进认为《侯》为晋诗的可能性最大，《侯》当为三家分晋前后的《唐风》。⑧

王化平从战国初期的历史背景出发，结合诗旨、春秋战国时期的"用诗"特点，认为安大简《魏》之所以抄写《毛诗·唐风》中的诗篇，与当时魏国国力强盛、占有晋国故地相关。由于抄写《唐风》诗篇的部分被称为"魏"，所以抄写《魏风》必须改题。他认为"侯"极可能是地名，但也不排除"侯"为爵位的可能性。⑨

---

① 黄德宽、徐在国主编，安徽大学汉字发展与应用研究中心编《安徽大学藏战国竹简》（一），第 2 页。

② 赵敏俐：《简论安大简〈诗经〉抄本中的讹误等问题》，《北方论丛》2021 年第 2 期。

③ 胡平生：《安大简〈诗经〉"侯"为"魏风"说》，西南大学汉语言文献研究所网站，2019年 9 月 30 日。又载《出土文献研究》第 19 辑，中西书局，2020，第 81～84 页。

④ 夏大兆：《安大简〈诗经·侯六〉考》，《贵州师范大学学报》（社会科学版）2018 年第 4期。另参见夏大兆《安大简〈诗经·侯六〉续考》，《北方论丛》2020 年第 1 期；又见《战国文字研究》第 1 辑。

⑤ 王宁：《安大简〈诗经〉"侯"臆解》，复旦大学出土文献与古文字研究中心网站，2019 年4 月 6 日。

⑥ 陈民镇：《安大简〈国风〉的次序及"侯风"试解》，《北方论丛》2020 年第 1 期。

⑦ 曹建国、宋小芹：《从"侯风"论安大〈诗〉简的文本性质》，《南开学报》（哲学社会科学版）2021 年第 5 期。

⑧ 陈前进：《"侯六""魏九"考》，复旦大学出土文献与古文字研究中心网站，2021 年 9月 8 日。

⑨ 王化平：《安大简〈诗经〉侯六、魏九浅析》，《北方论丛》2020 年第 1 期。

此外，王化平曾提出安大简中的《侯风》为《毛诗·桧风》的观点，①
子居则认为《侯风》应为《句风》。② 囿于材料，《侯风》之谜有待进一步
研究。

6. 文本性质研究

马银琴联系战国初年魏国小霸初成的形势与魏文侯的文化抱负，认为
安大简《国风》是经过魏人改制的《诗》本，随着魏国霸业的推进传到楚
国。③ 张树国的看法相近，他认为安大简《国风》的原型为子夏西河讲学，
为魏文侯师，媚附魏斯始侯制礼作乐而编选，除改《魏风》为《侯风》、
《唐风》为《魏风》外，选编"二南"表达"王化之基"、选《秦风》表达
"尚武"为立国之本、选《鄘风》作为属国之风，如此选编具有强烈现实政治
目的与个人诉求，因此安大简《国风》称为子夏西河《诗钞》也许更合适。④

曹建国、宋小芹依据"侯风"称名，结合其他文本书写特征，推断安
大简《国风》应该是专门为丧葬准备的明器。⑤

夏含夷《出土文献与〈诗经〉口头和书写性质问题的争议》⑥ 曾反思
出土文献与《诗经》的书面流传问题。蒋文根据抄写讹误等现象，判断安
大简《国风》是一种手抄本。⑦

李林芳从句式的整齐性出发，认为《毛诗》中的句式比安大简《国风》
更古老，并论述了简本句式整齐化的几种途径。⑧

赵敏俐指出安大简《国风》的抄写存在不少的问题，如同篇同字的异

---

① 《读书班安大简〈诗经〉讨论纪要（2019.9.29）》，西南大学汉语言文献研究所网站，2019
年 10 月 4 日。

② 子居：《安大简〈诗经〉"侯风"及清华简"厚父"试说》，中国先秦史网站，2017 年 10
月 21 日。

③ 马银琴：《安大简〈诗经〉文本性质蠡测》，《中国文化研究》2020 年第 3 期。

④ 张树国：《"安大简"〈诗经〉为子夏西河〈诗钞〉》，《中原文化研究》2020 年第 5 期。

⑤ 曹建国、宋小芹：《从"侯风"论安大〈诗〉简的文本性质》，《南开学报》（哲学社会科
学版）2021 年第 5 期。另参见 Cao Jianguo, "Misplacement, Re-Edition or Funerary Object:
On the Textual Features of the Anhui *Shijing* Manuscript and Its Value," *Bamboo and Silk* 1
(2021): 94 – 127.

⑥ 《文史哲》2020 年第 2 期。

⑦ Jiang Wen, "A Re-examination of the Controversy over the Oral and Written Nature of the Classic of
Poetry's Early Transmission, Based on the Anhui University Manuscript," *Bamboo and Silk* 1
(2021): 128 – 148.

⑧ 李林芳：《〈毛诗〉较安大简〈诗经〉文本的存古之处——句式整齐性的视角》，《文史》
2021 年第 1 期。

体、抄写篇目和文字的遗漏、随意的误书、因声因形的讹写等，这说明它只是有幸传承下来的战国时代众多《诗经》抄本中的一种。①

（九）海昏简牍《诗经》研究

1. 异文研究

在朱凤瀚《西汉海昏侯刘贺墓出土竹简〈诗〉初探》及《海昏简牍初论》初步公布海昏简牍《诗经》的内容之后，已有学者对其异文展开研究，如王宁《由海昏侯墓竹简本〈诗〉说"寉"字》② 以及蔡伟《海昏竹书〈诗〉异文小札》③、《海昏竹书〈诗〉异文小札续》④、《海昏竹书〈诗〉校字一则》⑤ 诸文。

2. 性质研究

朱凤瀚《西汉海昏侯刘贺墓出土竹简〈诗〉初探》推论海昏简牍《诗经》属于《鲁诗》系统，曹建国、魏博芳《海昏侯刘贺读什么〈诗〉》⑥ 则认为其属于《韩诗》的可能性更大。

3. 经学史研究

杨博《海昏侯墓出土简牍与儒家"六艺"典籍》⑦ 讨论了海昏侯墓出土的包括《诗经》在内的儒家"六艺"典籍。曹景年《海昏侯墓新出文献与汉代"经传合编"问题》⑧ 指出，海昏简牍《诗经》采用随文训诂形式，与今本《毛诗》同，注是经的附庸，这种合编形式可能是早期解经的基本模式。

（十）综合研究

一些学者已经致力于简牍《诗》类文献的综合研究，如曹建国《楚简与先秦〈诗〉学研究》⑨、周泉根《新出战国楚简之〈诗〉学研究》⑩、邓佩

---

① 赵敏俐：《简论安大简〈诗经〉抄本中的讹误等问题》，《北方论丛》2021 年第 2 期。
② 复旦大学出土文献与古文字研究中心网站，2020 年 8 月 19 日。
③ 复旦大学出土文献与古文字研究中心网站，2021 年 1 月 20 日。
④ 复旦大学出土文献与古文字研究中心网站，2021 年 3 月 5 日。
⑤ 复旦大学出土文献与古文字研究中心网站，2021 年 3 月 18 日。
⑥ 《北方论丛》2021 年第 3 期。
⑦ 《江西社会科学》2021 年第 3 期。
⑧ 《管子学刊》2021 年第 1 期。
⑨ 武汉大学出版社，2010。
⑩ 天津教育出版社，2010。

玲《〈雅〉〈颂〉与出土文献新证》①、胡宁《楚简逸诗——〈上博简〉〈清华简〉诗篇辑注》②、蒋文《先秦秦汉出土文献与〈诗经〉文本的校勘和解读》③ 等均是这方面的成果。其他如陈良武《出土文献与〈诗经〉研究》④、姚小鸥《〈清华大学藏战国竹简〉与〈诗经〉学史的若干问题》⑤、相宇剑《出土文献〈诗经〉材料集释》⑥、张树国《由乐歌到经典：出土文献对〈诗经〉诠释史的启迪与效用》⑦、张树国《清华简组诗为子夏所造魏国歌诗》⑧ 等文，所论亦不限于某一具体材料，而是试图以宏观的视角检视简牍《诗》类文献的性质与流传。

三　结　语

以上简要概述了简牍《诗》类文献的发现与研究。相关研究洋洋大观，限于篇幅和识见，本文只能列举其中相对有代表性的论著，挂一漏万之处在所难免。这些研究论著涉及文本释读、异文对读、形制与格式研究、字词考释、用字现象研究、文本性质研究、文本年代研究、《诗经》流传研究、经学史研究等方面，对简牍《诗》类文献的价值做了充分发掘，取得了可观的成绩。

同时，目前的研究也存在一些局限和缺憾。阜阳汉简过于残断，夏家台楚简、海昏简牍等材料尚未公布，上博简剩余材料的整理遥遥无期，这些客观因素都制约了研究的进一步开展。尤其是夏家台楚简、海昏简牍这样经科学发掘的先秦《诗经》文本，无疑有助于一些疑问的澄清，这些材料的公布将产生重要影响。

关注简牍《诗》类文献的学者多集中于古文字与出土文献领域，这些学者的文本校释工作为文本内涵的进一步抉发奠定了基础。但古代文学等领域的学者，或限于知识结构，或对上博简、清华简、安大简等购藏简持

---

① 商务印书馆，2017。
② 上海古籍出版社，2018。
③ 中西书局，2019。
④ 《福建论坛》（人文社会科学版）2012 年第 11 期。
⑤ 《文艺研究》2013 年第 8 期。又见姚小鸥主编《清华简与先秦经学文献研究》。
⑥ 安徽大学博士学位论文，2019。
⑦ 《浙江学刊》2016 年第 2 期。
⑧ 《杭州师范大学学报》（社会科学版）2020 年第 4 期。

观望态度，参与度尚不足，使得这一矿藏并未真正被充分开采。

简牍《诗》类文献的研究虽然涉及面广，但不同方面的研究并不均衡，如上博简逸诗等材料的文学史价值便有发掘的空间，再如《芮良夫毖》的受关注程度便不及《周公之琴舞》。

此外，目前多局限于某一批材料或个案研究，虽然已有学者尝试对简牍《诗》类文献做综合性研究，但整合的研究工作仍不够充分，尤其是新公布的安大简材料，有待纳入进来。相信随着材料的进一步发现与公布，以及综合性研究的进一步推进，《诗经》的早期文本形态和早期流传将得到更为充分的认识。

[作者单位：北京语言大学中华文化研究院]

西方《诗经》翻译与研究四百年回顾[*]

张万民

内容提要 从 17 世纪初利玛窦等入华耶稣会士开始关注《诗经》，到 20 世纪各种《诗经》译本与专题研究，西方的《诗经》翻译与研究经历了从无到有、从浅薄误解到全面深化的历史。本文比较全面地梳理了这段学术史，尤其重视西方的文化语境、理论思潮对《诗经》翻译与研究的影响，期望由此观照中国典籍西传的曲折历程，以及中西文化交流的复杂面貌。

关键词 《诗经》 诗经学 汉学

1886 年，英国的卢伯克爵士（Sir John Lubbock，1834～1913）在伦敦工人学校演讲，向听众推荐了一份"百本好书"书单。这份书单，不仅在英国引起热议，还在其他欧洲国家引起仿效，此后引发了现代各种好书书单或必读书单的产生。卢伯克的书单近九成是欧洲书籍，只有两本来自中国，一本是《论语》，另一本是《诗经》。《诗经》在 19 世纪就被收入欧洲的"百本好书"书单，这反映出西方读者对《诗经》的熟悉程度。

《诗经》最早如何传入西方世界？在传播的过程中涌现了哪些译本、哪些研究成果？本文将对这段历史做一个简要的回顾，从中可看到中国典籍

---

* 本文的研究受到香港城市大学 SRG 研究经费的资助（项目编号：7005326）。关于本文论题更深入、更具体的研究，可参看拙著《英语世界的诗经学》，收入河北教育出版社"世界汉学诗经学"丛书（2021 年版）。John Lubbock, *The Choice of Books*（Philadelphia：Henry Altemus, 1896），p. 18.

西传的曲折历程，也可看到中西文化交流的复杂面貌。①

一　17 世纪初识《诗经》：神学的过滤

《诗经》进入西方，最初是通过 16、17 世纪入华耶稣会士的著作。他们在《诗经》等早期儒家经典中寻找基督教义的对应观念，通过有意的误读，开启了欧洲人认识《诗经》等中国典籍的新时代。

中西交通，源远流长。然而，古代欧洲与中国的往来，因路途遥远，要经过安息、大食、粟特等中亚商人的中转。关于中国的知识，在层层辗转之后，成为模糊失真的碎片。13 世纪初期，蒙古人攻入东欧，激起了欧洲人对蒙古帝国的兴趣，方济各会士、旅行家、商人相继前往东方。他们的游记，为欧洲读者提供了第一手的中国信息。其中影响最大的，当然是马可波罗（Marco Polo，1254~1324）的游记，曾激起欧洲人几世纪的无限遐想。然而，马可波罗并不懂汉语，② 游记中也没有提到孔子或任何中国典籍。13、14 世的中国游记，虽然刷新了欧洲人的中国知识，但是，游记的作者大多不懂汉语，他们的描述只限于中国的政治概况、城市风貌、物产工艺等外观层面。

奥斯曼帝国在 15 世纪切断了东西方交通线，促使欧洲人寻找新的海上通道，迎来了地理大发现时代。葡萄牙、西班牙这两个伊比利亚王国，控制海上航线，重新启动了欧洲人认识中国的历史进程。因此，很多学者将西方汉学的 16 至 17 世纪称为"伊比利亚时期"（The Iberian Phase）③。不过，16 世纪葡萄牙和西班牙来华使节、商人、传教士的见闻游记，依然停留在中国政治、经济、地理等层面。当时的集大成之作，是西班牙的奥古斯丁会士门多萨（Juan Gonsales de Mendoza，1545~1618）的《中华大帝国史》。此书 1585 年出版，以不同的语言再版了 46 次。然而，《中华大帝国

---

① 已有学者对此做过初步梳理，如周发祥《〈诗经〉在西方的传播与研究》，《文学评论》1993 年第 6 期；王丽娜：《〈诗经〉在海外》，《河北师院学报》1993 年第 2 期；王丽娜：《西方〈诗经〉学的形成与发展》，《河北师院学报》1996 年第 4 期；夏传才：《略述国外〈诗经〉研究的发展》，《河北师院学报》1997 年第 2 期；曹建国：《海外〈诗经〉学研究概述》，《文学遗产》2015 年第 3 期；李玉良：《〈诗经〉英译研究》，齐鲁书社，2007。

② 参见杨志玖《马可波罗在中国》，南开大学出版社，1999，第 75~79 页。

③ David B. Honey，*Incense at the Altar*：*Pioneering Sinologists and the Development of Classical Chinese Philology*（New Haven：American Oriental Society，2001），p. 1.

史》也没有提到《诗经》等任何中国典籍。① 值得一提的是西班牙多明我会士高母羡（Juan Cobo，1546～1592）在 1591 年翻译的《明心宝鉴》，曾被法国汉学家伯希和（Paul Pelliot，1878～1945）称为"现存最早的中国书西译本"②。此书汇集了历代思想家关于修身养性的语录，摘抄自《尚书》《易经》《诗经》《礼记》《论语》《孟子》《颜氏家训》等典籍，是明朝非常流行的通俗读物。虽然此书已包含《诗经》诗句，但是高母羡的译本流传不广，在欧洲没有产生影响。

葡萄牙人和西班牙人向欧洲人介绍了中国的印刷术、长城和饮茶文化，然而他们并没有帮欧洲人认识《诗经》等中国典籍。要等到利玛窦（Matteo Ricci，1552～1610）入华，耶稣会士研读儒家典籍，才真正展开《诗经》西播史，才触及中西文化交流的深层问题。

以利玛窦为代表的耶稣会士，能在译介儒家经典上取得历史性的突破，这与耶稣会的传教策略是密切相关的。耶稣会（Society of Jesus）虽然宣称捍卫天主教会、效忠教宗，但是"耶稣会士不仅向文艺复兴开放，而且他们自己就是文艺复兴精神的宣扬者和鼓动者"③。耶稣会特别注重知识上的素养，采用新式的教育体制，会士需要学习古希腊、罗马以来的非基督教哲学家的著作，还具有很强的应变能力，能深入了解异族的文化和宗教。由于以上原因，利玛窦等人在中国开辟了非常灵活的传教路线，即"耶稣会的适应政策"（Jesuit accommodation），也就是"让西方学术迁就、适应中国的文化氛围，并试图通过基督教与儒学的结合使之得到中国士大夫的接受"④。

利玛窦于 1582 年抵达澳门，开始学习汉语，次年获准进入肇庆传教，1601 年获准在北京居住和传教。利玛窦在传教过程中发现，通过科举考试并进入权力机构的士大夫才是中国最重要的阶层，如果想在中国顺利传教，必须要在儒家经典中寻找契合之处。《诗经》《尚书》等早期典籍中，有很多关于"帝""天"的记载，利玛窦宣称，这就是中国先民对天主教的上帝

---

① 门多萨介绍了中国人通过科举考试获得功名，却没有说明科举考试需要读哪些书。见〔西〕门多萨《中华大帝国史》，何高济译，中华书局，1998，第 111～117 页。

② 引自方豪《流落于西葡的中国文献》，载《方豪六十自定稿》（下册），台湾学生书局，1969，第 1745 页。

③ 〔意〕柯毅霖：《晚明基督论》，王志成、思竹、汪建达译，四川人民出版社，1999，第 15 页。

④ 〔美〕孟德卫：《奇异的国度：耶稣会适应政策及汉学的起源》"导言"，陈怡译，大象出版社，2010，第 1、3 页。

的认识，只不过被后世的儒生遗忘了。利玛窦及其追随者对《诗经》等典籍进行神学的解释，并撰写著作传播天儒相合的思想。这些著作有用中文写成，面向中国读者，宣传基督信仰与儒家思想并无冲突；也有用西文撰成，面向欧洲读者，辩述文化适应策略的合理性，《诗经》作为儒家经典，就这样经过神学的过滤，传到欧洲。

利玛窦的中文著作《天主实义》，引用《诗经》达七次之多，包括《周颂·执竞》《周颂·臣工》《商颂·长发》《大雅·大明》等诗，用以证明天主信仰与中国儒家经典吻合。① 康熙初年，杨光先等人弹劾汤若望（Johann Adam Schall von Bell，1591～1666）、南怀仁（Ferdinand Verbiest，1623～1688）的西洋历法，大批耶稣会士被牵连入狱。意大利耶稣会士利类思（Lodovico Buglio，1606～1682）撰写《不得已辩》，逐条驳斥杨光先的言论，其中就引用《诗经》中的《大雅·文王》《大雅·下武》来证明天堂地狱之说。②

《天主实义》《不得已辩》等书毕竟是用中文写成，无法直接进入欧洲读者的视野。不过，这种引用《诗经》诗句的方式，却被文化适应路线的反对者们充分借鉴，撰写成西文著作，在欧洲引起极大反响。

利玛窦的接班人龙华民（Nicholas Longobardi，1559～1654）与利玛窦的观点相左，他认为中国典籍中充斥着无神论思想，不可以用"天""上帝"等名词来翻译 Deus（神）。因此，龙华民被称为"引起中国礼仪问题之第一人"③。他在 1624 年左右用拉丁文撰成《论孔子和他的学说》，虽然观点与利玛窦针锋相对，但论证方式却深受利玛窦的影响，常引用《诗经》等儒家经典。同时，保守的多明我会和方济各会，更是激烈地反对文化适应策略。多明我会士闵明我（Domingo Fernández de Navarrete，1610～1689），在历狱案中逃回罗马，将龙华民的《论孔子和他的学说》译成西班牙文，收入自己的《中华帝国纵览》（*Tratados historicos，politicos，ethicos，y religiosos de la monarchia de China*），于 1676 年在马德里出版。④ 此书很快被译成英、

① 〔意〕利玛窦著，朱维铮编《利玛窦中文著译集》，复旦大学出版社、香港城市大学出版社，2001，第 25～26、44 页。
② 〔意〕利类思：《不得已辩》，载吴相湘主编《天主教东传文献》，台湾学生书局，1965，第 267 页。
③ 〔法〕费赖之：《在华耶稣会士列传及书目》，冯承钧译，中华书局，1995，第 65 页。
④ 关于闵明我得到龙华民论文的来龙去脉，可参见 J. S. Cummins，*A Question of Rites*：*Friar Domingo Navarrete and the Jesuits in China*，Aldershot（England：Scolar Press，1993），p. 159.

法、德等多种欧洲语言出版，畅销欧洲，使得教会内部的"礼仪之争"引起了欧洲公众的广泛关注。① 到了 1701 年，龙华民的手稿又从西班牙文转译成法文，被冠以《论中国宗教的若干问题》的题目，与方济各会士利安当（Antonio de Santa Maria Caballero，1602～1669）的文章一起，由巴黎外方传教会出版。这两篇文章，被欧洲读者广泛阅读和热烈讨论。

龙华民、利安当的文章，都如利玛窦一样引用《诗经》等典籍，虽是为驳斥文化适应政策而撰，但在客观上却促进了《诗经》在欧洲的传播。比如德国哲学家莱布尼茨（Gottfried Wilhelm Leibniz，1646～1716），就在逝世之前写了一封长达四万字的信来驳斥龙华民、利安当，信中两次引用《大雅·文王》，证明中国古人相信灵魂不朽。②

如此引用《诗经》诗句，当然只是断章取义。对于《诗经》的真正认知，必须依赖比较完整的译文或介绍。然而，17 世纪的欧洲读者却无缘阅读任何《诗经》译本。耶稣会士金尼阁（Nicolas Trigault，1577～1629）曾在 1626 年用拉丁文翻译"五经"，在杭州刊行，但此书可能并未寄回欧洲。③

为了说明中国传教事业的特殊性和文化适应政策的合理性，利玛窦等人开始撰写西文著作，向欧洲读者介绍《诗经》等中国典籍。利玛窦的《基督教远征中国史》由金尼阁带回欧洲，1615 年在德国刊行，此书介绍了儒家的"四书""五经"，但内容颇为含混。④ 曾德昭（Alvaro Semedo，1585～1658）的《大中国志》（*Imperio de la China*）介绍《诗经》，指出其充满"隐喻和诗意"⑤。卫匡国（Martino Martini，1614～1661）的《中国上古史》（*Sinicae historiae decas prima*）介绍《诗经》，则指出其"叙述了上古君主——包括明君或昏君——的言行"⑥。安文思（Gabriel de Magaillans，

---

① 伏尔泰等欧洲思想家都读过此书，可参见〔法〕伏尔泰《风俗论：论各民族的精神与风俗以及自查理曼至路易十三的历史》，梁守锵等译，商务印书馆，1995，第 220、223 页。

② 〔德〕莱布尼茨：《致德雷蒙先生的信：论中国哲学》，庞景仁译，载何兆武、柳卸林主编《中国印象——世界名人论中国文化》，广西师范大学出版社，2001，第 138、143 页。

③ 〔法〕费赖之：《在华耶稣会士列传及书目》，第 124 页。

④ 〔意〕利玛窦：《耶稣会与天主教进入中国史》，文铮译，梅欧金校，商务印书馆，2014，第 23～24 页。中华书局 1983 年版的中译本《利玛窦中国札记》，是根据 1942 年英译本译出的。利玛窦的意大利文原稿于 20 世纪初被发现，文铮译本是据意大利原稿重译。

⑤ 〔葡〕曾德昭：《大中国志》，何高济译，李申校，上海古籍出版社，1998，第 59 页。

⑥ 参见 Giorgio Melis（梅文健），"Chinese Philosophy and Classics in the Works of Martino Martini S. J."（耶稣会士卫匡国著作中的中国哲学和古学），载《纪念利玛窦来华四百周年中西文化交流国际学术会议论文集》，辅仁大学出版社，1983，第 479～487 页。

1609～1677）的《中国新史》（*Nouvelle relation de la Chine*）介绍《诗经》，甚至提到"比赋（Pi Que）""兴赋（Him Que）"等词。① 其虽然混淆了基本概念，但毕竟在介绍《诗经》上推进了一步。

上述著作对于《诗经》的介绍太简略，没有引用诗句，很难提供关于《诗经》的直观认识。倒是"四书"的拉丁文译本，即《中国哲学家孔子》中的《诗经》引文，展现出《诗经》之美，吸引了很多欧洲读者。

《中国哲学家孔子》（*Confucius Sinarum Philosophus*）是柏应理（Philippe Couplet，1623～1693）、殷铎泽（Prospero Intorcetta，1626～1696）、恩理格（Christiani Wolfgang Herdtrich，1625～1684）、鲁日满（Francisco de Rougemont，1624～1676）等人的集体成果，其主体部分是《大学》《中庸》《论语》的译文，1687年在巴黎出版。② 此书的编译者们，都是文化适应策略的拥护者。有人认为此书是"在耶稣会适应政策下产生的最高学术成果"③。《大学》引《诗经》十二处，其中用《卫风·淇奥》的诗句来说明君子的品德，诗句优美、说理清晰，18世纪英国的珀西、琼斯等人，都是通过《中国哲学家孔子》中的拉丁译文，领略到《淇奥》等诗之优美，并将其转译为英文。

二 18世纪选译《诗经》：从神学到文学

从17世纪末到18世纪初，《诗经》等儒家经籍被当成"礼仪之争"的直接证据，同时也成为欧洲启蒙运动的思想武器。④《诗经》作品的译介在18世纪逐渐增多，法国耶稣会士贡献最大，他们将利玛窦等人的神学解读发展为系统的索隐诠释。同时，英国人开始从诗歌本身来转译《诗经》作品。

法国不仅是启蒙运动的中心，也成为18世纪中西文化交流的主角。罗马教廷在17世纪中期与葡萄牙、西班牙产生矛盾，逐渐倚重法国，巴黎外方传教会（Missions étrangères de Paris）很快成为罗马传信部的主要代理人。

---

① 〔葡〕安文思：《中国新史》，何高济、李申译，大象出版社，2004，第61页。

② 关于此书的形成史，可参见张西平《欧洲早期汉学史》，中华书局，2009，第428～433页。

③ 〔美〕孟德卫：《奇异的国度：耶稣会适应政策及汉学的起源》，第267页。

④ 可参见李天纲《中国礼仪之争：历史、文献和意义》，上海古籍出版社，1998；〔法〕毕诺：《中国对法国哲学思想形成的影响》，耿昇译，商务印书馆，2000。

1685 年，法国国王路易十四派遣六名博学的耶稣会士前往中国，以白晋（Joachim Bouvet，1656～1730）为首。1693 年，康熙任命白晋为特使，回法国招募更多博学的耶稣会士。入华法国传教士不仅推动了儒家经典的译介，还将视野从神学拓展到科学研究。《耶稣会士书简集》（*Lettres édifiantes et curieuses，écrites des missions étrangères*）、《中国杂纂》（*Mémoires concernant l'histoire，les sciences，les arts，les moeurs，les usages，& c. des Chinois*）是他们发表论著的主要阵地，前者"清楚地说明了传教区的宗教、外交和科学等三种志向"①，后者则刊载各种专题论文，"具有一种典型的科学态度"②。正是这些法国耶稣会士，逐渐"将'中国研究'由为基督教教义作注脚之从属地位中解放出来"③。

根据费赖之（Louis Pfister，1833～1891）的书目可知，18 世纪法国传教士研究《诗经》的成果有：白晋的《诗经研究》，藏于巴黎国家图书馆；傅圣泽（Jean Françoise Foucquet，1665～1741）的《诗经》法文译本，用基督教教义附会中国旧说；赫苍璧（Julien-Placide Hervieu，1671～1746）用神秘解说来翻译《诗经》；宋君荣（Antoine Gaubil，1689～1759）的《中国天文史略》（1729）附录，其中有"《诗经》中之日蚀"的材料；孙璋（Alexandre de la Charme，1695～1767）的《诗经》拉丁文译本，附有注解，藏于巴黎国家图书馆；韩国英（Pierre-Martial Cibot，1727～1780）的《论中国语言文字》，其中有《诗经》若干章的译文。④ 费赖之的书目有遗漏，其实宋君荣也翻译了《诗经》，于 1749 年寄回欧洲，未正式出版。不过，宋君荣的兴趣主要在史学与天文学，而不在翻译本身，因此他的译文比较粗略。⑤ 由以上书目可见，法国传教士对《诗经》的兴趣逐渐从神学扩展到其他领域。

白晋等人对《诗经》的索隐式解读，在当时影响最大。"索隐"（Fig-

---

① 〔法〕伊莎贝尔·微席叶、约翰－路易·微席叶：《入华耶稣会士与中西文化交流》，载〔法〕谢和耐、戴密微等《明清间耶稣会士入华与中西汇通》，耿昇译，东方出版社，2011，第 88～89 页。

② 〔法〕戴密微：《法国汉学研究史》，载〔法〕戴仁主编《法国当代中国学》，耿昇译，中国社会科学出版社，1998，第 15 页。

③ 王漪：《明清之际中学之西渐》，台湾商务印书馆，1987，第 40～41 页。

④ 〔法〕费赖之：《在华耶稣会士列传及书目》，第 438、559、593、694、748、945 页。

⑤ Paul A. Rule, *K'ung-tzu or Confucius? The Jesuit Interpretation of Confucianism* (Sydney；Boston：George Allen & Unwin, 1986), p. 189.

urism，或译为象征论）的阐释方法，是早期基督教试图协调《新约》《旧约》的一种努力，认为《旧约》早已暗示耶稣基督的降临，不过以"形象"（figura）的方式呈现出来，即隐藏在"象征的、讽喻的、原型的（即预示论）形式中"①。白晋等人被称为中国索隐派，他最重视《易经》，也被称为"易经主义者"。

白晋在解释《诗经》时，也运用了索隐的方法。他认为《大雅·生民》中的姜嫄是圣母玛利亚，后稷是耶稣，帝喾就是上帝，并将每一章都对应耶稣生平与基督信仰，比如首章的姜嫄受孕对应着耶稣的孕育，第三、四章的后稷勤于耕作象征着福音的传播者在教会"天地"中"耕作"，第七章的舂谷去糠象征着耶稣所经受的磨难等。②

白晋的弟子马若瑟（Joseph-Henri-Marie de Prémare，1666~1736），进一步用索隐的方法研究《诗经》。马若瑟将八首《诗经》作品译为法文，被收入杜赫德（Jean-Baptiste Du Halde，1674~1743）的《中华帝国全志》第二卷。此书综述入华耶稣会士的书信、译著而成，但面向普通读者，因此风行一时。马若瑟翻译的八首诗，包括《周颂·敬之》《周颂·天作》《大雅·皇矣》《大雅·抑》《大雅·瞻卬》《大雅·板》《大雅·荡》《小雅·正月》。巴黎国家图书馆藏有马若瑟的一封信，说明了他为什么选这八首诗，并以《皇矣》为例，解释了翻译的原则，比如"天立厥配"译作"上天希望给自己配一位同等地位的人"，是因为"只有涉及'人—上帝'时，这个说法才能成立"③。这八首诗中没有《大雅·生民》，并不是说马若瑟不重视此诗，其实他的拉丁文著作《中国古籍中之基督教主要教条之遗迹》（*Selecta Quaedam Vestigia procipuorum Christianae Relligionis dogmatum*，*ex antiquis Sinarum libris eruta*），用了10页篇幅来分析此诗。④

除了杜赫德编的《中华帝国全志》之外，格鲁贤（Jean-Baptiste Gabriel

---

① Michael Lackner, "Jesuit Figurism," in Thomas H. C. Lee ed., *China and Europe: Images and Influences in Sixteenth to Eighteenth Centuries* (Hong Kong: Chinese University Press, 1991), p. 130.

② 〔法〕柯兰霓：《耶稣会士白晋的生平与著作》，李岩译，大象出版社，2009，第188~193页。另参见〔法〕雅娃丽《耶稣会士白晋对后稷的研究》，载〔法〕谢和耐、戴密微等《明清间耶稣会士入华与中西汇通》，第334~343页。

③ 参见〔法〕蓝莉《请中国作证：杜赫德的〈中华帝国全志〉》，许明龙译，商务印书馆，2015，第197页。

④ 〔丹麦〕龙伯格：《清代来华传教士马若瑟研究》，李真、骆洁译，大象出版社，2009，第179页。

Alexandre Grosier，1743～1823）编的《中国概述》也收录了三首《诗经》作品的译文。格鲁贤与杜赫德相似，都是从未踏足中国的耶稣会士。他曾在 1777 至 1785 年将冯秉正（Moyriac de Mailla，1669～1748）的《中国通史》手稿整理出版，而他自己编的《中国概述》，作为《中国通史》续编出版。此书收录的三首《诗经》作品，没有提供诗题，依内容来看可能是《邶风·谷风》《小雅·斯干》《小雅·常棣》。这三篇译文以意译为主，并非佳作。张国刚推测，译者可能是当时在北京传教的韩国英。①

　　白晋、马若瑟对《诗经》的索隐解读，引起了一位长住巴黎的英国人拉姆塞（Andrew Michael Ramsay，1681～1743）的关注。他相信，所有的宗教都同源并表达同一个寓意，因此他在中国索隐派那里找到了契合。在 1728 年出版的《居鲁士游记》中，附有一篇反响巨大的文章《论异教徒的神学和神话》，拉姆塞考察了古希腊、古罗马的神话，以及古代埃及、波斯、印度的神话。他觉得有必要再进一步考察中国古代思想，因此努力学习中文、阅读中国古籍。他承认自己受到一位入华耶稣会士的影响，此人可能是索隐派的另一位主将傅圣泽。② 此外，马若瑟也曾与拉姆塞通信。③拉姆塞晚年撰写的《自然宗教与启示宗教的哲学原理：第二部》，旁征博引中国典籍。他引用《诗经》的《邶风·简兮》"彼美人兮，西方之人兮"一句，将其中的"西方"解释成耶路撒冷。他还大段引用了另一首诗的文字，证明中国古代的上帝信仰，从译文来看，此诗应是《大雅·皇矣》。④

　　《中华帝国全志》中收录的马若瑟译诗，再加上柏应理《中国哲学家孔子》所译"四书"引用的《诗经》诗句，吸引了很多欧洲人。其中有两位英国人，将耶稣会士的《诗经》译文转译为英文，并表现出强烈的文学趣味。

　　第一位是珀西（Thomas Percy，1729～1811），他在 1761 年推出《好逑传》英译本，这是中国长篇小说第一次被译介到欧洲，影响很大。此书有三个附录，其中第三个附录是"中国诗歌节选"，撷取编译了二十首中国古

① 张国刚：《从中西初识到礼仪之争》，人民出版社，2003，第 339 页。
② Arnold H. Rowbotham, "The Jesuit Figurists and Eighteenth-Century Religious Thought," *Journal of the History of Ideas* 17. 4 (Oct. 1956), p. 481.
③ 〔丹麦〕龙伯格：《清代来华传教士马若瑟研究》，第 228～233 页。
④ Chevalier Ramsay, *The Philosophical Principles of Natural and Revealed Religion*：*Part Second* (Glasgow：Robert and Andrew Foulis, 1759), pp. 178 – 180.

诗及一个中国寓言。范存忠认为其中有三首《诗经》作品的选段，即《卫风·淇奥》、《周南·桃夭》和《小雅·节南山》①。杨治宜进一步确认有七首《诗经》作品选段，即《大雅·文王》、《卫风·淇奥》、《小雅·节南山》、《周南·桃夭》、《唐棣》逸诗、《小雅·绵蛮》、《大雅·抑》。② 前四种都转译自《中国哲学家孔子》收录的《大学》引诗，最后一种转译自《中华帝国全志》。珀西不懂中文，没有读过《诗经》原文，因此在转译过程中会将《大学》引诗后面的文字，误以为是《诗经》诗句一并译出。但是，珀西的《诗经》英译有特殊的意义，即他的兴趣逐渐从神学、道德转移到了诗歌本身。他不仅将《诗经》收入"中国诗歌节选"，还对中国诗歌的翻译提出了独到的看法，认为"中国诗的美妙肯定最无法翻译成其他语言，尤其不能翻译成欧洲语言"③。珀西还推动了英国古代歌谣的搜集，他编的《古代英语诗歌遗存》（*Reliques of Ancient English Poetry*）影响了英国文学传统的自我认同，这些活动与珀西编译中国古代诗歌的经历有一定的关联。

第二位是威廉·琼斯爵士（Sir William Jones，1746 ~ 1794），他是英国著名语言学家、东方学家，发现了梵文和希腊文、拉丁文的同源关系，奠定了近代比较语言学的基础。琼斯曾努力学习中文，并计划翻译《诗经》《论语》，可惜最终未能完成。琼斯通过柏应理的《中国哲学家孔子》接触到《诗经》，特别欣赏《大学》所引的《卫风·淇奥》首章。他起初用拉丁文重译《淇奥》首章，④ 后来又撰专文介绍《诗经》，并提供了《淇奥》的英文直译和意译。⑤ 他还根据自己在巴黎所见的《诗经》原书，两次临摹《淇奥》首章的汉字，第二次临摹的水准明显高于首次。琼斯曾翻译波斯、阿拉伯、印度等地诗歌，批评欧洲诗歌陈旧乏味、推崇东方诗歌意象清新。他特别欣赏《淇奥》，正是出于这样的诗学理念。琼斯非常看重自己的《淇

---

① 范存忠：《中国文化在启蒙时期的英国》，上海外语教育出版社，1991，第157页。

② 杨治宜：《〈诗经〉在18世纪的英国》，《多边文化研究》第3卷，北京大学出版社，2005，第456~460页。

③ Thomas Percy, *Hau Kiou Choaan or the Pleasing History*, vol. 4（London: Printed for R. and J. Dodsley, 1761）, pp. 199 – 202.

④ Sir William Jones, "Poeseos Asiaticae Commentariorum," in *The Works of Sir William Jones*, vol. 2（London: Printed for G. G. and J. Robinson）, p. 351.

⑤ Sir William Jones, "On the Second Classical Book of the Chinese," in *The Works of Sir William Jones*, vol. 1, p. 367.

奥》译文，曾将其收进自己的个人诗集，[①] 后来还被收入二十一卷本《英国诗人作品集》（*English Poets from Chaucer to Cowper*）。

由此可见，耶稣会士虽从神学角度译介《诗经》作品，在客观上却引起了欧洲读者对《诗经》诗歌特性的兴趣。比如法国诗人安德烈·谢尼埃（André Chénier，1762～1794），曾读过韩国英翻译的《诗经》，深受其影响，甚至想模仿《诗经》的体裁来改造法国诗歌格局。[②]

三　19世纪《诗经》翻译与研究：
文学、经学、新方法

19世纪见证了西方汉学的学科创建与飞跃进展。由于18世纪的积累，法国汉学在19世纪前期开风气之先，1814年法兰西学院设立"汉语、鞑靼和满语语言与文学"讲席，推动了汉学的专业化进程。1840年中英鸦片战争之后，中国的大门被打开，香港、上海等地有实际在华生活经验的英美传教士、外交官，进一步拓展了汉学研究的领域。《诗经》翻译突飞猛进，百年间出现了近十种《诗经》全译本、数十种《诗经》选译本，其中半数以上都出自英国人之手。这个时期的《诗经》翻译和研究，神学色彩逐渐淡化，《诗经》的经学背景、文学特性获得重视，西方新兴的学术方法也影响了《诗经》研究。

在19世纪《诗经》翻译与研究中，耶稣会士继续做出很大贡献，但是其影响力也在逐渐缩小。耶稣会经历"礼仪之争"带来的灭顶之灾后，于19世纪初重建，40年代再次入华，并在上海徐家汇、河北献县形成了两个传教中心。在上海传教的意大利耶稣会士晁德莅（Angelo Zottoli，1826～1902），于1879至1883年推出了拉丁文、中文对照的五卷本《中国文学教程》（*Cursus litteraturae sinicae: neo-missionariis accomodatus*），其中1880年出版的第三卷"经典研究"，用拉丁文翻译了整部《诗经》。在河北传教的法国耶稣会士顾赛芬（Seraphin Couvreur，1835～1919），也致力于翻译中国典籍，1896年推出了《诗经》拉丁文、法文的双语全译本。虽然晁德莅、顾赛芬依然秉持着神学立场，但他们十分重视中国本土的经学传统，译文中

---

① Sir William Jones, *Poems in Three Parts* (Calcutta: Thomas Hollingbery, 1800), pp. 2 – 3.

② 参见阎宗临《中国文化西渐之一页》，载《中西交通史》，广西师范大学出版社，2007，第68页。

的字词解释大多遵从朱熹的注解。

　　在 19 世纪造成最大影响的耶稣会士《诗经》译本，反而是一百多年前孙璋的拉丁文《诗经》全译本。孙璋的译稿 1750 年左右完成，本来藏于巴黎国家图书馆，长期不为人知，直到 1830 年才由德裔法籍东方学家莫尔（Julius von Mohl，1800～1876）整理，在德国出版。这个《诗经》全译本，马上引起了德国诗人吕克特（Friedrich Rückert，1788～1866）的注意，他采用韵体形式，将孙璋的拉丁文译本转译为德文译本，于 1833 年出版。这是第一个正式出版的《诗经》全译本，语言优美，吸引了无数欧洲读者。1844 年，另一位德国人克拉默（Johann Cramer）在吕克特译本的基础上，推出了另一个《诗经》韵译本。德国学者本森（Baron von Bunsen，1791～1860）的专著《历史中的上帝》，就从吕克特译本中引用了八首诗，称之为《圣歌集》，用以说明中国人的宗教观念和宇宙观念。很快，本森的著作在 1868 年有了英译本，英译者依旧用韵体的形式，将这八首《诗经》作品转译为英文。[①] 不过，这些译者都不懂中文，译文都源自孙璋的拉丁文译本，而孙璋的译文本身有很多不确之处。到了 1880 年，德国汉学家史淘思（Victor von Strauss，1809～1899）根据中文原文重译《诗经》，在准确性、文学性上都远远超过吕克特译本，受到很多学者与译者的推崇。

　　对 19 世纪《诗经》翻译与研究贡献最大的，已不是耶稣会士，而是鸦片战争之后入华的新教传教士、外交官、译员，尤其以英国人为代表。英美入华人士在香港、上海、广州等地创立了很多汉学研究机构、学报，如 1847 年成立的皇家亚洲学会香港分会，后称为皇家亚洲学会中国支会，1857 年成立的上海文理协会（Shanghai Literary and Scientific Society），后称为皇家亚洲文会北中国支会，学报则有《中国丛报》（*The Chinese Repository*）、《中国评论》（*The China Review or Notes and Queries on the Far East*）、《皇家亚洲文会北中国支会学报》（*Journal of the North-China Branch of the Royal Asiatic Society*），成为汉学研究的重要阵地，很多翻译或研究《诗经》的文章，都第一次出现在这些刊物上。

　　《诗经》的文学特性得到进一步的重视。曾担任香港殖民地政府第二任总督的德庇时（Sir John Francis Davis，1795～1890），对中国文学有浓厚的

---

　　①　Baron von Bunsen, *God in History*, trans. by Susanna Winkworth（London：Longman, Green and Co., 1868）, Book III, Chapter V, pp. 246－257.

兴趣，他早年供职于东印度公司时翻译了《好逑传》，又撰写了长文《汉文诗解》，1830 年发表于《大不列颠及爱尔兰皇家亚洲学会会刊》。这篇文章于 1834 年出版单行本，1870 年再版。《汉文诗解》介绍了汉语诗歌的格律及特点，选译了历代诗歌作品作为例证，其中翻译了《召南·鹊巢》《小雅·谷风》两诗以说明中国诗歌的源头，还附上了两首诗的中文。德庇时指出，文学作品的成功，主要归因于它的风格与语言，汉语诗歌如按字面意义直译为英文，就会丧失本来的审美效果。因此，德庇时提出："韵译是最好的方式。"他翻译《鹊巢》《谷风》，就采用了所谓"忠实的韵译"。德庇时还提醒读者注意《诗经》中常见的"复沓"（refrain）手法，认为这证明了《诗经》"原始歌谣的极度简朴"①。然而，在《鹊巢》译文中，德庇时为了满足韵译效果，并未呈现出原诗的叠章风格。到了《谷风》译文，德庇时努力再现原诗的复沓结构，不过也未能贯穿于全诗译文。

《诗经》的经学传统也得到重视。美国长老会派遣入华的首位传教士娄理华（Walter Macon Lowrie，1819～1847），曾翻译两首《诗经》作品，即《周南·关雎》和《周南·卷耳》，发表在 1847 年的《中国丛报》。娄理华也认为不可能直译《诗经》及中国其他诗歌，他试图"用一种有节奏的散文语言形式，将原诗的意蕴尽可能准确地表达出来"②。不过，娄理华更重视传统的经学诠释，他为了透彻理解原诗字句意义，认真研读了《钦定诗经传说汇纂》，对朱熹、辅广等人的解释十分欣赏。他在两首诗的译文之后，提供了详细的解释，基本上来自朱熹等人的看法。值得一提的还有英国传教士、理雅各的老师修德（Samuel Kidd，1799～1843），在 1841 年出版的专著中，翻译了《诗大序》和《诗集传序》。不过，修德对于《诗经》的经学传统所知不深，他误认为《诗集传序》是孔子与弟子的对话，因此将朱熹的自称"余"译成了 Confucius（孔子）。③

真正代表 19 世纪《诗经》翻译最高成就的是理雅各（James Legge，1815～1897）。他因翻译中国典籍的巨大贡献，成为欧洲汉学界最高荣誉儒莲奖（Prix Stanislas Julien）的首位获得者，并成为牛津大学首任中文教授。

---

① John Francis Davis, *The Poetry of the Chinese* (London: Asher & Co., 1870), pp. 34, 35.

② W. M. Lowrie, "Readings in Chinese Poetry," *The Chinese Repository* 16. 9 (Sep. 1847), p. 455.

③ Samuel Kidd, *China, or Illustrations of the Symbols, Philosophy, Antiquities, Customs, Superstitions, Laws, Government, Education, and Literature of the Chinese* (London: Taylor & Walton, 1841), p. 350.

美国学者吉瑞德（Norman J. Girardot）认为，从 1873 年法国汉学家儒莲（Stanislas Julien，1797～1873）去世、理雅各回到英国，直至 1897 年理雅各去世、沙畹（Edouard Chavannes，1865～1918）重振法国汉学，这二十多年可称为"汉学的理雅各时代"①。

　　理雅各一生出版了三个《诗经》译本。第一个译本是 1871 年的散体译本。理雅各本是伦敦传道会传教士，1840 年到达马六甲，1843 年迁往香港。他在传教过程中逐渐认识到西方人要想了解中国文化，必须从"十三经"入手。1861 至 1872 年，他翻译的《中国经典》（*The Chinese Classics*）在香港陆续出版，其中第四卷为《诗经》。这个译本正文前有长达 182 页的绪论，介绍了《诗经》的历史、《诗经》的研究史、《诗经》的语言特色、《诗经》时代的中国社会，还附了法国汉学家毕瓯（M. Edouard Biot，1803～1850）研究《诗经》民俗的文章，其参考书目有中文书 55 条，除了《毛诗注疏》《吕氏家塾读诗记》《诗缉》等书，还有清人毛奇龄、陈启源、戴震等人的著作，以及给予理雅各直接帮助的王韬的手稿《毛诗集释》。译本的正文，包括《毛诗》中文原文、英译、注释三部分。英译虽用分行的形式，但不讲究韵律、节奏。注释是其最大特色，每首诗的注释文字往往比译文长几倍，包括诗篇解题和文字训诂，多引用毛传、朱注，以及其他宋儒或清儒的说法，甚至模仿朱熹为每一首诗标出赋、比、兴。虽然理雅各对部分诗歌主题常有自己的判断，比如不同意朱熹的"淫诗"说，但他对《诗经》字词的理解，过于依赖传统经学，如《周南·关雎》，理雅各用了 modest、retiring、virtuous 三个描述道德品格的词来翻译"窈窕"②，20 世纪的译者韦利只用 lovely、高本汉只用 beautiful，其中可见出显著差异。

　　第二个译本是 1876 年的韵体译本。理雅各在前一个译本中，只注重《诗经》的伦理价值，无视《诗经》的文学价值，他曾宣称："《诗经》整部作品都不值得费力去译成韵文。"③ 然而，19 世纪英国翻译界的主流意见却是追求用韵体形式翻译外国诗歌。欧德理（Ernest John Eitel，1838～1908）在当时的书评中就批评理雅各的散体译本有"一种单调的凝重和古

---

① 〔美〕吉瑞德：《朝觐东方：理雅各评传》，段怀清、周俐玲译，广西师范大学出版社，2011，第 120 页。

② James Legge trans., *The Chinese Classics*, Vol. IV, *The She King* (Hong Kong: Hong Kong University Press, 1960), p. 1.

③ James Legge trans., *The Chinese Classics*, Vol. IV, *The She King*, "Prolegomena," p. 116.

怪"，"不合诗歌品味"。① 1876 年出版的韵体译本是对这些批评的回应。译文由理雅各的侄子、兄弟以及德庇时的外甥孖沙（William Thomas Mercer，1821～1879）帮助完成，绪论缩减到 57 页，正文也不再附中文原文，只有很少注释，但却在诗歌韵律形式和审美形式上做了很多探索。全部译文都采用当时常见的英诗格律，有些诗歌译文甚至采用了苏格兰民谣的形式，包括《王风·君子于役》《王风·君子阳阳》《郑风·女曰鸡鸣》。② 当时有书评称赞这个译本"赏心悦目"③，另一位《诗经》译者阿连璧也对苏格兰民谣形式的翻译赞不绝口。当代学者费乐仁（Lauren Pfister）从形式（form）、风格（style）、得体（appropriateness）、声音（voice）、技巧（techniques）五个方面总结了这个译本的成就。④ 然而，这个韵译本有不可否认的缺点，理雅各常为了迁就韵律而扭曲英文的表达方式，甚至增加诗行、改变结构。理雅各不仅增加诗行，还在译文中增加很多解释性的字句。此外，这个译本虽然采用韵译，但语言措辞却常保留着散体译本中那种严谨甚至呆板的风格。

第三个译本是 1879 年的节译本。这是理雅各应牛津大学的德裔比较宗教学家缪勒（Max Müller，1823～1900）之邀，从《诗经》中选译宗教色彩浓厚的 104 首诗而成，与《尚书》《孝经》选译一起，收入《东方圣典》第三卷，书名为《中国圣典·儒家经典：〈书经〉、〈诗经〉宗教诗选、〈孝经〉》。不过，这个节译本的译文，基本上采自 1871 年《诗经》散体译本，只有个别字词的修订，并且不附中文原文，译文不用分行排印，而是每章一段，形式更加散文化。这个节译本从宗教的角度进行了筛选和重新排列，很多诗只选译其中一至两章，甚至按照诗中宗教因素的多寡，以《商颂》《周颂》《鲁颂》《小雅》《大雅》《国风》的顺序排列。这个节译本其实有很大空间供理雅各做出神学诠释，但是，他此时深受《东方圣典》主编缪勒的影响，注重在更客观的基础上研究中国宗教问题。比如理雅各之前曾从传教士的角度，批评了中国的祖先崇拜仪式，但

---

① E. J. Eitel, "The She-king," *The China Review* 1.1 (Feb. 1872), pp. 3–6.

② James Legge trans., *The She King; or, the Book of Ancient Poetry, Translated in English Verse* (Oxford: Trübner & Co., 1876), pp. 112, 113, 124–125.

③ Alfred Lister, "Dr. Legge's Metrical *She King*," *China Review* 5.1 (1876), p. 7.

④ Lauren Pfister, "James Legge's Metrical Book of Poetry," *Bulletin of the School of Oriental and African Studies* 60: 1 (Feb. 1997), pp. 72–84.

在这个节译本中，他却从客观的角度，描述了中国祖先崇拜的根源，希望给研究异国宗教的学者提供一个全面观察的基础。① 缪勒的比较宗教学代表了当时欧洲思想学术的新方向，希望建立一种新的学术框架来认识这个多样性的世界。理雅各的《诗经》节译本，呼应了 19 世纪后期欧洲学术的新趋势，是理雅各从传教士身份向学者身份过渡的象征。

在理雅各的影响之下，还有两位英国人在 19 世纪末完成了《诗经》全译。第一位是詹宁斯（William Jennings，1847 ~ 1927），他是英国派驻香港的牧师，1891 年出版了《诗经》全译本，这是一个语言优美的韵体译本。詹宁斯在前言中批评了西方人关于中国落后停滞的偏见，指出："在《诗经》中，我们能看到最古老的作品……然而，尽管有着几千年时间和不同疆土的限制，人类天性在情感和精神上、在优点或缺点上，都是共通的，阅读《诗经》的一些诗篇，我们感觉到我们自己是站在现代欧洲的生活之中。"② 詹宁斯在推出全译本之前，曾在 1887 至 1889 年的《中国评论》上发表了数十篇《诗经》作品译文，后收入全译本，略有修改。修改的原则，大多出于简洁与准确。他曾批评理雅各的《诗经》韵译本，认为它不够简洁，他非常推崇德国人史淘思的《诗经》译本，认为那是欧洲最好的《诗经》韵译本。不过，对詹宁斯帮助最大的，其实是理雅各的《诗经》散体译本，因为理雅各的详细注释为他理解《诗经》字词提供了最切实的指导。因此，詹宁斯的译本，通过理雅各的注释而全面依赖中国的传统注疏，有时甚至表现出对传统经学的盲从。詹宁斯一般不采用原诗的题目，而是根据《毛诗序》或《诗集传》的解释来另拟题目。比如，他将《邶风·静女》诗题重拟为 irregular love-making（超越常规的私情），就来自朱熹的理解。不过，詹宁斯也常从诗意出发重拟题目，比如《卫风·河广》诗题变成 so far, and yet so near（如此遥远而又近在咫尺），传达出原诗的神韵。当然，詹宁斯也很看重译文的"雅"，他运用英语诗歌的韵律模式，措辞简洁优美，远远胜过理雅各的韵译。

第二位是阿连璧（Clement F. R. Allen，1844 ~ 1920），他曾长期担任英

---

① James Legge trans. , *The Sacred Books of China*: *The Texts of Confucianism*, Part I, *The Shu King*, *The Religious Portions of The Shih King*, *The Hsiao King*（Oxford: The Clarendon Press, 1879），p. xxii.

② William Jennings trans. , *The Shi King*: *the Old "Poetry Classic" of the Chinese*（London: G. Routledge and Sons, 1891），pp. 7 – 8.

国驻华外交官，其《诗经》译本和詹宁斯的译本在同一年（1891）出版。这个译本受到当时流行的中国文明西来说的影响。法裔英籍学者拉克伯里（Terrien de Lacouperie，1844～1894）认为，黄帝本来是古代巴比伦的国王，带着巴克（Bak）族越过昆仑山来到黄河上游定居，成为汉族的祖先。这个理论曾影响日本学者，并进而影响章太炎、刘师培等中国学者，后来在20世纪30年代的中国受到了全面批判。阿连璧对部分诗篇的解释，也可看到这种理论的影子。比如他将《周南·麟之趾》的"麟"解为长颈鹿，并说："它能证明中国的人种最早来自巴克特里亚（Bactria）或迦勒底（Chalsdea），他们曾到过非洲，见过甚至接触过长颈鹿。"① 阿连璧参考了理雅各的英译本、孙璋的拉丁文译本，还有晁德莅的拉丁文译本。但是，他与詹宁斯不同，最为欣赏理雅各的《诗经》韵译本，尤其是那几首以苏格兰歌谣来翻译的作品。阿连璧曾提出，他的目标是为西方提供一个用"现代的语言"和"流畅的韵律"呈现的译本。② 因此，他力图摆脱所有传统注疏的束缚，以现代英语诗歌的形式来翻译《诗经》。但是，为了达到这个目标，阿连璧常常任意地改动甚至删去《诗经》作品的章节，完全改写原文的诗句。如《周南·汝坟》原诗三章，每章四句，阿连璧竟然略去第三章不译。他还常用西方读者熟悉的西方人物故事，改写《诗经》作品的诗题。如把《邶风·简兮》的题目改成《斗士参孙》（Samson Agonistes），大概因为参孙具有超人的神力，可对应该诗的第二章："硕人俣俣，公庭万舞。有力如虎，执辔如组。"

在19世纪末期，还出现了很多《诗经》选译，散见于当时香港、上海等地的各种刊物。选译《诗经》作品数量最多的，是一位以 V. W. X. 为笔名的译者③，他在1878至1879年的《中国评论》上总共发表了七十四首《诗经》作品译文，几乎译出了《诗经·国风》的半数诗歌。V. W. X. 宣称，他自己的目标是提供一个完全的直译（literal translation），即"原诗的每一行在译文中都只是用一行文字来再现，并且每一行译文都遵照原诗的

---

① Clement F. R. Allen trans. , *The Book of Chinese Poetry*（London：Kegan Paul，Trench，Trübner & Co. , 1891），p. 19.

② Clement F. R. Allen, "The Chinese Book of the Odes for English Readers," in *Journal of the Royal Asiatic Society of Great Britain & Ireland* 16. 4（Oct. 1884），p. 453.

③ 这位译者，可能是英国汉学家庄延龄（Edward Harper Parker，1849～1926）。

字面意义"①。V. W. X. 非常欣赏《诗经》的简朴之美，他希望用简朴的直译来再现原诗的美感。不过，他有时将简朴的直译发展到极致，有些诗句译文的字数比原文还要少，这样不仅容易漏译原文的重要字词，还会造成西方读者理解上的困惑。阿连璧等人曾完全否定这些《诗经》译文的价值，不过，批评者们主要是觉得这些译文不符合19世纪英国翻译界的主流看法，没有用欧洲诗歌韵律来翻译东方诗歌。其实，V. W. X. 的《诗经》译文，还是有很多可取之处的。②

　　19世纪的译者，大多用典型的西方语言与诗歌韵律来翻译《诗经》。曾任职于香港殖民地政府的李思达（Alfred Lister，1843~1890），在1875年《中国评论》上发表了四首《诗经》作品选译。他与阿连璧一样，强调用流畅的英语诗歌语言翻译《诗经》，还强调不要让读者感觉这些译文作品来自其他语言。③ 不过，他比较尊重原诗的章节结构，没有随意地删去原诗的章节。还有早年任英国驻华使节、后出任剑桥大学中文教授的翟理斯（Herbert Allen Giles，1845~1935），也采用同样的方式。他在1898年出版《古今诗选》，翻译了一百七十多首中国诗歌，《诗经》作品有《郑风·将仲子》《卫风·氓》《唐风·蟋蟀》三首。此书在当时影响很大，有些译诗被谱上乐曲，供人歌唱。

　　19世纪欧洲学术研究的进展，影响了理雅各、阿连璧等人的《诗经》翻译，同时，新的研究方法与思潮也推动了当时的《诗经》研究。19世纪中后期的汉学家，大多超越了早期汉学那种经验式、随感式的研究，以当时的新兴科学方法——语文学（philology）——为学术工具。语文学由德国学者沃尔夫（Friedrich August Wolf，1759~1824）创立，试图从语言入手，在古代的历史文献中探寻人类的本质。其由于综合了语言研究和历史研究，可译为历史语言学；同时还强调比较的维度，又称为比较语言学（comparative philology）。有学者指出，19世纪末期汉学的飞跃发展，就是因为"大多数学者在转向汉语以前已经接受过拉丁文、希腊古典历史比较语言学、

① V. W. X. , "The Ballads of the *Shi-king*," in *The China Review , or Notes & Queries on the Far East* 7. 1 (1878)，p. 51.
② 可参见张万民《一位神秘的〈诗经〉译者：V. W. X. 》，《汉风》2021年第5期。
③ Alfred Lister, "Dr. Legge's Metrical *Shi-King*," in *The China Review , or Notes & Queries on the Far East* 5. 1 (1876)，p. 2.

希伯来文、梵文等方面的专业训练"①。

法国汉学家儒莲研究汉语佛教典籍梵文词汇的转写规律，已触及汉语语音史，但他没有进一步考察入声字问题。这些问题，留给了那些对广东话、福建话有实际接触的入华传教士，他们发现南方方言中保存了很多汉语官话中已消失的古音，并从构拟古音系统的角度来考察《诗经》音韵。英国传教士艾约瑟（Joseph Edkins，1823~1905）在 1853 年发表的《古代汉语的读音》中提出认识汉语古音的基本方法，包括形声字的声旁、古代诗歌的音韵、中国人编撰的韵书、汉语佛教文献中的梵文词汇等。他认为《诗经》是绝佳的材料，并以《大雅·桑柔》读音为例，指出以 ng、n、m、k、t、p 音结尾的汉字在《诗经》中并不押韵，可见"今日华南依然流行的这六个韵尾之间的区分，在周代时期的华北也同样存在，现代汉语官话的发音是晚近形成的创新之物"②。艾约瑟参考了段玉裁、钱大昕等清代学者的研究成果，同时，他运用历史语言学、比较语言学来考察汉语语音史，反映了 19 世纪欧洲学术潮流。伦敦会另一位传教士湛约翰（John Chalmers，1830~1899），则在 1877 至 1881 年的《中国评论》上发表系列文章，试图根据艾约瑟构拟的古音，归纳《诗经》韵脚的古今读音。艾约瑟、湛约翰的研究，受到当时学术视野的局限，存在着很大的缺陷，不过，他们毕竟提出了很多有价值的观点，对 20 世纪《诗经》音韵研究有很大启发。③

艾约瑟、湛约翰最大的缺陷，是接受了人类语言有一个共同起源的看法，试图证明汉语与西方语言同源，不过他们对《诗经》的研究，并未过多受到这种猜想的影响。到了金斯密（Thomas William Kingsmill，1837~1910），这种猜想开始运用到《诗经》解读中。

金斯密出生于爱尔兰都柏林，曾先后居于香港、上海，1876 年被选为皇家亚洲文会北中国支会会长。金斯密信奉中国文明的雅利安起源说，这和阿连璧信奉的中国文明的巴比伦起源说一样，都是当时流行的中国文明西来说的一种表现。"雅利安"（Aryan）一词，源自古印度的《梨俱吠陀》。

① 〔德〕傅吾康：《19 世纪的欧洲汉学》，陈燕、袁媛译，载张西平编《欧美汉学研究的历史与现状》，大象出版社，2006，第 127 页。

② Joseph Edkins, "Ancient Chinese Pronunciation," in *Transactions of the China Branch of the Royal Asiatic Society* 4 (1853), pp. 55-56.

③ Bernhard Karlgren, *Philology and Ancient China* (Oslo: H. Aschehoug & Co., 1926), p. 78.

19 世纪欧洲学者证明了印度的梵语与欧洲语言同源，即所谓的印欧语系。在缪勒的推动之下，欧洲人开始用梵语的"雅利安"一词，指示所有讲印欧语言的民族，雅利安人成了和其他人种相比更高级的人种。金斯密深受缪勒的比较语言学、雅利安人种优越论的影响，将其推广到中国文化历史研究中。他相信中国早期居民、语言、宗教和神话都源自雅利安文明，并由此重新解读中国古代典籍。他撰写了《周人的古代语言与宗教信仰》一文，企图揭示《诗经》中隐藏的梵语以及雅利安神话。① 按照金斯密设想的历史，雅利安人迁移到中国，成为周人，并用古老的雅利安语即梵语创作《诗经》。到了汉代，雅利安语言与中国本地土著的语言融合，当《诗经》从口头文本变成书面文本时，只能在读音上保留原来梵语的节奏，因此《诗经》书面文本有很多后人无法理解的词。金斯密甚至将几首《诗经》作品"回译"为梵语。具体的做法，就是从粤语读音出发，按照读音相近的原则，重构《诗经》诗句对应的梵语词汇。比如《小雅·十月之交》，金斯密认为诗中的"皇父"对应梵语 Vrihaspati，即木星（Jupiter）；"家伯"对应梵语的 Kapuja，即仙王座（Cepheus）；"番维司徒"被拆成"番维司"，对应梵语 Paraçara，即英仙座（Perseus）。《诗经》中的历史人物，被曲解成了印欧文明中的星座名称。金斯密还专门撰写了一篇《〈诗经〉中的星座》，进一步论证了《诗经》与西方星象、神话的对应关系。② 金斯密对《诗经》作品的读音构拟、《诗经》人名的解释，不仅今天看来十分荒谬，甚至在当时已成为学界嘲讽的对象，有人说，金斯密希望在汉字与梵文之间找到精确的对应，这"令我们迷失在由词汇、词汇、词汇组成的海洋中"，"我们只能依靠事实或常识来反驳金斯密"③。

　　由上可见，19 世纪欧洲的新兴学术方法，极大地推动了《诗经》翻译和研究的进展，为 20 世纪《诗经》学奠定了基础。同时，19 世纪欧洲学术中那些没有科学证据的猜想，在一定程度上扭曲了当时的《诗经》研究。

---

① Thos. W. Kingsmill, "The Ancient Language and Cult of the Chows; Being Notes Critical and Exegetical on the *Shi-king*, or Classic of Poetry of the Chinese," in *Journal of The North-China Branch of the Royal Asiatic Society* 12 (1878), pp. 97 - 125.

② Thos. W. Kingsmill, "On Some of the Constellations in the *Shi-king*," in *The China Review, or Notes & Queries on the Far East* 7. 5 (1879), pp. 347 - 349.

③ V. W. X. , "Mr. Kingsmill and the *Shi-king*," in *The China Review, or Notes & Queries on the Far East* 7. 5 (1879), pp. 330, 334.

四 20 世纪《诗经》翻译：新风气与新视角

20 世纪西方的中国诗歌翻译从韵体到自由体的转变，反映出西方诗歌旧传统与新风气的对峙。20 世纪 30 年代之后的《诗经》翻译，基本不再采用 19 世纪占据主流的韵译方式。同时，学术研究的新进展，也为《诗经》翻译带来了新的视角。

20 世纪二三十年代的各种《诗经》选译，延续了 19 世纪那种用典型的西方诗歌韵律形式来翻译《诗经》的风气。上一节提到的剑桥大学教授翟理斯，是这种风气的代表人物。他在 1923 年将以前的《古今诗选》加以增订，作为《古文选珍》（*Gems of Chinese Literature*）的第二卷出版，书名改为《中国文学选珍：诗歌卷》。此书除收录原先《古今诗选》已有的三首《诗经》作品之外，又增译了《召南·摽有梅》《鄘风·桑中》等诗。翟理斯反对字面直译或理雅各式的散文体翻译，强调要用流畅可读的英语诗歌形式来翻译中国诗歌。为了实现这个目标，翟理斯不仅改变原诗的结构，还改变诗题以及诗中名称，比如《郑风·将仲子》的译文，完全没有提到"仲子"这个主角的名字，题目中改成 gentleman，诗中改成 sir。①

20 世纪初期大部分译者都采用翟理斯这种翻译方式。克莱默·宾（Launcelot Cranmer-Byng，1872~1945）以翻译中国古诗而闻名于西方世界。他在 1909 年出版的《玉琵琶：中国古代诗人选集》，风靡一时。克莱默·宾的儿子后来为此书重版撰写序言，指出其父的翻译理念是"遵从英语诗歌的模式、作为诗歌本身而存在"，"抓住了原诗的本质"。②《玉琵琶》只收录了《邶风·静女》《魏风·陟岵》等三首《诗经》作品，其实，克莱默·宾曾在 1905 年出版过《诗经》选译本，共翻译三十七首《诗经》作品。此书前言明确指出，要"把这些诗歌重新变成诗歌"③。不过，大多译诗与原诗的距离颇大，其中可以辨认的只有《卫风·氓》《召南·野有死麕》《陈风·东门之杨》《曹风·蜉蝣》《卫风·木瓜》《郑风·风雨》等十

---

① Herbert A. Giles, *Gems of Chinese Literature*：Verse（Shanghai：Kelly and Walsh，1923），pp. 1 – 2.

② Launcelot Cranmer-Byng trans.，*A Lute of Jade*：*Selections from the Classical Poets of China*（London：John Murray，1911），pp. 11 – 12.

③ Launcelot Cranmer-Byng trans.，*The Book of Odes*（*Shi King*）：*The Odes of Confucius*（London：John Murray，1908），pp. 13 – 14.

首左右。爱尔兰文学家瓦德尔（Helen Waddell，1889～1965）也翻译了部分《诗经》作品。她在 1913 年出版《中国抒情诗选》，共译中国古诗三十六首，除了最后五首之外，其余都是《诗经》作品。林语堂非常欣赏瓦德尔的译诗，认为其专取意境、脱胎重写。① 瓦德尔确实"重写"了《诗经》作品，她的译文一般截取一章或几句，离原文的距离更远了。比如《邶风·匏有苦叶》译文，瓦德尔缩减了原诗的内容，每一章都有重要内容未译出，甚至完全略去第三章。② 其他译诗改动更大，很难找到对应的原诗。克莱默·宾和瓦德尔都不是直接根据《诗经》原文翻译（前者依赖翟理斯的译文，后者依赖理雅各的译文），他们都用欧洲诗歌韵律形式进一步改译已有的《诗经》译文，将 19 世纪以来西方的翻译理念发展到极致。

以韦利（Arthur Waley，1889～1966）为代表的新一代译者，开始倡导新的翻译理念，他们大多摒弃传统的韵译形式，更尊重原作的语言形式。20世纪 20 年代前后韦利与翟理斯的一场争论，促成了翻译风气的转变。

韦利通晓十多种欧洲语言，1913 年被大英博物馆聘为助理馆员，因管理中、日绘画的工作需要，自学了中文和日文，开始尝试翻译中国诗歌。他在 1916 年自费刊印《中国诗歌》，共译中国古诗五十多首，其中有《诗经》《楚辞》选译。他又在 1918 年出版《中国诗歌一百七十首》，大获成功。韦利宣称，自己的"目标就是直译"，并且为了直译中国诗歌，创造了一种符合中国诗歌语言的特殊节奏。他认为，英语诗歌的韵律根本不能再现中文诗歌的格律，同时，他也不赞成用英诗的"素体"（blank verse），因为素体注重停顿位置的变化，而中文诗歌大多是在一联的结尾停顿。他说："我尝试创造出一种与原诗节奏类似的节奏效果，即每一个汉字都用一个英语重读音节来对应。"③ 韦利承认，他采用的重读节奏形式，与英国诗人霍普金斯（G. M. Hopkins，1844～1889）的弹跳节奏（sprung rhythm）相似，不过他强调自己并未受到霍普金斯的影响。④ 这种用一个重读音节来对应一个汉字的翻译方法，在韦利的《诗经》英译中，也有体现。

---

① 林语堂：《论译诗》，《中国翻译》编辑部编《诗词翻译的艺术》，中国对外翻译出版公司，1987，第 53 页。

② Helen Waddell, *Lyrics from the Chinese* (Boston and New York: Houghton Mifflin Company), p. 1.

③ Arthur Waley trans., *One Hundred and Seventy Chinese Poems* (London: Constable, 1918), pp. 33 – 34.

④ Arthur Waley, "Notes on Translation," in Ivan Morris ed., *Madly Singing in the Mountains: An Appreciation and Anthology of Arthur Waley* (London: George Allen & Unwin, 1970), p. 152.

　　韦利提倡的直译方式，招来了翟理斯的批评。翟理斯为《中国诗歌一百七十首》撰写书评，坚称不能用直译来翻译中国诗歌，他为此与韦利展开了长达四年的论战。但是自 20 世纪中期以后，翟理斯的翻译"在西方开始逐渐被人们忽视乃至遗忘"，因为经过诗歌革新运动的洗礼，"西方读者日益将韵体诗歌与过去的旧制度、旧文化联系起来"，翟理斯的译文被视为保守落后的象征，而韦利的自由诗体"更能迎合现代读者的口味，并成为 20 世纪汉诗英译的楷模"。①

　　韦利分别在 1937、1954 年推出了《诗经》英译本的初版、修订版。韦利与 20 世纪初最重要的诗歌运动——意象主义的领袖庞德，以及伦敦的布鲁姆斯伯里（Bloomsbury）文化圈，都有密切的交往，深受这些反叛传统的文学家的影响。韦利的《诗经》译本，非常重视诗歌的语言之美和意象之美，体现出一种新的审美意识。他一般不在译文中加入原文所无的 like、as if 等连接词，以免破坏原诗的意象。比如《陈风·月出》的译文，他在每章开头都用 a moon rising 这样的句式，将首句变成一个短语，突出了首句的月亮意象之美。②

　　韦利《诗经》译本的最大特色，还在于借鉴了当时文化人类学的最新成果。译本的书名，用 Songs 来翻译"诗"，而不是西方惯用的 Odes，突出了《诗经》的歌谣性质。韦利指出，他受到法国汉学家葛兰言的影响，葛兰言将欧洲新兴的文化人类学运用在《诗经》研究上，代表了当时汉学研究的新趋势。受其启发，韦利跳出中国传统注疏的藩篱，探索《诗经》的民俗背景。比如，韦利认为《周南·麟之趾》与《召南·驺虞》都是配舞的歌曲，与安南（今越南）的"麒麟舞"（unicorn-dance，韦利将麒麟译为 unicorn）类似。再如，韦利认为《郑风·山有扶苏》是欢迎驱魔人的歌谣，诗中的"狂且"就是身穿黑衣红裙、驱赶瘟疫的驱魔人，与罗马尼亚的一种舞蹈类似。③

　　由于注重从民俗文化的角度重译《诗经》，韦利不再采用《诗经》原有的排序，而根据诗歌主题重新排列，分为求爱（courtship）、婚姻（marriage）、农事（agriculture）、祭祀（sacrifice）、歌舞（music and dancing）等

---

① 吴伏生：《汉诗英译研究：理雅各、翟理斯、韦利、庞德》，学苑出版社，2012，第 193 页。关于翟理斯与韦利的译诗论战，可参见该书第 171～193 页。

② Arthur Waley trans., *The Book of Songs：The Ancient Chinese Classic of Poetry*（London：George Allen & Unwin, 1954），p. 41.

③ Arthur Waley trans., *The Book of Songs*, pp. 219, 222.

十七个主题，并删去了二《雅》中的十五篇作品。韦利对《诗经》中的男女求爱与婚姻风俗尤为重视，共选求爱类诗歌六十九篇（分为六小类），婚姻类诗歌四十七篇，超过总数的三分之一。到了 1996 年，美国明尼苏达州立大学的周文龙（Joseph R. Allen）补译了被删掉的十五首诗，与韦利的译文一起，按照《诗经》本来的顺序编排，在纽约出版。

瑞典汉学家高本汉（Bernhard Karlgren，1889~1978）认为，韦利的译本虽然比 19 世纪的译本更合乎现代标准，但它"是作为一本文学书出版的，完全没有给人家一点儿学术性的工具"，对于韦利"为什么把这个字或词语译成这样"，读者永远也得不到答案。因此，学者需要"举出那些难字难句的校勘和训诂的依据，而估量各家歧见的价值"。① 于是，高本汉以语言训诂为基础，重译《诗经》。他于 1942 至 1946 年在瑞典远东古物博物馆（Museum of Far Eastern Antiquities）馆刊上发表《诗经注释》；接着，又连续发表《诗经》英译。全部译文在 1950 年由瑞典远东古物博物馆出版单行本，每首诗都附中文原文及其读音。高本汉指出，要读懂他的《诗经》译本，应该同时阅读他的《诗经注释》。

作为一名精通中国上古音韵及训诂的学者，高本汉翻译《诗经》是为学术研究服务。他在《诗经》译本前言中说，他的翻译不追求文学之美，而尽量按字面意思来翻译，以期为研究者提供一个忠实的译本。高本汉的译文放弃了诗歌的分行形式，完全用一种散文形式。他有时会提供简短的题解或注释，大多是为了揭示诗歌的主题、重要字词的象征寓意或诗歌异文及其不同解释。如《周南·汝坟》第三章"鲂鱼赪尾，王室如毁。虽则如毁，父母孔迩"，高本汉在译文之后解释道，"鲂鱼赪尾"是危险与困境的象征。他还指出，如果按照鲁诗的异文，"王室如毁"的"毁"应该译为 ruin（毁掉），而不是 burning（燃烧）。② 此外，他的《诗经》译本还为每个字提供了古音构拟，以及每一章的韵脚。可见，高本汉《诗经》译本的价值不在于文学性，而在于注重字词本义与古音。

韦利《诗经》译本的文学性，与英美意象主义有很大的关系。意象主义的主将庞德（Ezra Pound，1885~1972），主张废弃传统韵律、倡导自由诗体，还主张诗歌直接呈现意象。庞德对意象的看法，灵感来自中国古典

---

① 〔瑞〕高本汉：《高本汉诗经注释》"作者原序"，董同龢译，中西书局，2012，第 6~7 页。
② Bernhard Karlgren trans. , *The Book of Odes* (Stockholm：Museum of Far Eastern Antiquities, 1950), p. 7.

诗歌。他曾整理美国学者费诺罗萨（Ernest Fenollosa，1853～1908）关于中国诗歌与文字的手稿，深受其影响，并于 1915 年推出《神州集》（*Cathay*），选译十四首中国古诗，其中包括《诗经》的《小雅·采薇》。庞德的中文水平有限，但他却依赖已有的翻译以及自己对于诗歌和汉字的理解，转译了中国大量诗歌和儒家典籍。

庞德先后认真读过詹宁斯的《诗经》英译本、孙璋的《诗经》拉丁文译本、高本汉的《诗经》译本、理雅各的《诗经》散体译本。他后来自己动手重译《诗经》，不仅由于他觉得这是"世界上最美丽的诗集"①，还由于他对儒家思想的痴迷。庞德因支持法西斯，二战结束后从欧洲被遣返美国，在关押期间，儒家思想成了他的精神支柱，他认为儒家思想能拯治西方的社会痼疾，翻译《诗经》就在此期间完成。庞德的《诗经》译本，在 1954 年由哈佛大学出版社出版。庞德希望强调《诗经》中体现的孔子智慧，因此他为译本初版所定的书名为 *The Classic Anthology Defined by Confucius*（《由孔子编定的古典诗集》）。

当然，对于西方读者来说，庞德《诗经》译本的最大价值，其实是体现了庞德本人的诗学思想，展现了诗歌意象、节奏之美。他尝试用不同风格的诗体来翻译不同的《诗经》作品，并运用了他自己提倡的蒙太奇式的语言组合方式。不过，从费诺罗萨到庞德，对汉字的理解都充满了想象和误解。他们认为汉字完全是一种象形文字，保持了文字与万物的联系，比西方的拼音文字更接近自然。因此，庞德常从汉字解读出他心目中的图画。如《陈风·月出》第二章"佼人懰兮"的"懰"字，庞德联想到 steel（钢铁），译文莫名其妙地加了一句 steel plucks at my pain（钢铁撩拨我的痛楚）。再如《邶风·柏舟》首章"耿耿不寐"中的"耿耿"，庞德译为 for flame in the ear，回译即"耳中的火焰"，这个意象会令中国读者瞠目结舌。② 有汉学家批评说，庞德《诗经》译本所采用的拆字法，是将阅读和翻译中文变成了一种游戏，是一种"完全不负责任的态度"。③

---

① 语出庞德致方志彤的私人信件，见 Zhaoming Qian ed., *Ezra Pound's Chinese Friends*（Oxford：Oxford University Press，2008），p. 146.

② Ezra Pound trans., *The Classic Anthology Defined by Confucius*（Cambridge：Harvard University Press，1954），pp. 12，69.

③ George Kennedy，"Fenollosa, Pound, and Chinese Character," in *Yale Literary Magazine* 126. 5（1958），p. 36.

　　除了韦利、高本汉、庞德的《诗经》全译本，20世纪30年代以后还出现了各种《诗经》选译。由于英文成为世界通用语言，美国又取代欧洲成为西方汉学研究的中心，大部分翻译都出自英美国家。其中有专门的《诗经》选译本，如英国学者散复生（Geoffrey Sampson）的《早期中国的恋歌》，选译了《诗经》五十八首婚恋作品。① 还有中国各种诗歌译本，也收录很多《诗经》作品。比如抗战期间访问过中国的英国诗人白英（Robert Payne，1911～1983），在浦江清、闻一多、李赋宁、金隄等中国学者的帮助下，完成《白驹：中国古今诗歌译文集》，共选译六十一首《诗经》作品。② 美国华裔学者柳无忌（Wu-chi Liu，1907～2002）和罗郁正（Irving Yucheng Lo）主编的《葵晔集：三千年中国诗歌选》，在20世纪70年代美国风行一时，收录十二首《诗经》作品。③ 华兹生（Burton Watson，1925～2017）编译的《哥伦比亚中国诗歌选集》，也有很大影响，共选译三十五首《诗经》作品。④ 近期较有影响的如蔡宗齐（Zong-qi Cai）主编的《如何阅读中国诗歌》，收录十三首《诗经》作品，由倪豪士（William H. Nienhauser）翻译。⑤ 还有中国文学作品各种译本，如梅维恒（Victor H. Mair）主编的《哥伦比亚中国古典文学选集》，是北美汉学界的一次合作成果，因卷帙浩繁，后又精选主要作品，编成《精选版哥伦比亚中国古典文学选集》，精选版保留了十四首《诗经》作品，由美国汉学家王安国翻译。⑥ 宇文所安（Stephen Owen）的《中国文学选本：从起源到1911》，由他一人之力编成，共选译六十首《诗经》作品，按不同主题编排。⑦ 刘绍铭（Joseph S. M. Lau）、闵福德（John Minford）主编的《含英咀华集》，则广泛搜集了各种译文，其

---

① Geoffrey Sampson, *Love Songs of Early China* (Donington: Shaun Tyas, 2006).

② Robert Payne ed., *The White Pony*: *An Anthology of Chinese Poetry from the Earliest Times to the Present Day*, *Newly Translated* (London: George Allen & Unwin, 1949), pp. 31－67.

③ Wu-chi Liu and Irving Yucheng Lo eds., *Sunflower Splendor*: *Three Thousand Years of Chinese Poetry* (Bloomington: Indiana University Press, 1975), pp. 3－15.

④ Burton Watson ed. & trans., *The Columbia Book of Chinese Poetry*: *from Early Times to the Thirteenth Century* (New York: Columbia University Press, 1984), pp. 15－43.

⑤ Zong-qi Cai ed., *How to Read Chinese Poetry*: *A Guided Anthology* (New York: Columbia University Press, 2008), pp. 15－32.

⑥ Victor H. Mair ed., *The Shorter Columbia Anthology of Traditional Chinese Literature* (New York: Columbia University Press, 2000), pp. 61－73.

⑦ Stephen Owen ed., *An Anthology of Chinese Literature*: *Beginnings to 1911* (New York: W. W. Norton, 1996), pp. 10－57.

中有六十首《诗经》作品，涵盖了三百年间各种不同的翻译，如《周南·关雎》一诗就汇集了 20 余种译文。① 除专业汉学家之外，还有一些诗人也选译了《诗经》，比如美国诗人巴恩斯通（Tony Barnstone），曾受过美国桂冠诗人宾斯基（Robert Pinsky）、哈斯（Robert Hass）等人的指导，他与一位华人合作，编译了《中国诗歌选》《中国情色诗选》等书，前者收录八首《诗经》作品，后者收录选译十首《诗经》作品。②

20 世纪 80 年代以来，美国的大学教育开始在核心课程中加入亚洲元素，出现了中国文明各种读本，一般都会收录《诗经》作品。如历史学家伊佩霞（Patricia Buckley Ebrey）主编的《中国文明读本》，有一节介绍先秦诗歌，选译四首《诗经》作品，出自伊佩霞本人之手。③ 再如梅维恒等人主编的《夏威夷中国古代文化读本》，选录了十六首《诗经》作品。④ 此外，《诗经》也进入美国各种世界诗歌选集或是世界文学选集之中。比如汉学家马绛（John S. Major）参与主编的《世界诗歌：古今诗歌选集》，收录了十首《诗经》作品，既有采用韦利、庞德译文的，也有出自马绛、柯鹤立（Constance A. Cook）等汉学家之手的。⑤

五　20 世纪《诗经》研究：语言音韵与文学

《诗经》既是中国最早的诗歌选集，也保存了上古语言音韵的第一手材料。20 世纪西方对《诗经》的语言与文学研究，在新兴理论方法的推动之下，取得了极大的进展。

上一节提到的瑞典汉学家高本汉，是 20 世纪最有影响力的汉语音韵学

---

① John Minford and Joseph S. M. Lau eds. , *Classical Chinese Literature: An Anthology of Translations, Volume 1: from Antiquity to the Tang Dynasty* (New York: Columbia University Press; Hong Kong: Chinese University Press, 2000), pp. 69 – 149.

② Tony Barnstone and Chou Ping trans. , *The Anchor Book of Chinese Poetry* (New York: Anchor Books, 2005), pp. 7 – 12; Tony Barnstone and Ping Chou trans. , *Chinese Erotic Poems* (New York: Alfred A. Knopf, 2007).

③ Patricia Buckley Ebrey ed. , *Chinese Civilization: A Sourcebook* (New York: Free Press; Toronto: Maxwell Macmillan Canada; New York: Maxwell Macmillan International, 1993), p. 11.

④ Victor H. Mair, Nancy S. Steinhardt and Paul R. Goldin eds. , *Hawai'i Reader in Traditional Chinese Culture* (Honolulu: University of Hawai'i Press, 2005), pp. 35 – 44.

⑤ Katharine Washburn, John S. Major and Clifton Fadiman eds. , *World Poetry: An Anthology of Verse from Antiquity to Our Time* (New York: W. W. Norton, 1998), pp. 61 – 69.

家之一。他在 30 年代发表《诗经研究》《论〈诗经·颂〉的押韵》等单篇论文，依据《诗经》的韵脚，初步考察了上古汉语的音韵体系。① 到了1940 年，高本汉出版《汉文典》(*Grammata Serica*)，仿照清人朱骏声的《说文通训定声》，把汉字按照一千多个谐声字族分类，书末附有《〈诗经〉韵谱》。他又在 1942 至 1949 年深入研究了《诗经》《书经》训诂，1957 年推出《汉文典（修订本）》(*Grammata Serica Recensa*)。其实，中国明清时代的学者，尤其是以乾嘉学派为代表的清儒，早已在《诗经》音韵研究上做出极大贡献。不过，他们长于上古韵部的归类，却无法确定古音的音值。高本汉利用西方语言学方法，将此研究向前推动了一大步。

高本汉的《诗经注释》，追溯了《诗经》作品的字词本义。《诗经注释》最早以单篇文章的形式发表于 1942 至 1946 年，后于 1964 年由瑞典远东古物博物馆出版单行本。在单行本尚未面世之时，董同龢已在 1960 年将其译为中文。虽然高本汉摒弃儒家的政治教化诠释，但他比较推崇《毛传》，认为《毛传》主要是字词解释，极少涉及诗旨解说，同时，他还充分吸收了清儒的训诂成果。当然，《诗经注释》的最大特色，在于充分利用 20世纪的现代语言学方法。因此，高本汉指出，清儒的缺陷有三：一是"没有现代语言学的方法"，"他们只知道古代语音系统的间架（声母和韵母的大类）而不知道古音的实值"；二是过于推崇《尔雅》《说文》等古代字典，没有关注先秦典籍中实际应用的证据；三是往往不区分对待三代与两汉之书，未能辨别"时代确实够早而真能引为佐证的资料，和时代太晚而不足为据的资料"②。董同龢在中译本序言中总结了高本汉的进步之处，然后指出，高本汉所做的工作"就是五四新文化运动以后中国学人在'用科学知识和方法整理国故'的口号下想要做的"，此书可以让年轻学者领悟到，"我们读的虽是古书，而现代的工具和方法又是多么重要"。③

北美很多学者也对《诗经》语言音韵研究做出了贡献。美国耶鲁大学的金守拙（George A. Kennedy，1901~1960）在《〈诗经〉中的"失律"》一文中提出，《诗经》最主要的格律特征不是诗句的长短，而是诗章整体的

---

① Bernhard Karlgren, "The Shi King Researches," *Bulletin of the Museum of Far Eastern Antiquities* 4 (1932); "The Rime in the Sung Section of the *Shi King*," *Göteborgs Högskolas Arsshrift* 41 (1935).

② 〔瑞〕高本汉：《高本汉诗经注释》"作者原序"，第 15~20 页。

③ 〔瑞〕高本汉：《高本汉诗经注释》"译序"，第 3~5 页。

对称。他还通过考察《豳风·东山》结尾"其新孔嘉，其旧如之何"指出，最后一句虽是五言，中间的"之"却是弱拍，或称为非重读节拍。因此，《东山》通篇符合四节拍的格式。在其他五言句中，也大多有一个弱拍。金守拙相信，《诗经》韵律的基础是重读节奏。[①] 他还对《诗经》的重言叠字问题进行了独到的观察。他发现，在《小雅·宾之初筵》第三章"其未醉止，威仪反反；曰既醉止，威仪幡幡"中，"反反"指未醉时端庄的行为，"幡幡"指醉后轻薄的行为，意思正好相反，但读音却相近，只有送气浊音和送气清音的区别。金守拙猜测，《诗经》的叠字复词，可能是为了特定情境而创造出来的，它们本身就是一个最基本的语意单位，不能拆开解释。因此，"反反"和"幡幡"，类似双关语的文字游戏，显示出幽默的效果。[②] 加拿大多伦多大学的杜百胜（W. A. C. H. Dobson，1913～1982），在1960年代发表多篇文章，从《诗经》中总结上古汉语的词汇和语法规律。杜百胜还根据他所总结的《诗经》语言规律，考察了《诗经》各部分的创作年代。[③] 他又进一步在《中国古代诗律学的起源与发展》一文中，从历时角度探讨了《诗经》韵律的发展。他还将相关研究扩展成一本专著，书名为《〈诗经〉的语言》。不过，杜百胜的看法有很大缺陷。比如，他认为从《周颂》到《国风》呈现出"从散文向诗歌的过渡"[④]。此外，美国华盛顿大学的比利时裔学者司礼义（Paul L. M. Serruys，1912～1999），曾通过寻找"云""矣"等字的根本意义，厘清这些字在《诗经》中不同用法之间的关系，及其在《诗经》中的分布规律。[⑤] 司礼义、李方桂的学生马几道（Gilbert L. Mattos，1939～2002），著有《国风中声调不和谐的韵脚》等文章，讨论

---

① George A. Kennedy, "Metrical 'Irregularity' in the *Shih Ching*," in *Harvard Journal of Asiatic Studies* 4. 3 – 4（Dec. 1939），pp. 284 – 296.

② George A. Kennedy, "A Note on Ode 220," in *Studia Serica Bernhard Karlgren Dedicata*: *Sinological Studies Dedicated to Bernhard Karlgren on His Seventieth Birthday* eds. ，（Copenhagen: E. Munksgaard, 1959），pp. 190 – 198.

③ W. A. C. H. Dobson, "Linguistics Evidence and the Dating of the *Book of Songs*," in *T'oung Pao* 51. 4/5（1964），pp. 322 – 334.

④ W. A. C. H. Dobson, "The Origin and Development of Prosody in Early Chinese Poetry," in *T'oung Pao* 54. 4/5（1968），p. 231. 其实，《周颂》不押韵、不分章，却不可简单视为"散文"。王国维曾指出，《周颂》"所容礼文之繁"而"声缓"，因此难以押韵和分章。见王国维《说〈周颂〉》，载《观堂集林》，中华书局，1959，第111～113页。

⑤ Paul L. M. Serruys, "The Function and Meaning of *Yun* in *Shih Ching*: Its Cognates and Variants," in *Monumenta Serica* 29（1970～1971），pp. 264 – 337；"Studies in the Language of the *Shih Ching*: I, The Final Particle *Yi*," in *Early China* 16（1991），pp. 81 – 168.

了《诗经·国风》的韵脚问题。①

《诗经》的韵律问题，除了吸引语言学家，还激发了文学研究者的兴趣。美国普渡大学（Purdue University）的谢立义（Daniel Hsieh），重新考察了《诗经》作品语尾助词在韵律上的功能。他认为，《诗经》中有大量的如"也""矣"之类的语尾助词，它们并非没有意义，而是有非常重要的押韵功能，与韵脚字形成一个双音节的合成韵脚，是一种精心设计的押韵结构，这种现象与现代英语诗歌的韵律相似。在谢立义之前，中国学者孔广森、甄士林等人提到语尾助词有押韵的作用，但是他们觉得语尾助词与韵脚字是相互独立的；北美学者杜百胜曾指出"矣""斯""兮""思"等助词有韵律的功能，可称为押韵助词（metical particles）；许思莱（Axel Schuessler）也在《周代早期汉语辞典》中指出，"思""止"之类的语尾助词可被称为"诗律助词"（prosodic particles）。但是，谢立义认为，这些研究并不充分，没有清楚地揭示出双音节韵脚的重要性。② 比较文学学者苏源熙（Haun Saussy）尝试重新解释《诗经》韵脚的功能。他分析《周南·樛木》《鄘风·桑中》的韵脚之后提出，韵脚的细微变化决定了整首诗的意义解读，也就是说，真正决定诗歌意义的是每一章结尾诗节的韵脚，而不是开头诗节的韵脚。在读者的阅读经验中，似乎是开头诗节的韵脚决定了结尾的韵脚；但从创作者的角度来说，恰恰相反，是结尾的韵脚决定了开头的韵脚。苏源熙还进一步指出，当韵律获得一定的独立性时，诗可以是为了韵律而被创作出来。③

高本汉对上古汉语读音的构拟，代表了该领域 20 世纪前期的最高成就。但是，到了 20 世纪后期，很多北美学者开始修正高本汉的结论，利用描写语言学的理论方法，将上古汉语音韵研究提升至一个新的高度。密歇根大学的白一平（William H. Baxter），是其中的代表人物。他在《〈诗经〉中的周汉音韵学》一文中，提出了重新构拟上古音的原则。此文有一个非常著名的观点："我们现在看到的《诗经》，是一个穿着汉代衣服

---

① Gilbert L. Mattos, "Tonal 'Anormalies' in the Kuo Feng Odes. ," in *Tsing Hua Journal of Chinese Studies* 9. 1 – 2 (1971)，pp. 306 – 325.

② Daniel Hsieh, "Final Particles and Rhyming in the *Shih-Ching*," in *Oriens* 35 (1996)，pp. 259 – 280.

③ Haun Saussy, "Repetition, Rhyme, and Exchang in the *Book of Odes*," in *Harvard Journal of Asiatic Studies* 57. 2 (Dec. 1997)，pp. 519 – 542.

的周代文本。"白一平指出，从清儒到高本汉，通过《诗经》归纳上古音体系，其最大的问题是时代错乱，他们没有意识到《诗经》的书写文字和文本都是汉代才确定，如何能依靠传世《诗经》文本来恢复周代的读音呢？要构拟上古读音，必须依凭真正的周代文本，如青铜器铭文等。①白一平的基本设想，发展为《古代汉语音韵手册》一书。此书第九章，对《诗经》与上古音演变的关系问题，做了更清晰、更全面的陈述。他再次强调，我们只能用相同时代的谐声字来构拟读音。清儒段玉裁所说的"同声必同部"，不能盲目地运用在不同时期产生的不同文字。比如《大雅·假乐》中的"假乐君子"，在《中庸》被引为"嘉乐君子"，但是"假"的上古音是 *kra，属于鱼部，而"嘉"的上古音是 *kraj，属于歌部，这两字在上古属于完全不同的音，它们能互相替代，只是反映了汉代读音演变的情形。

西方的《诗经》文学研究，也在 20 世纪呈现出全新的面貌。尤其是北美汉学崛起之后，用现代的人文社会科学方法改造甚至取代传统的汉学研究，就文学研究领域来说，各种现代的文学研究方法，比如结构主义、女性主义、阐释学、口头文学，都被用来分析《诗经》作品。比较文学的方法，成为最常见、最重要的学术背景。

耶鲁大学傅汉思（Hans H. Frankel，1916～2003）的专著《梅花与宫闱佳丽》，介绍了八首《诗经》作品，并将它们同西方的诗歌进行对比阅读。比如《召南·野有死麕》，中国传统注释大多认为这是一位贞洁的女子要求情人以一只死鹿作为聘礼，傅汉思则引入了当时北美文学批评流行的原型理论，从中西文学传统的比较中总结出"猎人追逐猎物等同于男人追求（有时是强奸）女子"的原型模式，用以重新解释此诗。②华裔学者王靖献（C. H. Wang，1940～2020）的论文集《从礼仪到讽喻：中国早期诗歌七论》，有五篇文章研究《诗经》，将《诗经》作品与西方史诗比较，回应了中国文学传统没有史诗的看法，他认为《诗经》呈现了一种与西方不同的

---

① William H. Baxter, "Zhou and Han Phonology in the *Shijing*," in William G. Boltz and Michael C. Shapiro eds. , *Studies in the Historical Phonology of Asian Languages*, Amsterdam Studies in the Theory and History of Linguistics Science series 4: Current Issues in Linguistic Theory no. 77 (Amsterdam: John Benjamins, 1991), pp. 1 - 34.

② Hans H. Frankel, *The Flowering Plum and the Palace Lady*: *Interpretations of Chinese Poetry* (New Haven: Yale University Press, 1976), pp. 6 - 9.

中国式史诗，即不崇尚武力而是崇尚文治的"文王史诗"（Weniad）①。近期借助西方理论来研究《诗经》的文章，如麦大伟（David McCraw）的《中国女性如何失去自己的声音》，借用法国学者福柯的知识考古学理论，重新考察《诗经》作品中的女性形象。② 秦大伦（Tamara Chin）的《为摹拟定位：婚姻与〈诗经〉》，从性别政治出发，重新考察《诗经》作品，由此质疑了那种超越时间、超越文化的"爱情与婚姻"观。③

王靖献用美国学者帕里（Milman Parry，1902～1935）、洛德（Albert B. Lord，1912～1991）的"口传诗学"理论来研究《诗经》，曾产生过较大影响。帕里、洛德认为，套语（formula）、主题（theme）是口头诗人即兴表演长篇诗歌的基本技巧，可以保留套语的某些部分不变，而对另外的部分进行替换。这种理论的提出，本是为了解决荷马史诗的创作问题。帕里根据荷马史诗的人物形容词（如"飞毛腿阿喀琉斯"），发现了其中的高度程式化特征，并推论这些特征只能来自口头传统，这些观察后来被运用于《圣经》、古代英语诗歌及其他各民族早期诗歌研究。"口传诗学"理论认为，当一首诗的套语超过20%，它就属于口头文学。王靖献在统计《诗经》诗句之后指出，《国风》全行套语有26.6%，《小雅》有22.8%，《大雅》有12.9%，《颂》有13.1%，整部《诗经》平均有21%，因此他认定《诗经》属于口头创作的作品。王靖献还用套语理论解释《诗经》的"兴"，他认为："在大多数情况中，诗人托物起兴提到的景物不必就是他作诗时之所亲见，而是从他职业性掌握的套语中找出来的。"④

在王靖献之前，学者大多认为《诗经》套语只是一种"文学的借用"，只有个别的诗人才会运用，这体现了作者的个人特点。⑤ 王靖献系统地研究了《诗经》套语，这是其贡献，但将《诗经》简单地等同于口头创作，这

---

①　C. H. Wang, *From Ritual to Allegory：Seven Essays in Early Chinese Poetry*（Hong Kong：Chinese University Press, 1988）, pp. 73 – 114. 所谓 Weniad 即对应古希腊史诗《伊利亚特》（Illiad）。

②　David McCraw, "How the Chinawoman Lost Her Voice," in *Sino-Platonic Papers* 32（Aug. 1992）.

③　Tamara Chin, "Orienting Mimesis：Marriage and the *Book of Songs*," in *Representations* 94. 1（Spr. 2006）, pp. 53 – 79.

④　〔美〕王靖献：《钟与鼓：〈诗经〉的套语及其创作方式》，谢谦译，四川人民出版社，1990，第56～57、140页。

⑤　比如杜百胜持此说，见 W. A. C. H. Dobson, "The Origin and Development of Prosody in Early Chinese Poetry," in *T'oung Pao* 54. 4/5（1968）, p. 248.

是其缺陷。① 易彻理（Charles H. Egan）在研究汉乐府时，批评了王靖献所信奉的口头诗学理论，他认为套语未必即口头诗歌，文人诗歌也会出现套语。②

《诗经》的比兴意象，一直吸引着很多学者。麦克诺顿（William Mc-Naughton）认为，《诗经》作者通过复沓章节中的细微变化，将不同的意象排列起来，形成了"综合意象"，起到了时间转移、感情积累、思想积累、变形等功能，他还专门讨论了综合意象和"兴"的关系。③ 华裔学者陈世骧（Shih-hsiang Chen，1912～1971）的长文《〈诗经〉在中国文学史和诗学中的文类意义》，虽然不是专门研究"兴"，但该文对"兴"的本质及意义的剖析，影响很大。陈世骧的弟子王靖献曾将此文译为中文，由陈世骧亲自修订，易名为《原兴：兼论中国文学特质》发表，后收进《陈世骧文存》。陈世骧从两个角度分析《诗经》的起源及文类意义：一是"诗"字的起源，它与以足击地的韵律性节拍有关，与初民流露自然感情的舞歌有关，《诗经》展现了"诗"字的意义而成为典范；二是"兴"字的起源，它是群力举物时发出的声音，表达了众人举物转圈舞蹈时的欢快情绪，是感情激动的自然抒发，体现了"诗"的本质。④

还有很多英美学者，尝试用各种西方理论来解释《诗经》"兴"的本质、"兴"与"比"的区别。戴卫群（Wei-qun Dai）试图从语言学、符号学来确定"兴"的特质。他指出，将"兴"视为眼前景物，是一种误解，《豳风·狼跋》的起兴肯定不是实景。"兴"优先于主题，因此"兴"不是话语、未被理智化，相当于符号学家所说的图像，最多地保留了事物的丰

---

① 其实，王靖献认识到，《诗经》具体诗篇的套语密度各有差异，如《小雅·四月》套语化程度很低，说明"这首诗是一个有文化教养的人所'作'"。因此，他承认西周晚期《诗经》创作经历了一个"过渡时期"，即口头创作与书写创作同时存在，如《小雅·节南山》《大雅·卷阿》等诗，都是文人的书写创作。见〔美〕王靖献《钟与鼓：〈诗经〉的套语及其创作方式》，第104、107页。这个观察，在一定程度上突破了传统的"帕里 - 洛德"理论。

② Charles H. Egan, "Were Yüeh-fu Ever Folk Songs? Reconsidering the Relevance of Oral Theory and Balladry Analogies," in *Chinese Literature: Essays, Articles, Reviews* 22 (Dec. 2000), pp. 31 – 66.

③ William McNaughton, "The Composite Images: *Shy Jing* Poetics," in *Journal of the American Oriental Society* 83 (1963), pp. 92 – 106.

④ Shih-hsiang Chen, "The *Shih-ching*: Its Generic Significance in Chinese Literary History and Poetics," in *Bulletin of the Institute of History and Philology, Academia Sinica* 39. 1 (1969), pp. 371 – 413.

富性和生动性。① 顾明栋（Ming Dong Gu）用解构理论来解释"兴"，认为它的表意过程就是德里达（Jacques Derrida，1930～2004）所说的延异，体现了一个完整的认知过程，更能抓住感情之间的转换。② 王念恩（Wang Nian En）则将赋、比、兴视为三种不同的诠释模式，认为它们与西方阐释学的多层意义理论之间有对应关系。③

《诗经》诠释理论与西方阐释学的关系，引起了很多学者的兴趣。长期以来，西方学者都用讽寓（allegorical）诠释来称呼儒家的《诗经》诠释传统。然而，到了20世纪80年代，美国汉学界开始有人提出质疑，认为用西方的讽寓来描述中国《诗经》诠释传统会掩盖中国诗学传统的特殊性。最有代表性的质疑，可能是余宝琳（Pauline Yu）的《讽寓、讽寓解释与〈诗经〉》④。此文的目的，是试图证明以《诗经》诠释为代表的中国诗学传统与西方诗学传统在本质上完全不同。余宝琳认为，《诗经》的比兴解读只是一种历史化、情境化的解释，自然物象和人事境况在本质上属于同一层次、同一"类"，批评家的任务只是去确定它们属于哪一"类"，因此，《诗经》诠释根本就不是西方那种追求抽象意义的"讽寓化"解释，而是一种"情境化"解释。究其本质，这是因为中国和西方在世界观上的不同：中国的一元论宇宙观，认为真正的现实就存在于历史领域、存在于此岸的现实世界，而西方的二元论宇宙观，认为有一个更真实的本体世界超越了具体的历史现实世界。⑤ 余宝琳后来将此文观点扩展成专著《中国诗学传统中的意象解读》，将她的观点套用在整个中国诗学传统上。

业师张隆溪教授曾批评余宝琳这种将中西传统对立起来的看法。他的《字面意义或精神意义：〈雅歌〉、讽寓解释与〈诗经〉》一文，通过《圣

---

① Wei-qun Dai, "*Xing* Again: A Formal Re-investigation," in *Chinese Literature: Essays, Articles, Reviews* 13（1991），pp. 1–14.

② Ming Dong Gu, "*Fu-Bi-Xing*: A Metatheory of Poetry-making," in *Chinese Literature: Essays, Articles, Reviews* 19（1997），pp. 1–22.

③ Wang Nian En, "*Fu, Bi, Xing*: The Stratification of Meaning in Chinese Theories of Interpretation," in *Journal of the Oriental Society of Australia* 24（1992），pp. 111–123.

④ 此文有多种中文译本，题目与关键术语也有多种译法。曹虹的译文，分别用"寓言""讽喻化批评""寓意阐释"翻译原文的allegory、allegoresis、allegorical interpretation，颇有前后不一之感。见〔美〕余宝琳《讽喻与〈诗经〉》，曹虹译，载莫砺锋编《神女之探寻——英美学者论中国古典诗歌》，上海古籍出版社，1994，第13页。

⑤ Pauline Yu, "Allegory, Allegoresis, and the *Classic of Poetry*," in *Harvard Journal of Asiatic Studies* 43.2（1983），pp. 377–412.

经·雅歌》和《诗经》讽寓诠释传统的比较，深入地探讨了如何看待中西阐释学传统以及中西文学对话等问题。此文指出，中国传统注释虽然把作品放入一个历史情境中，但这种情境化只是一种手段，其真正目的是把诗歌转化成美德的典范，因此它指向一种理想化的历史。《诗经》传统注释常被批评是一种牵强附会的政治伦理诠释，此文指出，其实讽寓解释和讽寓一样，都是特定意识形态的反映，不合理的并不是讽寓解释本身，而是背后的意识形态。讽寓解释是一种普遍的阐释现象，而所有的解释都有自身的历史具体性。① 这些看法，后来也扩充为专著《讽寓解释：阅读东西方的经典文学》，有更加全面和深入的展开。②

　　前文曾提及的苏源熙，在专著《中国美学问题》中，进一步批驳了余宝琳的观点。此书语言颇为晦涩，思路也比较跳跃，分别涉及 17 世纪欧洲的"礼仪之争"、黑格尔的历史哲学等，但是整本书主旨是清晰的，它并非想证明《诗经》诠释传统等于西方的讽寓，而是试图将讽寓解读当作一种阅读中国文学与历史、阅读中西比较文化的方式，《诗经》的儒家注释者、耶稣会士、莱布尼茨、黑格尔等互为隐喻，他们都是在修辞性阅读中塑造了一个中华帝国的历史。这种看待讽寓的方式，深受解构主义文学批评家保罗·德曼（Paul de Man）的影响，德曼正是苏源熙在耶鲁大学求学时的老师。苏源熙梳理了几首《诗经》作品的传统注释之后提出，这些诠释是"根据自己的意愿重塑了历史"，这是一种"诗学的或讽寓性的历史"，而这种"决定古典文本的语言模式的任务"，就是"一种中国美学的中心问题"。因此，"《诗经》的乌托邦美学将历史组织为一系列的模仿形式：帝国观念的实现及失落"③。此外，顾明栋等人也曾论及《诗经》讽寓诠释的问题。顾明栋认为，《诗经》的创作背景永远无法复原，古代《诗经》诠释者的努力只是一种"重新情境化"，从《诗经》本身的开放性来看，所有的解读都是一种"伪情境化"，每一个读者都将自己的背景带入对《诗经》的解读中，因此，没有所谓的本义、正义，或正确的情

---

① Zhang Longxi, "The Letter or Spirit: the *Song of Songs*, Allegoresis, and the *Book of Poetry*," in *Comparative Literature* 39. 3（1987）, pp. 193 – 217.

② Zhang Longxi, *Allegoresis: Reading Canonical Literature East and West*（Ithaca: Cornell University Press, 2005）.

③ 〔美〕苏源熙：《中国美学问题》，卞东波译，江苏人民出版社，2011，第 166～169 页。

境解读。①

六 20 世纪《诗经》研究：历史文化与出土文献

20 世纪西方汉学界对《诗经》历史文化背景的研究，也有很大的发展。近期大量出土的简帛文献，更激发了汉学界的热烈讨论。

《诗经》产生于公元前 11 世纪至公元前 6 世纪，蕴含了商、周历史的重要史料。西方的中国史学家在论述早期中国历史时，如中国本土学者一样，常引用《诗经》材料。美国芝加哥大学顾立雅（Herrlee Glessner Creel，1905～1994）的《中国的诞生：中国文明成型期的研究》一书，就频繁引用《诗经》，如在介绍商代都城建筑时，引用《大雅·绵》《小雅·斯干》二诗作旁证，虽然这两首诗的时代较晚，但作者辩解道："一般认为它描绘的是与商人同时代的民族。"② 虽然用周代的《诗经》作品来描述商代的历史，较易受人诟病，但哈佛大学张光直（Kwang-chih Chang，1931～2001）的专著《商文明》，还是多次征引《诗经》。他引用《大雅·绵》对太王在周原建邑的描绘，《鄘风·定之方中》《小雅·斯干》对各种建筑场面的描绘，认为"这些记载能够给我们一些关于商人建城的启示"。他还引用《魏风·伐檀》《魏风·硕鼠》《豳风·七月》的诗句，并说："西周农夫们的生活状况可能与商代不同，可历史上没有流传下来有关商代农夫生活的诗歌；然而，我们通过对西周农夫生活的某些片段与妇好墓中随葬品之丰富程度相比较，极其形象地再现出这两个王朝共同存在的资源的向上和向心流动现象。"③ 芝加哥大学的夏含夷（Edward L. Shaughnessy）常将《诗经》与铜器铭文互证。如《大雅·江汉》记叙了召穆公（召虎）奉周宣王之命平淮夷的历史事件，夏含夷相信此诗即《召伯虎簋铭》之一。他在其专著《西周史料：铜器铭文》中，引用了此诗的后四章，与铭文对读。④

---

① Ming Dong Gu, *Chinese Theories of Reading and Writing: A Route to Hermeneutics and Open Poetics* (Albany: State University of New York Press, 2005), pp. 194–195.

② Herrlee Glessner Creel, *The Birth of China: A Study of the Formative Period of Chinese Civilization* (New York: F. Ungar Pub., 1937), pp. 64–65.

③ 〔美〕张光直：《商文明》，张良仁、岳红彬、丁晓雷译，辽宁教育出版社，2002，第 146、234 页。

④ Edward L. Shaughnessy, *Sources of Western Zhou History: Inscribed Bronze Vessels* (Berkeley: University of California Press, 1991), pp. 73–74.

　　然而，在年青一代的美国汉学家中，有人开始质疑《诗经》能否作为可靠的商、周史料。加州大学洛杉矶分校的史嘉柏（David Schaberg）认为，《诗经》《尚书》都经过后世编辑者的修辞操作，比如《大雅·绵》并不能真实反映周人迁徙的历史，只能反映周人胜利之后的想法。史嘉柏还提出，《诗经》不能与铜器铭文互证对读，因为铭文的内容只限于具体的场合，而《诗经》表达了周王室或贵族群体的共同理想，"这两类文本明显是出于不同的用途"①。

　　不过，还是有很多学者对《诗经》的历史价值抱有乐观的看法。夏含夷的学生、美国哥伦比亚大学的李峰，认为运用《诗经》史料需要谨慎，他指出："在历史研究中使用《诗经》这部书的真正挑战"，是"如何从高度修辞和夸张的诗体表述中提取有效的信息"。但是，他坚信可以将《诗经》与青铜器铭文等资料对比阅读，认为"只要将它们置于一个同为其他类型证据所共有的历史背景之下来进行解释，便有望揭示出它们真实的历史含义"。李峰在描述犬戎入侵、西周覆灭的情形时，引用《小雅·雨无正》全诗，认为"尽管这首诗有着文学的性质，但诗句中仍然包含了一些清晰可见的历史细节"，并进一步指出："这种诗歌式表现或许反倒是对历史现实的一种鲜明和真实的反映。"② 还有些学者根据《诗经》来补充历史记载中遗漏的细节。比如陈致曾对《邶风·燕燕》提出新解，其认为，此诗的"仲氏任"不是传统注疏所说的戴妫。根据《左传》等资料，薛国任姓，亦名挚国，是殷商的属国。此诗的"燕"即玄鸟，是商族的图腾。因此，《燕燕》可能是纣王之子武庚叛变失败后所作，诗中的"寡人"即武庚。这首诗以燕起兴，有典型的商族图腾，能激发商族余裔与旧部在失败后继续战斗。③

　　周代的礼乐文化，与《诗经》有更直接的关联。以美国学者为代表的西方汉学家善于分析《诗经》文本形式与礼乐形式之间的关系。夏含夷曾分析早期《诗经》作品的句法、用韵、人称代词，试图证明礼仪表演形式与诗歌表达形式的一致性。他认为，产生于西周早期的《诗经》最早作品，

---

① David Schaberg, "Texts and Artifacts: A Review of *The Cambridge History of Ancient China*," in *Monumenta Serica* 49 (2001), pp. 480 – 481.

② 〔美〕李峰：《西周的灭亡：中国早期国家的地理和政治危机》，徐峰译，上海古籍出版社，2007，第 16～18、269～272 页。

③ Chen Zhi, "A New Reading of 'Yen-yen'," in *T'oung Pao* 85. 1/3 (1999), pp. 1 – 28.

使用表示第一人称代词复数的"我",以及直接向先祖祈福的动词,说明这是仪式参与者一起演唱表演的颂歌祝辞;西周中期出现的《周颂》作品,变成了第三人称代词"厥",还提到"观"仪式表演的"我客",说明这是由一个指定的代表来表演,其他参与者成为仪式的观众。这两类诗歌在形式特征上的转变,代表了礼仪制度的转型。夏含夷甚至指出,当表演者与观众区分开来,诗人也与观众区分开来,诗歌越来越远离原来的礼仪背景,这成为"文学兴起的关键因素之一"①。柯马丁(Martin Kern)的《作为表演文本的〈诗经〉:〈楚茨〉的个案分析》一文,也是通过分析《诗经》作品的文本特征,来揭示《诗经》中的礼仪制度。他认为,《诗经》主要依靠一种强化美学效果的诗歌形式,因而被理解、被传播。《小雅·楚茨》是最好的例证,它将不同的韵脚和不同的人称代词相结合,代表祭祀礼仪中不同参与者的声音。《诗经》这种表演文本,在建构仪式的同时,也建构了仪式背景、社会秩序背景,再现了社会的等级制度。因此,仪式语言总是自我指涉,它表明仪式最终会自我实现、不容置疑。②

所谓礼乐文化,当然离不开音乐,英国汉学家毕铿(Laurence Picken,1909~2007)曾致力于《诗经》音乐曲调的研究。③ 宋人朱熹早在《仪礼经传通解》中,根据当时所见的雅乐,为《诗经》的十二首诗重构了曲调乐谱,即"风雅十二诗谱"。朱熹的诗谱,就是毕铿研究《诗经》曲调的基础。毕铿以现代乐谱的形式,重构了这十二首诗的乐曲形式。④ 到了1969年,毕铿又结合当时刚出版的杜百胜的著作《〈诗经〉的语言》,从音乐的角度重新思考《诗经》的诗句重见现象及其在音乐上的含义。⑤ 所谓诗句重见,并非指重章叠句,而是类似于王靖献所说的套语。毕铿又在1977年的《〈诗经〉歌本的形式及其音乐内涵》一文中,进一步从诗句诗章结构和诗

① Edward L. Shaughnessy, "From Liturgy to Literature: The Ritual Contexts of the Earliest Poems in the *Book of Poetry*," in *Before Confucius: Studies in the Creation of the Chinese Classics* (Albany, N. Y.: State University of New York Press, 1997), p. 187.

② Martin Kern, "*Shi jing* Songs as Performance Texts: A Case Study of 'Chu ci' ('Thorny Caltrop')," in *Early China* 25 (2000), pp. 49 – 111.

③ 毕铿本是剑桥大学的动物学家和生物学家,在1944年以英国科学使团成员的身份被派往中国,曾受教于中国古琴名家查阜西(1895~1976)、裴铁侠(1884~1950)。

④ Lawrence Picken, "Twelve Ritual Melodies of the T'ang Dynasty," in *Studia Memoriae Belae Bartók Sacra* (Budapest: Aedes Academiae Scientiarum Hungaricae, 1956), pp. 147 – 173.

⑤ Laurence Picken, "The Musical Implications of Line-Sharing in the *Book of Songs* (*Shih Ching*)," in *Journal of the American Oriental Society* 89. 2 (Apr. – Jun. 1969), pp. 408 – 410.

章频率两个因素，考察作为歌唱文本的《诗经》的节拍、韵律、演唱时长等问题。① 毕铿对《诗经》音乐形态的研究，成为这一领域的奠基之作。

周代的礼乐文化，还包括物质文化、饮食文化等。比如，张光直曾利用《诗经》《楚辞》资料，研究先秦时代的食物、宴饮及其文化背景。他在讨论祭祀起源与食物的关系时，引用《大雅·生民》，认为此诗描绘的祭祀是以谷类食物为中心，而《礼记·礼运》是以熟肉为中心，因此这是两个不同的阶级或民族的传统的混合。②

不过，影响最大的，还是法国学者葛兰言（Marcel Granet，1884~1940）对《诗经》民俗文化的研究。葛兰言同时受教于法国汉学家沙畹（Edouard Chavannes，1865~1918）、社会学家涂尔干（Émile Durkheim，1858~1917），他在1919年出版《古代中国的节庆与歌谣》（*Fêtes et chansons anciennes de la Chine*），将欧洲新兴的文化人类学方法运用在《诗经》研究上，代表了当时汉学研究的新趋势。葛兰言认为，《国风》的情歌就是早期中国乡间男女集会时竞赛歌唱的产物。不过，他只重视这些情歌反映的婚恋仪式本身的价值，反对任何象征的解释方法。他提出，阅读《国风》的一条规则就是"摒弃所有那些象征解释或暗示诗人'微言大义'的解释"。葛兰言相信，《国风》中的山川树木，都是民间节庆、仪式场景的实际反映，不必做任何进一步的象征解释。也就是说，《诗经》作品"只不过再现了事物间的对应关系"，因此，《诗经》中的自然意象只是"铭刻着自然现象和人类惯行间实际存在的对应性"③。

葛兰言的研究视角，深刻地影响了英国汉学家韦利的《诗经》译本，也影响着很多欧洲汉学家。比如韦利解释《豳风·东山》最后一章突然插入的新婚描写，就认为这是征人的妻子以为他已死而改嫁的场景。④ 这种解释，过于注重婚俗仪式本身，混淆了想象场景与现实场景。再如德裔挪威学者何莫邪（Christoph Harbsmeier）的文章《早期中国诗歌中的性欲》，就完全接受葛兰言的结论，认为《诗经》中的性描写及其相关意象，都是男

---

① Laurence Picken, "The Shapes of the *Shi Jing* Song-texts and Their Musical Implication," in *Musica Asiatica* 1 (1977), pp. 93-99, 104.

② K. C. Chang, *Early Chinese Civilization: Anthropological Perspectives* (Cambridge, Mass.: Harvard University Press, 1976), pp. 137-140.

③ 〔法〕葛兰言：《古代中国的节庆与歌谣》，赵丙祥、张宏明译，广西师范大学出版社，2005，第14、75、189页。

④ Arthur Waley trans., *The Book of Songs*, p. 117.

女婚恋风俗的直接反映，没有任何象征意义。①

　　不过，北美汉学家在研究《诗经》民俗时，大多比较重视其象征意义。周策纵分析《齐风·南山》《魏风·葛屦》等诗提出，诗中的葛屦是夏季才穿的鞋，又非贵重之物，为什么婚礼一定要用葛屦而不是皮屦？他认为，葛屦在婚礼中没有实际的用途，只有与生育相关的象征意义，在亲迎礼中践踏葛屦，反映了先民祈盼延续后嗣、繁殖人口的心理。② 夏含夷明确地批评了葛兰言排斥任何象征解读的做法，认为这是一种过度的字面解读（literalism）。他提出，中国学者闻一多在《诗经》中看到了无处不在的象征，尤其揭示了《诗经》中鱼与性的关系，更有启发性。夏含夷的文章《女诗人为何最终烧毁王室》，就引申发挥闻一多之说，重新解释了《周南·汝坟》最后一章"鲂鱼赪尾，王室如毁，虽则如毁，父母孔迩"。此文认为，赤尾的鲂鱼和玉室都是男女性器官的象征。③ 金鹏程（Paul R. Goldin）紧随夏含夷之后，进一步考察了《诗经》性行为的意象和隐喻。他也倚重闻一多的象征解释方法，摒弃了葛兰言那种从字面解读《诗经》民俗仪式的做法。金鹏程的文章《早期中国诗歌中的交欢意象》，完全接受闻一多将《诗经》中钓鱼与求食都解为求偶或性行为象征的做法，并重新解释了《小雅·鹿鸣》，他认为"食野之苹"中的"食"是性行为的象征，这首诗表现了祭礼中的神人交合。金鹏程还提出，《小雅·彤弓》《周南·关雎》表达了女性主祭者与神明的交合关系，其中的神明常常被替换为人间的君主，可见汉儒用现实中的君臣关系来解释《诗经》的性意象，具有悠久的传统和宗教的基础。④

　　从先秦到清代的《诗经》诠释发展史，也在西方汉学界得到了一定的研究。海陶玮（James Robert Hightower，1915 ~ 2006）关于《韩诗外传》的翻译和研究，是以语言文献为主的欧洲汉学传统在美国结出的丰硕成果。

---

① Christoph Harbsmeier, "Eroticism in Early Chinese Poetry: Sundry Comparative Notes," in herausgegeben von Helwig Schmidt-Glintzer and Wiesbaden: Harrassowitz Verlag eds. , *Das andere China: Festschrift für Wolfgang Bauer zum 65. Geburtstag* 1995, pp. 340, 346.

② Chow Tse-tsung, "The Childbirth Myth and Ancient Chinese Medicine: A Study of Aspects of the Wu Tradition," in David. T. Roy and Tsuen-hsuin Tsien eds. , *Ancient China: Studies in Early Civilization* (Hong Kong: The Chinese University Press, 1978), pp. 43 – 89.

③ Edward L. Shaughnessy, "How the Poetess Came to Burn the Royal Chamber," in *Before Confucius: Studies in the Creation of the Chinese Classics* (Albany, N. Y. : State University of New York Press, 1997), pp. 221 – 238.

④ Paul R. Goldin, "Imagery of Copulation in Early Chinese Poetry," in *Chinese Literature: Essays, Articles, Reviews* 21 (1999), pp. 35 – 66.

海陶玮 1946 年以英译《韩诗外传》前两章，在哈佛大学获得远东语言学博士学位。在翻译过程中，他曾前往北京请教许维遹、王利器等中国学者。海陶玮积数年之功翻译《韩诗外传》，其完整译本最终于 1952 年在哈佛大学出版社出版。当时刚从中国前往哈佛教书的方志彤（Achilles Fang，1910 ~ 1995）阅读了全部译稿，提出了修改意见。在《韩诗外传》英译出版之前，海陶玮还研究了《韩诗外传》的编撰体例与汉代《诗经》学，发表在《哈佛亚洲学报》上。① 曾深入研究汉代《诗经》学的，还有加州大学伯克利分校历史系教授戴梅可（Michael Nylan），她的论文《汉代的今文古文之争》提出，所谓的汉代今文、古文两派水火不容，出自晚清学者的虚构，汉代虽然存在四家诗，但当时学者引用各家文本时比较自由，没有一个区分各家不同诗说的标准。② 阿塞林（Mark Laurent Asselin）集中研究了蔡邕《青衣赋》、张超《诮青衣赋》对《关雎》的解释。③ 瑞典学者象川马丁（Martin Svensson），则从《诗大序》的"诗""志""情""民"等重要概念入手，对汉代的儒家诗学提出了新的解释。④

对于宋代《诗经》学史，尤其是朱熹的《诗经》诠释，德国图宾根大学（University of Tübinge）的闵道安（Achim Mittag）做了深入的研究。他重新梳理了朱熹与吕祖谦在 1175 至 1181 年间的书信往来及相关争论，认为朱熹的《诗经》诠释经历了三个阶段。⑤ 闵道安还聚焦于"淫诗"说与《诗经》音乐观的关系，认为"淫诗"说的提出与宋代关于《诗经》音乐性质的争论密切相关，郑樵强调《诗经》的本质在于音乐，朱熹一方面接受郑樵的观点，另一方面又觉察到过于强调音乐性所带来的危险。⑥ 闵道安

① James Robert Hightower, "The *Han Shih Wai Chuan* and the *San Chia Shih*," in *Harvard Journal of Asiatic Studies* 11. 3 – 4 (Dec. 1948), pp. 241 – 310.

② Michael Nylan, "The *chin wen/ku wen* (New Text/Old Text) Controversy in Han," in *T'oung Pao* 80 (1994), pp. 83 – 145.

③ Mark Laurent Asselin, "The Lu-School Reading of 'Guanju' As Preserved in an Eastern Han Fu," in *Journal of American Oriental Society* 117 (1997), pp. 427 – 443.

④ Martin Svensson, "A Second Look at the *Great Preface* on the Way to a New Understanding of Han Dynasty Poetics," in *Chinese Literature: Essays, Articles, Reviews* 21 (1999), pp. 1 – 33.

⑤ Achim Mittag, "Notes on the Genesis and Early Reception of Chu His's *Shih Chi-Chuan*," in *Papers on Society and Culture of Early Modern China* （中国近世社会文化史论文集）(Taipei: Academia Sinica, 1992), pp. 721 – 780.

⑥ Achim Mittag, "Change in *Shijing* Exegesis: Some Notes On the Rediscovery of the Musical Aspect of the 'Odes' in the Song Period," in *T'ung Pao* 79. 4 – 5 (1993), pp. 197 – 224.

还研究过宋代的《诗经》名物研究史，他将王安石、郑樵视为宋代《诗经》学两种相反理论的代表，前者强调《诗经》诠释中的"道德"原则，后者强调研究《诗经》本身的"情状"，两者代表了在朝士大夫之学与在野士人之学的对立，在这两种理论的推动之下，《诗经》的鸟兽草木研究在宋代逐渐发展为一种专门之学。①

西方的各种理论方法，推进了北美学者对《诗经》学史的研究。范佐仁（Steven van Zoeren）的《诗与人格：古代中国的阅读、注释和阐释学》一书，以阐释学为理论背景，比较全面地探讨了《诗经》诠释史及其相关问题。此书试图找出《诗经》诠释史的内在理路，即"诗言志"所隐含的阐释理论。作者认为，在《诗经》诠释史以及中国的阐释理论中，解读一首诗就是解读诗人的内在人格。② 顾明栋的《中国的阅读与书写理论》，从阐释学的"开放性"理论和后现代理论出发，重新解读了《诗大序》，他甚至认为，《诗大序》的论述方式"强调了能指之间的交织……体现出一种解构主义的倾向"③。史嘉柏也借助西方现代理论方法，从历史书写和修辞功能的角度入手，揭示《诗经》在先秦时代的实际地位和作用，体现出西方后现代史学观的影响。④

近期大量出土的先秦简帛文献，成为推动西方学者研究《诗经》早期诠释和传承的最大动力。出土文献《五行篇》多处引诗，尤其是马王堆帛书《五行篇》，比郭店楚简《五行篇》多出很多文字，涉及《曹风·鸤鸠》《邶风·燕燕》《周南·关雎》等篇。曾先后任教于美国加州大学伯克利分校、澳大利亚悉尼大学的王安国（Jeffrey Riegel），较早注意到《五行篇》中的相关资料。他的《情欲、内省与〈诗经〉诠释的开端》一文指出，帛书《五行篇》将《关雎》解释为一个男子在情欲冲动之下选择节制，这是用"色"来说明"礼"，与《荀子》《史记》的"国风好色"论属于同一个已经失传

---

① Achim Mittag, "Becoming Acquainted with Nature from the Odes: Sidelights on the Study of the Flora and Fauna in the Song Dynasty's *Shijing* Scholarship," in Hans Ulrich Vogel and Günter Dux eds., *Concepts of Nature: A Chinese-European Cross-cultural Perspective* (Leiden: Brill, 2010), pp. 310 – 344.

② Steven van Zoeren, *Poetry and Personality: Reading, Exegesis, and Hermeneutics in Traditional China* (Stanford: Stanford University Press, 1991).

③ Ming Dong Gu, *Chinese Theories of Reading and Writing: A Route to Hermeneutics and Open Poetics* (Albany: State University of New York Press, 2005), pp. 196 – 206.

④ David Schaberg, "Claiming the Heart: The Use of *Shijing* in *Zuozhuan* Narrative," in *Papers on Chinese Literature* 1 (Spr. 1993), pp. 1 – 20.

的诠释传统，但是《五行篇》的独特之处在于它将其扩展为一个有情节的故事，并解释了诗歌的语言和意象，这与汉代的历史化解释很不同，显示出先秦《诗经》诠释的另一种面貌。① 英国牛津大学的麦笛（Dirk Meyer）则认为，《五行篇》的引诗文字不仅体现了一种《诗经》诠释，而且诗句本身也加强了论证的力量，《五行篇》和《诗经》两种文本之间是相互支持的关系。②

当然，更直接吸引《诗经》研究者的，是 2001 年整理出版的上博楚简《孔子诗论》。美国普林斯顿大学的柯马丁，结合《五行篇》与《孔子诗论》，尤其是后者的《关雎》"以色喻于礼"的说法，反思了《诗经》的文本与诠释问题。他指出，《孔子诗论》的出土，证明了《小序》不是孔子的真传，但是我们陷入一个自相矛盾的研究模式：一边摒弃《小序》，一边通过《毛诗》的文本来决定出土文献字词的解读——而《毛诗》其实并不是"原本"，它是通过特殊诠释方式建构起来的一个文本。③ 柯马丁的另一篇文章则对《孔子诗论》的作者和文类问题提出了反思。他通过修辞分析，试图证明《孔子诗论》不是一篇"论"，不是分析《诗经》的专题论述，而是一种教学课本，教人如何解诗、如何用诗。④ 耶鲁大学的胡明晓（Michael Hunter）也从修辞分析的角度入手，认为《孔子诗论》中的"孔子曰"不可简单地理解为孔子的言论，而应该从文献的动态演化，理解为一种在新的语境中改造传统《诗经》评语的手段。⑤ 胡明晓和柯马丁一样，都不认为《孔子诗论》是孔子或子夏的作品，而是将其中的"孔子"当作一种修辞手段。胡明晓的观点，更直接地呼应了北美汉学界近年来的一个趋势，即将先秦文献中的孔子形象与言论看成文献累积的产物，而不是真实的孔子言

① Jeffrey Riegel, "Eros, Introversion, and the Beginnings of *Shijing* Commentary," in *Harvard Journal of Asiatic Studies* 57. 1 (Jun. 1997), pp. 143 – 177.
② Dirk Meyer, *Philosophy on Bamboo: Text and the Production of Meaning in Early China* (Leiden: Brill, 2012), pp. 99 – 100, 236 – 237.
③ Martin Kern, "Excavated Manuscripts and Their Socratic Pleasures: Newly Discovered Challenges in Reading the 'Aires of the States'," in *Asiatische Studien/Études Asiatiques* 61. 3 (2007), pp. 775 – 793.
④ Martin Kern, "Speaking of Poetry: Pattern and Argument in the 'Kongzi Shilun'," in Joachim Gentz and Dirk Meyer eds. , *Literary Forms of Argument in Early China* (Leiden: Brill, 2015), pp. 175 – 200.
⑤ Michael Hunter, "Contextualizing the Kongzi of the 'Kongzi shilun' 孔子诗论," in Paper presented at the International Symposium on Excavated Manuscripts and the Interpretation of the *Book of Odes* (University of Chicago, September, 2009) .

行。其他关于《孔子诗论》的专门研究，如德国汉堡大学的史达（Thies Staack），采用大陆学者黄怀信的编联排序，为西方读者提供了一个完整的《孔子诗论》英译本；① 再如澳大利亚麦考瑞大学（Macquarie University）的李世强（Daniel Sai Keung Lee），其博士论文以《孔子诗论》为题，采用台湾学者季旭昇的编联排序，提供了另一种英译本。②

柯马丁可能是近年西方研究出土文献与早期《诗经》史具有重要影响力的学者之一，他关心的一个核心问题是早期《诗经》文本的生产与传播。他在 2002 年发表《方法论反思：早期中国文本异文之分析和写本文献之产生模式》，依据出土文献引用《诗经》残篇的材料，反思了研究早期中国写本文献产生模式的方法论问题。柯马丁不同意流行的"文本族谱"说，即存在一个原始写本，然后从原始写本衍生出不同系列的版本，各自流传。他提出，早期中国的写本文献，不存在"唯一的原始书写文本"，不是按照文本族谱的谱系模式流传，相反，早期中国有"一个具有较大文本流动性的阶段"，当时的文本通过记忆和口耳相传，可以变成许多个互相独立的文本。他还指出，早期《诗经》是在特定的教学语境中，依靠记忆和口传而得以传播，它每一次书写的字形都可能不同，它的书写形式以及意义取决于它的实际传播和运用的语境。③ 此文的主要观点，成为柯马丁多篇文章的指导思想。④

通过这些研究，柯马丁希望重新思考早期中国文本的性质、口头传播与书面传播的关系。他在 2010 年发表《消失于传统中：我们不知道的〈诗经〉》一文，立足于《孔子诗论》，初步总结了他的观点。所谓"消失于传统中"，指《孔子诗论》属于一个几乎消失不见的诠释传统。《孔子诗论》

① Thies Staack, "Reconstructing the *Kongzi shilun*: From the Arrangement of the Bamboo Slips to a Tentative Translation," in *Asiatische Studien/ Études Asiatiques* 64. 4（2010），pp. 857 – 906.

② Daniel Sai Keung Lee, "The Sensual and the Moral: 'Kongzi shilun' 孔子诗论 as an Exegesis of the *Shijing* 诗经," （Doctoral Dissertation, Sydney, Australia: Department of International Studies, Macquarie University, 2013）.

③ 〔美〕柯马丁：《方法论反思：早期中国文本异文之分析和写本文献之产生模式》，李芳、杨治宜译，载陈致编《当代西方汉学研究集萃：上古史卷》，上海古籍出版社，2012，第 349 ~ 385 页。

④ Martin Kern, "Early Chinese Poetics in the Light of Recently Excavated Manuscripts," in Olga Lomová ed. , *Recarving the Dragon*: *Understanding Chinese Poetics*（Prague: Charles University-The Karolinum Press, 2003），pp. 27 – 72; Martin Kern, "The *Odes* in Excavated Manuscripts," in Martin Kern ed. , *Text and Ritual in Early China*（Seattle: University of Washington Press, 2005），pp. 149 – 193.

可以视为先秦的用诗指导手册，它提供了很多诗的"语意范畴"。有了这些基本的"语意范畴"作为共识，一首诗可以运用到任何与此相关的具体场合，即《左传》所说的"断章取义"。因此，《孔子诗论》作为指导《诗经》实际运用的著作，产生于一个口耳相传的语境中。柯马丁总结道："严格地说，《诗经》的早期版本，没有一个是独立于它自己的诠释传统之外而存在的。"只有在各自的诠释传统中，《诗经》才成为有确定意义的文本。①柯马丁曾为《剑桥中国文学史》撰写了《早期中国文学：开端至西汉》一章，进一步提出，虽然"至少到公元前 300 年，类似于今本《诗经》的经典化诗集已经问世"，但是"战国时期中国书面文化的深度、广度极为有限"，"各种早期文献极少提及读写活动"，"却时常谈及师徒授受的学习过程"，因此"经典著作的广泛传播或许并不依赖于书写"。②德裔美国学者李孟涛（Matthias L. Richter）的专著《具象的文本：早期中国写本中的文本身份》，比较接近柯马丁的思路，即在先秦的口头教学语境中理解出土文献《诗经》资料的性质与功能。不过，他讨论的不是《孔子诗论》，而是上博简《民之父母》。他认为，《民之父母》的引诗例证，不仅证明了《诗经》被书写于竹简时没有一个标准的书写样本，还表明了"在读者开始熟悉文本的过程中，书写文本只有辅助性作用，而不是唯一的源头"。这需要抄写者、读者都熟悉文本内容，即"一种预设的文本能力"，它"允许了词语的字形可以有很大的变动"。③

　　强调《诗经》早期口头传播形态的决定性意义，并重新思考先秦时代的读写能力，成为柯马丁以及欧美很多学者共同关心的问题。宇文所安就曾断言："《诗经》在写定之前很长时间内都是以口头传播的形式存在，甚至在写定之后，它们的主要传播模式也可能是口头的，这种情形一直持续到战国晚期。"④关于《诗经》早期的口头传播背景，其实汉代的班固、清

---

① Martin Kern, "Lost in Tradition: The Classic of Poetry We Did Not Know," in *Hsiang Lectures on Chinese Poetry* 5 (2010), pp. 29 – 56.

② 〔美〕柯马丁：《早期中国文学：开端至西汉》，刘倩译，载〔美〕孙康宜、〔美〕宇文所安主编《剑桥中国文学史》上卷（1375 年之前），生活·读书·新知三联书店，2013，第 48、54～55 页。

③ Matthias L. Richter, *The Embodied Text: Establishing Textual Identity in Early Chinese Manuscripts* (Leiden: Brill, 2013), pp. 107 – 108.

④ Stephen Owen, "Interpreting *Sheng Min*," in Pauline Yu, Peter Bol, Stephen Owen and Willard Peterson eds. , *Ways with Words: Writing about Reading Texts from Early China* (Berkeley: University of California Press, 2000), p. 25.

代的陈乔枞等人都曾有论及。但是，这个问题在近年的欧美汉学界成为热烈讨论的话题，不仅因为新近出土的简帛写本提供了新的支持，更因为汉学家们参考了西方学界对古希腊口头文化的研究、对文本物质形态及其流动性的研究，由此将《诗经》研究的老问题置于新的理论视野与语境之中。①

　　但是，也有汉学家对此持不同的看法。比如夏含夷，他相信"《诗经》的内容在公元前 4 世纪甚至 5 世纪之前就已经接近于定型，无论其实际顺序与传世本一致与否"。他还批评说，近年"西方学界有一种持续存在且呈上升趋势的观点，即古代中国的知识基本是口耳相传"，不过，他坚持认为上古中国"关于书面文化的硬性证据却多得多"，《诗经》"语音和字形上的差别都是抄写战国古书过程中本来就有的元素"②。夏含夷于2015 年在《哈佛亚洲学报》发表了极具论战味道的《出土文献与〈诗经〉的口头—书写之争》，质疑那种认定汉代以前《诗经》没有固定写本、主要依靠口头传播的观点。他引用阜阳《诗经》残简、2010 年整理出版的《清华大学藏战国竹简》等材料，试图证明文字书写在早期《诗经》的创作、传播、结集各个环节都占有极重要的地位。其中，最有说服力的可能是《诗经》"错简"问题。郭店和上博简的《缁衣》第九章引诗"其容不改，出言又顺，黎民所信"，不见于《毛诗》，而传世本《礼记·缁衣》所引为《毛诗》的《小雅·都人士》第一章，两处引诗，应该属于同一首诗。此外，《毛诗》的《都人士》的第一章与其余各章，在结构和措辞上却很不同。清人王先谦早已指出，《都人士》第一章来自另一首不同的诗。不过，夏含夷进一步提出，这两首诗在《毛诗》中被拼合为一首诗，"不可能是记忆误置的结果，更有可能是因为从一篇散乱的竹简复制到另一篇完整的竹简的结果"。这种复制，可以证明文字书写在《诗经》编辑过程中所起的重要作用。夏含夷一再申明，他不否认口头因素在早期《诗经》形成中的作用，但是他更看重文字书写对《诗经》形成和传播的决定性作用，并宣称："《诗经》与荷马史诗并不相同，它产生于一个成熟的书写文化背景

---

① 可参见张万民《〈诗经〉早期书写与口头传播——近期欧美汉学界的论争及其背景》，《北京大学学报》（哲学社会科学版）2017 年第 6 期，第 80 ~ 93 页。

② 〔美〕夏含夷：《重写中国古代文献》，周博群等译，上海古籍出版社，2012，第 51、213 ~ 214 页。

（fully literate context）。"①

　　由以上梳理可见，20 世纪西方的《诗经》翻译和研究，摆脱了 17 世纪以后那种浅薄或曲解的方式，并延续了 19 世纪后期以后加快自身专业化、理论化的趋势。20 世纪的西方汉学家们，充分利用了现代西方人文社会科学的各种理论方法，同时也积极参考了中国本土学者的研究成果，这必将极大地推动今后的《诗经》翻译和研究，并促成更深入的中西文化交流与对话。

[作者单位：香港城市大学中文及历史学系]

---

① Edward L. Shaughnessy, "Unearthed Documents and the Question of the Oral Versus Written Nature of the *Classic of Poetry*," in *Harvard Journal of Asiatic Studies* 75. 2（Dec. 2015）, pp. 353 – 354, 374. 对于夏含夷指出的错简问题，柯马丁曾提出不同的看法，见〔美〕柯马丁《引据与中国古代写本文献中的儒家经典〈缁衣〉研究》，卜宪群、杨振红主编《简帛研究二〇〇五》，广西师范大学出版社，2008，第 14 页脚注。

文学所记忆 ◀

"佳期自古稀"
——我的学术道路

徐公持

一　学生时代

1957 年 8 月底，我从哈尔滨市中山路的省地质局，搬进了位于和兴路 2 号的师范学院（今哈尔滨师范大学）1 号宿舍楼，从此我从一名地质队员，变身为文科大学生。当时我还是一个大孩子，尚未形成所谓"专业思想"，只是觉得我既然放弃了地质工作来学文科，就应该好好学，不要白上了这个大学，白"跳"了这个"槽"。

本科四个学年里，课程开得不少，名目繁多，有中国古代文学史、中国现代文学史、中国当代文学、外国文学、文艺理论、写作、语言学概论、古汉语、现代汉语、教育学、心理学、俄语等。但那时候课外的事情实在很多，概括说来，就是运动和劳动这"二动"，先后有防洪抗洪、"大鸣大放"、农场劳动、大炼钢铁、兴修水利、反右倾、海伦秋收、下乡办学等。这些事情占用的时间，加起来大约有一年半，为此课堂学习时间也就必然减少了许多。因为课时被压缩，多数讲得不很详细，虎头蛇尾，或者匆匆而过，只有大一时期的主课"中国文学史"先秦部分讲得比较系统而具体，尤其是刚开学时由吴忠匡教授主讲的《论语》课、周通旦教授主讲的《诗经》课，给我印象最深。我入大学后，对图书馆最感兴趣，只要有空，就往图书馆跑。我在四年里只回过一次家（路太远，缺钱，也是回家少的原因），假期基本就在学校里过，主要精力就是用来阅读。哈师院图书馆藏书不算多，也不算少。我借阅最多的书籍是中外文学名著。馆藏的外国文学名著如巴尔扎克、雨果、狄更斯、果戈理、普希金、陀思妥耶夫斯基、屠格涅夫、托尔斯泰、肖洛霍夫、马克·吐温、杰克·伦敦等作家的中文译本，我几乎全部读了。我深被这些名著所叙述的故事和描写的人物所感动和吸引。记得有一次读费定的小说《不平凡的夏天》，我爱不释手，学生宿舍晚上10点关灯，我就到走廊里去继续看，直到天亮前看完了全书才入睡。我还读了鲁迅的《呐喊》《彷徨》《野草》《故事新编》，对这位新文学"旗手"非常敬仰。此外，茅盾、巴金、郭沫若、赵树理等的主要作品，还有当时流行的《山乡巨变》《青春之歌》《红旗谱》《林海雪原》《创业史》等，也都看过。我少年时期除了中学课本入选的文学作品外，也曾经翻阅过一些中国古典小说，如《三国演义》《水浒传》《西游记》《封神演义》等，还有一些武侠小说。至此，我对于真正的中外文学名著有了一个大体的了解。作为一名入世不深的小青年，接触这些文学名著，让我认识到社会的复杂多样，体会到人生的美好和艰难凶险；同时也感知了文学的崇高与伟大。要说四年本科学习的基本收获是什么，我的回答是：我初步知道了什么是文学。

"大跃进"——三年困难，纵贯在我的大学四年间，这是时代对那一大批青年学子的考验：你能否经受艰难动荡生活的磨炼而专心学习，你的学习成绩怎样，全看你自己了。那个时代学生都比较困难，我辞去地质队员工作，上学期间全凭父母给钱，十分拮据。好在那时师范类大学生，国家每月都发给十五元生活费，除了十三元五角饭票外，尚余一元五角零花钱，再加上每月父母给我寄五元，可保勉强生活无虞。当时流行一句俏皮话，称"师范学院"为"吃饭学院"，诚然不错。那时学生打工很少，但我有机会就去干活（给学校挖菜窖等）挣点儿零钱。四年中，劳动和运动虽然占去很多时间，不过我在功课上抓得还算比较紧，1961年毕业时成绩全优。由于我有点扛不住北方寒冷的低温天气，非常讨厌穿厚厚的沉重的棉裤，曾经想回老家江阴去教中学，为此还曾联系了当年中学里的恩师薛明（其父薛福成）。然而鸿运高照，不久得知本校研究生班录取了我，于是我接着在哈师院读研究生，专业是中国古典文学。

研究生班的学习方式还以教师讲课为主，先后有周通旦教授的先秦诸子课，游寿教授的《说文解字》课，张志岳教授的《文心雕龙》课，王延龄老师的宋词课，等等。这些课程讲得比本科时期细致深入得多，例如《说文》课上老师分别讲解"六书"的规律和特征，《文心雕龙》课则结合文学史实际，逐字逐句逐篇地讲解，内容丰富，又启人心智；更重要的是，主讲老师都发挥了他们各自的学术优势，讲出了特色。这一点对于初入门的我启发特别大，我知道了对于同一篇作品、同一个字，可以有不同的理解和体会，而这种独到的体会和理解，也就是进入研究境界的门槛。对我来说，这也可以称为"研究之启蒙"。我的学术启蒙还来自另一领域，就是我此时的阅读也提升了一个层次。我本科时期的阅读基本只在文学作品尤其是经典名著范围，而上研究生后就开始转向读研究性著作了，如段玉裁的《说文解字注》，高邮王氏父子的《读书杂志》《经义述闻》等，这些清代"朴学家"们对于古籍的熟悉和联系分析能力，给我的印象非常深刻。我还阅读了近代学者的一些研究著作，张志岳教授具体推荐了闻一多和朱自清的著作，这是他在西南联大亲承惠泽的两位恩师，于是我细读了他们的《古典新义》《神话与诗》《诗言志辨》等。通过阅读，我初步体会到优秀研究著作的独特和巨大魅力。尤其是闻一多的著作，将学者的广博知识与诗人的抒情笔调融为一体，对我的吸引力极大，其《说鱼》《〈诗·新台〉"鸿"字说》《匡斋尺牍》等论文，我都看了三遍以上，我甚至边读边产生了学习它们的冲动。我的最初习作，其实就是对闻一多论文的一种幼稚的仿效。我在研究生第二学年就尝试写作，题目是《卷耳析解》《论"二南"》《诗兴发微》，都是关于《诗经》的。前两篇是想在旧的注释之外，给予诗三百作品以新的解释，但这还是属于文字诠释范围以内的事情，方法上并无新意。后一篇的思路就是在闻一多《说鱼》等篇章启发下形成的。闻先生通过大量史料的排比分析，得出结论认为：上古时代语境里的"鱼"，已经不是那个水生动物本身，而是成了男女两性关系的一个"隐喻"，这种隐喻存在于许多诗歌作品中，他以此来解释不少《诗经》篇章，获得了成功，为这些诗歌的理解开启了一扇新的大门，可谓另辟蹊径。我受了他的"隐喻"思维的启迪，对《诗经》中"兴"辞里的一些用字（如"采""棘"等），在它们字面意义之外，尝试发掘其隐藏着的有点微妙的新的含义，故称"发微"。我这种发微尝试，与闻先生的研究也有一些区别，主要的不同在于我的工作是集中在"兴"辞范围内；而在传统《诗经》学中对于"兴"的理解，本来就有"先言他物以引起所咏之词"（朱熹）等说法，它们也可以对我的"发微"提供合理性支持。我的几篇习作得到老师的肯定，还被推荐到本校学报发表（《哈尔滨师范学院学报》1963 年第 1、4 期，1964 年第 2 期）。我在 22 岁时初次见到自己的名字以作者身份印在刊物上，兴奋得夜不入眠。我拿到生平第一笔稿费四十元，一冲动就去买了一把小提琴，我不敢谈论演奏技巧，但这把琴我一直保留到今天。要问我研究生生涯的主要收获是什么，我的回答是：我初步知道了文学还是一种可以研究的"专业"，是一门"学科"。我在"学科"门口窥视，看到了里面的高楼深院，我还看到一些"门径"，为我以后的人生进程提供了一个努力方向。在此，我要衷心感谢我的专业导师张志岳教授，还有吴忠匡、周通旦、游寿、王大安、王雁冰、王延龄等教授。

二　研究所生涯（上）

1964 年 5 月，我研究生毕业（那时没有"硕士""博士"学位），由国家统一分配进入中国科学院文学研究所。

我早就知道有这么一个机构，里面有不少享誉中外的文学研究权威，还有一批优秀中年研究者。他们在我七年学习期间，早已出现在我的视野中，我做梦都没想到能够进入这文学研究的最高殿堂，去结识这些偶像级别的人物。当我乘火车来到北京，走进建国门内大街 5 号"学部"大院，看到大门口挂着的"中国科学院文学研究所"那块牌子之际，心中的神圣感竟使我走路都有点不辨东南西北。直到文学所人事处胖胖的康金铺大姐领我走进七号楼的古代组办公室，把我介绍给邓绍基副组长时，我狠狠掐了一把大腿感到疼痛，才略微清醒过来。从此我就成为古代文学研究组的一名新成员，开始了漫长的研究所生涯。

关于我在文学研究所古代组的工作生活的具体状况，我在某些回忆文章里有若干记述。这里主要从学术成长角度，写出我的感受。为叙述便利清晰起见，我将按照实际生活道路分几个"阶段"来说。第一阶段是 1964 ~ 1976 年。

我初进研究所，感觉与大学差异很大。我以前是学生，到这里是职工，身份有了转换，职责也自然不同。这里工作上虽然有领导，但他们与大学里的教师是不同的：教师从教学出发，传授你特定的系统知识，甚至指导你阅读、写作，让你取得踏实进步；这里的领导则不可能做这些具体的事情，他们从工作出发，把你安排在一定的岗位上，提出有关研究上的原则性要求。领导也要对你做"考核"，但时间会比较长，主要根据你的研究成果，对你的业务能力形成一个印象或判断。这种印象或判断尽管不等于做最终结论，但一旦形成，则不容易改变。初来文学所会感到很轻松很舒服，然而待了不久就会感受到持续的压力，这是一种"软压力"，其实是很厉害的，进所几年后又走人（自动或被动调离）的先例我听说不少。所以我一开始就下定决心，要自觉适应这里的新生活，投入研究工作，不能自我放松，最低目标就是不要被"淘汰"。

　　我做的第一步就是虚心向老一辈专家和中年研究者学习求教，从他们的成功经验中汲取营养，以确定我自己的成长发展道路。余冠英先生是古代组组长，又是这一专业的权威专家，所以我首先拜访他，听取他的指教。他高屋建瓴地给我提出要求，确定我的工作方向。他建议我不要急于求成，应从先秦两汉文学的"基础研究"做起，提高研究能力。他又谈到了如何读书、如何写文章，给我的启迪巨大。此外我还陆续接触组内多位高水准专家，这是文学研究所这个环境所赐，我必须感谢命运。这里尤其要说到一个特定场合：古代组的"组会"。当时文学所有制度规定，每周各组都要召开一次全体组员参加的会议，主要内容有两项，一是学习中央和上级文件，二是讨论组内工作。古代组组会一般在周三上午举行，全体人员都参加，我就在这个场合，短时间内认识了几乎所有老先生：组长余冠英先生之外，有王伯祥，他是时年最高者，长髯垂胸，德高望重；有俞平伯，红学大家，如雷贯耳；有钱锺书，才情喷薄，名震中外；有吴世昌，中西贯通，诗文兼优；有吴晓铃，诗词曲说，号称全才；有陈友琴，传统文士，方正古雅；有范宁，亦为西南联大闻一多、朱自清高足，博学多闻；还有一批崭露头角的中年学者，各具才情，按年次排列有胡念贻、乔象钟、曹道衡、蒋和森、陈毓罴、刘世德、邓绍基等。组会一般要开两小时左右，会上除两位组长外，老先生们当然是发言主角，他们满腹经纶，学富五车，才识兼备，各具风采；又加性情自然，潇洒随意，睿智幽默，出口成章。有时也互相打趣，令人捧腹。他们知识与思想共在，智慧及文采齐飞。我在一篇回忆文章（《古代组老先生印象记》）中略有记述，此不赘也。总之我能同时面对多位大学问家，仰慕他们的风采，聆听他们的高论，接受他们的熏陶，拓展我的眼界，提升我的学养，这是千载难逢的绝佳机遇，也是我学术道路上的极大幸事，毕生难忘！记得有一次"学习会"上王伯祥老先生忽然说："每次都是我们老人说话，我们恐怕没有什么新意好说了，还是请在场的年轻人谈谈他们的想法吧。"于是余冠英先生就指名我们几个青年人发言。我不得不大胆说了几句，意思是我们刚踏上学问之路，尚未入门，离登堂入室还远着呐！在这个场合，面对各位长辈专家，我们只想多多吸取知识，自感没有置喙的余地，所以很少发言，敬请原谅云云。我说完，王老当即以浓重的苏州腔表示鼓励，说"这态度蛮端正的！非常好呀！"可惜这样的机遇和幸事只是在1964～1966两年间短暂留存，可谓好景不长。当时"文革"风暴即将来临，老先生们从历次运动的既有经验和预感出发，逐渐小心谨慎起来。只有一位吴世昌先生，还是直言无忌，他1962年甫自牛津归来，没有国内"运动"的经验，世故还不深，所以胆大一些，记得有一次会上学习中央批转的关于中国科学院要重视基础研究的文件，他就发言说："这文件很好啊！可是我们这里也是中国科学院，为什么就不重视基础研究，尽号召大家写批判文章呢？"大家听了，尽管内心赞同，却面面相觑，无人应和。再后来（1966年夏开始进入"文革"）他们更陆续受"反动学术权威"之累，进了"牛棚"，而堪称一流学术场景的古代组"组会"，便黯然消逝，再无影踪。这里应当补充一点就是：后来在运动进入高潮时，幸而当时文学所的"领导"和"群众"还保存了一点人情味，对老先生们多手下留情，尤其对王伯祥先生（还有住址很远的孙楷第先生）这样年逾七旬，且身体衰弱的高龄学者，更是有所"遗忘"，1966年后就让他们基本休闲在家，从未挨过批斗，他们得以在风浪大环境里安度晚岁。

古代组内中年学者甚众，且多活跃于学界一线。因当时上班制度规定，工作日他们都要来所里，故而我与他们的接触机会更多，从他们那里也得到诸多关照。这在我的一些回忆文章里有所述，如胡念贻、曹道衡等，兹亦不赘。

我进所不久就开始做自我规划，遵循余先生指示"基础研究"的思路，准备继续研究《诗经》中的一些结构性问题和表现手法特色问题，同时从阅读原始材料做起，开始向两汉文学拓展业务领域。我还写了一个提纲，包括发展方向、研读范围、重点探索课题等，向余先生做了汇报，他阅后表示同意。

但是我这个初步规划，注定是难以成功的。原因主要在于，它不合时代潮流。当时在"千万不要忘记阶级斗争"口号下，"社会主义教育运动"在全社会展开，思想文化界也紧跟着动了起来，报刊上的批判文章逐渐增多，批判的重点对象是20世纪50年代出现的各种"资产阶级思想观点"，如"人性论""时代精神汇合论""中间人物论""有鬼无害论"等，及其代表人物。古代文学领域也有所涉及，主要是各种场合的"人性论"问题。

学术风气顺势而变，大家的注意力集中到了那些与批判相关的思想理论问题上来，至于"基础研究"之类的问题，已经从学者的视野里淡化，少有人关心。而所内有一些年轻学子，一时也颇踊跃于投入"时代洪流"，尝试撰写批判文章。对此，我从本能上觉得已有的一点点学术积累和学术习惯，难以适应当前的形势，不免感到跟不上步伐；我不会写也不想写那种批判文字，因为我觉得那些批判不是从科学立场出发，而是从事先设定的某种观念甚至某种"内部消息"出发的，例如事先从"内部"听说某人已被定为"修正主义分子"，于是就对他的著作和观点开展"批判"。这样做起来很不自然，很别扭，所以我还是继续看我的古书。正在彷徨之际，劳动与运动这"二动"又接踵而至，先是 1964 年 9 月，在上级指示安排下，文学所组织大批人员，去参加"农村社教运动"，以何其芳、毛星为首的三十余人以"工作组员"身份开赴安徽寿县农村，我也忝列其中，至次年 6 月才返回北京。秋天又去京郊参与京密运河开挖工程，在海淀劳动两个月；1966年 4 月，又去门头沟参加"四清"；但工作组集训尚未结束，便又奉命立即返回学部，投入本单位的"文化大革命"。此后便是人所共知的漫长运动了。运动中期，又全所出动，赴河南息县及明港"五七"干校三年（1969年 10 月至 1972 年 6 月），其间"二动"交错，经历复杂，波折甚多。要之，岁月流逝，年事渐长，而身心俱疲，学业荒废。不过 1971 年"折戟"事件后，运动频率有所降低，而且偶尔也有一些与专业略有相关的小事件发生。一是 1972 年下半年我在宣传队领导下参与了一个"三结合写作组"，成员有张白山、范宁、孙一珍和我，中华书局编辑马蓉，还有齿轮厂的两位工人师傅，任务是撰写一本关于曹操的小册子，以配合"评法批儒"运动。二是 1975 年与胡念贻、陈毓罴二位学长合作的《关于水浒传的时代意义》一文，借当时批判"宋江投降派"风潮，谈论文学作品的历史背景及社会作用，刊发于《历史研究》1975 年第 3 期。要之，我在文学研究所的前十多年里，尽管经历了许多人生考验，也学到各方面的不少知识，但在业务上则基本荒废，无所成就。记得 20 世纪 70 年代后期我有一次往访永安里邻居乔象钟学长，她对我谈了自己的写作计划，说："这些年浪费时光不少，否则可以做很多事情。我要赶时间！"随后又说及古代组的老先生和中年专家们，说："这些年出的东西实在太少了，大家的业务也有点儿荒疏了。真是可惜！"她转而说到我："像你们这样的年轻人，刚来时我们都寄以厚望的，我以前亲自听余先生说到过你和小董（乃斌），他说你们两个基础不错，又很努力，希望你们快点成长。但你们竟然也跟着我们'十年不鸣'，现在都进入中年了，这不是浪费人才吗！"我算不上什么"人才"，但"浪费"光阴是无可否认的。要问我这十多年的"二动"生涯有何感受，我的回答是：我付出了青春年华，体验了复杂的人生经历；在学业上我有幸得到了相当的"见识"，眼界肯定是扩大了，但在成绩上则明显歉收了，所以我不希望这样"浪费"的体验再有第二次。

三　研究所生涯（下）

　　1976 年 10 月以后，随着社会生活正常化，文化学术也呈现新的生机。经过短暂的"拨乱反正"时期，1978 年，中央决定以原学部为基础，成立中国社会科学院，由胡乔木同志亲任首届院长，邓力群同志为常务副院长，局面大变。文学所老所长何其芳于 1977 年病逝，新所长为著名作家沙汀，四位副所长是陈荒煤、余冠英、吴伯箫、许觉民。余先生担任所领导，"古代文学组"也升了一格，改为"研究室"，室内气氛焕然一新。我也受到鼓舞，清心面对，重启旧业。我的文学所生涯由此进入了第二阶段。当时我将届不惑之岁，心气十足，精力旺盛，工作投入，头绪繁多，颇为忙碌。

　　我首先就是循着十年前的"基础研究"思路，对以曹植为重点的"三曹""建安七子"的生平和创作做了清理和辨别。具体题目有《曹植诗歌的写作年代问题》（1979）、《曹植生平八考》（1980）、《建安七子论》（1981）、《曹植为曹操第几子》（1983）。前两篇发表于复刊不久的《文史》第 6 期、第 8 期，后两篇发表于《文学评论》。曹植三篇纯系史料辨析考订，"七子"一篇则是在材料梳理基础上对古代作家群体的创作评论。与此同时，我又与乔象钟、吕薇芬二位学长合作，编选近百万字的《中国古典传记》一书，我负责先秦至隋部分，乔负责唐五代宋部分，吕负责元明清部分，上海文艺出版社 1982 年出版（上下册）。

　　此时我又开始涉足海外中国文学研究，主要是我在河南干校时，阴雨天无事可做，自学了一点日语，有了阅读能力，回京后我在图书馆里就经常翻阅一些东洋汉学杂志，看到上面刊载一些有价值的学术文章，就动手将它们译介过来，如《日本的两部〈中国文学史〉》（1978）、《松枝茂夫谈〈红楼梦〉》（1978）、《吉川幸次郎论中国文学的特色》（1981）、《日本的中国文学研究》等，分别发表在《国外社会科学》《文学评论》《文学遗产》

《红楼梦研究集刊》《中国文学研究年鉴》等刊物。

从 1980 年开始，我又承担了一份研究所外的工作，即《文史知识》（中华书局主办）的编委。除了要不断为该刊提供自写文章外，还有替他们约稿的任务。特别是该刊开设有"治学之道"专栏，每期都要发老一辈学者的文章，该刊责成每位编委向所在单位的老一辈专家约稿。由于文学所老专家多，所以我的任务也重，这成了我肩上的一个"硬任务"，促使我不得不经常与老专家"软磨硬泡"，约请他们撰写文章。承蒙赏光，先后赐稿的有本所余冠英、钱锺书、吴世昌、蔡仪、朱寨等专家。我在回忆文章《古代组"老先生"印象记》里曾有说及，这里要补充说一下我与冯至先生"打交道"的经过。

众所周知，冯至先生是德国文学权威，曾任北大西方语言文学系主任，1964 年调任本院外国文学研究所所长；同时他还是大名鼎鼎的现代诗人，中国作家协会副主席。更令我敬仰的是他还是古代文学研究的一流专家，所以他是一位跨越研究和创作、中国和西方诸多领域的真正文学全才，非一般文人学士可以企及。我因此也萌生了请他谈"治学之道"的想法。经预约，我前往永安南里七号楼登门求教，他很亲切地在客厅里接待了我。我开门见山直接说明来意，出乎意料的是，冯先生的回答竟是："我是中国古代文学的外行，我谈不出什么治学之道来呀！"我当即口不择言反驳他说："冯先生您要是'外行'的话，那我就只能算文盲了。"他听了乐起来，说："我既然面对你这'文盲'，我就不妨大胆说几句'外行话'吧。"这是开场白，一下子气氛活跃起来了。接着我就提问，他作答。问题主要涉及他研究中国古典诗歌的经历、诗歌创作与诗歌研究之内在关联、中国诗歌与德国诗歌之比较，最后顺便问了他得知被鲁迅先生称赞为"中国最杰出的抒情诗人"后的感受，等等。他的回答亲切而自然，平易而深沉。印象最深的是他谈到 20 世纪 30 年代抗战之初，他从北方南下，又自上海途经浙江、江西去云南，一路交通断绝，车马不继，跋涉极为艰辛。他说起自己黑夜风雨中乘坐小舟在赣江上逆水前行，当时不由得默诵起了杜诗"国破山河在，城春草木深。感时花溅泪，恨别鸟惊心"等句，还有《哀江头》《咏怀古迹》等篇，那与国家和个人命运紧密联结着的悲凉凄苦情调，他感同身受，竟在船上失声痛哭起来。这也是激发他日后要编写《杜甫传》《杜甫诗选》的初衷。冯先生说到这里，不由得摘下眼镜，擦了擦湿润的双眼，这微小的动作令我震惊，令我动容。我体会到，老一辈专家们在拥有深厚学养的同时，多具有一种朴素自然的真情实感，他们的浩然正气和鲜明坦诚的个性，使我认识到才情与性情是可以贯通的，学识与人格是应该可以兼美的。

这里还必须说及一件重要的事，即十四卷（后改为十五卷）本《中国文学史》的编写。此事由文学所古代组于 1979 年提出，鉴于英、法、俄、德等国都有十卷以上的文学史巨著，中国文学实际历史比他们都长，内容更丰富，然而从五四时期开始编写新的文学史以来，半个多世纪过去了，一卷二卷最多四卷本的"小"文学史著作编了上百部，却不见大文学史的影子，这与我国的历史和国际地位极不相称。此事甫提出即受到所里和院部的认可和重视，被列入国家重大项目，拨专款支持。该项目很快上马，以文学所古代室为基干力量，联合北京大学、南京师范学院、中山大学等单位，成立项目组，主编为余冠英，副主编为邓绍基、范宁。1980 年 5 月在国际俱乐部召开了项目发布会，时任社科院副院长的周扬亲自参会并讲话。他高度肯定了此项目的意义，并对身旁的余先生说："你是掌舵的啊！希望一定要把这个项目搞好。"其后又在北京、南京、广州连续召开三次工作会议，讨论全书体例和编写要求等事项。我有幸参与了这项工作，并承担了魏晋这一卷的编写任务。全书各卷皆为多人或集体编写，唯独此卷由我一人执笔。我从开始时就意识到，余先生把属于他最熟稔领域的事情交给我做，这是对我莫大的信任。

余先生为何如此信任我，付我以大任？窃以为恐与此前他对我的了解有一定关系。自我入文学所，至此已十余年，其间我以后学身份，常向余先生请教问题，多所烦扰，故而他对我的学业状况，颇为知底。初时我将研究生时期的习作《诗兴发微》等，呈他过目；后来则凡有专业上问题，常叩门请教，几成习惯。尤其 1972 年自河南干校返京后，"运动"渐显疲态衰态，空余时间不少，我以参与"曹操"写作组为契机，开始整理"三曹"相关原始史料。自 1977 年开始，更在大量搜集材料的基础上，撰写了上述相关的论文，陆续发表。同时我又编写了曹植年谱一稿，讫 1979 年中已初步成形，有二十多万字。这些论著，我都冒昧进呈余先生尊前，请他过目批评。蒙先生不弃，每次他都仔细阅过，阅后既有正面肯定，又尝当面提出不少指正意见，有时还写信指导。当时先生赐我之函，我保存原件至今有十一件，在此谨将有关的两件，抄录披露如下。

公恃同志：

八考的分量虽不同却都有新见，见出作者的辛勤和细心。

看来年谱已经很充实了。八考中重点的几考似可摘出发表。年谱写成后八考可附入印成一册。作品系年的证据则可写入谱中。张采田玉谿生年谱会笺和闻一多少陵先生年谱会笺的体例均可参考。以为何如？

即颂

时祺

冠英 再拜

（23/4）

公恃同志：

曹植年谱粗读一过，体例妥善，内容精确，态度矜慎，我除欣佩外，意见不多，容面陈。何时来舍一谈？

顺颂

时祺

余冠英

（17/9）

（徐按：以上二函原件影印件，见本文末附件一、二：《余冠英先生赐函一》《余冠英先生赐函二》）

以上二函中，余先生所说"八考"，即我所呈阅的论文《曹植生平八考》，所说"年谱"，即我所呈阅的《曹植年谱》草稿。至于所嘱"面陈"之事，则在两天之后，我即于1979年9月19日下午，遵命前往朝内头条余府恭聆指教。余先生与我谈了一个多小时，亲切勉励之语，令我感动；而同时提了不少中肯的"意见"，连我稿中的笔误错字也举出来了，又令我惭愧。此后不久，1980年《文学遗产》复刊回归文学所，余先生亲任主编，而我又再蒙提携，得以在上面发表论文《关于曹植的评价问题》等。这篇文章与前几篇不同，它不是以史料考据为主，而是一篇"翻案"文章，它针对20世纪50年代以郭沫若为首的几位学者在曹植评价问题上的做法，提出异议，认为郭在《历史人物》以及其后的多种论著中，无视众多史料中所显示的真相，故意在人品和文学成就上全面抬高曹丕，贬抑曹植，以"纠正抑丕扬植"为名，行"抑植扬丕"之实；文章通过详细考辨，证明郭等的主要论点，有违基本的历史事实，因而是站不住脚的。此文的发表，在当时颇引学界注目。相信余先生此时对我的业务能力，已经有了基本的了解，乃有以上关于"大文学史"魏晋这一卷撰写人选的具体安排。对此我心中感激，一时无以言表。我虽无余先生正式学生的名分，但他对我学业的指教帮助巨大，而且具体而微，他无疑是我的恩师。我自思一定要高质量完成此卷的编写工作，绝不能辜负余先生的信任和期待。

自1981年开始"上马"，"大文学史"项目无疑是我的工作重点，我原打算全力投入，用五年时间完成本卷的编写，余先生亦表示同意。但当我的工作进行到大半程之际，突然发生的一件事，改变了我的计划，也可以说一定程度上改变了我的学术生涯，我的文学所生活从此开始进入第三阶段。

四　编辑部经历（上）

1985年春，文学所以刘再复为所长的新的领导班子任命我接任《文学遗产》主编。我对《文学遗产》并不陌生，刊物的原有负责人和编辑们我都认识，且关系友好。此前我在刊物上发表过几篇文章，吕薇芬学长与我合作写的《中国古典传记·序言》也刊登在上面。古代室与《文遗》编辑部大门相对，从那门"跳"到这门来，相距只有二米远，不过心理感受的差异则不可以道里计。二者专业方向虽然一致，工作内容和方式却差异不小：在古代室是做研究，在编辑部是做编辑；前者是自己写文章，后者则要去审处别人的文章，这是管自己与管他人的差别。而且我进入编辑部是"新手"，又任主要负责人，心理负担实在不小。这刊物被全国古代文学学科同行公认是第一块牌子，万一"搞砸了"，我哪里负得起这责任？当时我有点不知所措，曾向找我谈话的何西来副所长当面推辞，并提出三个替代方案，但皆未蒙允准。他鼓励说："我们认为你行的！你要有自信心！"最后我接受了任命。

我甫入编辑部，自己的工作内容和方式就不能不做大的调整改变。我放下手头原有事务，开始把主要精力用在如何办好刊物的一系列工作环节上。这里包括如下几大方面：一是编辑部与文学所的关系问题；二是编辑部内部同事之间的合作关系问题；三是编辑部与编委之间的合作关系问题；四是编辑部与广大作者的关系问题。这些都属于工作关系、人事关系问题，但我一点经验也没有，不知如何应对，只能逐渐"磨合"，积累经验吧。当时《文遗》还存在不少事务性问题：一是院部还没有实行刊物专项经费预算制度，除《中国社会科学》《历史研究》两种刊物外，其他刊物所需费用，全由所在研究所负担。而各所预算本来就不宽裕，大部分所只办有一种刊物，文学所则要承担《文评》《文遗》两种期刊的开支，经费确实紧张。再者《文遗》专业性强，读者面自然比《文评》窄，发行量较少，仅四千册左右，故而财务亏损比《文评》多。经费短缺，自然要影响到刊物的印制质量，甚至稿费的发放、编辑的出差费用等，都是问题，这都要与所里沟通协商。又《文遗》当时是季刊，三个月出一期，许多同行有意见，说出版周期太长，不能及时反映学科动态，也影响刊物的地位。我们的态度是，缩短刊物出版周期，由季刊改为双月刊，从学术层面考虑，确有必要，但操作起来，难度不小。向主管部门申请资质，其事较容易，很快获得批准，难的还是经费。所里既无力承担，就必须转而取得出版单位的支持。而当时各出版社已开始实行新的财务制度，自负盈亏，量入为出，审计严格。面对《文学遗产》的财务亏损，他们能否承受，这都要慎重衡量得失。为此《文遗》曾蒙中华书局、上海古籍、南京凤凰等出版社支持，辗转各地，"风尘仆仆"，只是为求生存，而版面、纸张和印制质量等方面，只好退而求其次，尽力而为，能否做到精良，就难以保证了。当时古代文学研究学科蓬勃兴起，全国同行的科研积极性高，对《文遗》寄予厚望，大量稿件涌向编辑部，所以每位编辑的工作量都很大，大家忙得不亦乐乎。当时有统计，《文遗》刊出的稿件，只是来稿总量的十几分之一。总之编辑部工作头绪多端，而且很忙碌。

　　与事务性的忙碌相比较，令我更加费心思的是，为适应新的工作岗位，我不能不对自己的学术习惯和治学思路做出改变。理由很简单：《文学遗产》既然是高档次的学术研究刊物，甚至被称为"权威刊物"，作者包括了全国同行中的一流专家，面对这些各有特长的作者和他们的精心创作，要想做出令人佩服的恰当处理，要使他们真心认识到这份刊物的高水准，这事殊为不易。我作为主要负责人，在学术境界和学术能力上还存在哪些差距，哪些欠缺，从哪方面去提升自己？为此我认真反省了一番。我感到我自从"入行"以来一向重视"基础研究"，这固然不错，但在这个新岗位上可就有点捉襟见肘了，因为我的"基础研究"重在史料的整理与辨别，实际上偏向史学的实证性研究方法。而《文遗》来稿不但数量多，而且类型也很丰富，史料处理文章固然较多，文学史理论类文章、艺术分析类文章也都不少，而我在这两个领域的知识准备和修养是明显不够的。我想清楚了，自己在这些方面存在"短板"，需要弥补。于是我有意识地加强自己在这些方面的知识储备，多思考这些方面的问题，同时我也关注学界前辈和优秀同行的治学风格，从他们那里取长补短。前辈如钱锺书、余冠英等高山仰止，就不必说了；就是同行中的一些优秀学友，也不乏全面型的研究者，他们的理论、史料、艺术体验修养都很高，在广阔的学术领域里能轻松应对，游刃有余，值得我学习。

以上说来还是个人问题，只要努力，学养可以提高，习惯可以改变。更重要的是刊物的方向问题。我与同事们多次议论并取得共识：要适应时代步伐，力争"与时俱进"。我们认为，《文学遗产》复刊以来的状况，在总体方向上是正确的。它以弘扬优秀民族文化传统为目标，反对曲解历史文化，提倡实事求是的学风，恢复科学精神，这很有必要。但是到了20世纪80年代中期后，中国的改革开放已经进入新的阶段，社会科学的工作重心也已由学科"反思""拨乱反正"向正面建设过渡，《文学遗产》要充当本学科建设的标杆，那就必须在保留原有特色的前提下，打开思路，有所开拓，有所创新，以适应新的大环境。经过编委会的讨论及与相关专家的交流，我们正式提出"古代文学的宏观研究"课题，供广大同行思考践行，目的是在保留刊物实证性强的固有风格的同时，加强学科的全局性视野和理论思维体系建设。《文学遗产》讨论这个课题，也为改进和提升自己提供了一种可能性。对此也有人担心，这样做会不会流于空谈理论，损害求实精神？对此我们认为不必担心，因为我们一开始就强调，我们提倡的是在微观研究基础上的宏观研究，绝不意味着轻视或者取消实证性研究。所以它不是要脱离文学史实际的空谈理论。我们的措施，只是在传统上加进新的时代色彩而已，这是锦上添花，而非取此舍彼。而且从根本上说，研究古代文学的最终目标，是要总结中国数千年文学发展的特征和发展规律，以利于认识传统文学的真正面貌，并且为发展中国新文学提供清晰的镜鉴。这能不重视宏观的阐释与总结吗？再说古代文学研究界，长期以来在微观实证研究上底子很厚很深，这早已成为一种传统，亦即"朴学"传统。这种朴学传统在古代文学研究界根深蒂固，不可能因为我们的一个专题讨论就发生动摇、有所损害。

实践的效果不错。《文学遗产》联合《文学评论》《语文导报》《天府新论》，四家刊物在杭州（1987）、桂林（1988）、信阳（1989）连续召开了三次大型"古代文学宏观研讨会"，来自全国的学者积极参与，与会人数都超过一百五十人，老中青三代学者在会上都很踊跃，各抒己见，争论交锋。如在桂林会上，《文遗》编委、中央民大裴斐教授首先做了主题发言。裴先生是编委中力挺"宏观文学研究"的专家之一，会前在京时曾与我交换意见整整半天。我遂请他在会上做主题发言，他慨然同意。发言题为《"方"与"圆"：论文学史上的两大类作家》，他认为，几千年古代文学家，可以划分为两大类，一类是敢于面对社会矛盾、勇于提出正面主张的文学家，另一类是回避甚至抹杀社会矛盾的、明哲保身的，甚至是阿谀奉承的世故的文学家，他们在写作立场和态度上有重大区别，影响着他们各自的文学成就。他称前者为"方"的文学家，后者为"圆"的文学家，二者在中国文学史上形成不同的传统，影响深远，需要我们总结。接着多位中青年学者上台，就这些问题表态，他们或赞同，或补充，或修正，或商榷，然后裴教授做出答辩，进一步申述己见。双方友好而认真，热烈而有序，问题的讨论一步步向纵深发展，论及史实面很广，又颇有理论深度。会议一再延后时间，从中午一直开到天黑，而发言者意犹未尽，仍争相上台，表示不要休息，真到了废寝忘食的地步，堪称空前。两次会议，气氛热烈，感染全场，共收到论文百余篇。会后通过消息报道，在学界产生了强烈反响。两次讨论后，编辑部在此后数年里陆续发表了一批有影响力的"宏观研究"文章，给整个古代文学研究界注入了新风气，开启了新局面。我也撰写了《关于古典文学的宏观研究及其现状》（1987）的文章，做了初步的小结，提出一些问题和看法，供大家思考。这次活动发生在 20 世纪 80 年代特定的历史时期，对学科起到了一定的开拓视野和提振精神的作用，是符合学科规律且为全面健康发展所需要的。与此同时，讨论中也涌现出了一批青年才俊，如钱志熙、郭英德、韩经太、张晶、蒋寅、戴燕、吴承学等，他们思想新锐，眼界开阔，知性与悟性兼优，宏观与微观通贯，日后很快成长为本学科优秀骨干。这里要补叙一句：裴斐先生于 1997 年不幸因病去世，我后来写了一篇文章纪念这位早逝的学长，赞赏他的学术开拓和坚守精神，题目就是《一位"方"的学者——纪念裴斐教授》，刊于《文史知识》2013 年第 12 期。

20 世纪 90 年代后，思想文化界的改革势头逐渐平稳，古代文学学科建设渐趋成熟，《文学遗产》也在稳定发展的道路上继续迈进。尽管经费仍然紧张，但编辑部同人齐心合力，克服时艰，努力使刊物进入"高档次精品刊物建设"的轨道，包括内在学术品质和外在出版质量，都渐次有所提升。在世纪之交出现的多种全国学术刊物排名系列中，《文学遗产》皆入列文学类"核心刊物"前三名之内，这是对编辑部同事们多年来辛勤工作的充分肯定。

五　编辑部经历（下）

从 20 世纪 90 年代开始，我在编余得以腾出部分精力，从事一些个人研究了。首先是继续撰写《魏晋文学史》。这是最急迫的任务，已经拖延有年，此稿终于在 1994 年底全部完成，总计四十六万余字。经曹道衡、邓绍基先生细加审阅，然后交付出版社，并于 1999 年面世。尽管完成时间延迟了，但学术效果不错，所里还召开了专题发布会，葛晓音、钱志熙、詹福瑞等同行专家教授莅临，他们提出的意见，全面中肯，在切磋之余，我颇受鼓舞。会后葛教授、钱教授先后在《文学评论》发表书评，详细分析了拙著的"成就"及"特色"，认为本书"是众多闪光点的集合"，"做到了对魏晋一代文学的全面总结，基本没有明显的遗漏和遗憾"。又宋文涛先生在《读〈魏晋文学史〉札记》中认为："徐公持先生的《魏晋文学史》一书的最大特色，诚如有的论者已经指出：有较强的学术个性。这一个性突出表现在作者于书中提出了不少个人独得的学术见解或一家之言。像曹操游仙诗的作意、关于《典论·论文》结构的分析、应璩文学的过渡性、嵇康人格魅力的剖解等等，确实让人耳目一新。"（《社科纵横》2001 年第 6 期）天津师大吴云教授对本书也做了较深入的分析，在其所撰《骨鲠处世——吴云讲陶渊明》一书（天津古籍出版社，2009）中写道：

> ……徐公持的《魏晋文学史》对以往不太为人注意的一些东晋中小作家也进行了深入的研究，表现出东晋文学研究方面的新拓展。例如湛方生，这一般文学史都不会提及的人，而徐氏却用一节篇幅，以数千字加以评述，使这个早已被人遗忘的诗人重现于文学史，并经典地指出，湛方生是东晋文学事实上的结束者，有了湛方生，陶渊明的出现就不再是突发的、偶然的。此前的文学史介绍东晋时，陶渊明就像是荒地上的一株嘉禾，而徐氏却以自己的研究证明陶渊明并不孤独。这是徐公持对东晋文学研究的独特贡献。

又有署名"岁云暮矣"者在"豆瓣"读书网上留言云："……评价精准。徐公持先生并不为古人讳，站在客观的角度对文学作品做出评价，既不因人废文，也不因文废人，尺度掌握很好。而对一个作者在不同时间阶段作品水平的差异或作品风格的差异也持理解并进行阐释的理性态度。譬如陶渊明与《闲情赋》，陆机对《古诗十九首》的拟作。"此外有兰州大学魏明安教授，以书中陶渊明部分为题，咏诗称誉，其自注云："徐公持《魏晋文学史》令人信服地剖析了《闲情赋》的作意，将陶渊明早年的一段恋情坦陈在读者面前，他的分析正如射箭中靶心（'正鹄'）。"我还接得若干海外来函，称述此书，认为"写得扎实，新义迭出"（澳洲学人许德政函）等，类似赞誉不少，徒增我内心感愧也。此书于2001年荣获中国社会科学院优秀科研成果奖。但是内心无法释然的是，余冠英先生于此稿完成之前数月违世，已长眠于福田，我无法向他做当面交代，只能抱憾终身了。

我在此阶段的个人研究，还包括参与撰写和编辑有关学科百年的若干项目。当时正值世纪之交，我感到古代文学学科在这百年内取得的成绩巨大，而存在的问题也很多，适逢这历史重要节点，有必要对本学科做一番回顾及概括，总结经验和教训，这对于今后学科的健康发展，具有重大意义。为此我以很大的精力，参与了四个有关百年学科的项目，它们在视角和书写方式上各有不同，但无疑具有内在的关联性，我也努力通过这几个项目的编写工作，来体现我在这个问题上的思考。第一，我花了一年多时间，写了一篇《20世纪中国古典文学研究近代化进程论略》，发表在《中国社会科学》1999年第3期。文章基本内容是：全面回顾一个世纪以来古代文学研究的历史进程，认为这是古代文学研究有史以来发展最快、取得成绩最大的百年；百年里，它从一种古典意义上的"学问"，发展为近代形态的"学科"。文章又认为百年间这门学科近代化可以分为四个阶段：起步期（1900～1928）、发展期（1928～1949）、统一期（1949～1978）、再发展期（1978～20世纪末），并分别对各时期的特征和基本内涵做了概括分析。此文代表了我在"百年学科"问题上所持的基本观点。第二，我与黑龙江大学刘敬圻教授合作，由她任主编，我任"学术指导"，联合主持了《20世纪中国古典文学学科通志》的编撰工作。该书由一百个论题组成，这些论题的设计，从百年学科史的四个阶段中均衡产生，每阶段含二十多个论题，专门阐述该阶段内重要的学术史课题，包括重要的学科趋向、学术群体、重要学者、代表性学术著作这四大类课题。如第一阶段中的前三题，即"世纪初近代古典文学研究的开辟之功（王国维《红楼梦评论》等）""世纪初近代小说研究的发轫（梁启超《论小说与群治之关系》等）""世纪初中国文学史编写的滥觞（林传甲、黄人等）"。该书聘请全国各地多位学者参与编写，2006 年由山东教育出版社出版，全书共五册，二百五十余万字。这是迄今对百年学科发展所做的堪称最细致、最系统的总结。第三，我还参与了以杨牧之先生为总主编的大型学术史丛书"20 世纪中国社会科学"的工作，对刚过去的百年社会科学做了初步的清理总结。全书包括哲学、经济、历史、法学、文学等十余卷，我担任中国文学卷的主编，全卷由"正编""副编"组成，"正编"为综述评论性文章，它与上述"通志"的不同之处在于，它不是按研究史，而是按照文学史的叙述体系，来建立以朝代为单位的总体架构，如"先秦文学研究""汉魏六朝文学研究""唐代文学研究"等章，每个朝代再下设"诗歌研究""散文研究""小说研究"等节。所以这是另一种总结思路。该书也邀请了全国多地专家学者参加，包括邓绍基先生等。"副编"则是重要史料汇编，精选了 20 世纪产生的本学科最重要的研究论著。"正编""副编"总共一百五十余万字，由广东教育出版社出版。第四，我又参与了人民文学出版社《百年学科沉思录：二十世纪中国古代文学研究回顾与前瞻》（1998）一书的撰写。

"百年学科"之外，我还撰写了其他论著，研究领域仍在汉魏六朝文学范围，研究重点为各朝代文学之间的相互流变和影响关系。论题有关于建安七子、竹林七贤、两晋作家、《文心雕龙》等。2010 年，我出版了《浮华人生：徐公持讲西晋二十四友》（34 万字，天津古籍出版社）一书，对西晋一朝最著名的文士陆机、陆云、潘岳、左思、石崇、刘琨等所组成的群体以及他们的生活与写作，进行了综合性、联系性的研究，缕述他们的各自表现，同时指出他们多少都染有"浮华"作风，并且分析了形成这个群体性作风的时代社会和道德伦理原因。这是对于西晋一代主要文学家群体的正面研究，此书荣获第 26 届全国优秀古籍图书奖。

由编辑部工作性质所决定，我与文学所内外同行的专业接触相当多，彼此经常进行交流。首先是《文学遗产》的编委，他们都是享誉学界的本学科一线专家，出于对刊物的热心支持，他们给我们惠赐稿件的同时，常提出许多好的工作建议。我们不仅每年召开一次编委会，还利用其他方式与他们频繁沟通，我与他们也建立了良好的工作关系和深厚的友情。比较密切的有，北京的陈贻焮、费振刚、葛晓音、郭预衡、裴斐、詹福瑞，天津的宁宗

一、罗宗强，上海的王水照、孙逊，广州的黄天骥等。可以说没有编委们的热心仗义，鼎力支持，《文遗》的工作肯定会大受影响，减色很多。

在《文遗》工作期间，我与老一辈专家的联系也续有往还。本所的老专家大都年事已高，健在的如余冠英、孙楷第、吴晓铃、范宁、陈友琴等先生，我都前往尊宅拜访问候，不止一次。所外的林庚、吴小如、钟敬文、周振甫等先生，我也幸承明教。这里还要说到钱锺书先生。钱先生在20世纪80年代前期，曾经通过我给《文史知识》赐稿（《说李贺〈致酒行〉“折断门前柳”》），兹事我前已写出，见纪念文集《〈文史知识〉三十年》（中华书局，2012），此不赘。这里再述钱先生与我之间书翰往还另二事，皆与《文学遗产》有关者。一则在1985年8月10日，当时我甫入《文学遗产》不久，忽然收到钱先生来函一封，开启信封，则内有二笺，一为致张白山先生信，二为致我信。后者云：

公恃贤友著席

迭奉多书感刻以琐事相渎尤愧荷也文学遗产由贤者主笔政当如李光弼入郭子仪军中可以预卜顷得张君白山惠赠大作封皮为文学遗产未开住址复渠一函乞代写通讯处付邮谢谢

即颂

日祉

钱锺书上　十日

（徐按：原函复印件见本文末附件三：《钱锺书先生赐函一》）

按本函文字，须略做解释，用助理解。开首所说“迭奉多书”者，盖指此前我尝多次致书先生，请教中外文学各种问题，先生早有具体回复也。因属往事，故先生在此一句带过。下文所书“文学遗产”“李光弼”“郭子仪”云云，固与小可有关，寓鼓励之意，然亦顺便言之，不关要务。下文所说“琐事”乃本函之主旨：先有张白山先生（原文学所研究员，《文学遗产》副主编，时已荣休）向钱先生“惠赠大作”，然而邮件“封皮”即包装袋上并未写明寄书人“住址”，遂使先生收到后欲复信致谢（“复渠一函”）而无法寄出回信，颇以为难；钱先生见张函所用“封皮”为《文学遗产》大信封，由此想到小可固知张先生地址，遂发此函，命我代为开列张先生信封，代寄钱先生"复函"，是即"琐事相渎""代写通讯处"也。钱先生来函"本事"既如此，我接函后当即遵嘱，将先生"复函"寄发给了张白山先生。由上可知，本函所涉之事，诚非要务，确属"琐事"而已；当时先生已任中国社会科学院副院长有年，诸事繁忙，然而先生即使面对如此"琐事"，亦必悉心处分，不容疏忽，命我代理，叮嘱再三，务必办妥。此可见其尊重他人，礼数周备，诚高格感人。本函字里行间，亦呈露博学内涵，才识采润，文气沛然，与众不同，颇现大家风范。又本函为先生手书，笔锋劲健，书体奔放，挥洒自如，堪比名家雅帖，颇寓书艺欣赏价值也。

　　另一则为稿件处理之事。事在 1990 年初夏，编辑部收到一篇外地青年作者来稿，内容为对《谈艺录·序言》作"笺注"，该文与一般论文完全不同，体例特别，写得颇认真细心，对"自序"文句逐一解读，解释其含义，注明其典故，并分析其意旨。钱先生"序言"原文为文言体，多寓典故，故而该"笺注"对读者理解"自序"有一定帮助。编辑部内初步交换意见，认为它还是可以考虑刊登的。我将稿件寄给杨季康先生转钱先生，请他过目，并征求他的意见。函末顺便附言，请他对近年的《文学遗产》不吝批评指教。不久钱先生复我一函，说了他的看法。

公恦同志编席：

　　致杨绛函深得"项庄舞剑，意在沛公"之诀，故由我直接答复。我因老眼昏花，阅读大减，贵刊久未拜读，未由发表"评论"；又与君契阔，于今四五载，乏心电通流"讯息"，更无从借君喉舌。"谣言"不待辟，亦不劳辟；无错不成书，无谣不成世，正如唐人所谓"无狐不成村"也。

　　陈君文曾寄我看，我复信（一）言拙文不值得花偌大心力；（二）请删去文中过谀各节；（三）指出注释不切不确数处，为之改正；并告其"时日曷丧"乃双关语，引我当时一诗为佐证。至其"繁细"处，确如明见，我以为此为今时古典注释中之学究惯习，故未敢置喙。足下有权删削，勿使笺注沦为三家村之"蒙求"；但须打一招呼，免招霸道之谤耳。连日赴医院体检，匆复。

　　　即颂

日祉

　　　　　　　　　　　　　　　　　　　钱锺书上　　五月十五日

（徐按：此函信封邮戳日期1990.5.16。又此信原件影印件，见文末附件四：《钱锺书先生赐函二》）

此函开首即现先生潇洒幽默风致，谓"项庄舞剑，意在沛公"等。所说"评论"等，则是对愚函要求所作回复，是不复之复也。至于"谣言"者，盖尝偶闻老先生之间存在矛盾之流言，我信中表态"不信谣"，故先生回函言此，述"无狐不成村"等，谓可不屑一顾也。至于文稿事，则先生一方面谦虚表示他的"拙文""不值得花偌大心力"作注，同时希望作者"删去文中过谀各节"，显示他并不喜欢奉承之辞。接着又指出该"笺注"文章存在"不切不确数处"，须改正。我接函后，即遵照先生的意思对该文做了修改，随后发表在《文遗》当年第4期。需要说明的是，钱先生时已臻八十高龄，身体不免小乏，"连日赴医院体检"，亦可知其健康状况堪忧，实际情形，他不久即住院治疗；先生不顾劳顿，"匆复"愚函，诚可敬可感！而函中谦虚求实，兼风趣横生，不脱一代大师品格风范，值得我永远铭记！

主要由于专业方向的关系，我与钱锺书先生交往不如与余冠英先生密切。但作为数十年"古代组"同事，接触机会良多，直接"打交道"亦有多次，包括向他请教各种专业问题，亦有即兴问候，甚至一时打趣等。间有书翰往还，亦非罕事，至今我保存钱先生手书共十一封（包括以上二函）。先生这些手迹，我视若至宝，不时展读，深受激励，长慰我心。余冠英先生、钱锺书先生的这些珍贵函件，我将择日认真整理集结，争取发表，供学界同好共赏。

我在《文学遗产》工作时期也接触了一些欧美汉学家，如法国国立高等研究院东亚研究所所长侯思孟（D. Holzman）教授，他的本专业就是研究中国中古文化的，他曾将我的一篇书评文章（《〈曹植集校注〉得失评》）翻译成英文刊载在《欧洲东方学》杂志（1988）上。而当年我有幸与本所石昌瑜先生一起赴法进行学术访问，与他有了直接接触。我当面问过他，"为什么要把我那篇书评译介到欧洲发表"，他回答说："因为我们很重视书评文章，而你那篇文章写得认真，有真正的批评。"此后我写了一篇《侯思孟教授访谈录》，谈"中国文学深刻地嵌入中国历史"等问题，发表于香港《龙之渊》杂志（1992年第2期）。我与美国同行也有一些交流，曾应邀前往威斯康星大学（University of Wisconsin）、科罗拉多大学（University of Colorado）等校讲学，结识了若干同行专家。我缘此还写过《"人本主义"

"兴趣一致"及其他——采访高德耀教授》（1998）、《一生一世的赏心乐事——美国学者倪豪士教授专访》（2002）等采访记。与国外汉学家的交流，使我进一步明白人类拥有共同的一些文化价值观念和互通的思维方式，而这是互相学习和借鉴的前提。

回想我在编辑部这一段岁月，我无怨无悔。我付出了许多精力，与同事一起为同行专家们"作嫁衣裳"，这是我的幸运。而我在阅读、处理大量文稿的工作中，在与诸多一流专家交流切磋的过程里，也得到许多教益。他们拓展了我的学术视野，提升了我的专业境界。复旦大学王水照教授作风严谨，不轻易褒贬，人所共知。他曾当面对我说："你的文章视野和思路都比较开阔，形成了自己的特色，应当是得益于你的《文学遗产》工作背景。"我感激他的关注，也心领他的"得益"之说。如果有人问我在《文学遗产》编辑部工作二十年有何收获，我的回答是：从为人到治学，从学科专业到气度境界，收获是综合性的。如果没有这一大段的编辑工作经历，我不可能是今天的"我"。

六　"后文学所"生涯

2004 年 5 月，我退休离开编辑部，从此开启了我的"后文学所"生涯，进入自得无碍的一段新旅程、人生的一种新境界。我退休恰当八八吉数之年，亦是迈向古稀时期；而贱躯竟能摆脱严重病痛，精力尚可保持基本旺健，故而一旦放下编务，浑身轻快，心情大好，迅即再次全力投入专业研究工作中。迄于 2016 年之十余年，自以为是我毕生专业写作之盛期——此非指数量，而是说选题设计之郑重化、系列化，以及论文撰写之精心化。

在选题上我着眼于秦汉文学方向。之所以如此有两点理由。一点是邓绍基允建先生于 21 世纪初，提议我与刘跃进先生二人合作撰写《秦汉文学史》。此项目原为 20 世纪 80 年代初国家重点科研规划项目"十四卷本大文学史"之一，由北大费振刚教授承当、主持编撰。因费学长诸事繁忙，又加尊体违和，故而迁延未竟，兹事遂致改议。我思考再三，并直接证诸费公，慨承理解，遂接受委命，进入"角色"，由此自然视秦汉文学为重点领域。更重要的一点是，从 20 世纪之末开始，我的学术观念有了潜移默化的改变。它是我在陆续阅读了思想理论界一些专家前贤的文章，受到他们的启发感染，同时也经过反复思考之后发生的。这种改变一言以蔽之，就是我对中国社会历史的总体状况有了新的理解；在此基础上，我对中国文学史的总体认识、对秦汉文学的性质和地位等，也有了进一步的想法。我的"新"思考或曰"新"观点，简言之如下。

中国历史从秦汉开始，进入了"皇权社会"体制。先秦时期，基本上呈现诸多地方政权分割治理的社会局面，这是由中国地域辽阔、当时生产力不发达、交通条件落后，限制了统治者的治理能力，而一时难以形成大地域政权的客观情势造成的。尽管有殷"王"周"天子"高高在上，但那只是"共主"而已，各地区的政权即诸侯国，则都拥有行政、军事、财经等实权，成为基本的权力主体。诸侯国还是世袭的。《周书·殷祝》所谓"三千诸侯大会"，我认为大体上是真实可信的。以当时中原地区大约一百五十万平方公里估算，平均每个诸侯国统辖面积也就是几百平方公里，亦即纵深不过几十公里，这比较符合商代初期社会有效治理的可行性。后来随着交通和物质条件的改善及治理能力的加强，通过诸侯兼并，有效治理领域才逐渐扩大。但这过程很漫长，达千年以上，直到战国末。对于这种主要存在于殷、周时期的先秦社会形态，我国古代早就有所指称，即称之为"封建"社会。中国传统的"封建"二字，其内涵本来就是"分封建国"，《诗经·商颂·殷武》"命于下国，封建厥福"，即指各诸侯"国"，这里"封建"二字很确切，历来并无异议。只是近代以来，有人提出中国春秋之前是"奴隶制社会"，战国而下是"封建社会"，一时几成学界共识，然而这种说法，并不符合历史实情。战国"七雄"争霸，已是封建末期，而自秦始皇开始，建立了华夏统一大帝国，对此古代学界早有定论："秦罢侯置守，分天下为三十六郡，盖惩周末诸侯，遂废封建。"（清汪越《读史记十表》）"封建"早已被秦始皇"废"了，何来的"封建社会"？其实汉初的异姓诸侯王反叛以及景帝时期的"吴楚七国之乱"，倒是代表着封建复辟势力的，但是它们都陆续被中央政权（皇权）击败并消灭了。再说所谓"封建社会"，在英语中也是指一种存在于"中世纪"的分散的等级制度社会，与中国秦汉以后的大一统皇权社会体制完全不同，所以即使用欧洲的"封建社会"概念来套用，也只能基本适合于先秦时期，与秦汉之后简直是牛头不对马嘴。

皇权体制的历史作用和功过，说来很复杂。正面说，从秦、汉开始，在中国历史上建成了真正的统一大帝国，经历数百年的繁荣壮大，汉皇朝与罗马帝国形成了纪元前后东西并峙的两大帝国，站在世界发展潮流的前沿，同时在物质和文化科技领域卓有建树，贡献巨大，影响深远，举世公认。这肯定是皇权体制的历史性贡献。但是这种独特的东方制度，其负面作用也是不容忽视的。由于皇权"以天下奉一人"（宋马端临《文献通考》自序）的高度集权性质，它对全社会的控制力度空前巨大，深刻影响了社会生活各个领域。以思想文化领域说，秦汉以后，先秦时期的"百家争鸣"的繁荣发展状态，随着"焚书坑儒"而结束，随后代之以"独尊儒术"的官方政策，给思想文化的发展，实际上套上了一个"紧箍咒"，限制了它的发展空间和力度。后世千余年间，尽管改朝换代频繁，但是中国社会的发展总体上进展缓慢，尤其是到了明清时期，体制性弊端恶性发展，对于社会进步的阻碍作用非常明显。它将一切新思想萌芽，视为"异端"，予以严厉打压禁锢。明末的几位杰出人士如顾炎武、王夫之、黄宗羲，还有李贽等，都有近代人文思想萌芽，他们针对体制持批判立场，提出"为天下之大害者，君而已矣"，主张"不以天下私一人"等；但他们势孤力薄，很快被强大的皇权势力压制下去。中国因此错失良机，无法走上近代化的道路，而让欧洲"文艺复兴运动"占了先机，并在近代化进程上得以领跑世界。这是中国为皇权体制付出的巨大的历史性代价。皇权体制的弊端诚如宋代郭雍所说："损天下以奉一人，则善日消而恶日长矣。"（《郭氏传家易说》卷四）

就汉代文学而言，由于皇权对文士生活的控制力度大大加强，对他们思想意识的渗透影响也日益深入，社会文化主流遂与"礼乐制度"互为表里。这使得贯彻礼乐精神的"制式文章"，还有"体国经野，义尚光大"体现皇朝大一统风范的辞赋，获得了快速发展，兴盛一时。尤其是制式文章这种在汉代"暴发"的书写门类，随着皇权体制的延续而盛行两千多年，直到1911年才与清王朝同时寿终正寝。制式文章可以说是皇权体制在文化上的随身差役、贴身侍卫。在其他文学门类的写作方面，皇权体制的影响也是巨大的。从汉代开始，无论是诗词曲赋小说散文，还是哪个朝代的优秀文学家，包括蔡邕、陶渊明、李白、杜甫、苏轼、辛弃疾、罗贯中、施耐庵等，都很少能够完全挣脱最基本的纲常观念和体制精神束缚。可以说，中国古代文化和文学中的真正糟粕，基本上都是皇权体制及其礼教观念的派生物。总之，对于中国两千多年以来文学传统的正面总结，以及对负面成分的深入清算，都无法绕开皇权体制对文学的影响。此点在近代以来的文学史研究中，虽然有相当的认识，但并未被提高到认识一代文学的根本要点上来论述，所以我认为有必要将它作为重要课题提出来正面研究。

基于以上理解，我做了新的自我规划，打算从全方位来研究总结作为皇权体制初始阶段的秦汉文学的基本性状，及其在文学史上的地位影响。所包括的主要问题有：汉代文士的社会地位和他们与皇权体制的复杂微妙关系；汉代文士的基本思想取向和写作爱好特征及其形成原因；汉代皇权体制"体国经野，义尚光大"精神对于辞赋的影响；汉代文学"铺采摛文"的"骋辞"风格的形成及其时代原因；汉代文学在皇权体制影响下的传承和流变脉络；汉代大一统社会科学文化事业的发展与文学的互动和影响；汉代文士思维和情感取向特点在写作中的体现；汉代文学在中国文学史上的地位；等等。除确定研究的这些基本问题外，具体选题的"重量化"也是我所关注的。因为我既然年逾"古稀"，精力必然有限，应当考虑合理使用时间，尽量先做学术"分量"较重的课题。

实际上，我在20世纪90年代，即已考虑汉代文学问题，并且已有动作，如所撰以下论文，其实际视野已从魏晋南北朝前扩至两汉。

——《〈正纬〉篇衍说》（《文学评论》1991年第6期）

——《〈宗经〉篇衍说》（《文学遗产》1995年第6期）

——《诗的赋化与赋的诗化——两汉魏晋诗赋关系之寻踪》（《文学遗产》1992年第1期）

前两篇所论属《文心雕龙》问题，事实上无论"经""纬"，它们的全盛期皆在独尊儒术、"经学"发达的汉代；后一篇论"诗""赋"关系，则更明确其论述中心就在诗赋并存发展的"两汉"。进入21世纪以后，我更从新的思考出发，实行新的撰写计划，接连发表了以下论文。

——《文学史有限论》（2006）

——《"诗妖"之研究》（2006）

——《论魏晋玄学思想资源在两汉时期的先期整合》（2006）

——《"礼乐争辉"与"辞藻竞骛"——关于秦汉文学发展的制度性考察》（2011）

——《论秦汉制式文章的发展及其文学史意义》（2012）

——《汉代文学的知识化特征——以汉赋"博物"取向为中心的考察》（2014）

——《论汉代悲情文学的兴盛与悲美意识的觉醒》（2015）

以上所列文章，都是将近两万字的长篇论文，从论点到篇幅，都努力体现"重量化"效果。它们分别刊发在《文学遗产》、《文艺研究》、《国学研究》（北京大学）、《福州大学学报》（哲学社会科学版）等刊物，多数被《中国社会科学文摘》（中国社会科学院主办）、《中国人民大学复印报刊资料》（中国人民大学主办）所选载。从论文内涵甚至标题即可以看出，它们是互相关联的"系列文章"。其中第一篇《文学史有限论》，题目是从整个文学史研究视角出发拟定的，其重心就是关于古代社会体制与文学的关系问题，我在这里首次论述并确认先秦时期是"封建社会"，而秦汉社会是"皇权社会"，强调社会体制在秦汉时期的大转型，对于文学发展起到多方面的决定性作用，并且影响深远，所以这是我的"系列论文"的开端。其后关于"礼乐争辉"一篇，是明确的对汉代文学的"制度性考察"，它可以说是我"新思考"的核心部分。文中"礼乐争辉"是论述皇权体制对文学的内容精神上的影响，"辞藻竞骛"则是论述皇权体制对文学的体式手法的影响。"制式文章"一篇，则是专门论述带有皇权体制最鲜明印记的一批文章体式，它们产生并兴盛于汉代，流传繁荣了两千余年，直到清末民初随着皇权终结倏尔消失，与体制"共命运、同存亡"。"知识化特征"和"悲美意识"两篇，则是论述汉代文学在内容和风格方面的重大特色，循此可以理解一代文学为何呈现某些与众不同的面貌和写法，其时代和社会的深度原因何在。

其中《汉代文学的知识化特征——以汉赋"博物"取向为中心的考察》一文，还荣获中国社会科学院优秀科研成果奖三等奖（2015）。该文的主旨即从新的角度来解释一个长久以来困惑学界的老问题：汉代文学尤其是汉赋，为何要花费巨大精力，以大量的篇幅，以"累赘"的甚至烦琐的文字，用在描写包括自然和社会生活的各种细节上？汉赋作品在后世的文学评论里，早就有"骋辞"的批评，还有"写物图貌，蔚似雕画"，"繁华损枝，膏腴害骨，无贵风轨，莫益劝戒"（《文心雕龙·诠赋》）等说法，认为这是它的缺点，对文学性有所损害。这种批评无疑是符合事实的，但又是表面的，缺乏深度的，它没有考虑到汉赋的这些表现，正是汉代文学的特色所在，而这些特色正是汉代文化精神的忠实反映。因为汉代皇权体制初建，需要文学来为它做"体国经野，义尚光大"的宣传赞美工作，而具有"铺采摛文"特色的辞赋体，便获得了以皇帝为首的统治者的青睐，由此极大地激发了辞赋作者的写作热情，掀起了辞赋写作高潮，于是汉赋盛行。在大帝国的背景下，"书同文，车同轨"，消除了小国寡民的局限束缚，汉代社会生产力和科技获得明显发展，科学知识也更多地被广大文人学士所重视，语言文字学也呈现蓬勃兴盛势头，取得重要进展。这些社会新要素，体现在文学书写领域，也就出现对"草区禽族，庶品杂类""言务纤密，象其物宜"等的浓厚兴趣。归根结底，汉代皇权体制对文学影响力的强化，汉代生产力的发达和科技文化事业包括语言文字学的发展，是汉赋"骋辞"特色的主要驱动力，也是形成汉赋面貌的基本原因。

在此我还要就《"诗妖"之研究》赘言几句。这是我自以为得意的论文之一。这个"诗妖"题目将风马牛不相及的两个颇为悬隔的名词组合在了一起，颇有点"怪异"。我是在阅读历代正史"五行志""天文志"过程中发现这个课题的，《汉书·五行志》"君炕阳而暴虐，臣畏刑而柑口，则怨谤之气发于歌谣，故有诗妖……"我一看就立时被震惊了，此"诗妖"二字，岂不蕴含着古代的君臣、君民关系，诗歌的社会作用，诗歌的一种特别表达方式等重大问题吗？无疑这些都是很值得深究的问题。大概由于它出于"五行志"，历来文学研究者未予重视，或者干脆视而不见，这也给我提供了一个绝好的机会，来提出这一个前贤没有关注的课题，使得这篇论文得以显示其"独创性"。这个"诗妖"问题，可以一直追索到先秦，而它的较多出现，则在汉代及其后，亦即皇权时代，所以它与我思考关注的重心皇权时代的文学，也是紧密关联的，它也可以算作我系列文章的一篇。此文将近三万字，篇幅甚长，一般杂志难以安排，承袁行霈先生海纳，刊登在他主编的北大《国学研究》上。

此（秦）汉代文学研究"系列文章"，幸蒙学界友人关注。尝听一学生转述："詹福瑞教授有言：徐先生不当主编后，大文章一篇接一篇……"此固赞许，更多期待。其他同行友人的期许也时有所闻。又《论汉代悲情文学的兴盛与悲美意识的觉醒》一文，亦缪蒙《文艺研究》编辑部赏识，用为约稿样品。然而其间以贱躯健康缘故，不无耽搁。时不我待，我打算再用二到三年时间，尽快完成这一计划，了却我的一桩专业上的心愿——"秦汉文学史新论"。

我在21世纪里尽管研究方向有所转换，但对之前的魏晋专业并未完全弃置不顾，一些未了之业仍在从事，《曹植年谱考证》即主要一项。此课题早在20世纪80年代就已经启动，当初尝蒙余冠英先生首肯激励（上文已述），然而慢工细活，日积月累，至2016年，方臻于完成，遂于该年底承社会科学文献出版社付梓面世，全书约五十七万字。此书重心无疑在"考证"上，对曹植生平事迹和写作经历做了详细梳理和考订，弥补了不少事主行迹上的疏漏缺失，例如关于"河曲之游"，这是很重要的建安文士游乐事件，当时参与者众多，事后影响也深远，直到南朝齐梁时期还有人津津乐道，赞美不绝。而近代以来研究者却似乎未睹其事，不再言及。本年谱通过勾稽考索，清理其本来面目，呈现于读者面前。类似文例不少。又本书在考证史实之际，在研究思路和方法上也有所调整，即一方面充分挖掘利用现有史料，一方面则通过对事主曹植诗文作品的深入分析，从中发现有关其行止方面的重要线索。其实诗文作品，抒情与叙事，往往并存一体，两方面皆堪重视，不容疏忽。抒情作品，同样是可靠的史料，而且是第一手史料，严谨合理考索之下，可以发挥其更大作用。外在史料与内在作品两相印证，期可扩展考证的内涵，加强考证的效果。小可在这方面做出微小成绩，而颇蒙同行认可。上海大学教授董乃斌在百忙之中，拨冗赐函谓：

> ……大著尚未读完，但就所浏览，已见精彩，不但数据丰富翔实，考订严密客观，且视野开阔，多有见解的发挥，文风除一贯的清晰老辣，更有潇洒俊爽之姿，非一般质木无文之著可比，完全可作子史著作来读。余先生当日以张尔田《玉谿生年谱会笺》期兄，诚知兄者也。近日恰遇各校研究生答辩，诸生颇有以年谱为题者，弟在各种场合均以兄著为典范大力推介——弟固知兄著成就乃积学深研所致，在我辈中亦为出类拔萃，后学自更难臻此境，弟之鼓吹不过取法乎上之意尔。

董学兄"推介""取法"云云，鼓励之意，溢于言表；小可接来函后静思多日，对其深度理解，感激之至。然"典范"之誉，万不敢当，腼颜拜读，芒刺在背。此书不久又蒙所学术委员会推荐、院部评委会评审，荣获2018年中国社会科学院优秀科研成果奖二等奖。按"考证"之题，本属"冷门"，受此奖励，殊出意表，表明本院学术制度及要求，唯重质量，并无偏畸。此奖每三年评一次，每次通过者数量不多，其高自标持，审评严格，宁缺毋滥，人所共知；至此小可已先后三次获奖，而幸运如此者，全院当不会很多。受此荣宠，纯属侥幸，超乎期待，压力陡增，惶惧不已。

此外我于2017年在中华书局出版《东汉文坛点将录》，此为《东汉文学史》"副产品"，也是我在《文史知识》"人物春秋"栏目上历来发表文章的扩展和改写，其性质兼具学术性、普及性。《中华读书报》（2018年12月5日）为此发表李洲良教授所撰书评谓：

　　（该书）更大程度上发挥了先生作为文学史家的才、胆、学、识。他以老吏断狱的眼光，挥动着艺术的魔杖，将沉睡两千多年的东汉作家、作品一一激活，打破了日趋僵化的文学史写作模式，带我们走进了鲜活灵动、温润如玉的文学史世界。通观全书，史笔与文心的妙运是该书作为文学史写作的一大特色。（《史笔文心　莫逆冥契：读徐公持先生〈东汉文坛点将录〉》）

　　至于《秦汉文学史》（合作）书稿，早已完成，在出版社待发，想不日即可面世，恭候同行专家，届时批评指教。

　　又于培养后学事宜，亦投入不少精力。此固专业传承之要务，盖亦学科建设之大业。自20世纪80年代以来，小可蒙本院研究生院垂青，先后荣任硕士生、博士生导师，招收海内外生员多名，又有博士后、进修生若干。其中颇有高标自期、勤奋读书、学业精进、成绩优秀者。毕业以后，或执鞭于高校，或任职于机关，勉力学问，潜心创造，京城沪上，河边海隅，时闻佳音，载誉一方。期以青出于蓝，终能报效社会。

　　小可自青年时期起步，投身文学事业，钟情古典学科，当初命运眷顾，事出偶然，并无深思远虑；而一旦入于彀中，不免认真从事。从浅尝好奇，到"愈陷愈深"，著作及编辑生涯漫长，体会与感兴渐次增多。自省"我的学术道路"，迄今一甲子而有余，往事遗憾诚多，难以弥补；然亦小有成绩，不虚此行！惜我年事已高，精力不济，否则再贾余勇，重拾纸笔，或可新造篇章，另铸境界也。

七　古稀之思

　　以下再就数十年来治学之感悟，聊述数语，以寄愚思。包括学科的意义与价值、现状与前景、立场与方法，各种问题，内外巨细，凡有所想，冒昧说出。所执观点，深浅不一，精粗杂陈，既有个人坚持，亦受时代影响。自以为条陈纲要，而难称全面深刻。要之此为经验与教训，纯属个人意见，"古稀之思"，不免陈腐，甚或错谬之处，难臻完善，谨供同行学友参酌也。

　　首先要说的是，我遵奉信守历史唯物主义原理，将它作为认识社会发展的基本准则。而历史唯物论的基本立场，就是认识历史要从实际出发，不能脱离基本的社会史实。包括对于社会发展特征的把握、性质的认识、阶段的划分，也必须按照历史事实来做出判断，不能拿某种既有的框框来"套"。那种"套"的做法，不仅是"教条主义"，也是懒汉做法，只能是自欺欺人，失去了基本的科学立场，只能离真实越来越远。求真求实，学术之本；失去真实，学术何为？

拿历史唯物论来考察中国历史，我的基本看法就是上节所述，自上古氏族社会解体以来，直到近代社会之前，中国社会历史实际上只有两种基本形态：一种是秦以前即先秦的封建社会形态，一种是秦汉及其后的皇权社会形态。应当承认，在这个问题上的谬误影响至今还存在，在不少人的概念里，战国到晚清这两千多年，仍然贴着"封建社会"的标签，至于在一般书写和言论场合，"封建意识""封建文化"等说法仍然很流行，只能说这是积习难改。故而在此有必要强调：应当本着实事求是精神，来进一步认识这个有关中国文明历史的大问题，循此才可以进一步认识相关的许多社会和文化领域问题，特别是如何看待文学遗产的问题。

在传统文化和文学问题上，从原则上说，我赞同"精华"与"糟粕"说，"批判继承""古为今用"等主张。它们是在《新民主主义论》等经典名篇中提出来的。基本的思路即，在古代文化和文学中，存在着优质和劣质的成分，对于这些不同的成分，我们应该采取区别对待的办法来处理，对前者应该"吸取"，对后者则应"剔除"。所以我不赞成笼统喊"继承文化遗产"口号，必须加上"优秀"二字，才是正确的说法。如果不加辨别"全盘继承"，那"三纲五常""三从四德"等都要继承，社会还能前进吗？我们要倒退回明、清时期去？故而必先分辨优劣，才能正确取舍。而分辨的基本方法就是批判，所以应该"批判地继承"。在此须要强调一点，"批判"不是某些人误解的那种简单"否定"，它是对事物所做的彻底的理性审查和辨别过程，体现的是严格意义上的科学精神。"批判"更不是前述那种搞"运动"的人身打击手段，那与科学精神全然背离。古代文学研究工作成功与否，因素很多，而是否具有科学的批判精神为关键之一。研究者当然首先是事业的爱好者，但我们不是简单的赞美者、吹鼓手，也不是旧货商，不能一头扎进对象里，盲目跟着对象走，唯以赞颂鼓吹、抬高货价为能事；我们必须以冷静头脑，进入对象，深入对象，然后还要跳出对象，从科学立场出发去客观地审察对象，完整全面地认识理解对象、评骘对象。研究者切忌"对象化"。具有强大的批判精神，乃是一切成功研究者的重要标志。恩格斯曾说马克思以批判的眼光审视世界上的一切事物，堪称典范。

研究工作中持"以同情之理解"或"以理解之同情",皆无不可,但无论"同情"或"理解",都不能替代科学的批判。放弃批判精神,一切研究皆无意义。我曾经于2013年应邀去上海师范大学做学术报告,题目是《衰世文学未必衰》,主要讲魏晋南北朝分裂衰败的社会里的文学得到很大的发展,在文学史上风格突出,意义重大,顺便我也说了"盛世文学未必盛"方面的意思。结束时主持人孙逊教授总结说:"我发现徐先生的治学思路有一个特点:那就是'反向思维',或者说'逆向思维'……"会后我对他说:"感谢你的点评,你触及到了我的思想深处,你真是我的知友!"我理解他所说的"反向思维",实质上是与批判性思维相通的。

关于"古为今用",需要注意的是不能因为一个"用"字,堕入实用主义泥坑。我认为优秀文化遗产的价值是永恒的,它的基本内涵是:传承人文关怀,弘扬道德正义,涵养优美情操。对后世而言,它是一种"精神食粮"。至于它的实用价值,则未必很大、很直接。试想今日百姓日常生活,包括衣食住行、工作休息、生老病死等,有多少"遗产"占比?强调遗产的实用价值,那是舍本逐末。其实当今国人在文化素养方面,并非普遍居于理想状态,如不克服"唯利是图""不守法纪""不讲公德"等弊病,难免要受到他人鄙视。随地一口痰,你再高唱"文明古国",有谁相信?我曾写有《论文学遗产的四重价值》一文,强调的是人文精神的感化和传承价值,这就是我理解的"用",是提升精神文明之"用"。从实用角度说,文化遗产基本是无"用"之用;但是唯其无"用",是为大用。

关于古代文学研究这一学科的意义,同样要防止实用化的苛求。按照马克思主义原理,文学归为"意识形态",属于上层建筑,而且是最上层最抽象的一个领域。古代文学又是文学中远离现实的那一部分,一定要求它为什么什么服务,可谓缘木求鱼。我在多年前就听到有人说文学(创作)有被社会"边缘化"之虞,文学评论则被认为是"边缘化之边缘化"了。按此逻辑,那古代文学研究就更是"边缘化之边缘化之边缘化"。我认为,就学科本身性质而言,这种"边缘化"实质上是正常化的表现。古代文学研究不可能也不应该占据社会生活的中心地带,"全民评红"那正常吗?我甚至认为古代文学学科,它本来就应该"边缘化"。所以当前的学科基本上处于正常状态,我们从业者应该基本满意。如果有人对此不满意,那我奉劝他可以选择离开这个行当,因为这种状态在可预见的将来不会有大的改变。

从这样的理解出发,我认为我们的学科当下正处于一个"归位"状态中。我们这个学科的前身是"文史之学"或者"经史之学"，它与皇权时代礼乐制度紧密相关，带有浓厚的"官学"色彩，被历代推崇，千年不衰。不少文人学士亦官亦学，名利双收，大红大紫，得意人生。所以在古代，"重文轻理"成为传统，文史之学就是一个"当红"学问，它甚至代表着"学问"的主流或云主体。即以清中叶以下来说，最负盛名的一批学者，如钱大昕、王念孙、王引之、段玉裁、阮元等，他们的代表作《十驾斋养新录》《读书杂志》等，几乎全是文史内容。清末民初，康有为、梁启超、章太炎等学人已经与权力疏远，他们被奉为学界宗师，主业仍然是文史之学。即使到了民国时期，王国维、鲁迅、胡适、陈寅恪，还有稍后的钱锺书等，尽管他们学贯中西，都是"新派"学者，但带给他们学术声誉的，主要还是《中国小说史略》《红楼梦考证》《元白诗笺证稿》《管锥编》等文史研究类作品。清华大学本来是"留美预备学校"，号称文理并重的"新型大学"，但是名声最响亮的"研究院四大导师"竟与理工科无涉，而且以古学为主。我们应当承认，这是中国文化传统影响下造成的学科不平衡状态，长期轻视自然科学，使得理工类学科在中国起点低，直到近代还难以与传统深厚的人文学科相颉颃。不过 20 世纪 50 年代开始，情况有了很大变化。自然科学愈来愈受到重视，而人文学科的分量明显减轻。1952 年全国"院系调整"，清华大学文学院包括文学、历史等系科，被"扫地出门"。被"调整"离校的，有钱锺书、吴组缃、余冠英、王瑶等名家，这不免有点矫枉过正了。由此文理两大类学科的地位来了个大逆转，"重理轻文"遂成为新的风气，文史学科进入了"瘦身"过程，迄今沿袭不变。即使在大文科（"社会、人文科学"）领域，文史类学科的地位也有所收缩。据北大友人说，20 世纪 50 年代北大招生，文科"状元"多数"落户"中文系；而进入 21 世纪以来，"状元"已经与中文系久违，主要投身经济、金融类"热门"学科去了。同时，文史类毕业生的工作前景也不乐观，毕业后改行现象很普遍，包括一些优秀生。如此大环境中，文学历史类无疑已属于"冷门"学科，它被"边缘化"毫不奇怪。

我身置其中，视此种现象为正常。其实国外情况也大抵如此，文史类学科都被视为"冷门"。所以我说这是"归位"，并主张应以平和心态处之。同时我尤其要强调的是，学科"归位"是好事，唯有"归位"状态下的学科，反而易于正常发展，不受扭曲。处境愈正常，才能愈加自然，愈加健全，质地愈纯，品味愈高。

　　从学科状况再到学人状况，我要说，在学科"归位"的同时，学人（即所谓"队伍"）也在逐步"下台阶"。我这是"客气"的说法；不避忌讳直白地说吧，古代文学从业人员的总体专业水准和专业素质在逐步下降。这现象自 20 世纪 50 年代就开始了，迄今"势头"不止（这里当然也包括我自己在内）。究其原因，应当说与社会大环境、学科地位、个人素养等都有关系。近来我们常看到有人在文章里写到"大师"，那是指治学领域宽广、学识高深、取得划时代成就、众人所仰的学者。但是"大师"在哪里？只在对过去的回忆里，以及对将来的期盼中。回忆中的"大师"，有前述王国维、陈寅恪、钱锺书等，钱先生在 1998 年去世，意味着 21 世纪开始本学科就进入了没有大师的时代。我认为在可预计的未来，本学科会出现不少专门人才和有成就的优秀学者，但是不会再出现"大师"。因为"大师"的出现需要特别的环境条件，而那环境已经一去不复返。以钱锺书为例，他出身书香门第无锡钱氏家族，父亲钱基博为著名古代文史学家，家学渊源，得天独厚，现实环境中哪里去找？少年时代钱锺书就专心于中外语言文学，天资聪慧，过目成诵，堪称稀世天才；而以中英文满分、数学 15 分的偏科成绩得入清华大学，属传奇故事，在当下生活中根本无法复制；又他二十八岁以牛津大学学士学位破格被聘为清华教授，如今全无可能。钱锺书古代文学的起步点，是在五六岁时的"家学"里，今天本学科硕士生一年级应在二十二岁以上。这里的年龄差距有多大！再说"文科状元"都奔财经金融等实用专业去了，你要把文学、历史系的现有人才"速成"培养为"大师"，谈何容易？

　　"下台阶"是必然的，在学科知识和素养的深广度上，我们无法与前贤攀比，无法避免并逆转"一代不如一代"。不过我们也不必自卑泄气，因为今人也有胜过前辈之处，那就是在学科融入当代人文精神方面，在"批判继承""古为今用"上，还有在现代研究方法和工具的使用方面，可以做得更好。"大师"们的学问固然难以企及，但那多少有一点"象牙塔"的味道；我们尽管做不到那样"高精尖"，但可以更"接地气"，亦即更能够体现当代性，而当代性本身很丰富，并且不断地在充实延展着。说到底，今天的古代文学研究，它的对象是古代的，但学科基本性质仍然是当代的，是一门当代学科。因此这一"边缘化"行当，仍然大有可为，前程无量。

　　李商隐有句云："莫叹佳期晚，佳期自古稀。"（《向晚》）我作为古稀老者谨与同行学友共勉！

附件一（余冠英先生赐函一）

附件二（余冠英先生赐函二）

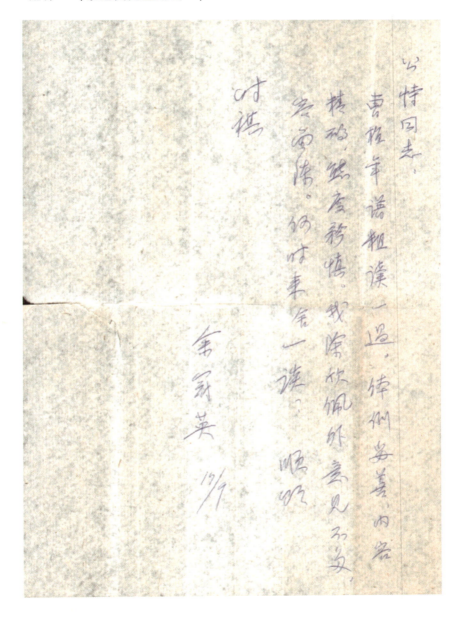

公特同志：

曹雅笔谱拜读一过，体例妥善内容精确，殊度钦佩。我深欣佩外意见不多，容当后陈。好好来会一谈？顺叩

时祺

余冠英
19/9

附件三（钱锺书先生赐函一）

中国社会科学院文学研究所

附件四（钱锺书先生赐函二）

中国社会科学院文学研究所

［作者单位：中国社会科学院文学研究所］

编辑研究两肩挑

——我的学术自传

陶文鹏

1964 年，我 23 岁，北京大学中文系毕业，随即被选送到中共中央马列主义研究院文艺组，从事文艺理论批评工作。1969 年，马列主义研究院解散，我被下放到贵州省遵义地区广播站任编辑兼记者。1978 年恢复了大学生和研究生的招考，我考上了中国社会科学院研究生院的硕士研究生，师从著名学者吴世昌先生研读唐宋诗词。1981 年毕业，获文学硕士学位，分配到中国社会科学院文学研究所古代室，先后任助理研究员、副研究员。1988 年 10 月，我从古代室调入《文学遗产》编辑部，任副主任，协助主编徐公持、副主编兼编辑部主任吕薇芬工作。1993 年 3 月我任编辑部主任。1995 年 8 月任副主编兼编辑部主任。2004 年 2 月，任主编，直到 2011 年 1 月退休。概括我在文学研究所的经历，即先在古代室从事学术研究 7 年，后在《文学遗产》从事学术编辑 22 年。

下面，先叙述我的学术编辑经历，再回顾我的学术研究经历。

一 学术编辑经历

1954 年创刊的《文学遗产》杂志，与《历史研究》《哲学研究》《考古》等一样，是中国社会科学院历史悠久的著名学术期刊，是古典文学研究的权威刊物，在学界享有盛誉。因此，我是怀着高度的责任感和自觉的使命感来到编辑部的，我决心在两位主编的领导下，同编辑部全体同人团结一致，坚持正确的政治方向，继续把《文学遗产》办成一个具有时代性、科学性、创新性的学术刊物，保持并提升它的权威地位。为了引领古典文学研究的学术潮流，《文学遗产》每年都提出有重大理论意义和实践价值的议题，召开学术论坛或在刊物上展开讨论。在我到编辑部之前，就先后举办了多种学术研究活动。如举行了"中国古典文学宏观研究研讨会"，并在刊物上开设首栏"古典文学宏观研究征文选载"，开设了"笔谈：古典文学研究与时代"，召开了"全国第四届近代文学学术讨论会""古代文论与古代小说研究四十年反思座谈会"。在我加入编辑部后，1989 年 2 月，《文学遗产》第 1 期首篇发表主编徐公持的《提高研究素质是唯一出路》一文，对古典文学研究在整个文学研究中所占地位有所下降的问题，提出了看法，指出真正的危机，是来自研究质量的低下。因此，提高研究素质，是唯一的出路。同年 5 月，我参加了编辑部在河南信阳师范学院召开的"建国四十年古代文学研究反思讨论会"，就新中国成立以来古典文学研究模式与方法、指导思想和"古为今用""百家争鸣"的方针、古典文学研究的根本突破等议题作了深入研讨。此次研讨会由我执笔撰写了纪要，以《在历史反思中推进学科本体理论建设》为题，署名"闻涛"发表在本刊 1989 年第 4 期。

1990 年《文学遗产》第 1 期推出了"文学史观与文学史"专栏，在编者按中强调：缺少科学的、独到的文学史观，也就不可能有精彩的文学史著作。要在文学史观上取得进步，就是要对什么是文学史，文学史的本质、基本目标，中国古代文学有没有总体特征和发展规律，如果有，又怎样去把握和阐释特征和规律等问题，有清晰的认识。通过讨论、争鸣来发展和丰富具有中国特色的文学史学，繁荣中国的文学史事业。这年 10 月，《文学遗产》编辑部与广西师范大学中文系等八家机构联合举办"文学史观与文学史"学术讨论会，在广西桂林召开。来自全国各地的 120 多位专家学者对传统的文学史观和现当代文学史观作了历史回顾和总结，研讨了文学史研究中的哲学问题、价值观和方法论问题，讨论了中国文学史的总体特征、发展演变的形式和内在规律。此外，还就文学史的基础、视角，文学史的民族文化精神，文学史写作中的历史与逻辑、自然时序与逻辑时序、阐释与描述、自律与他律等问题，展开了探讨。两位主编推举我与广西师大的胡光舟老师共同主持全部讨论会。我和胡老师通力合作，巧妙调动专家学者们发言的热情与争鸣的愿望，每一场会议都开得十分热烈。主编徐公持作了会议总结发言。许多与会者都称赞这次会议开得既有理论深度，又能推动文学史研究的实践，通过争鸣促使大家深思，收获很大。我也从中得到很好的锻炼。

1992 年 8 月，我代表《文学遗产》编辑部，参加并主持了与吉林大学联合主办的"中国诗歌史及诗歌理论研讨会"，作了会议总结发言。此次会议的述要发表于本刊 1992 年第 6 期。1994 年 8 月，我参加了《文学遗产》编辑部与曲阜师范大学中文系等单位联合主办的"儒学与文学国际学术研讨会"。同年 11 月，中国李商隐研讨会第二届年会在浙江温州召开，我代表《文学遗产》编辑部出席会议并发言。1996 年 9 月，"中国唐代文学学会第八届年会暨国际学术讨论会"在西安举行，我代表编辑部出席会议并发言。1997 年 4 月，《文学遗产》编辑部与人民文学出版社共同召开《唐代文学史》研讨会。《唐代文学史》是中国社会科学院文学研究所主持的"中国文学通史"系列中的一部，编辑部邀请在京的部分古典文学专家对该书进行评议，并讨论有关文学史编写的问题。我代表《文学遗产》编辑部主持了这个研讨会。1998 年 6 月，《文学遗产》编辑部与《中国韵文学刊》编辑部等单位联合主办的"宋代文学与《宋代文学史》研讨会"在武汉召开，我代表编辑部参加并主持了这次会议。这年 9 月，《文学遗产》第 5 期首栏"世纪学科回顾"，发表了我与莫砺锋、程杰关于宋代文学研究的谈话录。10 月，中国唐代文学学会与贵州大学联合主办"中国唐代文学学会第九届年会暨国际学术研讨会"，我代表编辑部出席研讨会并提交论文。1999 年 8 月，《文学遗产》与《文学评论》两个编辑部与其他四单位联合主办"全国古代文学、古典文献学博士点新世纪学科建设研讨会"，在黑龙江省哈尔滨市及黑河市召开，我代表编辑部参加了这个会议。2000 年 7 月，暨南大学中文系主办的"世纪之初中国古代文学研究的回顾与前瞻学术研讨会"召开，我代表编辑部出席会议。同年 10 月，"中国唐代文学学会第十届年会暨国际学术研讨会"在武汉大学召开。我代表编辑部出席研讨会并提交论文。11 月，"程千帆先生学术思想研讨会"在南京大学召开，我代表编辑部出席研讨会并发言。2001 年 9 月，"中国古代文学从学科传统走向学科创新研讨会"在辽宁大学召开，我代表编辑部出席研讨会并发言。其后，"首届国际词曲比较研讨会暨第五届中国散曲研讨会"在锦州师范学院召开，我代表编辑部在闭幕式上致辞。10 月，"新世纪中国古典文学研究暨纪念冯陆高萧国际研讨会"在山东大学召开，我代表编辑部出席研讨会并发言。11 月，中国社会科学院文学研究所主办的"纪念李白诞辰 1300 周年、苏轼逝世 900 周年学术研讨会"在北京召开，我代表《文学遗产》编辑部参加研讨会并发言。2002 年 4 月"中国李商隐研究会第六届年会暨国际学术研讨会"在安徽师范大学召开，我代表编辑部出席研讨会并提交论文。7 月，《文学遗产》编辑部与西北师范大学文学院共同主办的"西北师范大学《文学遗产》论坛"在兰州和甘南两地举行，主编徐公持致开幕词，指出论坛内容主要集中在最新学术成果发布和学术研究评论两方面。会上还举行了 2000～2001 年度"广东中华文化王季思古代文学研究基金《文学遗产》优秀论文奖"颁奖典礼，我代表编辑部宣读评委会对获奖论文的评语。10 月，"2002 年古都西安·中国古代文学学术研讨会"在陕西师范大学召开，我代表《文学遗产》编辑部在开幕式上致辞。11 月，"梁廷枏暨第六届中国散曲研讨会"在广东顺德召开，我代表编辑部出席了研讨会。2003 年 1 月，"龙榆生教授百年诞辰纪念暨中国古代文学学科建设研讨会"在暨南大学召开，我代表编辑部出席研讨会并发言，即席赋诗《慰骚魂》一首："风云激荡蛰龙吟，壮烈声情赤子心。拗怒和谐分析妙，清雄婉约探求深。构思体系开高路，咳唾珠玑泽后昆。今日暨南春气暖，词林葱绿慰骚魂。"这年 8 月，第三届"《文学遗产》论坛"在武汉大学举行，主编徐公持先生和我与会。徐先生在发言中以四句话概括论坛宗旨：探讨前沿问题，发布最新成果，汇聚学界人气，证成学术精神。论坛采取发言人宣读论文、评议人进行评议的形式。《文学遗产》第 6 期发表了"'《文学遗产》论坛'专辑（上）"10 篇论文并专家评语，我是评议专家之一。这年 9 月 22 日，文学研究所召开《中国文学史》专题研讨会，我代表编辑部参加研讨会并发言。9 月 25 日，"第三届宋代文学国际学术研讨会"在银川召开，我代表编辑部参加研讨会并提交论文。

　　从 1988 年 10 月我调到《文学遗产》，到 2003 年，《文学遗产》每期的编后记绝大多数由我执笔起草，经两位主编审定后刊出。2004 年 2 月，文学研究所任命我为《文学遗产》主编，副所长刘跃进兼任副主编，徐公持任顾问，李伊白任编辑部主任，竺青任副主任。3 月份出版的《文学遗产》第 2 期编后记重申编辑部的一贯主张，继续提高刊物的学术质量，在学术界专家学者的支持下，推进古代文学研究事业的兴旺发展。4 月，徐州师范大学主办的"21 世纪中国古代文学研究论坛"在该校召开，会上就"当代中国古代文学研究缺失什么"这一主要议题进行了广泛的交流和讨论，我代表《文学遗产》参加了会议。5 月，《文学遗产》编辑部与陕西师范大学等五单位共同主办的"中国唐宋诗词第三届国际学术研讨会"，在华

山与西安两地举行，我参加了会议并在开幕式上致辞。7 月底到 8 月初，
《文学遗产》编辑部与河北师范大学文学院等三单位联合主办的"文学观念
与文学史学术研讨会"，在河北承德召开，我参加了会议并发言。8 月 15
日，由我与黄天骥作为召集人的 2002～2003 年度"广东中华文化王季思古
代文学研究基金《文学遗产》优秀论文奖"评奖工作结束。此次评奖结果
发表于本刊 2004 年第 6 期。同月 21～26 日，《文学遗产》编辑部与新疆师
范大学人文学院共同主办的"《文学遗产》西部论坛"，在新疆师范大学召
开，我在开幕式上作主旨发言，刘跃进在会上宣讲论文。这年 9 月，《文学
遗产》编辑部与福建师范大学主办、漳州师范学院等六所高校协办的"第
四届'《文学遗产》论坛'"在福州举行，我代表编辑部在开幕式上致辞。
10 月，《文学遗产》编辑部与南开大学文学院联合主办的"庆贺叶嘉莹教
授八十华诞暨国际词学研讨会"在南开大学举行，我代表《文学遗产》编
辑部在开幕式上致辞，并与武汉大学教授王兆鹏共同主持了一场学术研讨
会。11 月，"中国唐代文学学会第十二届年会暨唐代文学国际学术研讨会"
在广州召开，我代表编辑部参加了会议。同月底，湖南大学文学院主办
"2004 年中国古代文学文体研究学术讨论会"，我代表编辑部参加了会议。
2005 年 1 月，《文学遗产》第一期在首栏"'《文学遗产》论坛'专辑
（上）"，发表了在福建师大举行的"《文学遗产》论坛"的 6 篇论文与专家
评语，我是评议专家之一，卷首是我撰写的《福建师范大学"〈文学遗产〉
论坛"开幕词》。4 月，徐州师范大学举行"21 世纪中国古代文学研究论
坛"，我代表编辑部出席研讨会。10 月，《文学遗产》编辑部与西华师范大
学主办的第五届"《文学遗产》论坛"在南充市举行，我在开幕式上致辞并
在闭幕式上作总结发言。10 月底至 11 月 2 日，《文学遗产》编辑部与中国
宋代文学学会等五单位联合主办的"纪念黄庭坚诞辰 960 周年学术研讨会"
在江西修水召开，我代表编辑部参加会议，并提交了论文。2006 年 2 月，首
都师范大学文学院、中国诗歌研究中心联合主办的"《中国古代歌诗研究——
从〈诗经〉到元曲的艺术生产史》出版座谈会"在首都师范大学召开，我
与副主编刘跃进参加会议并发言。5 月，《文学遗产》编辑部与北京语言大
学《中国文化研究》编辑部共同主办的"文学研究与机制创新"学术研讨
会在北京召开。我代表《文学遗产》编辑部参加会议并发言。7 月和 9 月，
《文学遗产》编辑部与文学所古代文学研究室先后合办"《沈玉成文存》出
版座谈会"和"《范宁古典文学研究文集》出版座谈会"，我参加了这两个

座谈会并作了发言。10 月中旬,《文学遗产》编辑部与南昌大学主办的"第六届《文学遗产》论坛暨编委会扩大会议、2004～2005 年度《文学遗产》优秀论文颁奖仪式"在南昌市举行,我参加了会议,在开幕式上致辞并在闭幕式上作总结发言。10 月下旬,《文学遗产》编辑部与中国骈文学会等单位联合主办的"2006 年骈文国际学术研讨会"在贵州师范大学召开,我参加了会议并在开幕式上致辞。11 月下旬,《文学遗产》编辑部与上海财经大学人文学院联合主办的"文学遗产与古代经济生活"学术研讨会在上海召开,我出席会议并在开幕式上致辞。12 月底,黑龙江大学文学院等单位主办的"中国古代戏曲学术研讨会"在哈尔滨召开,我代表编辑部参加会议并在开幕式上致辞。2007 年 4 月,《文学遗产》编辑部与青岛大学主办的"《文学遗产》青岛论坛"召开,我出席会议并发言。6 月,《文学遗产》编辑部与安徽省桐城派研究会等单位联合主办的"桐城派与明清学术文化研讨会"在合肥与桐城举行,我参加了研讨会。7 月,北京大学召开"《中国文学作品选注》出版座谈会",该书由袁行霈主编,我代表《文学遗产》编辑部参会。与西南大学文学院联合主办的"《文学遗产》国际论坛"在重庆召开,我参加会议并致开幕词。11 月,《文学遗产》编辑部与湘潭大学主办的"第七届《文学遗产》论坛"在湘潭召开,我参加会议并致开幕词。12 月,中国韵文学会等七单位联合主办的"中国武夷山陆游国际学术研讨会"在武夷山市召开,我代表《文学遗产》编辑部出席研讨会并发言。2008 年 4 月,《文学遗产》编辑部与杭州师范大学主办的"中国首届吴越钱氏家族文化国际学术研讨会"在杭州召开,我代表《文学遗产》编辑部致辞。7 月底,2006～2007 年度"广东中华文化王季思古代文学研究基金《文学遗产》优秀论文奖"评奖工作结束,我和黄天骥是这届评委的召集人。9 月中旬,中国社会科学院文学研究所与中共浙江省海宁市委宣传部联合主办的"纪念吴世昌先生诞生一百周年学术研讨会"在海宁举行,我代表《文学遗产》编辑部参加会议并发言。10 月,《文学遗产》编辑部与山东省古典文学学会等单位联合主办的"儒家文化与中国古代文学"国际学术研讨会暨 2008 年山东省古典文学学会年会在曲阜召开,我出席了研讨会并致开幕辞。12 月,《文学遗产》编辑部与中山大学中文系联合主办的"中国文体学国际学术研讨会·《文学遗产》论坛"在广州召开,我出席会议并致开幕词。2009 年 2 月,文学所主办纪念力扬同志百年诞辰暨《力扬集》出版座谈会,我出席了会议。4 月,文学所召开《孙楷第文集》出版座谈会，我出席此次会议。同月下旬，复旦大学中文系召开"中国古代文章学国际学术研讨会"，我代表《文学遗产》编辑部出席会议并发言。6月，《文艺理论研究》编辑部和华东师范大学中文系主办的"期刊与当代中国文学研究"学术研讨会在上海召开，我代表《文学遗产》参加会议并发言。2010年，《文学遗产》编辑部与中山大学中文系联合主办的"《文学遗产》论坛：明清诗文的文体记忆与文体选择"在中山大学召开，我在开幕式上致辞，并与中山大学教授吴承学分别作会议总结发言，这是我退休前参加的最后一次学术会议。

以上所述，是我在《文学遗产》编辑部任职期间参加和主持重要学术会议的情况。下面，叙述我联系、结交全国各地老年、中年作者，发现、栽培青年作者以及发表他们的优秀学术论文的情况。

作为国内顶级的古典文学研究专业刊物，《文学遗产》要体现它在学界的权威地位，每期至少要有二三篇德高望重的老学者的论文。文学研究所的大师、大家、名家，还有众多优秀的中青年学者，都曾在《文学遗产》上发表过论文。但《文学遗产》是面向全国、全世界的刊物，必须更广泛地向所外约稿、组稿，才能满足需要。我是北京大学中文系毕业的，所以我不时回母校去，拜望林庚、陈贻焮、吴小如、褚斌杰、裴斐、袁行霈等老师，还有中、青年教师如葛晓音、钱志熙、张鸣、傅刚、杜晓勤等，在交谈中了解他们的学术研究情况，热情地请他们给《文学遗产》赐稿。我还拜访过北京师范大学的钟敬文、聂石樵、邓魁英、郭预衡、李修生先生，首都师范大学的廖仲安、李华、张燕瑾、邓小军、赵敏俐、左东岭、吴相洲等老师。林庚先生年迈体弱，因为我数次登门约稿，他欣然提笔，专门为《文学遗产》写了《汉字与山水诗》，文章虽短，但见解精妙，文情并茂，使刊物大放光彩。我向吴小如先生约稿，他说："精力不济，写不了长篇大论。"我说："几百字、一千字的学术随笔札记我都要，可以数题合成一篇。"于是吴先生就一再寄来短小精悍的文章，由我合成发表。有一段时间，裴斐先生接连在《文学遗产》上发表长篇论文。显然，他要夺回因遭受政治劫难而流失的宝贵年华，于是昼夜笔耕，以致操劳成疾，溘然辞世，使我哀痛不已。在我到编辑部前，傅璇琮先生很少给《文学遗产》写稿。我想，傅先生和我同是北大人，他是唐代文学学会会长，当时我主要研究唐代文学，是唐代文学学会常务理事；他在中华书局上班，离我的住处很近，于是，我隔一两个星期就去拜访他。我知道，傅先生最想听我介绍国内古典文学研究尤其是唐宋文学研究的新情况、新动向、新人新作等，我也就趁机向他请教并索稿。从此，傅先生就经常把文章寄给我们发表。

我每次去外地参加学术会议，总是尽可能多地结识老学者，征求他们对《文学遗产》的意见，约请他们赐稿。和我比较熟悉的老学者，有程千帆、叶嘉莹、张中行、徐朔方、徐中玉、霍松林、金启华、郭豫适、刘世南、吴调公、朱金城、王达津、吴熊和、周祖譔、陈祥耀、王运熙、马积高、蔡厚示、严迪昌、郁贤皓、安旗、邱俊鹏、邱世友、周勋初、徐培钧、钱鸿瑛、袁世硕、王水照、马兴荣、罗宗强、宁宗一、陈允吉、孙昌武、陈伯海、曹济平、黄天骥、刘学锴、喻朝刚、刘乃昌、刘庆云、陶尔夫、刘敬圻、谢桃坊、曾枣庄、薛瑞生、刘乃昌、余恕诚等，还有老作家王蒙。这些老先生都有论文在我们刊物上发表，多数先生还发表了好几篇文章。文学所和所外那么多大家、名家乐意为《文学遗产》撰文，使读者一打开刊物，便如见星月交辉，光华璀璨。

这里，我想说说我与徐朔方先生颇有戏剧性的结交。大约是 20 年前，我应杭州大学中文系的邀请，去参加在浦江召开的宋濂研讨会。在杭州大学门口，中文系副主任萧瑞峰与我遇见了徐先生，萧便把我介绍给他，我向徐先生问候致意，他却不予理会，扭头走了。过了几天，在浦江会议期间，游览附近的一座名山，我有意跟着徐老，同他攀谈。可能是我的热情爽朗博得了他的好感，他忽然带点儿狡黠地笑着说："陶老弟，你敢同我比赛，看谁先登上山顶吗？"我说："我小您十几二十岁，您不可能胜我。"他说："那就比吧！"一开始，我跑在前面，他却从容不迫地迈步向前走。当我跑到离山顶还有十几米时，已是气喘吁吁，满身热汗，两腿发软，蹲在路旁。这时，徐老先生赶了上来，步履矫健，直登峰巅。他走下来时，哈哈大笑说："老弟，认输了吧？"我说："甘拜下风。"此后，我同徐先生成了忘年交。他多次为《文学遗产》撰文，都是直接寄给我处理。有一段时间，我还与程千帆、吴调公、王达津、陈祥耀、吴小如、周勋初等几位老先生书信往来。程先生在信中批评我的诗"有佳句，然不精匀"，称赞我发表在《古典文学知识》"名句掇英"栏的文章是学人应当做的普及工作，"将古贤摘句图现代化，极具妙解"。程老的亲切鼓励给予我巨大动力，使我一直坚持了二十多年为这个专栏撰稿。

年富力强、成就卓著的中年学者，是《文学遗产》作者队伍的主力军。这些年来，我认识并结交的中年学者更多。我们在会上会下共同探讨学术问题，交谈治学心得，也谈诗歌，话人生，侃大山。大家坦诚相见，无拘无束。有时为了某个学术问题争得面红耳赤，但心无芥蒂，交情愈笃。这些中年学者所在的单位，分处在祖国的东西南北中，他们的研究各有专长，学术个性与文章风格也不一样，但都怀着一颗火热的心，热爱和信任《文学遗产》，乐于把好文章寄来。大家挥洒心血和汗水辛勤浇灌这个共同的学术园地，使它年年春花烂漫，岁岁秋实累累。

在老主编徐公持先生的倡导下，《文学遗产》一贯重视和培养学术新人。上文所说的中年学者，绝大多数在《文学遗产》首次发表论文时还是青年，如赵晓岚、赵昌平、葛晓音、蒋寅、陈尚君、莫砺锋、萧瑞峰、廖可斌、郭英德、韩经太、张晶、张毅、查洪德、胡传志、胡可先、左东岭、赵敏俐、邓小军、钟振振、关爱和、李浩、刘明华、刘石、杨明、胡大雷、谢思炜、张宏生、李昌集、王小盾、杜桂萍、尚永亮、戴伟华、张伯伟、曹虹、岳珍、王兆鹏等人。我记得刚调入《文学遗产》编辑部没几天，就从字纸篓里掏出一篇题为《关于唐诗分期的几个问题》的文章，作者吴承学，审稿笺上已写明"此文不用"，但我对此文的论题很感兴趣，等忙完手头上的事，我便仔细阅读。我认为作者对传统四唐说的精神、内涵、优点、缺陷的认识深刻独到，对当时一些学者提出的新的唐诗分期法的批评也有理有据。作者有理论功底，思路清晰，分析辩证细致，行文精练流畅，是一篇好文章，应当发表。于是，我连夜写了近千字的审稿意见，连同文章一起送请主编定夺。徐先生阅后批示："同意陶说，此文应予发表。"此文发表在 1989 年第 3 期。这以后，直到 2008 年，吴承学先生几乎每年都给《文学遗产》精心撰写一篇文章，经过编辑部三审和专家匿名审核，篇篇都被采用，可谓弹无虚发。吴先生很早就被评选为长江学者，现在是广东省古典文学学会会长。此事以后不久，我又审阅了一篇题为《论自传诗人杜甫——兼论中国和西方的自传诗传统》的论文，作者谢思炜。我感到此文论题新颖，学术视野开阔，文章从一个新的角度论杜甫，并引出对中西自传诗传统的比较，相当精彩，于是我写了好几页审稿意见，呈送主编。主编同意刊发后，我把审稿意见寄给作者参考、修改。文章发表于《文学遗产》1990 年第 3 期。我在编后记中还把此文与同期发表的本刊编委裴斐先生《李白与历史人物（上）》并论，认为是对第一流大作家研究的新成果，"论题或见解颇有独到之处"。这是谢思炜在《文学遗产》上发表的第一篇有关杜甫的论文。论文的发表给了他继续研究杜甫很大的鼓励。我再举一例。1994 年 8 月，《文学遗产》在曲阜师范大学召开"儒学与文学"国际研讨会。会议期间，一个小伙子请我看他的一篇文章，他说他叫杨庆存，是刘乃昌先生的硕士生，文章题目是《论辛弃疾的上梁文》。文章篇幅不长，我当时就读完了，对他说："辛弃疾的上梁文确有文学性，有特色，你的文章论题新，写得不错，让我带回去处理吧。"不久，杨庆存修改、加工过的论文《论辛稼轩散文》在《文学遗产》上发表，他考上了复旦大学中文系，师从王水照先生攻读博士学位。毕业后，他分配到原全国哲学社会科学规划办公室工作，一直做到规划办的副主任，仍然坚持学术研究，在《文学遗产》发表多篇文章。其中，《古代散文的研究范围与音乐标界的分野模式》还荣获了优秀论文奖。

多年的编辑工作，使我养成一个职业习惯，就是每次参加学术会议，总是尽快把会议论文阅读一遍，从中挑选出大家、名家的好文章，马上联系作者，请他们投给《文学遗产》。对于青年学者写的有发表基础的文章，也找作者交谈，提出修改意见，鼓励他们改好后大胆投稿，也可直接寄给我。我体会到，做一个编辑，要炼出灵心慧眼，随时发现学术新人，发现好文章。有一年，我应邀到安徽师范大学做学术讲座，晚饭后去拜访余恕诚先生。余先生放下手中的一篇文章迎我进门。出于编辑的敏感，我问："您在看谁的文章？"余说："是在我们这里毕业的学生写的，他让我看看是否有进步。"我说："让我也看看。"我从桌上拿过文章一看，题目是《论李商隐诗歌的佛学意趣》，署名吴言生。我原来只知道李商隐学道，同女道士有恋情，没想到他对佛学也有如此浓烈的兴趣。于是我将文章带回编辑部，后来文章经修改后发表在《文学遗产》1999 年第 3 期。作者当时正师从霍松林先生攻读博士学位。

还有一年，我去四川大学参加庆祝杨明照先生八十寿诞的学术研讨会，在一个小组会上听到当时还很年轻的吕肖奂发言，谈邵康节体诗，我感到论题和观点都有新意，就约请她写成文章寄给我，但过了几年，也没见她寄来。到了 2004 年，我忽然收到她的信，问我是否还记得她，并向我说明未能写出论邵雍诗的原因。信中附了她新写的文章《论南宋后期词的雅化和诗的俗化》，请我指正。我读后很高兴，她发现了矛盾，提出了别人未能提出的问题，但解决得还不够好。当时我已接任主编，就邀请她参加在福建师范大学召开的"《文学遗产》论坛"，并在大会上发言。她思考并吸收了与会专家、学者的意见，认真修改了这篇文章，发表在 2008 年第 2 期上。

　　《文学遗产》处理来稿，很长时间是编辑部三审制。从 2000 年开始，实行"双向匿名专家审稿制"，对来稿按程序审阅，通过即可发表，不论作者的年龄、性别、学历、工作单位和职务。我到编辑部不久，就读到浙江温州食品公司职工张乘健先生的来稿《感怀鱼玄机》，当时我并不知道他此前已在《文学遗产》上发表过《〈桃花扇〉发微》等两篇文章。他这篇新作，用抒情诗的笔调感怀鱼玄机及其悲剧人生。在蒋和森先生的《红楼梦论稿》之后，这样的学术美文几乎绝迹。我想，一个食品公司的职工，自学成才，写出这样一篇有学术有才情的文章，真是难得，于是送请主编徐公持先生审阅。主编批示："同意陶说，此文可发，别具一格。"以后，《文学遗产》又发表了张乘健《论陆游的道学观旁及其他》等几篇文章，张乘健就被选拔到温州师范学院任教。2013 年 4 月，他不幸因病辞世。《温州都市报》用一个版面报道他的学术成就，称誉他为"温州学界奇士"。

　　《文学遗产》每一任主编，都要求编辑处理稿件要出以公心，客观公正，慎重精审，不能以自己的学术兴趣、成见乃至偏见来取舍稿件。拿我来说，我坚守文学本位，坚持以理论研究、文学史研究、审美研究为主，我不喜欢离开文学的文化研究，不喜欢用什么热力学、控制论等自然科学理论来研究文学，不喜欢那些与作家创作毫无关系的烦琐考证，也不喜欢近十年来过分热门的传播学、接受学与统计学的研究。但作为编辑，我在二十多年前就已推选发表了陈文忠《〈长恨歌〉接受史研究》，也不止一次发表过王兆鹏与刘尊明关于唐宋诗词量化研究的论文，王兆鹏先生那篇论题新奇醒目的《宋代的"互联网"——从题壁诗词看宋代题壁传播的特点》，我们也发表了。此外，我还推荐发表了董乃斌的《李商隐诗的语象－符号系统分析——兼论作家灵智活动的物化形式及其文化意义》，还有江弱水的《独语与冥想：〈秋兴〉八首的现代观》。毛泽东提倡"百花齐放，百家争鸣"，《文学遗产》六十多年来，一直努力使刊物呈现出这种光昌流丽的气象。

　　为了使《文学遗产》多一些学术创新的朝气，多一些贯通古今、比较中西的活力和新鲜感，刊发的文章风格更丰富多彩，我还有选择地向文艺理论、现代文学领域中的一些名家约稿。曾任文学研究所所长的杨义先生是鲁迅研究和现代文学研究专家，他后来向古代文学掘进，写了《李杜诗学》等多部著作。他在《文学遗产》上发表的楚辞研究和先秦诸子研究论文，在古代文学界虽有不同看法，但文中多有作者"感悟思维"和努力考证得出的独到见解，令人耳目一新。我在北京大学读书时的学长孙绍振先生，是著名诗评家和文艺理论家，他给我们寄来一篇论析李白七绝《下江陵》（即《早发白帝城》）的文章。我回信说，只赏析一首诗，不适合《文学遗产》。于是向他建议：从李白这首绝句引申、发挥开去，谈绝句的章法结构，这样，文章就有理论性，学术含量大。他欣然采纳，改写了论文，题为《论李白〈下江陵〉——兼论绝句的结构》，发表在《文学遗产》2007 年第 1 期。还有蓝隶之先生，是研究卞之琳与中国现代派诗的专家，我读研究生时的同年。我问他是否愿意给《文学遗产》写文章，他回答很乐意。不久，他写成一篇《论新诗对于古典诗歌的传承》交给我，获得通过后，在 2001 年第 3 期头条发表。他特别高兴。

以上，拉拉杂杂地谈了我在二十多年的编辑生涯中参加学术会议和处理稿件以及同古代文学研究的老、中、青学者的交往。《文学遗产》出刊六十多年来，由于编辑部坚持以马克思主义为指导，坚持正确的办刊方针，全体同人齐心协力，把《文学遗产》办成了一个严谨、求实、廉正、创新的杂志，一个连续获得中国社会科学院优秀期刊奖的杂志，一个深受古代文学研究界和广大爱好古典文学的读者喜欢的杂志。我本人在其中也贡献了自己的一份心力，为此，深感欣慰。

二 学术研究经历

1978 年 10 月考上中国社会科学院研究生院文学系的研究生后，我就在恩师吴世昌先生的指导下，学习中国文学史，学习唐宋诗词，并集中力量研究苏轼及其诗歌。1981 年 9 月，我的硕士论文《苏轼山水诗研究》通过了答辩，研究生毕业，并获得了文学硕士学位。

1981 年 10 月，我分配到文学研究所古代室后，首先参加了文学所的集体科研。当时，文学所承担了《中国大百科全书·中国文学卷》的编纂工作。我是宋辽金文学编写组的成员，主编是吴世昌先生。我就在吴先生的指导下，撰写了“宋代文学理论批评”和“北宋诗文革新运动”等条目，从中体会到纂写辞书所必需的严谨求实与文字精练。

其后，文学研究所总纂中国文学通史系列。我参加了乔象钟、陈铁民先生主编的《唐代文学史》上卷的编写。该书由人民文学出版社于 1995 年10 月出版。其中第四章“唐初宫廷诗人”是我与杨柳先生合撰。我自己撰写了"张说和张九龄""'吴中四士'等诗人""孟浩然和其他诗人""王维""元结和《箧中集》""刘长卿和韦应物"共六章。编撰工作使我对唐代文学尤其是唐诗有了更深刻的了解，对我写作论文更是一次难得的学习和锻炼。1997 年 9 月，北京华艺出版社出版了张炯、邓绍基、樊骏任主编的《中华文学通史》，我是古代文学卷的编委，还为这部文学史撰写了"苏轼——成就全面的文学大家"与"黄庭坚与江西诗派"两章。其后，我又参加了张炯、邓绍基、郎樱为总主编的《中国文学通史》的编写工作，任总编辑委员会编委，并任第二卷《唐代文学》的主编（江苏文艺出版社 2011 年 12 月出版），执笔撰写了"唐代文学的繁荣及其嬗变""盛唐'诗佛'王维"两章，还审读了全卷书稿。此外，我还参加了由王筱云等人主编的《中国古典文学名著分类集成》（百花文艺出版社 1999 年出版），我撰写了诗歌卷（四）——宋诗卷。

我出版的第一部学术专著是《唐诗与绘画》（漓江出版社 1996 年 5 月版），字数 12 万字。全书有"引言：诗画艺术交融的唐代"，第一章"诗画结合的奇葩——唐代题画诗"，第二章"李杜题画诗的杰出成就"，第三章"王维的诗中画与画中诗"，第四章"人物画与唐诗中的人物描绘"，第五章"花鸟画与唐代咏物诗"，第六章"佛道壁画对唐诗意象与风格的影响"。此书旨在以唐诗为基点，论述唐诗与绘画的种种关系，以大量的题画诗、山水田园诗、人物素描诗、咏物诗和绘画代表作，阐述"画是无声有形诗，诗是有声无形画"，"诗中有画"，"画中有诗"，使读者透过本书所列举的唐代诗歌，可以了解到当时的山水画、人物画、花鸟画、宗教画与诗歌相互渗透、相得益彰之妙，品味我国古代诗歌艺术和绘画艺术传统悠久、风格独特之趣。

我的第二本著作，是《黄庭坚》，这是沈阳春风文艺出版社 1999 年 1 月出版的插图本中国文学小丛书 100 种之一。黄庭坚是苏轼的弟子、挚友，并称"苏黄"，他也兼擅诗词、文赋、书画，是宋代继苏轼后又一位文学艺术大师。我在这本只有 5.7 万字的小书中，以精练流畅的文笔，描述了黄庭坚在艰难困苦中坚持品格气节辛勤创作的悲壮一生，评介他在文学艺术各个领域的杰出成就。对于"山谷体"诗歌雅洁脱俗、生新瘦硬的独特风格和高超的艺术技巧，对于"黄体"书法纵横奇崛、气韵飘逸的特色，还有黄庭坚的文艺思想，都作了评析。全书深入浅出，熔知识性、学术性、趣味性于一炉。

　　2000 年 1 月，中国社会科学院推出了胡绳为名誉主编、江流为主编的"中华文明史话"丛书 100 种，此丛书为中国社会科学院"八五"重点研究课题，并列入"九五"国家重点图书出版规划，由中国大百科全书出版社出版。我被选派撰写《诗歌史话》（10.9 万字）。这是一部古今贯通的诗歌史话。书中简要描述了中国诗歌上起远古歌谣，下讫新中国成立前的现代新诗的起源、发展、演变的历史。我按照中国诗歌的发展规律来划分历史时期，对各个时期诗歌的思想和艺术风貌作了总体的把握，同时又选择重要的诗歌流派和有代表性的作家作品予以具体的评析，这样使读者能够从宏观和微观、纵向与横向两个方面，了解中国诗歌发展的历程，认识古典诗歌注重意境创造和现代新诗密切联系时代等优良传统的民族特色。由于我对古典诗歌和现代新诗都比较熟悉，写作时注意吸收学术界新的研究成果，又融入自己的心得体会，故而能够驾轻就熟。全书脉络清晰，重点突出，语言精练，行文流畅，深入浅出，是一本可读性强的学术普及读物。

　　2000 年 9 月，江苏古籍出版社出版了我的《古诗名句掇英》，这本 29 万字的书，是"《古典文学知识》"丛书的一种。江苏古籍出版社于 1986 年创刊的《古典文学知识》，是全国第一家，也是唯一一家以普及古典文学知识为内容的刊物。作为这个刊物的编委，我为刊物的"名句掇英"栏目每期撰写一篇文章，每年六篇，前后坚持二十多年，共发表一百几十篇赏析名句的文章，每一篇或谈古代诗词的题材，或论诗词的写作技巧。《古诗名句掇英》是把我前十几年谈古诗名句的 69 篇文章汇集、整理而成的（后十几年谈唐宋词名句的文章也已整理成书稿，于 2019 年出版）。上文说过，著名学者程千帆先生曾亲笔写信赞扬我的"名句掇英"文章。另一位著名学者霍松林先生不顾年事已高，在百忙中抽空为我撰写了序言。他在序中说："如果说'摘句'就是拣珍珠，那么前人把散在各处的珍珠拣起来，堆在水晶盘里，这已经值得我们感谢。文鹏先生则踵事增华，推陈出新。他博览诗词名篇，总结前人的艺术经验和创作技巧，分门别类，拟出一系列专题，然后以专题为红线，把有关的'珍珠'串起来，阐释品鉴，或淹贯中西，或融汇今古，从而上升到理论高度，使读者于审美享受中受到启迪，这是更值得感谢的。"又说："《古诗名句掇英》文采斐然，深入浅出，其普及古典诗词以提高国民素质的作用是显而易见的。就这一点而言，其意义已不可低估。……从现代学人所达到的学术高度对中华诗歌进行系统的总结，从而指导今后的诗歌创作，再创辉煌，应该说是当务之急。在这方面，文鹏先生的《古诗名句掇英》做出了可喜的尝试，希望能引起文艺界的响应。"

2001 年 5 月，我的《苏轼诗词艺术论》由上海古籍出版社出版，全书计 13.2 万字，是在我的硕士学位论文《苏轼山水诗研究》的基础上撰写的。全书专题包括：论苏轼的"诗画同异说"；论苏轼的自然诗观；苏轼论艺术风格；谈苏轼的题画诗；论苏轼诗中的自然山水动态美；苏轼山水诗的谐趣、奇趣和理趣；苏轼山水诗的水墨写意画情趣；论苏轼诗塑造人物形象的艺术；论东坡词写景造境的艺术；论东坡哲理词。这部著作从细读苏轼诗词作品入手，紧紧联系苏轼的人生经历、思想感情、创作心态及其文艺见解，去探索和揭示苏轼诗词创作的艺术特色、风格与成就。著名学者、宋代文学研究专家王水照先生在百忙中挤出时间阅读了我的书稿，并欣然为我撰写序文。王先生在序中说，这十篇论苏轼的文章"虽似无事先的统一规划，但都集中于一点，即对苏轼诗词艺术的美学观照，这可谓抓住了苏轼主要作为文学家的一个核心命题。作者对这个命题的开掘与钻研，不求面面俱到，四处出击，而主要集中在诗画关系和自然山水两个专题上；而在展开这两个专题时，又紧紧围绕苏轼的理论思想与诗词创作两个层面，两者虽各自成文而又互为表里，彼此印证，使理论探讨与作品分析有机统一，因而全书具有一种内在的整体感，有利于推进论证的深入，丰富了学术含量，使之优入著作之林"。王先生还特别指出："陶先生专力研究苏诗中的人物形象的塑造，从近二百首苏诗中分析其人物诗的一般特点，对其叙事与抒情的结合，以写照传神为旨归等，均有会心之处。即使在论及苏轼写景词时，也注意到线状铺叙法与环状、块状铺叙法的差异。铺叙当然与情、景、事、理都有关系，但究以叙事（故事、人物）为重点。本书对诗词中叙事性的研究成果，在目前学术界似尚属少见，我想会引起重视的。"著名诗学研究专家蒋寅先生在为拙著《宋代诗人论》撰写的序文中，也赞扬"《苏轼诗词艺术论》对苏轼艺术论和诗词艺术的多方拓掘，也在深度、广度上超越前人，让我们更深刻地感知东坡作为艺术家的伟大。这部论集的价值尚未得到应有的重视——起码新出的论著没有让我们看到这一点（我自己写《对王维"诗中有画"的质疑》一文也没注意到陶先生《论苏轼的"诗画同异说"》的精彩见解），这使它们像'日月出矣而爝火不息'似的显得多余"。

2003 年，拙著《唐宋诗美学与艺术论》由天津南开大学出版社出版，收入书中的有 20 篇论文。这些论文，有的讨论唐宋诗的意象与意境的关系，有的论证唐宋诗与绘画、音乐、书法的相互影响与渗透，有的勾勒唐代和宋代山水诗发展的轮廓，有的总结诗人的美学思想，有的评述 20 世纪前半叶唐诗研究的成就，而多数论文是对唐宋诗人及其诗歌创作的个案研究。论题各不相同，篇幅或长或短，但不难看出，它们有一个共同点，都是从美学和艺术的角度切入，着重探讨唐宋诗歌的美学观、审美观、审美价值、艺术风格特色、艺术表现技巧及艺术感染力。我在此书的后记中说：

> 在学习和研究中国古代文学的实践中，我逐步形成并坚持一点看法：我认为研究古代文学，应当立足于文学本位，以古代作家和文学作品为基本，着重发掘作家作品的思想艺术精华，并予以概括和提炼，进而阐释文学作品的演进历程，从中发现和揭示文学发展规律。这样做，既能引导广大读者正确地鉴赏文学作品，有助于提高全民族的审美水平，也可以为当代的文学理论和文学创作提供必须借鉴、吸收的思想艺术营养。……我认为研究古代诗歌艺术，除了要有文学本位意识、史学思维、文化学的视角以及当代的价值判断之外，还必须以"情"为本，"感"字当头，从审美的感情体验出发，以自己的心灵和古代诗人的心灵对话，进而调动自己的联想和想象，进入诗歌的境界，感受与体会诗的情思和韵味。

我在收入本书的《唐诗艺术研究的现状和思考》一文中写了这样一段话："既然诗歌是心灵的音乐，我们就必须深入到诗人的心灵中去，探究、捕捉诗人从受到自然社会人生的刺激到灵感触发的微妙心灵律动，准确地把握诗人怎样把他的心灵律动化为富于旋律、节奏的诗歌语言形式；既然诗歌是文学中的文学，抒情诗是诗中之诗，既然唐代诗人们把汉语言文字的具象性、抽象性、抒情性、含蓄性、象征性、朦胧性、音乐性、跳跃性、超越性、诱惑性等奇妙性能发挥到出神入化的境地，我们就应该呕心沥血地研究诗人们是怎样运用这种奇妙的汉语言文字创造出美的诗意诗境的。因此，研究唐诗艺术，固然需要文献学的功底，需要有史识、有理论概括的能力，但绝对不可以缺少诗情、诗心、诗才、诗笔，不可以缺少审美的悟性、想象力和联想力，也不可缺少对诗歌语言美特别是其音乐美的敏锐感受力。我们应当努力做到形象思维和逻辑思维的紧密结合，历史判断与审美判断的融合统一。"颜翔林在《中国文学研究》2004 年第 1 期上发表评论文章《诗性诠释与审美发现——评陶文鹏先生的〈唐宋诗美学与艺术论〉》说："以诗性诠释谋求走上一条通向审美发现之路，构成了陶文鹏先生《唐宋诗美学与艺术论》的思理特点和学术旨趣……这部从美学和文艺学视界对唐宋诗所展开的审美探究，呈现出独到的思维方法和学术品位，获得自我的话语和可贵的价值，实为唐宋诗研究领域重要的学术成果之一。"

　　2007 年 11 月，沈阳辽海出版社出版了我的《宋代诗人论》，18 万字。书中正文十篇，分别是对宋代石延年、胡宿、蔡襄、黄庭坚、晁补之、唐庚、晁冲之、华岳、洪咨夔、吴文英的诗词创作研究。附录两篇，一篇是《论诗哲杜甫》，另一篇是论晚清诗人郑珍的山水诗。我在此书后记中说："宋代诗人约有九千数万家之多，学界研究过的恐怕还不到 150 家。这两个数字的差距太惊人了。……于是我产生了一个固执的看法，要想推进和深化宋诗研究，最基本也最紧迫的一项工作，就是大力加强对宋代诗人及其诗歌创作的个案研究。倘若我们在这区区 150 家诗苑里止步不前，不再拓展学术视野，……那么，我们正在做的有关宋诗的宏观与中观把握，种种综合性的探讨和理论总结，就很有可能是远离实际的空中楼阁。……宋诗主立意，多哲思，在构思、章法、用典、对偶、炼字、炼句以及比喻、拟人等艺术表现技法方面比唐诗巧妙细致；在意象营构和意境创造上，与唐诗迥然有别，……但不能否认，宋代许多诗人逞才炫学，大量用典，竞用僻典，争押险韵，又好搬弄释语。他们以文为诗，在诗中大发议论，大讲道理。有些诗人更嗜好堆砌奥涩奇僻的文字。所以同唐诗相比，宋诗真不好读。我曾连续阅读了若干诗人上千首诗歌，竟然思想麻木，感觉迟钝，几无收获……深感自己缺少审美悟性，诗学理论功底薄弱，以往对宋诗之外的中国古典诗歌读得太少。毛泽东曾经指出：'有比较才能有鉴别。'对于中外古今的诗歌所知甚少，就不可能将它们与宋诗作比较对照，怎能有鉴别、有发现呢？由此我想到诗学大家如闻一多、朱自清、宗白华、朱光潜、钱锺书、程千帆、林庚、梁宗岱等老前辈，他们之所以能以灵心慧眼感受并捕捉住诗人创作的奥秘，并且能以充满诗性智慧的美妙文字表达出来，正是因为他们有深厚扎实的诗学理论功底，有无数古今中外的诗歌铭刻心中，并且有在长期、丰富的诗歌鉴赏活动中形成的审美悟性。我们应当认真地向这些诗学大师名家学习，操千曲后晓声，观千剑后识器，做好古代优秀诗人的个案研究，成为他们的异代知音。"蒋寅先生为我这本书撰写了序言，他对我这部论集的价值和特点未作评论，却赞同并进一步阐发我所坚持的文学本位和重视艺术研究的主张，表扬拙著《苏轼诗词艺术论》，又说《古诗名句掇英》"窃以为可媲美周振甫先生的名著《诗词例话》。而其间灵动的审美感悟、犀利的语言穿透力及随处洋溢的对美的热爱，则更让我联想到宗白华先生的著作。……流逝不尽的是岁月，写满岁月的是人生，而充实人生的是学术。忝为文学研究的同道、同事和朋友，我衷心祈愿陶先生永葆学术青春，让我们有长久的追随。我相信这也是许多同道的心愿"。蒋寅先生的过誉让我感到惭愧，而他深情的祝愿更使我深深感动。

2015年9月，天津南开大学出版社出版了我和赵雪沛（首都师范大学副教授）合著的《唐宋词艺术新论》，22万字。这是我研究唐宋词成果的一个结集。全书共十三章：第一章"唐宋词的戏剧性"；第二章"唐宋词点染的艺术"；第三章"宋词白描与彩绘的艺术"；第四章"宋词拟人手法的泛化与深化"；第五章"宋词绘影绘声的艺术"；第六章"唐宋梦幻词"；第七章"论宋词浪漫神奇之'造境'"；第八章"唐宋词起、结与过片的表现技法"；第九章"宋代多阕词的艺术成就"；第十章"论稼轩词章法结构的创新"；第十一章"论稼轩《鹧鸪天》词"；第十二章"青山欲共高人语、联翩万马来无数——论《稼轩词》的写山艺术"；第十三章"论梦窗词气味描写的艺术"。中国词学研究会会长王兆鹏先生热情洋溢地为此书撰写了《唐宋词艺术研究的突破与超越（代序）》的长文。文章第一部分以诙谐幽默的笔调写了我的生平经历、个性爱好。第二部分，先写我的治学个性，其后才评论这本书。他指出，为唐宋词的艺术研究提出新范畴、总结出新特点，是此书突破性所在。第一次将"戏剧性"作为与词的抒情性、叙事性并列的核心概念、批评范畴提出，并上升到理论高度予以概括和阐释。此书用大量的作品实例阐明，"戏剧性"是唐宋词普遍存在的常用的一种表现技法、一种艺术特点，其表现形态既多种多样，亦如戏剧之有正剧、喜剧、悲剧、滑稽剧、讽刺剧、梦幻剧、寓言剧等形式和风格，其表现功能也多元丰富，既能展示戏剧情境、表现感情波澜，也能刻画内心活动、塑造人物形象。"词的戏剧性，一经陶公拈出，更有助于我们了解词的艺术性、趣味性和娱乐性，把握词的艺术魅力和艺术奥秘。就像钱锺书先生总结出诗词的通感手法而为诗学批评贡献了一个新范畴一样，陶公发掘出词的戏剧性，也为词学批评创造了一种新的审美范畴、一种新的批评概念，其理论价值和学术影响会同样深远。除揭示出词的'戏剧性'特点外，唐宋词的绘影绘声艺术、梦窗词写气味的艺术、稼轩词写山的艺术等，也是陶公独到的发现。"兆鹏先生指出此书的超越性，"在于把前人提出的有关词的艺术特点、艺术技巧进一步细化深化，把模糊的感悟式的批评概念具体化、条理化，把普泛化的手法个性化、明晰化。比如词中的点染法，自清代著名文学理论家刘熙载提出之后，就成为词学批评和鉴赏中常用的一个概念，但如何点染，有何艺术效果，鲜见有人专题深究。陶公在广泛细读词作文本之后发现：词的抒情、说理多用点笔，状物、写景多用染笔；叙事则既可点，亦可染；情、景、事、理都可以点，但点多是抒情、说理的提醒之笔，而染就是围绕点而做铺垫、描绘、渲染、烘托，使主旨表现得具体、形象、生动、感人；点染手法在唐宋词中的具体运用，既变化多端，又有一定规律可循：点常常出现在词的开篇、结尾、换头等关键处。他还总结出七种点染之法：先点后染、先染后点、点少染多、点多染少、开头一点通篇皆染、通篇皆染篇末一点、点与染穿插交织。这就把朦胧不易把握的点染之法说得透彻明白，把对点染概念内涵、方法技巧的认知提升到一个前所未有的高度。其他如论词的拟人手法、白描与彩绘手法、起结与过片的章法等，也都在前人研究的基础上多有深化和拓展"。

2016年11月，中华书局出版了我的一本《陶文鹏说宋诗》，15万字。书中鉴赏了王禹偁、曾公亮、梅尧臣、欧阳修、苏舜钦、李觏、刘敞、王安石、王令、苏轼、孔武仲、道潜、黄庭坚、陈师道、徐俯、曾几、陈与义、陆游、杨万里、萧德藻、朱熹、叶绍翁、文天祥等23位诗人的38首经典诗歌。中华书局对此书的推介语是："见诗心，见功力，审美解读与艺术探寻兼顾，古典诗歌，当代视野，更与当代及国外诗歌、评论相互参照，文笔清通流畅，优美洗练。"著名学者、北京大学中文系教授钱志熙作序，序中说书里的"每一篇文字，都对作品的艺术境界和造境方式进行了精细入微的分析，以感性的体会与理性的分析再现了作品的美"；"从全书的倾向看，作者尤醉心于宋诗中具有壮美风格的作品，每当谈论这类作品时，我们会看到一种笔飞墨舞的景致"；作者"更重视揭示诗歌艺术的某些法则。在各种艺术法则中，作者最重视的是诗人想象力与构思的新奇对于诗歌艺术的决定性作用"；"宋诗的艺术创造，更带有法则化，即其中有许多小结裹。对这些小结裹进行抽绎提示，更是本书的一个用力之点。所以，本书是诗歌鉴赏艺术的一个范本。读者从中会获得很多具体的、有效的鉴赏方法，即所谓'美典'的欣赏方法"；"陶老师并非只凭其诗人的特长精鉴妙赏，而是发挥其积学之功，在赏析相关的作家、作品时，大量地融入前贤时秀的鉴赏成果"；"本书的另一重要成就，是寓陶氏一家的诗史纵横之论于各篇鉴赏文字之中。这其中有一些是属于艺术概论性质的，有一些是概括唐宋诗史整体精神的。有的是对诗人艺术方法的概括及艺术源流的揭示，还有的是对具相似点的作品的比较。可见，陶老师尽可能避免作孤立、单一的鉴赏，而将其鉴赏建立在长期研究唐宋诗史与诗歌艺术的学术积累上，所以其精彩的艺术论、诗论及诗史观点随处可见"。这本小书出版后颇受读者欢迎，一些老师推荐给其博士、硕士研究生作为学习分析、鉴赏古典诗词的教材。吴蓓、侯体健、马东瑶等中青年学者也撰写了评论文章。

从事古代文学研究工作以来，我两次申报国家社科基金项目，都获得了批准立项。我主持的第一个项目是"中国古代山水诗史"，结项后，于2004年4月，由江苏凤凰出版社（原江苏古籍出版社）作为江苏省"十五"重点图书出版规划项目出版，书名《灵境诗心——中国古代山水诗史》，陶文鹏、韦凤娟主编，94.2万字。全书有6500字的导言，分为六编：山水诗的形成；山水诗的第一个艺术高峰；山水诗的第二个艺术高峰；山水诗的承续与发展；山水诗的复古与新变；古典山水诗的集大成。本书共30章，最后是结语。我个人撰写了第二编六章，还有导言，第五编的四节，并通审了全书稿。书出版后，得到学界的关注和好评。例如韩丽霞在《山水诗研究的新境界——评〈灵境诗心——中国古代山水诗史〉》（《北京大学学报》2005年第6期）中写道："洋洋洒洒近百万言，格局宏大，经营细致，论述的角度、写法多有创新，并且融进了许多新观点、新材料，把山水诗研究提升到一个新的境界"；"史迹明晰，立论高远，是《灵境诗心》突出的特色"；"注意吸收近年古代文学研究的新成果，对山水诗人的创作特色与成就的评述，涵盖面广，甚至包括了一些在以往的文学史、诗歌史著作尚未涉及或很少涉及的诗人、诗作和诗歌流派，显示了对研究对象的开拓"；"追源溯流，比较辨析，是《灵境诗心》叙写古代山水诗发展面貌所运用的基本方法，贯穿全书始终，特别注意山水诗艺术的承传"；"往往联系总体文学创作，勾勒各个时代山水诗创作的轨迹，并给予新的观照和解释"；"审美鉴赏，画龙点睛，是《灵境诗心》在行文风格方面的突出特点。书中始终贯穿着'以文本为中心，以作家心态为中心'的思路和视角，注意论述山水诗人独特的艺术风格和成就，把山水诗发展与具体作家作品的细致分析、审美鉴赏相结合。全书引录了相当数量的历代山水诗名篇佳作，予以或详或略的评析。从某种意义上讲，这又是一部古代山水诗的精选读本，使这部诗史也具有引人入胜的可读性。书中的阐释文字，融进了论者的审美意识和审美眼光，尤其注意对作品意境的营造、语言的风格特色进行分析，充满灵性的文字随处可见"；"《灵境诗心》的这一特点还体现在篇章节目上。全书目录约一万字，篇目简明、醒目，有概括性和提示性，洵为画龙点睛之笔，既可视为精确的评价，又可看作优美的导读文字。如'山水诗：玄学温床上诞生的宁馨儿'，'宋之问：工丽中初透朴野自然之气'，'刘因：老笔纵横的山水歌行'，'文征明：疏淡清雅的山水吟唱'等等"。评论最后说："作为一部迄今为止最有理论深度、最具学术价值的中国古代山水诗史，《灵境诗心》的成就必将影响推动着中国古代山水诗研究的进一步发展。"2007 年 4 月，这部书获得了第六届中国社会科学院优秀科研成果三等奖。

我主持的第二个项目是"两宋士大夫文学研究"。2012 年 3 月，我主编的《两宋士大夫文学研究》被选收入国家哲学社会科学成果文库，由中国社会科学出版社出版。起初，我们想撰写一部专著，后来反复思考，认识到这个课题太大，牵涉领域太宽，没有一二十年时间，很难写出一部全面系统、令人耳目一新、具有丰富的文献史料和精深的理论概括的专著。就算匆匆赶写出来，也难免蜻蜓点水，一掠而过，重复浅薄，新意无多；即使有些新意，也会被"专著"所要求的全面性、系统性所遮蔽、掩盖。我们认为，既然短时间很难做到"大"而"全"，那就转求"新"与"深"，而采取有一定系统性的专题论文的形式，更有利于研究者围绕着"士大夫文学"这个中心，寻找新的课题，采取新的角度或运用新材料、新方法，作深入的钻研。经过三年的研究，参加课题组的几位研究人员一共写出 15篇论文，分别从宋代士大夫文人的政治诉求、儒学与禅学思想、遭遇党禁和贬谪、出使金国的使命意识、人生态度、心性存养、诗酒风流以及审美追求等角度来论述他们的文学策略、文学观念、文学映像、文学风格，既有群体的普遍性的论题，又有作家的个案研究，并广泛地涉及诗、词、文、赋等文学体裁。有些论文是对前辈时贤已论述过的问题作深入的挖掘，更多的是探讨新的课题并得出新鲜的见解。综合起来看，这些成果已将宋代士大夫文学研究向前推进了。我本人在这部书中撰写了《绪论》《宋代士大夫心态与宋诗的荒寒意境》，与王利民合撰了《论朱熹山水诗的审美类型》，与张文利合撰了《真德秀与魏了翁文学之比较》。

2018年10月，社会科学文献出版社出版了我的《唐宋诗词艺术研究》，45.7万字。这是我的一本论文选集。上编是综合性的研究，收入论文9篇，论述了唐代诗人表现自然美的方法、唐诗对唐代人物画的借鉴吸收、唐代绝句描绘人物的艺术、宋代山水诗的绘画意识、宋诗的荒寒意境、唐宋词的戏剧性、唐宋梦幻词、宋词绘影绘声的艺术以及宋词浪漫神奇之"造境"。下编收入论文17篇，是对唐宋诗人孟浩然、王维、李白、常建、杜甫、岑参、韩愈、李贺、李商隐、蔡襄、苏轼、黄庭坚、陆游、辛弃疾、吴文英诗词创作的个案研究。中国社会科学院文学研究所研究员刘宁撰写了近5000字的序言。她在序中概括我的突出的研究特点是"文本细读、视野会通与情理圆融"。她具体分析这三个特点说："对唐宋诗词文本的细致体察，是全书运思立论的基础。唐宋诗词是中国古典诗歌艺术精华中的精华，对研究者提出了极大的挑战，陶先生……直面这一问题，《研究》中有许多探寻诗心妙境的精彩笔墨。""陶先生对古今中外的诗歌皆有关注……《研究》援引新诗发明唐宋诗艺，别开生面。在会通古今诗艺的同时，陶先生尤其注重将诗歌与音乐、绘画、书法甚至戏剧等艺术门类联系起来观察，对唐诗与唐代人物画、宋代山水诗与山水画、王维诗歌的音响表现艺术、常建诗歌音乐境界、李贺诗歌色彩艺术的讨论，都体现了这样的用心。此外，因篇幅所限未收入本书的《论张旭诗中有书》一文，则体现了对诗歌与书法的会通观察。陶先生对诗理和画理、乐理的把握都颇为深细，相互发明，时多妙解。""陶先生注重体悟诗艺，感受诗心，他认为文学研究要以'情'为本，'感'字当头，从审美的感情体验出发，以自己的心灵和古代诗人的心灵对话，进而调动自己的联想和想象，进入诗歌的境界，感受与体会诗的情思与韵味。无论是对文本的细腻剖析，还是在会通视野下观察诗艺的精妙，都灌注着他丰富的感性体验。然而，陶先生的研究并非只重感性之一翼，而是情理圆融，对探析作品之思理，概括文学之规律的理性思考，同样十分关注。……对于诗歌艺术的特点与规律，他尤其注意作理性的概括与提炼。……这种对诗歌运思之理的反思，并非是简单套用现成理论，以作品为理论的注脚，而是在大量文本分析的基础上所作的理性提炼与概括，加之贯穿其间的自觉的文学史意识，在在都呈现出情理圆融的特点。"序文最后说："陶先生不仅用艺术敏悟与思考树立了颇具特色的文学研究范式，而且他对'文学'与审美的执着，也为古典文学的研究提供了一个反省的基点：反省我们应该怎样去理解文学，怎样观察文学与社会文化的关系，怎样通过文学研究培养和提高发现美、创造美的能力。他的研究，给予我们最大的感染，就是要用全部身心去感受和理解文学，再用被深入理解的文学来滋养我们的心灵。"这本书的封底，有北京语言大学教授韩经太的评语："陶文鹏先生有诗人的性灵和学人的学养，坚守文学本位，感悟社会人生，所以他写出了饶有诗意与文采的学术论文。"北京大学中文系教授张剑的评语："陶老师的论文腾跃着青春的活力和出色的审美感悟力，洋溢着诗人的灵思和学人的睿思，是学理、史识与情采的结合。"著名学者、中山大学中文系教授吴承学主持的中山大学"中国文体"微信平台以《"文学"是文学研究的根本》为题，发表了刘宁序的全文，以及《唐宋诗词艺术研究》的书影、内容简介、作者近照以及全书目录，受到学界的热烈关注与赞扬，很短时间就有数千次的阅读量，还有要求转发的。

[作者单位：中国社会科学院文学研究所]

贯通古今，寻索真知

——记胡明老师的学术方法与趣向

李　超　冷　川

胡明老师在文学所有着别一样的个人魅力。这不仅是因为他博闻强记，会讲故事，更多的是因为在他头脑中自开一片深邃和睿智的学问天地，还有他的冲淡随和与不依不傍的孑然独立。在编辑部里，我们这些当年的年轻人最爱听胡老师绘声绘色地讲逸闻趣事，讲他的游历。他的脑子里装着一幅地图，即使是地图上一个边边角角的所在，都能被胡老师说出特色和典故。他寻访古迹时的热情带一种天真纯粹的兴奋，我们于是戏称他为"古墓派"。

胡老师籍贯绩溪，与胡适同宗，1978 年考入中国社会科学院研究生院，师从侯敏泽先生，和陶文鹏先生、董乃斌先生、刘扬忠先生等前辈被所里同事并称为"黄埔一期"。对于文学研究所这座学术殿堂，胡老师深埋着自己的理想与热情，他在文学所建所五十周年的日子里道出了这份情怀："文学研究所毋庸争议是新中国文学研究界的龙头，最不容置疑的一个事实是她聚集了同时代最杰出的一批古典文学研究家……或许更内在的优势是淡漠了大学门户意识后呈现出的一种博雅气度与开阔胸襟。25 年前我们正是冲着这一层博雅气度与开阔胸襟而投奔文学研究所的，正是迷醉于她的一圈圈耀眼的光晕报考她的古典文学专业研究生的。"① 自从研究生毕业进入《文学评论》编辑部，他便未曾离开过，三十多年在这里倾注了心血与才情。

胡老师本是治古代文论出身，他兴趣广，思考也多，所论上至三曹建

---

① 胡明：《文学所的五十年和我的二十五年》，《文学遗产》2003 年第 5 期。

安文学，下逮清代诗学，多有创见，其中观点不依不傍，都是自我一段精光。"像挖一口深井，舀出清澈甜洌的泉水来"，是他在写文章时坚持"出见解、出思想、出断制"的形象描述。

胡老师的研究道路是从认真读论文、写论文开始的。我不妨在这里把胡老师的秘籍再泄露一次，据说这是胡念贻先生教给胡老师的绝招："要做一篇专题的论文，除了遍读这一专题有关的材料之外，更要紧的还是要从相关论文中搜索它们引用了些什么材料，舍弃、遮掩、省略甚至歪曲了些什么材料。仔细揣摩，认真排比这些材料，不仅可以做出驳议，提出商榷，更重要的是可把这个专题研究推向深入，引导出更深层次的结论来。"① 有方法，还要有训练，胡老师的每一篇论文都是下力气敷演出来的，在锤炼文字之外，要紧的是，有了选题目的眼光，有了审材料的心计，得出了有说服力的结论。

胡老师自认为他的研究很驳杂散漫，他自谦研究论题不集中，学理思考也流于宽泛，然若在这种"散漫"中去梳理，不难寻到胡老师的研究线索。就以《古典文学纵论》和《迟到集》两部论文集为案，顺藤摸瓜，那些沧海遗珠，或可串连起胡老师对中国文学传统的追索之力，以及他在这些文案背后所窥测到的古今演变的内在理路。而胡老师的落脚点是为宏观上构筑文学信史出一份力，见一份心。

在多年的编辑修养和自我修炼之下，胡老师慧眼独具，他的文章带着鲜明的大文学史观。他不仅谈唐诗、宋诗，他还谈"中国古典文学研究的现代责任"，他为改革开放三十年来的中国古代文学研究立碑石，为70年的文艺变奏寻找主旋律，他探索写成《新世纪中国文学理论体系的建构伦理与逻辑起点》。这些文章的生成，无疑是因为他对文献充分把握和对前人知识谱系了然于胸，才能拿捏和抽绎，也显示了他学术视野的大、学术触角的深、学术洞察力的强。

胡老师以谈文学的方式，实际是在谈文学背后的人，意在让文学研究染上一层生命的本色。这一观念，在他与钱锺书先生的交往中得到心灵的共鸣而更加明确和自觉。那篇《迟到的纪念》一文，是胡老师纪念钱锺书先生的性情文字，最初发表在《光明日报》。他感慨于几次与钱先生的神聊，他们不谈学术问题，不提典籍文献，谈得最多的是人物，"获益最多的

---

① 胡明：《文学所的五十年和我的二十五年》，《文学遗产》2003 年第 5 期。

倒不是那些学术人物的评价，而是感染到洞烛世事、辨识人心的一种敏悟和行止方圆、大节进退的一种自觉，这种感染最滋润我的灵魂，给我的'欣悦'是无尽的"；"就是论学术，他也是更讲求一种宏观的识度与悟性，一种骑在历史肩上的姿态。前面我说的'很近的心理距离'大致也是指这一个观察与对话的角度"。① 就在 2020 年钱锺书先生诞辰 110 周年的纪念会上，胡老师再次对钱先生给予他的启发做了这样的诠释："钱先生曾对我说，做学问不是要堆积资料，也不是展示学问。重要的研究讲求的是出思想、出识度、出眼光，通体蕴含着一种特别的气象与力度，与外部的争斗与碰撞也大抵落在胸襟和格调上。"②

后来胡老师的研究，下力气写的文章，都以这种宏观的识度和站在历史肩上的姿态为目标而努力追寻着。比如胡老师谈唐诗，他从四个面向谈唐诗和唐代诗人，可以说是步步深挖的方式。唐诗与唐以后的诗，是先看唐诗的外在气质，讲如何把唐诗与其他时代的诗从形式上和精神上区别开来，唐诗是古老诗国的"顶峰与典范"，这是它天然的、不可移易的历史规定性。进一步看唐诗学术与唐学术，也即如何看待唐诗创作的整个时代，他把唐代理解为一个诗化的时代，提出"史的诗化"之说，发现了唐人用诗来结撰学术的特点，虽然自刘知几始才努力将文学逐出史学的领地，但有唐一代依然是一个用诗进行哲学思考的时代，或者可以说"唐一代远不是一个理论总结的时代，也不是一个思考学术的时代——心静不下来。它是一个不断创造、不断开拓，又不断深化这个创造、不断推进这个开拓的时代，唐一代的人善诗而不言诗，又用诗来表达一切，以诗来涵盖一切"③。理解了唐代的政治引领和文化氛围，继之便可以去审视唐诗史与唐诗史人物，他通过胡适《白话文学史》中的三段话来做引子，重新描画唐诗走向现实主义道路的奇幻之旅，再拈出王维、韩愈和李商隐作为唐代盛、中、晚时期的关键人物，来一探唐诗史转变之关节。最后，他将眼光舒放到唐诗学与唐诗学史，对一百年来的唐诗研究做了回望和梳理。他感慨于上半个世纪唐诗研究（文学研究）被史学笼罩，使文学研究失去了它的独立的科学的学术属性；而 1949 年之后的唐诗学研究依然是曲折的，历经十七年、

---

① 胡明：《迟到的纪念——缅怀钱锺书先生》，《迟到集》，辽海出版社，2012，第 4 页。

② "纪念钱锺书诞辰 110 周年，学者聚谈'钱锺书的学术人生'"，《澎湃新闻》2020 年 11 月 24 日。

③ 胡明：《关于唐诗——兼谈近百年来的唐诗研究》，《文学评论》1999 年第 2 期。

"文革"十年和新时期的二十年，唐诗研究虽然在局促于一隅之后开始进入了真正意义上的史料整理与史料阐释，以及文学意义上的众声喧哗，但他敏锐地洞察到史料文献研究的辉煌发达与理论阐释的贫弱单薄正是隐藏在唐诗研究界背后的一块阴云。胡老师的眼光是富有前瞻性的。

而对于宋诗，胡老师也有着深透的关注与探讨，他的《关于宋诗》一文，影响巨大而深远。他对南宋诗人尤为用力，这也是对钱锺书先生学术研究的一种追随。早在 1990 年胡老师就出版了《南宋诗人论》（台湾学生书局，1990），这本论集堪称胡老师的成名作。这部陆续写于 20 世纪 80 年代读硕和工作时期的论集，囊括了南宋九位著名诗人陈与义、杨万里、陆游、范成大、姜夔、朱熹、严羽、刘克庄、文天祥，以及江西诗派和江湖诗派两大诗人群体。胡老师在这个论集里所坚持的正是论诗人之心与作诗之人，他也非常自信地在《序》里写道："此地结集时，郑重申明：不标榜学力，故作深奥；不刻意追新，故弄玄虚；不用抽象名词翻筋斗，不以时髦观念贴标签。言之有物，言之有据，言必由衷，言必己出，期期然欲成一家之言。"①

这部论集展现出胡明老师治学方式的多种特点。首先，他会有意识地避开某些学界热点，而将目光聚集于较冷僻的领域，对南宋诗人的关注其实是对研究界对于北宋诗人、南宋词人热情的反拨，包含有自觉的历史意识和文类意识；而深入发掘南宋文学作品、流派中的资源，自然也展露了对于"靖康之变"后士人思想价值的关注与理解。其次，研究方式上力求"全面呈现"，这几乎可以视为胡老师学术研究的总原则，用他自己的话来说，即"无论探讨哪一位诗人，都客观展现他的全人，立体观照和把握这个人的全部诗歌作品——包括他的理论主张、审美见解。是非褒贬，一孔之见，或不免厚薄之私，但坚决避免以少总多、以偶冒常的流行恶习"②。这样的原则说来平常，但在 20 世纪 80 年代方法论被置于优先地位，为契合某种方法而任意择取剪裁史料、削足适履的背景下，能有此学术操守实难能可贵。他的文章也确实在贯彻这一原则，如谈陈与义后期诗风时，特意指出他靖康之后的作品那种"个人情感的狭小圈子并没有全部打破，情绪格调也并非是全部积极高昂的"③，并进而分析到陈的前期诗作质量并不逊色于后期，前后期作品的"精神内涵和美学境界"是一脉相连的，靖康之

①　胡明：《南宋诗人论》"前言"，台湾学生书局，1990，第 2 页。
②　胡明：《南宋诗人论》，第 2 页。
③　胡明：《关于陈与义诗歌的几个问题》，《南宋诗人论》，第 35 页。

变的国家变故不过增加了许多慷慨激昂、悲壮激越的作品——这样的分析在很大程度上解构了陈与义前后期诗风转变的宏大命题，将其从美学风格的变化，下降为创作题材的拓展。这类判断自然不如前后分期那样读来鲜明干脆，但却充分照顾了研究对象的复杂性，是把作家放到时代思潮中，而非用时代思潮去湮没作家。胡老师的文章，分析辩难力求周全，读来多有娓娓而谈之妙。再次，在胡老师的身上，钱锺书那代人的影响非常明显，这不仅体现在《南宋诗人论》一书中大量引述阐发了钱先生的观点，更表现于在"史学训练"和"理论敏锐"之间的权衡上，胡老师所选择的"度"较为接近钱先生那代有着较好传统文化根基和西方视野的研究者。比如他分析杨万里和陆游二人历史评价的高低，就特别强调同时代人的看法，对史料的使用有着极严格的时间编排和限制，这种审慎是传统文史研究中特别值得称赞的一面，可以避开仅抓住几个点就去勾勒历史发展线索导致的偏颇，真正是"论从史出"而非"悬问题以找材料"；同时，这种细腻的资料梳理和颇具匠心的剪裁，又将一部"陆游评价建构史"伏于讨论"陆杨之争"的正文之下，文章读来自然意蕴丰厚，能给人以触类旁通之感。胡老师和钱先生一家有私人友谊，钱先生的博闻强记和品评人物的风度自然给他留下了深刻的印象；[1] 他同样从自己导师侯敏泽先生那里继承了钱先生所称赞的"理论思维的训练"，[2] 从他早期的研究著作开始，就时刻小心地将评价的锋芒包裹在对文献资料细密的梳理编排之中，而且愈接近"现代"的领域，愈谨慎，倒是在古典文学的研究范围内，反而偶有才子气十足的创作，论述纵横捭阖，文辞戏谑调侃，如《红学的颜色革命和学术狂欢》等，这样的论文兼有杂文的锋芒，也有他分析朱熹"不妨抛却去寻春"这类作品时提到的作者的率性与痛快。

　　带着浓厚的知人论世的观念，胡老师对于明代诗歌的判断继续一以贯之：

　　　　检点一长段时间以来自己对"明代"的体会，对明史的追求与理解，有两点浅见：一是"明代"硬性"史"的叙述过多遮蔽了软性"诗"的叙述，这些"史"的叙述缺乏一道"诗"的过滤、修饰与升华，

① 　胡明：《迟到的纪念——缅怀钱锺书先生》，《迟到集》，第 2 页。
② 　胡明：《读〈文化·审美·艺术〉》，《迟到集》，第 358 页。

没有得着有明一代人真正内心深处情绪与意志的认同与证实。……二是一部明史上的人和事由于缺漏了"诗"的叙述、证例、演绎与发挥，变得处处不自由，处处生硬与粗陋。在明代做人做事、做官做学问都不自由，一种宿命的不自由，谁都被驱赶进、挤压在别人为你设定的、框定的圈子里不得动弹，人人被自己的环境铸塑得气血不伸、心志疲惫……有明一代的政治文化生态就是如此，在这个层面上我们再来谈明诗和明诗生态。①

胡老师对于明诗的态度，依然是立足于人的角度、政治历史的生态，作为进入诗歌研究的第一出发点，来看待明诗在中国诗歌史上真实的历史地位。以此，他认为，明诗虽然不是明代文学的主流，但在明代的人文传统里，它仍然是明代文人包括士大夫知识分子群体最重要的人文情绪的载体。因而不论是明诗还是明代诗人，都努力地在这种不适宜的文化生态中艰难地实践着自己的理想，坚持着传统的诗歌职守与庄严的入世格调。同时，他也不得不感叹，明人明诗虽然是真正有心逼近唐人唐诗的，但明诗的生态时空已经变了，前后七子一直到陈子龙们心目中的明诗复兴也只能是一场醉迷自己审美理想的春梦了。② 这样的表述，也是明诗研究中很少为人思考的一个犀利视角。

我们再来看看胡明老师从新文化运动与五四运动的爆发，到七十年之后人们描述五四文化精神迷失与复归的历程中，是如何思考这七十年来的文艺发展之路的。政治救亡与文化启蒙的双重变奏，其内蕴被胡老师表述为"人的民主要求与政治的民族尊严的对立统一"，七十年之后，"我们又听到了五四巨人们呼唤人性的呐喊，听到真正的中国文艺复兴的胎动"。③ 新时期三十年弹指一挥间，转瞬来到世纪之交，胡老师没有停下思考的脚步，尤其是《文学评论》首开的 20 世纪百年文学回顾专栏给学术界带来的诸多思考，使得他决定在这样的时间节点上"为最近 30 年的中国古代文学研究立块碑石"。他为"最近 30 年"找到了两个参照系，一个是"五四"后的"30 年"，另一个是解放后的"30 年"。而无论是哪个"30 年"，胡老师依然关注了这些年代里的人、这些研究者的起伏和进退。他把王国维

---

①　胡明：《郭万金〈明代与明代的诗〉"序"》，《迟到集》，第 348～349 页。
②　胡明：《郭万金〈明代与明代的诗〉"序"》，《迟到集》，第 351 页。
③　胡明：《"五四"文化精神的迷失与复归——七十年文艺谈》，《文艺争鸣》1989 年第 4 期。

1908 年的《人间词话》和 1912 年的"一代有一代之文学"的宣言作为中国传统诗（词）学通往"现代"的路，而"五四"后的三十年无疑是现代科学的古代文学研究的发生期与成熟期。草创开辟的工作艰难而道远，却也形成了新的人文视野与新的历史断制，流荡着一股郁郁生气。他们这一代人物，无论新旧，"总体来说：学问很大，成绩不算很大"。新中国成立后的三十年，新的研究队伍和研究者们在刻意改造自己世界观的同时，也悄悄变换了学术方法与指导思想。最关键的问题是，有的研究者虽然还在，但思想和技术已不在线，淡出了学术工作，整体学科领域已是黄苇白茅一片。与之形成鲜明对比的，就是最近三十年了。研究队伍的主力是 1977 和 1978 年进入这个领域的本科生和研究生。虽然这个三十年的起步正值劫后重生，百废待兴，但之前的两朝或三朝元老们已悄然离去或进入垂暮，江山代有才人出，一代中坚力量开始招收门徒，崭露头角的年轻人雄心勃勃地开局。这一个研究群体，在最近三十年间，在哪些方面做得比前人好？胡老师归纳出了四条：第一，三十年间前人设计规划的功课几乎全部做完，画了句号，从作家作品史料文献的整理到解释；第二，前人没有做全做完做精做细的功课也几乎全部完工交卷，补了前人的遗憾，也达到了前人预期的规模与高度；第三，前人尚未涉足或刚刚意识到的学科分支领域，也几乎全做了大胆的尝试和尽可能完备的探索，取得了许多新鲜成果，积累了许多经验，而且在借鉴、搬演和消化境外经验的过程中竖起了自己技术上和方法论的样板；第四，也是最要紧的一条，即三十年间这个学科领域涌现出了一大批人才，结合成了一支浩浩荡荡的队伍，这支队伍摩肩接踵、首尾相连，可以确保我们这门学科今后的三十年、六十年人才济济，不会匮乏，人才放量使我们学科的长期繁荣得到了最可靠的保证。① 也因此，寻找新的学术生长点，是未来学术星空的新挑战。胡老师最终还是把目光放在了研究者确切说是人才的身上，他们才是文学研究中发生历史转换的关节所在。胡老师也指出了一代风骚中能够成一家之言的凤毛麟角之现状，他更指出了背后之深因，那就是研究者仍然缺乏独断的勇气与才力，在传承的关键点还欠"高明"。宏观上不坠其大体，微观上精审于"独知"，消化前人成果，要"御其精者而遗其粗者"，这固然是师心师古含义的延伸，也是薄古厚今意旨的更新。

---

① 胡明：《为最近三十年的中国古代文学研究立块碑石》，《文学遗产》2008 年第 1 期。

　　我慢慢体会到，胡老师身上既有唐人之高明、宋人之沉潜，还有元人的趣和清人的谨，这是他在古今上下求索之后，油然而生的一种混融气质。

　　20 世纪 90 年代之前，胡老师的研究主要集中在古代文学、古代文论领域，之后他的兴趣就转向中国文学史上第二个传统的开创者们，并聚焦于胡适、陈独秀和瞿秋白等人。他的贯通研究并不止于文学，而是带着历史的意识和认识的突破，拈出中国文学的两个传统：一个是三千多年来的古典文学传统，从《诗经》《楚辞》一路走下来，到梁启超、王国维；另一个则是"五四"以来近九十年的现代文学传统，起于胡适、陈独秀、鲁迅等。他捕捉到这两个传统间连贯一体的精神血脉，也意在唤醒研究者关注到这两个板块被人为割裂后所产生的壁垒与隔膜，而使其相互照应起来："我们从何其芳的诗韵意绪中窥见了李商隐的精神风骨，同时也看清了李商隐是如何影响了废名；我们从鲁迅的《野草》中寻觅到了与徐渭诗文灵魂深层的联系；我们从 20 世纪备受争议的新诗中读出唐诗的情、宋诗的理和元曲的趣，但亦有人幡然醒悟了：'新诗的传统就是反传统'。"① 正反之间正延续着同样的文化血脉，只是增加了新的因素。唐弢曾用"西方影响和民族风格"来形容现代文学的特质，而这一表述同样适用于现代学术，无论古典文学研究还是现代文学研究，都熔铸着传统的精髓和西方现代的精神，真正有抱负的学者，致力于二者的贯通。

　　古今贯通的学术追求，在很大程度上是第三代学人为自己设定的一个标准，从中凸显出来的是他们对于接续历史文化的自觉和摆脱自己老师辈学者的影响，并力图有所超越的焦灼感。相对而言，出身于现代文学的研究者此类意识更强，如王富仁、杨义、赵园、陈平原等，他们的学术轨迹是溯源而上，用现代文学的理念方法重新释读传统的文献资料，从中找寻新的意义；而从古代入现代的研究者数量较少，乐于试笔的多，能系统研究者少。析其因，大概不外乎两点。一个是学科思维的差异，古代文学研究在民国时期已经形成了一套完整且严密的程序，新中国成立后通行的"现实主义""浪漫主义"等僵化模式不过是标签，摒弃较易。而现代文学则实际需要正面应对各类理论的溯源和辩难。何为"现代"？从学科角度讲，它不是一个时间概念，而是一个价值标准，"跨界"就意味研究范式的转变和对自己所谙熟的古代文学操作方法的扬弃——这是古典文学研究者

---

　　①　胡明：《贯通古今　寻索真知》，《河北学刊》2006 年第 5 期。

顺流而下时所面对的一个无法回避的关口。另一个则是学科资料体量的问题，现代文学因为印刷传媒的革命，其数量有爆炸式的发展，它与现代史之间的密切关系，更增加了研究需要面对的信息总量。资料革命性的增长，而学科规范则相对稚嫩，这让现代文学研究呈现出某种粗陋而又生机勃勃的状况。浸淫于古代学科的研究者想要借助已有的学术规范去系统地开始现代文学的考察，近乎用金碗量米，精微细致但体量过小，缺乏与现今时代的血肉相连感。从这个角度讲，胡老师的学术路径——无论对于古代研究界向下的贯通，还是现代文学规范的确立和完善——都有着启发意义。

胡老师较为系统的现代文学研究是从胡适起步的，早在1988年便有文章发表。但他次年刊发的《"五四"文化精神的迷失与复归》一文，对于我们理解他的现代文学理念无疑更有帮助，这几乎可以视为一个简洁的"五四"人文精神嬗变论。① 和20世纪80年代的主流声音一样，胡明老师的关注点是"五四"对于人的发现与高扬，他注意到在"五四"新文化阵营内部思想资源的多元性，胡适、陈独秀、鲁迅等人提供了不同的经验和发展可能。而对"五四"精神的继承权和阐释权，更唤起了不同知识背景、政治背景人士和集团的热望。如革命文学勃兴之际，"向左转"的知识分子（如瞿秋白等）重述了一个苏俄思想传播、阶级革命勃兴的"五四"；而原来新文化运动的元老，如胡适、陈独秀，同样提供了切合自身思想逻辑的对于"五四"价值的捍卫与梳理；鲁迅的左转，及胡风等人对于鲁迅精神的继承，实际又是"五四"精神的一脉——而在新中国成立后的历次运动与批判中，这些彼此辩难的声音被压制和清算，以期建立起某种符合现实政治需要的权威叙述。在这篇漫谈式的文章中，胡老师前瞻性地注意到了很多有意思的层面，比如批评20世纪30年代的民族主义文艺运动的错误，他不是从政治倾向的角度立论，而是从政党政治对人性的压制这种具有普遍意义的角度谈起——真正系统的民族主义文艺运动研究直到世纪之交才由钱振纲等人展开；比如在对抗战文学的思考中，他关注的也是在救亡的窘迫中如何坚守"五四"人道主义和国民性改造的原则，看重国统区中胡风思想的价值——立论本身受李泽厚救亡启蒙范式的影响，但如此看重胡风的作用，在20世纪90年代初绝对属于少数派观点。这篇文章呈现出胡老

---

① 胡明：《"五四"文化精神的迷失与复归——七十年文艺谈》，《文艺争鸣》1989年第4期。

师对"五四"传统特别关注的四个点：胡适、陈独秀、瞿秋白和胡风（鲁迅精神的重要一脉）。而前三个他都提供了厚重的著作；倘若退休后的身体状态足够好，他大概率也会对胡风问题有进一步的考察。而这一系列研究隐含的对话对象则是新中国成立后高度现实政治化的研究范式，胡老师并不否认政治因素在现代文学中的独特价值，但他看重的是历史资源的多元性，或者说，他力图在一个"多源并流、当道并行"的历史视野中去呈现新文化发展的诸多可能，展现现代文学的"全体"而摒弃单一的图景。

从胡适入手自然与地域和亲缘关系相关，胡明老师对于这位同宗族的先贤有着发自内心的敬仰。在该书的序言中，他提到早在 1969 年便读到了李敖所写的《胡适评传》第一册，而李敖正是胡适晚年陷入台湾学界论争时最为重要的"挺胡派"之一。在全书结尾，他也提到自己在胡适逝世的当年回到家乡问及乡人对于胡适印象的细节，年轻时有如此明晰的情感倾向，在 20 世纪五六十年代大陆批判胡适的氛围中着实令人惊讶。胡老师对于《红楼梦》研究有着超乎寻常的热情，而他在新时期学习和任职的文学所又恰是当年批判俞平伯红学研究，进而清理胡适学界影响的旋涡中心，这些历史和现实的机缘，都会促成这位有性情的研究者去重新考察胡适对于现代中国学术发展的作用与贡献。自然，对胡适的研究及其传记写作能够实现的直接契机，则是"文革"后胡适资料整理工作的巨大进展。无论是中国社科院近代史所对胡适书信、日记、电文的整理，还是引入的台湾对胡适著作、手稿的出版，以及美国学界对于胡适英文著作的初步归拢，都为胡适研究的深入展开提供了可能。值得注意的是，在此领域史学界远远走在前面，台湾胡颂平的《胡适之先生年谱长编初稿》、大陆耿云志的《胡适年谱》有利于研究者扭转对胡适的单一印象。大陆现代文学研究界亦有一部分学者率先进入了这一领域，如被视为第二代学人的易竹贤，他在 20 世纪 70 年代末就开始了对胡适的系统研究，在收集资料和解读资料方面亦有其独到之处，非常善于通过人物的生平资料分析其思想认识。[①] 易竹贤是大陆最早在新的资料基础上撰写《胡适传》的研究者，同样涉足传记这一领域的还有白吉庵、朱文华、沈卫威等人。同时，易竹贤也是大陆最早开启胡适和同时代人比较研究的学者，如《评"五四"时期的鲁迅与胡适》，早在 1981 年便已发表，并在学术界中引发了长久的胡适与同时代人

---

① 张中良：《我的学术之路》，《传记文学》2021 年第 4 期。

的比较研究实践，以至于世纪之交，"胡适还是鲁迅"，已经成为中国社会发展道路选择的简明表述。

胡明老师的传记写作并不早，在资料的体量上自然比先出的若干著作有一定的优势，但这类后发优势较难评估；至于学者间解读史料的能力、谋篇布局的才华，在多数情况下只能说互有优劣，胡老师所提供的传记和其他传记究竟有何不同？这是一个值得仔细推敲的地方。以易竹贤为例，他在《胡适传》的前记中提到：

> 胡适在中国现代文学史或文化史上的地位，在国际学术文化界的影响，是不应抹煞，也不能够抹煞的。然而，当他由思想理论上的自由主义，发展到政治上依附于国民党政府以后，学术上便也鲜见精彩了。晚年居留美国，成了人民中国的反对派，直至最后客死台湾岛，他所留下的《中国哲学史大纲》、《白话文学史》和《四十自述》等几种著作，仍然都是几十年前未完待续的"半部书"，不是值得人们深长思之的吗？[1]

易先生的表述在大陆学界具有一定的普遍性。第二代学者以及相当一部分第三代学者很难摆脱开政治定性式的分析方式，即使他们所做的是翻案文章。但对于胡适这样学者，以政治维度为框架，无论或隐或显，都太过局促，胡适的价值和意义需要被放置在一个更长久的时间维度上去考察，过于急切的判断、过分拘谨的视角，对于研究者而言，无异于画地为牢。在当下，最好的处理方式自然是存而不论，尽可能客观地呈现肯定比轻率地立论更为周全。同样，易先生开始的"胡适与某某"的比较研究思路，在实际操作中也很难秉持价值中立的原则。如胡适和鲁迅这样的题目，由于大陆学界对鲁迅的推重，胡适的选择和成就实际被置于了一个预先规定了的范围之内，资料也许翔实，分析也许辩证，但归根结底，这仍是悬问题以找材料的研究套路。相对而言，距离意识形态中心更近的史学界倒容易放下此类心结，较为平和地梳理胡适的活动轨迹和思想变化，力避简单化的判断，如耿云志、欧阳哲生、李泽厚等人的著作更容易让读者理解胡适的意义。

---

[1] 易竹贤：《涉足学海　纪历二三》，陈建功主编，冯济平编《第二代中国现代文学学者自述》，文化艺术出版社，2011，第392页。

20 世纪 90 年代初，现代文学研究界的传记写作实际已经有极为圆熟的作品出现，如唐弢未完成的《鲁迅传》，力图呈现的恰是鲁迅学理的养成和思想的进阶，家乡的文化传统、留日的社会背景。此类"外围"材料实际需要传记作者细加考证，并和传主的生平相联系，细腻地呈现文化传统和时代氛围如何滋养了一个特殊的个体，后者又给传统和时代以怎样的反馈。对于胡适这样的对象，我们的传记研究也需要提供类似的努力。

胡明老师虽然没有唐弢那种和传主的实际交往经历，但他们的传记路数大致相同，都将传记的写作视为研究者重新理解相关历史时段的契机。在自序中，胡明老师引胡适对于传记写作的意见，强调"纪实传真"的原则，要摒弃对政治（这是核心）、对时人、对传主本人的种种忌讳。而操作方式上，则根据"近世实录派史学"的原则，"让胡适自己多说话，说连贯的话，说完整的话，并清晰的显现胡适说话时的情境、场景及对应的听者或读者，上下开合照应，前后贯通"。并解释说，自己之所以选择"传论"为题，便是强调"传"为主、"论"为辅，"论"来源于作者对传主思想言论的编排整合之中，而非个人评述，恪守"以史带论、论从史出"的治学原则。

这种写法实际有着明确的与现代文学研究界对话的意图。同样在自序中，胡明老师特别指出：

> 本书的工作重心是整理或者说清理有关胡适生平与思想的史料，而不是解释和分析史料。近十几年来有关胡适的研究著述往往表现出"整理"不足、"解释"有余的倾向，解释过于绵密，过于繁琐，过于武断，过于我执，从"以论带史"到"两分法"的评价鉴定，"解释"史料的一头既兴旺发达又仓促草率。兴旺发达的表现是"假大空"，仓促草率的表现是"短平快"。他们的常规表现是抓住胡适的片言只语发议论，作鉴定，论"文"不看"全文"，论"人"不顾"全人"。其操作稔熟者则掐断一段，品评一段，深文周纳，拿出一个结论……这显然不是历史学者应有的实事求是的态度。[1]

在胡老师的文章中绝对不会出现"鲁迅还是胡适"此类二元式的表述，即使处理到如"问题与主义之争"这类新青年同仁有着明确的思想分歧的议

---

[1]　胡明：《胡适传论》，人民文学出版社，1996，第 4 页。

题时，他也将自己的看法隐匿于对过程和相关资料的细腻梳理之中，力求展现论辩双方各自思想和言论的完整性。同时，对于讨论的背景、双方的私谊都做了相对必要的补充，以消解此讨论在以往文学史的解释框架中被过度拔高和对立化的处理方式。在研究工作中，胡明老师毫无疑问是一位解构的高手，特别善于拆话题，打破学术界自己营造的壁垒，将传奇式的故事转化为意蕴丰富的现代性日常。

对于胡明老师的研究特点，研究界有一定的关注，如王泽龙的胡适研究的述评中就提到：

> 胡明是较专注于胡适文化思想研究的又一名青年学者。他的文章注重事实，善于驳难，议论透辟，富有时代感。他的文章主要有《关于胡适中西文化观的评价》《胡适文化学术思想概论》《论胡适的科学人生观》等。其中《关于胡适中西文化观的评价》最具分量。……胡明于 1996 年又推出了近 80 万言的《胡适传论》。这部传论如有关学者所言：以丰富和充分的材料，使胡适呈现出本来面貌；对胡适言行的剖析、评估，宽容而稳重；代表了学术界对胡适的研究向全面、丰富、完整方面的努力和历史深度的追求，是胡适研究最有影响的新近成果之一。①

不过，胡明老师的这种"非话题化"的研究方式，也决定了他很难融入现代文学研究的主流之中，作为一个与当下现实高度同构的学科，想要打破诸多设定和惯例，还需要更长时间的沉淀和更为清晰的反省意识。

在 20 世纪 90 年代前期完成胡适传记后，胡明老师在世纪之交，将研究重心转向了陈独秀。考察这位与中共党史、与共产国际、与托派均有着复杂关系的对象，胡明仍然秉持其"全面呈现"的原则，将讨论的重心放在其思想的诠释和文化观念的讨论之中，力避政治意味的评判，而努力去展现其思想逻辑一以贯之的方面，并切实体察人物所处时代背景，以"体谅"的心态去理解时代和思想的限制给予传主的困局，对其"破局"和"坚守"的选择均报以理解之同情。

2013 年，图书馆学专业的张存娟统计了近三十年来陈独秀研究的时段、

---

① 王泽龙：《胡适研究的历史和现状（下）》，《荆州师专学报》（社会科学版）1998 年第 6 期。

刊物及作者分布情况。在 2001～2012 时段中，胡明老师共发表相关文章 19 篇，从数量上仅次于党史研究专业的祝彦，排在第二位；从陈独秀研究的核心作者指数及被引用率指数看，排在第七位，之前均为党史及近代史研究方面的学者。作者在分析中特别提到了党史研究及安徽地方刊物及学术社团在此领域的绝对优势。① 毫无疑问，在 2000 年之后，胡明老师应该被视为从文学领域考察陈独秀的第一人，而他所涉及的一系列重大命题，如对陈独秀和托派关系的考察，也给此研究以巨大的推动。之所以让人感觉他的学术贡献似乎被湮没在史学界的诸多成果之中，在很大程度上源自学术界对文史差异的保守性认识：对于一个亟待深入的研究领域而言，史料的突破无疑具有优先地位，史学界在此方面有得天独厚的优势，他们的学科训练也恪守"有几分材料说几分话"的原则；而释读史料则展现出了不同学科间的理念差异和技术高下，文学的视角本应能够提供更具心理深度、情感关照的分析模式，能够给予书面文献叙述技巧方面的深入剖析、给予田野文献更切合人文物理方面的拓展。但实际情况相反，史学研究的保守性给了他们力量，文献档案保证了研究的可信性，而口述和田野资料的引入则增加了阐释的活力。文学研究缺少这种规范，尤其是现代文学研究，对于"知人论世"的传统技艺承续不足，而对于理论的锐性又希冀太深，很大程度上混淆了"文学"与"文学研究"的差异——前者是人文领域的，而后者则兼有人文的品格和社科的规范。老式"贴标签"的讨论方式缺少基本的技术含量，而过于依靠理论的阐发则混淆了创作与研究的界限，纵有启发，亦难成公论。归根结底，文学研究界对于自己学科的历史属性认识得远远不够，这种整体的劣势又会埋没个别学者的规范之作。

2010 年前后，胡明老师开始进入到对于瞿秋白的系统研究中，相关文章最终结集为《瞿秋白的文学世界》一书。相对于前两部，这本的传记色彩较少，思想史论的意味更强，尤其是论及瞿秋白所受新俄文艺理论影响的章节，充分展现了胡明老师理论训练的优势。对于胡老师的研究特点，学界其实看得很清楚，如江孤迅在总结改革开放以来瞿秋白研究时，虽对此专著没有评述，但引述了胡明老师书中的一段话，作为从文学角度对瞿秋白研究意义的确认。②

---

① 张存娟：《近三十年来陈独秀研究的计量分析》，《安庆师范学院学报》2013 年第 5 期。
② 江孤迅：《改革开放以来瞿秋白研究综述》，《西南交通大学学报》2021 年第 1 期。

瞿秋白进入和离开这个政治主导的世界正是以文学"始"而又以文学"终"的。"终"时的政治纠缠与历史评价，大多环绕着他的《多余的话》；而"始"时的精彩出场与高歌猛进又多归功于他的《饿乡纪程》与《赤都心史》。[1]

这部书给瞿秋白研究提供了整体性的思路，也在很大程度上确认了文学的路径在触及重要历史人物时可能达到的深度。瞿秋白所代表的马克思主义文艺观的发展和理论建设，对于中国革命无疑是一个重大的课题，对其进行"辨章学术，考镜源流"式的分析追索，至关重要。而某些章节的分析中同样可以看到文学研究所具有的穿透力，如胡明老师点出《多余的话》的结尾部分所列瞿秋白认为可值得一读的书单时，里面选的是高尔基的《四十年》和茅盾的《动摇》，而不是瞿此前在文艺批评中盛赞的《母亲》和《子夜》。[2] 这些细节言简意赅，可以非常传神地展现出瞿秋白思想微妙的部分，其效果远较长篇大论有效，这是研究真正能直指人心深处的所在。

胡明老师选取的都是现代史上影响重大的人物，这些研究对象是文学研究和史学研究共同的着力点。中国学术有文史不分家的惯例，而文史间的互证，更是传统研究方式的得意之处。随着现代学术体系的发展，学科分工趋于细化，而文史间的技术性差异迅速扩大，文学研究的立足点在哪儿，它的特殊性又该如何体现，这是当下的研究者应该有的自觉。文学研究需要客观与精密，它首先应该是"文学史料学"，坚持对研究对象的完整呈现，相信历史本身的丰富性，而不是在学科内部营造话题、自说自话；同样，它也需要发挥自己更能直指人心的力量，在坚实的资料工作之后找到言说的机锋。胡明老师的现代文学研究给我们学科的最大启示，实际正是这个"度"的把握：他将古典文学研究中最接近于史学规范的部分引入到现代文学的领域，作为一个有着系统理论思维训练的人，又对理论的限度有着时刻的警惕。随着现代文学学科的发展和规范，当其历史属性真正深入人心之时，我们再来回顾胡明老师的工作，将会获得更多新的启示。

[作者单位：中国社会科学院文学研究所]

---

① 胡明：《瞿秋白的文学世界》，中国社会科学出版社，2013，第119页。
② 胡明：《瞿秋白的文学世界》，第398页。

《儒林外史》研究新视野 ◀

回顾与辩释：《儒林外史》的原貌及其相关问题

商　伟

内容提要　中国古典小说研究向来关注这样一个问题：1803 年刊行的卧闲草堂五十六回版《儒林外史》是否包含了他人伪作或窜入的部分？近年来随着宁楷的《〈儒林外史〉题辞》和吴敬梓的《后新乐府》等作品重见天日，这一问题的讨论获得了实质性的进展。这篇文章包括三个部分：首先，释读《〈儒林外史〉题辞》中有争议的部分，以此推断它的写作时间，并深入了解与《儒林外史》原貌相关的问题；其次，在此基础上，回顾有关《儒林外史》原貌的争论，为《儒林外史》原貌之争做出阶段性的总结；最后，以郭孝子的寻父历险为例来揭示明清时期孝子寻亲的叙述谱系，以及《儒林外史》的写作风格和结构特征，将《儒林外史》原貌之争与其他的重要问题联系起来，由此推进对《儒林外史》的解读与研究。

关键词　吴敬梓　《儒林外史》　宁楷　《〈儒林外史〉题辞》　孝子寻亲

近年来，随着新材料的发现，《儒林外史》研究出现了新的局面，尤其是在小说原貌的探索方面产生了令人振奋的突破。《儒林外史》的作者与版本是学界长期以来争论不休的话题，而上述发现为此提供了新的证据。直至今日，已有可能聚焦争议、建立共识，为《儒林外史》的研究确认共同的起点。本文从宁楷的《〈儒林外史〉题辞》入手，释读其中有争议的部分，以帮助确定它的写作时间和了解《儒林外史》的原貌。同时，通过回顾和辨析有关《儒林外史》原貌的争论，为这一问题，以及相关问题的讨论，做出阶段性的总结。

一 宁楷的《〈儒林外史〉题辞》
与《儒林外史》的原貌之争

《儒林外史》现存最早的版本是刊行于 1803 年的卧闲草堂巾箱本，共五十六回。但卧本也向来不乏质疑者，他们认为原本只有五十回或五十五回。五十回说最早见于程晋芳（1718～1784）《文木先生传》："《儒林外史》五十卷。"① 五十五回说出自金和，他于 1869 年为《儒林外史》作跋，称第五十六回为后人增补："原本仅五十五卷，于述琴棋书画四士既毕，即接《沁园春》一词，何时何人妄增'幽榜'一卷，其诏表皆割先生文集中骈语襞积而成，更陋劣可哂，今宜芟之以还其旧。"② 章培恒先生从 1982 年到 1993 年先后发表了三篇论文，力主五十回说，指出卧本第三十六回的一半（虞育德小传，但窜入部分待考）、第三十八至四十回的前一大半（萧云仙青枫城建功立业和郭孝子寻父历险）、第四十一回结尾至第四十四回前一小半（汤镇台野羊塘大战，以及沈琼枝故事的结尾），以及第五十六回（即金和所说的"幽榜"一卷），皆为后人窜入。③ 围绕此说学界展开了激烈争论，至今余波不绝。

郑志良在《〈儒林外史〉新证——宁楷的〈《儒林外史》题辞〉及其意义》一文中，披露了宁楷（1712～1801）收在《修洁堂初稿》中的《〈儒林外史〉题辞》（以下简称《题辞》），初步得出两点结论：一是《儒林外史》原本为五十六回；二是宁楷（字端文）为吴敬梓的好友，也是小说中武书这一人物的原型。由于武书从第三十六回出场到第四十九回退场，几乎贯穿了小说被疑为伪作的部分，又由于宁楷的《题辞》呼应了第五十六

---

① （清）程晋芳：《文木先生传》，李汉秋编《〈儒林外史〉研究资料》，上海古籍出版社，1984，第 11～13 页。
② （清）金和：苏州群玉斋本《〈儒林外史〉跋》，吴敬梓著，李汉秋辑校《〈儒林外史〉汇校汇评》，上海古籍出版社，2010，第 689～691 页。
③ 章培恒：《〈儒林外史〉原书应为五十卷》，《复旦学报》1982 年第 4 期；《〈儒林外史〉原貌初探》，《学术月刊》1982 年第 7 期；《再谈〈儒林外史〉原本卷数》，《献疑集》，岳麓书社，1993，第 481～515 页。

回的"幽榜"，同时提及萧云仙、汤镇台、郭孝子和沈琼枝等人物，《儒林外史》原本五十回说因此不攻自破。①

郑志良在文章的开头指出宁楷的《修洁堂初稿》所收诗文截止于乾隆十八年（1753），也就是在吴敬梓次年十月二十九日去世之前，以此辅证《题辞》的可靠性。于是，此后争论的焦点转向《题辞》的写作时间，而且引出了关于《儒林外史》原貌的新的推测。有的学者根据其中所收的一些作品，认为《修洁堂初稿》成书的下限当在吴敬梓死后，《题辞》也未必作于1753年之前。他们进而推断宁楷为《儒林外史》第五十六回的改窜者，并涉嫌伪作了卧本的上述五回。②

《修洁堂初稿》是否收入宁楷1754年之后的作品，这个问题固然还可以继续争论下去，但不构成《儒林外史》原貌论证的必要前提。哪怕它收入了1754年之后的作品，并不能由此推断《题辞》作于吴敬梓身后。即便《题辞》作于吴敬梓身后，也得不出宁楷改窜或伪作《儒林外史》的结论。

《修洁堂初稿》后出的证据来自两方面：一是参照宁楷友人的别集来推算其中部分诗歌和序文的写作时间。关于这一点，我更倾向于接受郑志良的意见，即《捣衣》《观猎》等作品未必是唱和之作。③而在我看来，就算是唱和之作，也难以假设它们与友人的同题作品皆为同时同地而作。明清时期文人隔空唱和与异地赠答的情况，时常可见。以访古即景为题的诗歌，未必就能保证是诗人亲临其地之作。仅从作品出发来推测写作的时间与场合，往往难下断言。而确认书序的写作出版时间，还需要考虑更复杂的因素。从应邀为书作序到书的最终出版，很可能相距甚远。

第二方面的证据出自《题辞》本身。经过郑志良、叶楚炎、李鹏飞等

① 郑志良：《〈儒林外史〉新证——宁楷的〈《儒林外史》题辞〉及其意义》，《文学遗产》2015年第3期。
② 叶楚炎：《〈修洁堂初稿〉及〈《儒林外史》题辞〉考论》，《文学遗产》2015年第6期；《〈修洁堂初稿〉及〈《儒林外史》题辞〉续考——再与郑志良先生商榷》，《中国文化研究》2020年春之卷。耿传友：《〈儒林外史〉原貌再探——兼答李鹏飞先生》，《江淮论坛》2019年第2期。
③ 郑志良：《〈修洁堂初稿〉成书时间考——再谈〈儒林外史〉的原貌问题》，《江淮论坛》2018年第4期。

学者的辨析，《题辞》的结构内容已大体落实，① 但仍有一些部分意义含混，有待认真梳理，并从中得出关于《题辞》的写作时间和《儒林外史》原貌的确凿证据。

《题辞》包括三个部分：第一部分追溯《儒林外史》的正史源头，然后从正史转入对"外史"的描述；第二部分概述《儒林外史》的人物情节；第三部分评论幽榜并对小说的成就做出评价。《题辞》的第一部分中有这样几句：

> 孔颜出而周文存，班范生而汉史立。王侯将相，何须定具冠裳；礼乐兵农，即此周知德器。金函石室，传死后之精神；虎竹龙沙，绘生还之气骨。采风骚于胜地，若接音容；搜逸事于先民，何嫌琐细？②

宁楷在此赞美孔子和颜回存周文的典范，班固和范晔立汉史之传统，而自"王侯将相"一句转向《儒林外史》。在我看来，《题辞》的重要性在于通过从正史到外史的延伸视角来读《儒林外史》，而彰显孔颜"德器"的"礼乐兵农"，又构成了《儒林外史》的重要主题。宁楷正是从这两个方面来定义这部小说，并理解其意义和价值的。

接下来"金函石室，传死后之精神；虎竹龙沙，绘生还之气骨"二句，最具争议，甚至被用来证明《题辞》作于吴敬梓死后。但我认为这两句的大意是说《儒林外史》足以像正史一样，藏之于金函石室，流传千古。而幸赖外史的传神写照，其中的人物也终将垂范青史，虽死犹生。"金函石室"即朝廷收藏典籍之地，司马迁《太史公自序》曰："（太史公，即其父司马谈）卒三岁而迁为太史令，䌷史记石室金函之书。"③ "虎竹"即铜虎

---

① 见郑志良《〈儒林外史〉新证——宁楷的〈《儒林外史》题辞〉及其意义》（《文学遗产》2015 年第 3 期）、《〈修洁堂初稿〉成书时间考——再谈〈儒林外史〉的原貌问题》（《江淮论坛》2018 年第 4 期），叶楚炎《〈修洁堂初稿〉及〈《儒林外史》题辞〉考论》（《文学遗产》2015 年第 6 期）、《〈修洁堂初稿〉及〈《儒林外史》题辞〉续考——再与郑志良先生商榷》（《中国文化研究》2020 年春之卷），耿传友《〈儒林外史〉原貌再探——兼答李鹏飞先生》（《江淮论坛》2019 年第 2 期）。又见李鹏飞《对〈儒林外史〉原貌问题的重新检讨——论〈儒林外史〉原稿为五十回说之不能成立》，杜晓勤编《中国古典学》第一卷，中华书局，2020，第 368～406 页；《〈儒林外史〉第五十六回为吴敬梓所作新证》，《中国文化研究》2020 年春之卷。

② （清）宁楷：《〈儒林外史〉题辞》，《修洁堂初稿》卷二十二，中国科学院图书馆藏抄本。

③ （汉）司马迁：《史记》卷一百三十《太史公自序》，中华书局，2014，第 4001 页。

符和竹使符，是发兵遣将的信物，将军与朝廷各执一半。"龙沙"见范晔《后汉书·班梁列传》："坦步葱雪，咫尺龙沙。"[①] 李白《塞下曲》之五："将军分虎竹，战士卧龙沙。"[②] 此二句上承"王侯将相"和"礼乐兵农"二句而来，将《儒林外史》的人物与正史人物相提并论：他们是不具王侯将相之冠裳的贤人君子，是萧云仙那样奉行礼乐兵农、立功边域的将军战士，由于外史而为后世所知。可见宁楷的确是从"史"的意义上来理解《儒林外史》的。他说吴敬梓为了写作《儒林外史》，"采风骚于胜地，若接音容；搜逸事于先民，何嫌琐细？"也就是像司马迁那样游历天下，亲临其地，广泛搜寻历史人物的逸事传闻，所以描写人物事迹时才能做到栩栩如生。《儒林外史》虽然多以作者同时代的人物为原型，但其中也不乏王冕这样采自史传的先贤，而且小说设置在明代而非作者生活的年代。在第五十六回中，小说的主要人物死后荣登幽榜，接受后人的祭祀。宁楷因此感叹他们凭借《儒林外史》的传神文字而获得了生命，令人如闻其声，如见其容，精神气骨永传于后世。

凭借文人题写以弥补正史缺憾的想法，每每见于《儒林外史》。吴敬梓写萧云仙被罢将和追赔罚款之后，请人将自己的征战生涯绘成三幅图卷，题作《西征小记》。又请武书"或作一篇文，或作几首诗，以垂不朽"。武书答曰："飞将军数奇，古今来大概如此。老先生这样功劳，至今还屈在卑位。这作诗的事，小弟自是领教。但老先生这一番汗马功劳，限于资格，料是不能载入史册了。须得几位大手笔，撰述一番，各家文集里传留下去，也不埋没了这半生忠悃。"清齐省堂本评曰："文人之笔重于丘山，往往有正史所无。"[③] 补偿正史所无，又不限于文人的诗文撰述，还包括了外史。这也正是宁楷《题辞》之意。总之，《题辞》的"金函石室"二句中的"死后""生还"非指吴敬梓而言，不能以此为据来推断《题辞》写于吴敬梓死后。

那么《题辞》究竟作于何时呢？我认为《题辞》的最后两句提示了重要的线索："今兹琬琰，诚为李杜之文章；异日缥缃，即作欧苏之别纪。""琬琰"，圭名，又为碑石的美称，此取其名以喻文词之美。《孝经序》："写

---

① （南朝宋）范晔：《后汉书》卷四十七《班梁列传》，中华书局，1965，第1594页。
② （唐）李白：《李太白全集》，（清）王琦注，中华书局，1977，第287页。
③ 《儒林外史》的引文和评点，均引自吴敬梓，李汉秋辑校《〈儒林外史〉汇校汇评》，上海古籍出版社，2010。以下从略。

之琬琰，庶有补于将来。"① "写之琬琰"是就当下而言，故有"今兹琬琰"一说，与"异日缥缃"对未来的拟想相对而言。"缥缃"指淡青色和浅黄色丝帛做成的书囊书衣，指异日书稿成卷成册，分装函套。可知《题辞》作于《儒林外史》脱稿之际。

吴敬梓生前，《儒林外史》已为人所知。程晋芳于1749年秋作《怀人诗》曰："《外史》纪儒林，刻画何工妍！吾为斯人悲，竟以稗说传。"② 1754年秋，吴敬梓辞世，宁楷作挽诗，在自注中感叹说："赠君方著《史汉记疑》未毕"，"赠君方欲注《云笈七笺》未果"。③ 吴敬梓在完成《儒林外史》之后，已经转入史论著述和道教典籍的笺注。因此，宁楷在挽诗中不提《儒林外史》，而只是惋惜他未能完成《史汉记疑》和《云笈七笺》了。以我之见，宁楷《题辞》所说的"今兹琬琰"这一时间点，当在1749年秋前后。

《题辞》第二部分始于"试观三年不倦，老博士于南天；十事初陈，辞征书于北阙"二句，主要概述《儒林外史》的人物事件。那么，是否从这一部分可以得出关于《儒林外史》原貌的确切结论呢？

我在释读宁楷《题辞》第二部分时，着意于其中涉及《儒林外史》有后人窜入或作伪之嫌的五回半。而其中有关郭孝子、萧云仙、汤镇台和沈琼枝的叙述，以及幽榜的部分，恰恰都可以在《题辞》中得到确认："乌丝粉印，赋萍水而无归"写的是沈琼枝，"伐苗民而灭丑，华夏为功"则明言汤镇台，释读者皆已达成共识。④ 《题辞》中的"白骨驮回，勋高纪柱"，曾疑指郭孝子背亡父骨殖返乡，但《题辞》写郭孝子另有"歌蜀道而思亲，虎狼不避"一处。李鹏飞认为当指萧云仙，典出东汉马援平定交趾之乱立

<hr />

① （清）阮元校刻《十三经注疏》，中华书局，1980，第2541页。
② （清）程晋芳：《怀人诗》（原注："全椒吴敬梓，字敏轩"），李汉秋编《〈儒林外史〉研究资料》，上海古籍出版社，1984，第9页。
③ （清）宁楷：《修洁堂集略》卷二《挽吴赠君敏轩四首》，美国芝加哥大学东亚图书馆藏嘉庆八年（1803）刻本。
④ 见郑志良《〈儒林外史〉新证——宁楷的〈《儒林外史》题辞〉及其意义》（《文学遗产》2015年第3期）、《〈修洁堂初稿〉成书时间考——再谈〈儒林外史〉的原貌问题》（《江淮论坛》2018年第4期），叶楚炎《〈修洁堂初稿〉及〈《儒林外史》题辞〉考论》（《文学遗产》2015年第6期）、《〈修洁堂初稿〉及〈《儒林外史》题辞〉续考——再与郑志良先生商榷》（《中国文化研究》2020年春之卷），耿传友《〈儒林外史〉原貌再探——兼答李鹏飞先生》（《江淮论坛》2019年第2期）。又见李鹏飞《对〈儒林外史〉原貌问题的重新检讨——论〈儒林外史〉原稿为五十回说之不能成立，杜晓勤编《中国古典学》第一卷，第368~406页；《〈儒林外史〉第五十六回为吴敬梓所作新证》，《中国文化研究》2020年春之卷。

铜柱为志。① 而"白骨驮回",据郑志良的解读,事出《儒林外史》第三十九回:总镇马大老爷因误入青枫城番子设下的陷阱,人马俱亡。萧云仙受命随平少保收复青枫城,得知朝廷传出信来,"务必要找寻尸首",否则将受严重处分。青枫城大捷后,平少保命萧云仙处理"善后事宜"。不久,萧云仙及参战将佐皆获嘉奖升擢。此处虽无正面交代,但"白骨驮回"一事已暗寓其中。②

《题辞》第二部分提及郭孝子之后曰:"非圣贤之嫡派,即文武之全材。"李鹏飞认为后一句亦指萧云仙,而前一句则非虞育德莫属了。虞育德以吴敬梓的至交吴培源为原型,而吴地吴、虞二姓(包括吴敬梓和吴培源在内)皆以吴太伯、虞仲的后裔自许。我认为这与《题辞》第一部分中的"王侯将相,何须定具冠裳;礼乐兵农,即此周知德器"前后呼应,与"虎竹龙沙"一句也相互映带。萧云仙既以边功为人称道,又亲自兴办学校,习礼劝农,兼有文教之功。他集文武于一人,成为礼乐兵农的完美化身,在小说的主题结构中占据了独一无二的位置。

《题辞》的"试观三年不倦,老博士于南天;十事初陈,辞征书于北阙"二句,在近年的争论中变成了焦点之一,甚至被用来证明宁楷窜改了《儒林外史》有关虞博士的叙述,但实际上并非如此。后一句显而易见,指庄绍光应诏入朝,上教养十策,并恳请恩赐还山一事。而前一句"三年不倦"系写虞育德,但他补南京国子监博士约十五年上下,他本人则说"在南京来做了六七年博士"。那么"试观"之后的"三年不倦",究竟从何而来呢?实际上,此句或出自苏轼《留侯论》"勾践之困于会稽而归,臣妾于吴者,三年而不倦"③,这一出处在我看来别无深意,不过借指虞育德屡次会试而从不倦怠。《儒林外史》第三十六回写虞育德进京会试,前后三次才考取进士,而会试每三年一次。第二次失利后,他仍回江南教馆,"又过了三年,虞博士五十岁了,借了杨家一个姓严的管家跟着。再进京去会试,这科就中了进士"。可知"三年不倦"指会试,而非补国子监博士。虞育德持续三次耐心等待三年一轮的会试,年过五十而不倦,进士及第后又终老

① 李鹏飞:《对〈儒林外史〉原貌问题的重新检讨——对萧云仙、汤镇台、郭孝子故事出自吴敬梓之手的进一步论证》,《中华文史论丛》2018 年第 4 期。
② 李鹏飞:《对〈儒林外史〉原貌问题的重新检讨——对萧云仙、汤镇台、郭孝子故事出自吴敬梓之手的进一步论证》,《中华文史论丛》2018 年第 4 期。
③ (宋)苏轼:《苏轼文集》,孔凡礼点校,中华书局,1986,第 104 页。

于博士而无所升迁。宁楷感慨虞博士从科举到入仕，都勤勉不倦而又处之泰然，从不夤缘钻营，惶惶然不可终日。不难看出，他在赞美虞博士的平生操守时，也不免为他的遭遇感到不平和遗憾。

对于《儒林外史》原貌争论来说，重要的是宁楷《题辞》提及的上述小说人物都有生活原型的依据。虞育德出自吴敬梓的好友吴培源，早已是学界的共识。郑志良最近还发现了吴敬梓的《后新乐府》诗六首并序，其中与《儒林外史》原貌之争直接相关的有两首：《茸城女（伤仳离也）》和《青海战（志边功也）》。前一首约作于乾隆十四年（1749）春，写茸城女子沈珠树的经历，与宁楷《修洁堂初稿》中《避雨文木山房赠茸城女子歌》相互印证，表明《儒林外史》第四十、四十一回的沈琼枝这一人物主要是杂糅了张宛玉和沈珠树姑嫂二人之事而写成的。① 后一首记吴敬梓友人李蓝的生平事迹。经郑志良考证，李蓝，字俶南，即《儒林外史》第三十九、四十回中萧云仙的人物原型。吴敬梓有《赠李俶南二十四韵》，李汉秋疑其人其事与萧云仙有关。② 由于《后新乐府》的重见天日，这一推测得到了证实。吴敬梓在《青海战（志边功也）》写到李蓝时说"谁望铭燕然"，马援铜柱记功与窦宪勒石燕然一样，皆为立边功的历史佳话，宁楷《题辞》中的"勋高纪柱"指《儒林外史》的萧云仙无疑。

除了萧云仙、沈琼枝和虞育德之外，《儒林外史》第四十三、四十四回写到的汤镇台（汤奏），即以杨凯为原型。吴敬梓与杨凯过往甚密，《文木山房集》中有诗二首为证。至于郭孝子，未必出自一个原型。当时类似的传闻不少，往往见诸笔墨，吴敬梓本人就曾作诗题咏，③ 而他也有可能从更早的文字记载中汲取素材。我认为至少有两个事例值得注意。其一是苏州孝子黄向坚（1611～1687）的事迹。其父崇祯年间授云南大姚知县，入清后，夫妇为乱兵所阻，不得归家而流寓盐州。黄向坚徒步寻亲，历时五百

---

① 郑志良：《〈儒林外史〉新证——宁楷的〈〈儒林外史〉题辞〉及其意义》，《文学遗产》2015 年第 3 期；《新见吴敬梓〈后新乐府〉探析》，《文学遗产》2017 年第 4 期。井玉贵：《金陵惊鸿——奇女子沈琼枝形象的诞生及其文学意义》，《中国古代小说戏剧研究》第十三辑，甘肃人民出版社，2017，第 63～72 页。

② （清）吴敬梓著，李汉秋、项东升校注《吴敬梓集系年校注》，中华书局，2011，第 197～201 页。

③ 艾俊川在《吴敬梓集外诗一首》（《文献》2004 年第 3 期）中，从清人张体铨编辑的《孝义赠言》中辑得吴敬梓诗一首，题咏河南孝子雷显宗。宁楷也有《庸行篇为河南雷孝子作》一首，收在《孝义赠言》中，亦见于《修洁堂初稿》。

多天，行程两万余里，终于迎奉父母返乡。他著有《寻亲纪程》，手绘《万里寻亲图》册页、立轴和手卷共计 39 件，154 帧（其中或有一些仿作和伪作），并留下了大量识语。其中的《蜀道图》和有关途经蜀道的文字记载，令人想到《儒林外史》第三十八回的郭孝子"西蜀寻亲"，也就是宁楷在《题辞》中所说的"歌蜀道而思亲，虎狼不避"。黄向坚在图绘《万里寻亲图》时，遍求名人题跋，其事又近于《儒林外史》的萧云仙。① 黄向坚寻亲一事在清初和清中期广为人知，而接下来我们还会读到，宁楷对郭孝子的赞誉之辞如同是黄向坚自述的回响。

其二是清初颜元（1635～1704）的寻父之旅。颜元四岁时，其父随清兵离乡不返。1684 年，颜元以五十高龄出关寻父，尽礼奉遗骸归葬，与《儒林外史》的郭孝子相似。小说这样描写郭孝子："花白胡须，憔悴枯槁"，"一向因寻父亲，走遍天下"，最终"把先君骸骨背到故乡去归葬"。在明清时期，孝子寻亲故事的主人公通常是年轻人或中年人，极少以老者的形象出现。在这一点上，郭孝子与颜元一样，都是罕见的例外。身为泰伯礼后第一人，郭孝子也像颜元那样，将儒家礼仪主义落实在寻父尽孝的苦行实践中。② 吴敬梓深受颜元学说的影响，从《儒林外史》的"礼乐兵农"的主题框架，到对泰伯礼的细节描写，都可以得到确认。他对郭孝子的描述与此一脉相承。

吴敬梓的《后新乐府》不仅补充了《儒林外史》人物原型的新材料，还有助于了解作者这一时期的写作导向。其序曰：

> 余向于甲子岁曾效唐李公垂作《乐府新题》六篇，以颂上元教谕吴蒙泉培源。盖以有道之世，休养生息，贤者兴焉，将以厚人伦、美教化、移风俗也。然耳目之间，近亦有不合于礼义者，因更为《后新乐府》。其中有美有刺，非敢效元和诗人，欲以播于乐章歌曲，庶以备轩者采择。言之者无罪，闻之者足以戒也。③

----

① 赵晟：《黄向坚〈万里寻亲图〉画目整理与内容释读》，《中国美术学院学报》2021 年第 2 期。毛文芳：《孝著丹青：明末黄向坚"万里寻亲"的多重文本交织》，《艺术史研究》2016 年第 2 期。

② 商伟：《礼与十八世纪的文化转折——〈儒林外史〉研究》第二章"泰伯祠：苦行礼与二元礼"，严蓓雯译，生活·读书·新知三联书店，2012，第 76～110 页。

③ （清）宁楷：《修洁堂初稿》卷八，清抄本。

吴敬梓曾于1744年作《乐府新题》六首，"以颂上元教谕吴蒙泉培源"，惜今已不见。但不难看出，吴敬梓在小说中也相应地启动了"新乐府"的写作模式。《儒林外史》自三十六回开始，借助颜元、李塨的礼乐兵农说，为小说搭建了新的主题框架。而《后新乐府》的发现，又为此补充了文学传统的重要参照。也就是说，从1744年的《乐府新题》到1749年的《后新乐府》，吴敬梓由"美颂"为主，转向了"美刺"兼备；诗歌写作的主题从"有道之世，休养生息，贤者兴焉"到"然耳目之间，近亦有不合于礼义者，因更为《后新乐府》。其中有美有刺，非敢效元和诗人，欲以播于乐章歌曲，庶以备轩者采择"。也正是在这同一时期，他写下了《儒林外史》中的泰伯礼及其后有关郭孝子、萧云仙、汤镇台和沈琼枝的章回。他这一时期的小说写作关注于礼乐兵农的理想是如何付诸实践的，但在严峻的现实面前，又怎样终归于失败和幻灭。其中的大量篇幅展现了世风日下的颓势，对吴敬梓来说，正是有感而发。所谓"耳目之间，近亦有不合礼义者"，发乎辞章，便是写于1749年的《后新乐府》；见于小说，则有这一时期完成的《儒林外史》的相关部分为证。这一点十分符合吴敬梓在将近二十年的小说创作的过程中，不断自我调整、自我超越的写作方式。

总之，就《儒林外史》第三十六回以后的部分而言，它的主题框架（颜、李的礼乐兵农说）、写作模式（从《乐府新题》的"厚人伦、美教化、移风俗"到《后新乐府》的"有美有刺"）、创作时间（约1744～1749）与人物原型依据——这四大要素环环相扣，形成了密不可分的关系，并且无一例外，都共同指向了作者吴敬梓。被疑为伪作的章节恰好构成了小说这一部分的核心，伪作说因此难以成立。

二　《儒林外史》的第五十六回及其相关问题

关于《儒林外史》第五十六回的真伪之争由来已久，质疑者不乏其人，辩护者更是大有人在，从赵景深、何满子、房日晰、陈新、杜维沫、陈美林、谈凤梁，一直到李鹏飞，涉及了这一问题的诸多方面。简言之，《儒林外史》承袭了章回小说的传统结构，尤其是《水浒传》的整体构架：它以"楔子"开篇，出自金圣叹的七十一回版，其中写道："天上纷纷有百十个小星，都坠向东南角上去了。王冕道：'天可怜见，降下这一伙星君去维持文运，我们是不及见了。'"这已经预示了结尾的幽榜。而在小说的三分之二处前后（第三十七回），此前出场的主要人物汇聚泰伯祠，举行泰伯祭礼，形成了全书的高潮。这与一百回本《水浒传》第七十一回"忠义堂石碣受天文，梁山泊英雄排座次"正相对应。而与主要人物从天上贬谪人间的开头相呼应，传统章回小说的结尾也总是伴随着各式仪典和名榜。从《封神榜》到《西游记》和《水浒传》，概莫能外。① 还有一条通例也很重要，那就是最后一回与楔子一样，都在时间上与小说的主体部分保持距离，而这也同样体现在《儒林外史》中。一句话，《儒林外史》有了五十六回不是问题，没有这一回才出了大问题，因为那样一部《儒林外史》便失去了首尾呼应和作为一部章回小说的结构上的完整性。

此外，幽榜并非荒诞不经，而是事出有据。第五十六回单飏言上疏曰："臣闻唐朝有于诸臣身后追赐进士之典，方干、罗邺皆与焉。"据房日晰考证，出自洪迈的《容斋随笔》所载唐光化三年（900）唐昭宗接受韦庄的奏请，为李贺、贾岛和温庭筠等文人死后追赐进士及第，各赠补阙、拾遗。② 但这一情节也造成了小说主题的内在紧张：为什么一部以抨击八股取士开篇的小说，到了结尾却让它的主要人物在死后受到朝廷的旌表，并追赐三甲进士及第，授予翰林院修撰、编修和庶吉士的官衔？对此，何满子、房日晰提出讽刺说，谈凤梁强调小说写作意图的阶段性变化，陈美林等学者指出吴敬梓世界观的矛盾，他本人的科举经历也不乏踌躇与暧昧。③ 而在我看来，《儒林外史》展开了一个不断自我质疑与自我超越的动态过程，由此造成了其他古典长篇小说所罕见的内在张力。④

尽管如此，《儒林外史》自身的一致性和连贯性也不应忽视，因为小说前后反复强调的是科举对文人的压抑，天下人才如何限于资格而不得志。而八股取士为读书人提供了一条"荣身之路"，又导致了他们的道德破产，"把那文行出处都看得轻了"。归根结底，吴敬梓从没有像五四学者那样彻

① 赵景深：《谈〈儒林外史〉》，《中国小说丛考》，齐鲁书社，1980，第 423～430 页。
② （宋）洪迈：《容斋随笔》卷七，中国世界语出版社，1995，第 328 页。房日晰：《〈儒林外史〉幽榜所本》，《光明日报》1985 年 1 月 1 日。
③ 何满子：《论〈儒林外史〉》，人民文学出版社，1981，第 75～77 页。房日晰：《关于〈儒林外史〉的幽榜》，《西北大学学报》1978 年第 1 期。谈凤梁：《〈儒林外史〉创作时间、过程新探》，李汉秋编《儒林外史研究论文集》，中华书局，1987，第 229～247 页。陈美林：《关于〈儒林外史〉"幽榜"的作者及其评价问题》，《吴敬梓研究》，上海古籍出版社，1984，第 271～290 页。
④ 商伟：《礼与十八世纪的文化转折——〈儒林外史〉研究》"导论"，生活·读书·新知三联书店，2012，第 1～32 页。

底否定科举制和八股取士，我们今天更没有任何理由以此来要求他的小说。

《儒林外史》第五十六回伪作说还提出了哪些其他的证据呢？总结起来，无非以下几条。其一，荣登幽榜的小说人物良莠不齐，甚至不伦不类。实际上，宁楷早就指出了这一点。他在《题辞》的第二部分概括小说人物生平时，便有褒有贬，并在结束处写道："虽立身之未善，实初念之堪怜。得阐发以显沉埋，非瑕疵所能委翳。"这并非宁楷的个人观感，而是出自《儒林外史》第五十六回中的礼部奏议："其人虽庞杂不伦，其品亦瑕瑜不掩，然皆卓然有以自立。"宁楷由此感叹品第人物高下之难，盖"非一人之喜怒"，而又务使"高才绝学"之士"尽入收罗"。这正是《儒林外史》本身遇到的难题：第三十七回写泰伯礼，请金东崖为大赞，推马纯上做三献，他们的大名都堂而皇之地写进了执事单，并且贴在泰伯祠的墙上，俨然已是幽榜的一次预演，可是为什么没有人因其"庞杂不伦""瑕瑜不掩"而疑为后人伪作呢？与今天的一些学者比起来，吴敬梓对自己笔下的人物显然有着更复杂、更微妙的理解。而他为此类榜单做出选择和安排时，还必须考虑人物的出身籍贯与小说的谋篇布局等方面，不像评论家那样坐而论道，纸上谈兵，仿佛可以为所欲为。

其二，有的学者认为幽榜与《儒林外史》的语言风格不一致，由此怀疑它非出于吴敬梓之手。但谈凤梁的研究表明，第五十六回的许多词汇都源自经史子集，尤其是《文选》，其中诏表使用的一些僻字也往往见于吴敬梓本人诗赋。如祝文中的"涩𪗱㵢㵢"，语出《文选》中左思的《吴都赋》，又见于吴敬梓《移家赋》。但吴敬梓使用此类词汇时，妥帖恰当，"犯中见避"，绝非金和所言，是妄作者"襞积"而成。[①] 在我看来，金和此说还有一个明显的毛病：他认为幽榜为他人妄增，但承认其中诏表用语多出自吴敬梓文集。既然如此，又如何能够确定这一回不是吴敬梓本人所为，而偏偏是他人窜入的呢？如此立论，不仅缺乏逻辑上的说服力，而且不无自我拆台或授人以柄之嫌。

其三，章培恒指出《儒林外史》第五十六回中万历皇帝上谕对《诗经》的解读有误：《毛诗序》以为《蒹葭》一诗是刺秦襄公未能用周礼，而上谕却误作刺秦穆公不能用周礼。但以此便否定五十六回为吴敬梓所作，显然

---

① 谈凤梁：《〈儒林外史〉第五十六回当属原作》，《古小说论稿》，浙江古籍出版社，1989，第 175～199 页。

不足以令人信服。① 上谕曰："昔穆公不能用周礼，诗人刺之，此'蒹葭苍苍'之篇之所由作也。今岂有贤智之士处于下欤？不然，何以不能臻于三代之隆也？"吴敬梓《文木山房诗说》第二十七篇《秦人不用周礼》也说："《蒹葭》之诗，《序》以为秦不能用周礼，致知周礼之人遥遥在水一方而不知访求。此所谓天地闭，贤人隐之时乎！"② 虽然吴敬梓误将"襄公"写成"穆公"，但他对秦人不能用周礼的理解并没有偏离《毛诗序》，与《郑笺》也基本一致。参照《诗说》来读，可知这原本正是吴敬梓的一贯看法。③

其四，章培恒对第五十六回最严重的指控在于指出御史单飏言的奏疏中有关历史的常识性错误，例如："又有所谓清流者，在汉则曰'贤良方正'，在唐则曰'入直'，在宋则曰'知制诰'。"单飏言即善扬言，是吴敬梓在小说中的代言人。章培恒认为吴敬梓不至于如此不通，必是他人伪作无疑。④ 与此相反，我认为吴敬梓说得不错，而恰恰是批评者弄错了。所谓汉代的清流，主要是就清议而言。汉代的清议人物多举孝廉或贤良方正，而作为察举的名目，汉代的孝廉和贤良方正皆以道德设资格。到了唐代，清流始以文辞显。尤其是中唐之后，与词臣结合，形成了词臣的清流文化。⑤ 吴敬梓并没有像章培恒批评的那样，误将入直认作制科的名称或职官之名，更不至于对唐宋官制茫无所知。自唐玄宗开始选翰林学士夜间入直内廷，以备拟撰之需。入直者在当时和后世的确都被视为清流，令人歆羡。可知清流的含义与时俱迁，至唐宋变成了以文辞为主。吴敬梓对此谙熟于心，信手拈来，而又言之成理，究竟何错之有？五十六回伪作说至此可以休矣。

---

① 章培恒：《再谈〈儒林外史〉原本卷数》，《献疑集》，第 481～515 页。
② 周兴陆：《吴敬梓〈诗说〉研究》，上海古籍出版社，2003，第 117 页。
③ 陈美林认为幽榜中对《诗经》的看法与吴敬梓治"诗"的看法是一致的，见《略论吴敬梓的"治经"问题》，《南京师院学报》1977 年第 4 期。周兴陆对吴敬梓《文木山房诗说》的发现，完整地重现了吴敬梓对《诗经》的解释，并且证明他的解释与《儒林外史》的相关内容是完全对应的。详见周兴陆《吴敬梓〈诗说〉劫后复存》，《复旦学报》（社会科学版）1995 年第 5 期；顾鸣塘《论〈儒林外史〉第五十六回乃吴敬梓原作》，《明清小说研究》2000 年第 4 期；《吴敬梓〈诗说〉与〈儒林外史〉》，《明清小说研究》2001 年第 4 期。
④ 章培恒：《〈儒林外史〉原书应为五十卷》，《献疑集》，第 446～462 页。说到《儒林外史》的常识性错误，实际上，有些地方不过是以今例古，或沿袭、挪用了更早时期的制度官名，未必就是错误。这种情况也多见于《儒林外史》的其他目目。如第二回称举人为孝廉，第十九回写匡超人"贡入太学肄业"，但都不足以证明是他人伪作。
⑤ 参见陆扬《清流文化与唐帝国》，北京大学出版社，2016。

三 从郭孝子的寻父历险看《儒林外史》的
叙述谱系与结构特征

关于《儒林外史》被疑为窜入或伪作的其余五回，批评者通常认为它们在思想和艺术上都有失水准，与小说前后不相一致。这些部分的叙述描写显得过于概念化，缺乏现实主义小说的真实感。而且语言平庸，写作手法拙劣，落入了坊间小说的老套。郭孝子寻父的章节受到了最严厉的质疑，其中郭孝子寻父途中两次遇虎的情节尤其令论者难以置信，大失所望。这些批评不无道理，因为吴敬梓在写作这些章回时，的确犯了主题先行的毛病。他将礼乐兵农的理想方案逐一兑现为小说叙述，并且涉及了他不熟悉的题材和生活领域。为此，他还不得不在这部以反讽见长的小说中去塑造一些理想人物，勉为其难，捉襟见肘。但是这些问题并不足以构成伪作的证据。首先，作为研究者，我们不应该投射一个关于伟大作家吴敬梓的预设，然后将小说中不符合这一预设的部分全部打入另册，让假想的伪作者来为此买单。其次，对小说艺术的判断与时俱变，参照的标准也不尽相同。正因为如此，在古典文学的研究领域中，文学批评离不开文学史的考量，文学批评家必须同时也是文学史家。在评价郭孝子叙述的优劣成败之前，我们首先应该把它放到孝子寻父题材的书写脉络中来观察。

与现当代学者的评价不同，清代的评点家对郭孝子寻父叙述的看法以正面为主，并且每每与《水浒传》相比，如黄小田的第三十八回的回评曰：

> 此篇略仿《水浒传》，未尝不惊心骇目，然笔墨闲雅，非若《水浒传》全是强盗气息。故知真正才子自与野才子不同。

此说或不无偏见，但小说写到郭孝子第一次遇虎时，"只见劈面起来一阵狂风，把那树上落叶吹得飕飕的响。风过处，跳出一只老虎来。郭孝子叫声：'不好了！'"自然令人想到了《水浒传》的武松打虎。张文虎评曰："若落俗手必要写郭孝子如何神勇，力与虎斗，否则又要请太白金星山神土地前来救护，种种恶套。"黄小田评曰："写郭孝子尽管有武艺，却不与虎斗致落俗套。盖只身断不能与虎斗，《水浒传》虽极力写之，穷出情理之外。"他们担心吴敬梓把精通刀法拳法的郭孝子写成打虎英雄，或求助于鬼神现身护佑，都不免落入坊间小说的俗套。万幸的是，这一切并没有发生。吴敬梓写郭孝子第二次遇虎，显然是在挑战自己。他写同样的事件而能同中有异，彼此类似却互不相犯，因此再一次赢得了评家的喝彩。黄小田赞曰："两次遇虎全不相犯，而两次皆得不死。"张文虎调侃道："山行的记着，须带搐鼻散，可以避虎。"但又接着评曰："两次遇虎中间却夹着红东西、黑九、断路的，章法不板。"他随即从唐人的《朝野佥载》中找到了这一细节的出处：有人饮酒大醉，夜中山行，临崖而睡。"忽有虎临其上而嗅之，虎须入醉人鼻中，遂喷嚏。声振，虎遂惊跃，便即落崖，腰胯不遂，为人所得。"可见作者用了心思，而且事出有据。

明清时期的孝子寻亲叙述可以分成不同类型，其中影响深远的有王原寻父和上文提到的黄向坚万里寻亲的故事。王原的事迹见于李贽《续藏书》，康熙年间修撰的《文安县志》《明史》，以及晚明时期的白话小说集《石点头》和《型世言》等。这些版本在情节上大同小异，王原的父亲王珣因不堪里役，离家出逃，最终落发为僧。李贽《王公》写王原找到父亲后，王珣拒绝还乡曰："委妻子二十余年，何颜复见汝母乎？当竟为辉山下鬼耳。"① 天然痴叟的《王立本天涯求父》出自李贽的《王公》，写王珣见到儿子，吃惊道："客官放手，我没有甚么儿子，你错认了。"改口承认之后，又说：

> 你速归去，多多拜上母亲，我实无颜相见。二来在此之前清净安乐，身心宽泰，已无意于尘俗。这几根老骨头，愿埋此辉山土，我在九泉之下，当祝颂你母子双全，儿孙兴旺。②

---

① （明）李贽：《续藏书》卷三《王公》，张建业主编《李贽全集注》第十一册，社会科学文献出版社，2010，第 223～224 页。在李维桢的《孝子王公传》中，王珣曰："若翁赤贫，何以见乡人？不为汝母子辱耶？"［见（清）崔启后修，邵秉忠等纂《文安县志》卷三，中国科学院图书馆选编《稀见中国地方志汇刊》第二册，中国书店，1992，第 66～69 页。参见纪常《孝子王公传》，《文安县志》卷三，第 70～73 页］《明史》作："归告汝母，我无颜复归故乡矣。"（《明史》卷二百九十七《王原传》，中华书局，1974，第 7604～7605 页）详见滕桂华、朱仰东《"儒林外史"郭孝子本事出于王原再考》，《伊犁师范学院学报》2011 年 6 月第 2 期。

② （明）天然痴叟：《石点头》卷三，弦声等校点，江苏古籍出版社，1994，第 48～76 页。在陆士龙的《型世言》第九回《避豪恶懦夫远窜，感梦兆孝子逢亲》中，父亲说："少年莫误认了人，我并没有这个儿子。"又说："我自离家一十五年，寄居僧寺，更有何颜复见乡里？况你已成立，我心更安，正可修行，岂可又生俗念？"《型世言》刊行于崇祯末年，当在《石点头》之后，且不久后失传。直至 1987 年，《型世言》的崇祯刻本才在韩国重见天日。

这一情节或为郭孝子故事所本。郭孝子在成都的一个佛庵中见到父亲后，父亲"吓了一跳"，并一再拒绝相认曰："施主请起来，我是没有儿子的，你想是认错了。"不过，与王珣和王原最终父子相认，并且夫妻团圆不同，郭孝子的父亲至死不认儿子。郭孝子寻父之旅因此没能达成一个圆满的结局。就这一点而言，《儒林外史》更接近上文提到的颜元寻父叙述，因为颜元的父亲早已过世，而郭孝子在父亲拒认后，不得不替别人搬柴运米和挑土打柴，以赡养父亲，直到父亲去世。郭孝子与颜元都是在得不到父亲回应与认可的情况下，仍旧无条件地履行父子义务，而这正是吴敬梓心目中儒家礼仪主义的意旨所在。①

黄向坚的《寻亲纪程》和《滇还日记》采用日记的形式，在具体的时空框架中展开鲜明而丰富的细节描写，将孝子寻亲叙述带入了一个新阶段。他叙述寻亲历险时，涉笔云南、四川等边远地带，不仅险象环生，充满悬念，而且极富于奇幻的异域色彩。他还绘制了大量图画，以途经的地域为背景，描绘他所历经的生死考验、地方习俗和异域景观，形成了中国艺术史上的一次历险之旅。令我感兴趣的是，黄向坚的寻亲叙述也在吴敬梓的郭孝子寻父故事中留下了印迹。其中最值得注意的，我认为是黄向坚寻亲历险中的遇虎母题。

黄向坚的《寻亲纪程》多次写到虎豹的威胁。例如，他行至焦溪时，"塘兵忽大声唤我莫走，有虎在前山，宜小心。予恐，往前，果见虎迹历历"。至平越府，"塘兵时被虎驮去，岭头坡足，骸骨枕藉，商旅绝迹"。他偕父母返乡途中经四川遵义，歇个界水，"与悍兵混宿，谈虎不休，令人战慄"。以至于"自金坑以前，日日谈虎"。果然，出鸣溪，宿罗蓝寨时，老虎出现了："夜半潜行，将晓，遇虎，突于老母舆前，舆人几倒，惊喝跳去。"②

清初李玉在传奇《万里圆》中继续演绎黄向坚寻亲遇虎的母题。例如第十一出：

> 【末】那个虎——【生】虎便怎么？【末】虎先见人，威风百倍。人先见虎，虎减威风。见虎时不可乱喊忙奔，撑雨伞牢牢护体。黑夜

---

① 商伟：《礼与十八世纪的文化转折——〈儒林外史〉研究》第一部分"礼与儒家世界的危机"，第33~164页。

② （明）黄向坚：《寻亲纪程》，《笔记小说大观》第26册，江苏广陵古籍刻印社，1983，第256~270页。

深山,虎常好睡;中宵曲径,盗贼潜踪。夜行时须要低声稳步,依星月悄悄经过。

可知遇虎已经成为孝子寻亲历险叙述中的一个桥段和保留节目。从黄向坚遇虎"惊喝跳去",到李玉戏中的末建议生(黄向坚)遇虎"不可乱喊忙奔,撑雨伞牢牢护体",一直到吴敬梓写郭孝子遇虎,"交跌在地下,不省人事。原来老虎吃人,要等人怕的。今见郭孝子直僵僵在地下,竟不敢吃他,把嘴合着他脸上来闻"。他们应对老虎的方法不尽相同,或许也同样未必靠谱,但对老虎的揣度和想象却构成了孝子历险书写的一个惯例。有趣的是,由于戏台上不容虎豹现身,李玉在第十二出写了一剪径强人,索性就以贾老虎自称。可见剧作家在孝子遇虎的母题上做足了文章,也顺便向《水浒传》的真假李逵(李逵与李鬼)致意。无独有偶,郭孝子虎口脱险之后,遇到了剪径的木耐夫妇,他们假扮吊死鬼来吓唬并打劫过往的行人,与贾老虎和李鬼的伎俩如出一辙。

清代的孝子寻亲叙述往往相互指涉,形成了自觉的叙述谱系。《万里圆》第二十三出是黄向坚的父亲阅读李贽《续藏书》的场景,不出所料,他读到了《王公》一篇,并且诵读原文,感叹道:"比如我家中死活未保,有何人来寻我?"又说:"那王珣回家是六十四岁,我今也是六十四岁,咳,怎学得他来?"① 李玉不仅把李贽的王原传纳入自己的戏文,而且还在孝子寻亲的叙述谱系中为自己的作品定位,同时也预示了黄向坚父子团圆的结局。以王原的叙述为先导,黄向坚父子事实上生活在已经写好的脚本中。但无论是黄向坚的自述,还是李玉的《万里圆》,又毕竟有别于李贽笔下的《王公》。黄向坚写自己"惟祈天地鬼神默佑",李玉也偶尔写到黄向坚陷入危险,幸得土地救护脱身。但与王原的故事不同,他们在写法上很少借助托梦、灵异等超自然的母题,也有意避免神秘色彩。因此,围绕着王原和黄向坚而出现的小说、戏曲和作者自传,分别构成了两种不同风格类型的孝子寻亲叙述。

回到《儒林外史》的郭孝子叙述,我们可以得出两个基本结论。其一,尽管小说的这一部分读起来有些匪夷所思,但绝非作者异想天开,敷衍成

---

① (清)李玉:《万里圆》,《李玉戏曲集》(下),陈古虞等点校,上海古籍出版社,2004,第 1569~1672 页。

篇，更不是改窜者胡编乱造，以假充真。吴敬梓根据小说叙述的需要，分别从有关王原和黄向坚的作品中汲取了部分情节和母题。对已成的惯例，他既有所沿袭，也有所偏离。从《朝野佥载》中去征引遇虎生还的故事，就像写诗作文，在同一个题材上找到了一个更早的出处。至少从作者的角度来看，既是追本溯源，又能别开生面。为此，他或许还有些自鸣得意，想不到两百多年后会被批评家骂得狗血淋头。其二，虽然吴敬梓从有关王原的传记和小说中借用了部分情节，他的写作风格却迥然不同。也就是说，他的写作风格脱离了他所依据的文字素材的写作风格。这一点说明了什么呢？《儒林外史》的第三十八、三十九回的确在题材、主题和呈现的生活场域等方面都有别于小说的此前部分，但我们又不难看到，郭孝子的历险叙述采用了白描体和非寓言体的叙述方式，并且尽量回避梦幻、人神感应和人物的内心独白。这绝非偶然，而是与《儒林外史》整体的叙述风格具有内在的同一性。有关郭孝子的叙述并没有给小说带来风格上的转变，更没有造成风格上的前后不相一致。① 因此，以写作模式和叙述风格为依据来论证《儒林外史》这两回出自他人之手，是不足为训的。

除此之外，有的学者之所以从小说的局部入手来论证伪作说或窜入说，还有一个重要的原因，那就是出自长期以来对《儒林外史》结构特征的一个错误理解。鲁迅在 1923 年完成的《中国小说史略》中将这一特征概括为"虽云长篇，颇同短制"："惟全书无主干，仅驱使各种人物，行列而来，事与其俱起，亦与其俱讫，虽云长篇，颇同短制；但如集诸碎锦，合为帖子，虽非巨幅，而时见珍异，因亦娱心，使人刮目矣。"② 而胡适早在 1922 年就这样写道：《儒林外史》"全是一段一段的短篇小品连缀起来的；拆开来，每段自成一篇；斗拢来，可长至无穷。这个体裁最容易学，又最方便。因此，这种一段一段没有总结构的小说体就成了近代讽刺小说的普遍法式"③。由此形成了《儒林外史》短篇连缀说。由上可见，《儒林外史》沿用了《水

---

① 李鹏飞最近的研究表明，吴敬梓在描写风景、交代时间和天气、处理情节转折和人物交递，以及叙述突发事件和呈现类似场景时，也经常会使用一些特殊用语和习惯性的表达方式。这些特征也体现在上述五回中，并无中途易手的迹象。见李鹏飞《对〈儒林外史〉原貌问题的重新检讨——对萧云仙、汤镇台、郭孝子故事出自吴敬梓之手的进一步论证》，《中华文史论丛》2018 年第 4 期。
② 鲁迅：《中国小说史略》，人民文学出版社，1981，第 190 页。
③ 胡适：《五十年来中国之文学》，《胡适古典文学研究论集》，上海古籍出版社，1988，第 140 页。

浒传》的整体框架，说它没有总结构是不对的。但鲁迅和胡适影响巨大，短篇连缀说于是为《儒林外史》的节选阅读打开了方便之门。由此类推，对一部适合节选的长篇小说来说，局部作伪和改窜也来得相对容易，因为每一段都自成一篇，可以轻易拆开或随意增删。这实在是对《儒林外史》的一大误解。

事实上，《儒林外史》是最不应该拆成一段一段来阅读的长篇小说。看上去吴敬梓的确是"仅驱使各种人物，行列而来，事与其俱起，亦与其俱讫"。因此，似乎只要删去郭孝子、萧云仙、汤镇台和沈琼枝这几个人物，就可以一举恢复《儒林外史》的原貌而万事大吉了。但情况并不如此简单，因为这些人物又与其他的人物彼此关联，故事发生在他们之间，往往起讫不相一致。此外，许多人物退场之后并没有销声匿迹。他们要么在很多回之后重新露面，要么在后来者的对话中被反复提起，从而形成了前后不可割裂的连贯性和整体性。在这两种情况下，他们的故事都远远没有结束，而是被不断重述、更新或逆转。他们本人也在后来者七嘴八舌的解释与评价中呈现出不同面相。① 与此相应，吴敬梓尤其擅长在人物情节之间穿插交织，将叙述线索细针密线地连缀、编织起来，甚至不忘回应多回前提到的细节。草蛇灰线、伏脉千里的笔法在《儒林外史》的这五回中比比皆是，正所谓牵一发而动全身，令伪作者或改窜者无从下手。而与此伴随的，还有许多复杂的叙述修辞手段。正因为如此，《儒林外史》的质疑者迟疑再三，不得不把涉嫌窜入或作伪的最小单元压缩到半回，甚至小半回。这样来划定伪作或窜入的部分，已经有些勉为其难了，毕竟伪作或改窜半回的先例十分罕见。可是，即便实施了如此精准的外科手术，也无法切割得一干二净，反而动辄得咎，伤害了小说内部的细腻肌理和绵长伏脉。

仍以《儒林外史》第三十八回的郭孝子寻父为例。他在上一回途经南京，承蒙武书介绍，前往陕西拜访同官县知县尤扶徕，尤公于是将他安置在海月禅林的老和尚处。而这位老和尚早在第二十和二十一回就已露面了，当时正住在南京太平府芜湖县的甘露庵。牛布衣病逝在甘露庵，将后事托付给了老和尚。老和尚不久后前往北京报国寺做方丈，并且希望与牛布衣在京城为官的朋友冯琢庵取得联系，了却为牛布衣奔丧的心愿。小说的第

① 商伟：《〈儒林外史〉叙述形态考论》，《文学遗产》2014年第5期。

二十三回果然写到了京城的冯琢庵，这条叙述线索紧扣已故的牛布衣和假冒牛布衣的牛浦郎这两个人物，断而复续，曲折有致。直到第三十八回老和尚出现在同官县的海月禅林，我们才得知他因厌倦京城的热闹而迁居此地。接下来郭孝子带着尤公写给萧昊轩的信，赴四川寻父，并在第三十九回偶遇萧昊轩之子萧云仙。但此前萧云仙已经出场，而老和尚再次扮演了线索人物的角色。他收到郭孝子的来信，得知他寻父的结果，半年后前往成都去见郭孝子，但在路上落入恶和尚的手中，有了一番意外的历险。那个不久前被他从明月禅林驱走的恶和尚，原来是响马贼头赵大。赵大正要对老和尚下手之际，幸得萧云仙及时赶到，当即施展弹子法，救了他的性命。清代的评点家对吴敬梓细针密线的编织手法大为赞赏，黄小田在小说第三十八回写老和尚收到郭孝子的书信处评曰："顺手复递到老和尚，其实是借老和尚递到萧云仙，却又不用'按下不表'、'且说老和尚'云云俗套。故笔墨雅饰，大异寻常小说，俗目何尝得知？"张文虎的天二评补充道："盖赵大是萧昊轩手底游魂，见云仙能竟未竟之绪。文脉实承庄征君入都来。"张文虎指小说第三十四回庄绍光入京途中遇响马贼头赵大，幸得萧昊轩及时营救而幸免于难。但赵大侥幸走脱，须得萧昊轩之子萧云仙来做一了结。①

清代评家的这些见解很值得今天的读者注意，因为如此细密的笔法在现代小说中已几成绝响。吴敬梓为了接续老和尚这条线索，甚至不惜回溯到第二十回去。小说的叙述者完全可以有更方便的选择，那就是写郭孝子入蜀并在途中邂逅萧云仙。但吴敬梓舍易就难，不仅给了老和尚一个正式的退场，也为郭孝子的行旅提供了一条辅线，从而避免了小说叙述的单线展开。同时，他还通过老和尚引出了萧云仙与赵大的遭遇，以此收束第三十四回的叙述脉络。吴敬梓在郭孝子和老和尚之间转换叙述焦点，先是通过他们先后入蜀这两条平行而又互不交汇的线索来引介萧云仙，最终又写了他们如何分别与萧云仙道别而各自退场。

清代的评家经常提醒我们《儒林外史》的写法如何超越了《水浒传》。这两部小说之间的差异显著，但《儒林外史》沿袭了《水浒传》的整体结构，从小说的行旅母题和时间跨度来看，也具有可比性。清代的评家正是

---

① 关于小说这一部分的结构手法，参见李鹏飞《对〈儒林外史〉原貌问题的重新检讨——对萧云仙、汤镇台、郭孝子故事出自吴敬梓之手的进一步论证》，《中华文史论丛》2018 年第 4 期。

在这一可比性的基础上来理解《儒林外史》的突破性的，而它的第三十八和三十九回就是一个绝好的例子。首先，尽管《水浒传》也多用伏笔，前后照应，但《儒林外史》的笔法更为细密，穿插交织也愈加巧妙频繁。其次，《水浒传》很少采用双线叙述的做法，而往往是以一个人物的历险为线索来展开，并由此构成相对独立的段落。相比之下，《儒林外史》则随着许多人物渐次出场而又陆续退场，形成了相互重叠错落的叙述单元。其中没有任何单元可以完全自成一体，彼此之间也难以截然划分。这一写法对作者提出了更高的要求，他不仅要掌握高超的编织技巧，还务必有全局的安排。任何人从局部下手作伪或改窜原作，都做不到这一点。

《儒林外史》中的许多人物都同时承担了小说叙述的功能，甘露庵老和尚即为一例。叶楚炎提醒我们，武书反复出现在三十六至四十九回之间，也是串联小说叙述的线索性人物。① 在我看来，这是吴敬梓精心设计的一个重要环节，恰恰排除了宁楷作伪的可能性。如果把这一设计归功于伪作者，那就意味着他在这十四回的篇幅中以武书为线索来重新设计叙述，不仅作伪的范围远远超出了预设的那五回，而且牵扯的头绪之多，连伪作说的支持者都无法面对。

宁楷不可能是《儒林外史》的伪作者，还有更多的原因。实际上，以宁楷为原型的武书不仅履行了小说叙述的使命，还是一位有血有肉的小说人物。而他从三十六回一出场，就没能逃脱《儒林外史》标志性的"婉而多讽"的春秋笔法。诚如清人张文虎所评，虞博士初见武书，便问及"令堂"旌表与否，但武书"一开口便滔滔历数，急于自见耳，并不曾说到其母节行"，"自数不清，无非欲显其聪明历考高等耳"。第三十七回，武书遇见杜少卿，又一次不失时机地自我炫耀说："前日监里六堂合考，小弟又是一等第一。"杜少卿无话可答，略显尴尬，只好说："这也有趣的紧。"而讥嘲之意已溢于言表，张评武书曰"浮气未除"。武书自知无趣，岔开话题道："倒不说有趣，内中弄出一件奇事来。"接着连讲了虞博士的两桩奇事，还问杜少卿："你说好笑不好笑？"张评"好笑者笑虞博士之呆也"，可谓一语中的。这并不意味着武书是一个负面人物，或者吴敬梓刻意借武书贬损宁楷。吴敬梓为宁楷的诗文集作序，不惜溢美之词，盛赞他的才华和成就，

---

① 叶楚炎：《〈修洁堂初稿〉及〈《儒林外史》题辞〉考论》，《文学遗产》2015 年第 6 期。

又说自己与宁楷一向"交称密契"。① 而与朋友交往时，吴敬梓"剧谈杂雅谑"，又少不了要开他们的玩笑。②《儒林外史》是一部以反讽和戏谑见长的小说，吴敬梓写到他的自我形象杜少卿时，也不乏反讽和自嘲，并没有网开一面，放过自己。甚至连虞育德这样几近完美的人物，一旦走出传记叙述的特权时空，都不免暴露在反讽的视角之下和众说纷纭的议论当中，更何况是武书呢？但是，倘若宁楷果真在此做了手脚，他改窜过的自我形象竟然会是这样的吗？或者作为改窜者，他明知武书是以自己为原型写成的，却放在一边不管，反而一门心思去大写特写萧云仙、汤镇台和郭孝子，并在《题辞》中对他们不吝其辞，赞赏有加，又岂非咄咄怪事？

除此之外，有些学者还引述《儒林外史》在叙述时间上的不相一致之处，来论证伪作说或窜入说。但此说显然无法成立，因为小说叙述时间失去统一性或含糊不清的现象散见于《儒林外史》的不同部分，而不仅限于上述五回。更严重的是，对伪作者的无端假设让我们失去了观察和理解《儒林外史》叙述特征的一次机会，从而错过了真正的问题所在。③ 说到改窜和造假现象，还有一个因素不容忽略，那就是当时的学风和士林心态。江南是乾嘉考据学的中心，在当地的文人圈子里，未可轻言作伪，因为作伪的门槛不低，代价更高。作为个中人，宁楷和吴敬梓的其他朋友都不会不懂的。关于这一点，我们今天也不能不予以认真考虑。

以上的回顾和辩释将我们重新带回五十六回版的《儒林外史》。作为古典小说的阐释者和研究者，我们已不再可能回避《儒林外史》的整体性和全部的复杂性而对它做出选择性的阅读了。而《儒林外史》的整体性和复杂性，也反过来对我们的阐释和论述提出了相应的要求。这是《儒林外史》研究的出发点，舍此别无他途。

［作者单位：美国哥伦比亚大学东亚语言文化系］

---

① 参见（清）宁楷《修洁堂集略》卷首。

② （清）涂逢豫：《怿堂诗钞》卷二《二十三日集饮轩中同用昌黎集中辛卯年雪韵》。据叶楚炎考据，吴敬梓在《儒林外史》中以涂逢豫为原型创造了余饔这一人物，雅号"余美人"，见《新见〈怿堂诗钞〉作者与吴敬梓关系考论——兼论〈儒林外史〉人物原型》，《文献》2019 年第 2 期。

③ 商伟：《〈儒林外史〉叙述形态考论》，《文学遗产》2014 年第 5 期；《〈儒林外史〉的副文本与叙述时间》，《文学遗产》2021 年第 6 期。

《儒林外史》在日本

——以 20 世纪日本人眼中的《儒林外史》为中心

〔日〕矶部祐子

内容提要　《儒林外史》在日本的接受呈现出其特殊性。考辨其流播的过程，不能仅仅着眼于这部经典自身的思想与文学特征，还应注意其在日本传播的历史现场，以及背后呈现的多样性与复杂性，从而更深入了解这部作品所隐含的文学及文化意蕴。

关键词　《儒林外史》　日本　20 世纪日本汉学

《儒林外史》于江户时代末期嘉永三年（清道光三十年，1850）传入了日本长崎。① 当时，日本各地出现了竞相收集中国小说的热潮，这些中国小说成为当时日本的知识阶层了解清代的风土人情的一扇扇窗户，透过这些，他们更多地了解并试图理解这些小说背后呈现的中国清代的文化社会风尚。基于这种文化背景，两套《儒林外史》被中国商船带到了日本。

现在所知的《儒林外史》的最早版本是出版于嘉庆八年（1803）卧闲草堂本的现存版。稍晚之后还有嘉庆二十一年（1816）的艺古堂本刊本。但从现有的资料看，传入日本的《儒林外史》具体属于哪一种版本无法考证，而江户末期的知识阶层如何接触并阅读《儒林外史》也无从知晓。

明治维新以后，日本世风转变，文化社会风尚面临许多的转折，日本人的中国观也因各人相异的立场变得复杂多样。在文化变革中，有人将目

---

① 日本长崎县立图书馆藏《书籍元帐》。

光转向了《儒林外史》，关注到这部小说背后的多重文化意义。

当时有一位代表性的汉学家——森槐南①深谙中国文化习俗，1911 年（明治四十四年）他在自己的著作中就曾提及过清代小说《红楼梦》《红楼后梦》《红楼续梦》《红楼梦补》《品花宝鉴》《儒林外史》《镜花缘》《儿女英雄传》。他对《儒林外史》做出这样的阐释和定位：

> 《儒林外史》，所描写的是书生出了学门参加文官考试及第后而直至成为官役的历程。众所周知，中国从明代开始以八股文取士选拔官吏，所谓的八股文是以诸种文句为主题，并以所取的主题而作的八股形式的文章。因此书生一踏出学门就马上潜心研究其八股文，之后耗尽生涯一年一度参加应试却是屡试不第，终其一生被称为读书人的秀才在中国比比皆是。抓住这种人物的萧墙之内的事件而撰写的即是《儒林外史》。这本书也很值得一读，这部小说不以修辞为主，而以暴露儒家社会的瑕疵及书生世界的纰缪为中心。从书中可以窥见中国风俗之一端。②

森槐南是汉学诗人森春涛（1819～1889）之子，受其父亲的影响，不仅对汉诗满怀兴趣，对中国的通俗文学也颇为爱好，并学习了汉语。因幸得其父之友伊藤博文的知遇之恩，曾就任过宫内省图书寮编修官等职，同时，也曾受东京帝国大学之邀，作为讲师任过教。后来东京帝国大学的教授盐谷温曾记述说"大学时期，听森槐南先生讲义，在中国的戏曲小说方面得到了启蒙"③。在后辈学者的眼中森槐南是中国通俗文学的启蒙老师，这其中自然也包含《儒林外史》在内的中国小说。

在此之后的 1933 年，小川环树④选择了当时在日本尚无全译本⑤的《儒林外史》作为研究对象，其京都大学文学系的毕业论文便是以《儒林外史》为主题，题为『小説としての「儒林外史」の形式と内容』（《作为

---

① 森槐南（1862～1911），日本明治时期著名汉学家及汉诗词作家。
② 〔日〕森槐南：《作诗法讲话》，东京文会堂，1911，第 353～354 页。
③ 〔日〕盐谷温：《天马行空》上篇，日本加除出版，1956，第 70 页。
④ 小川环树（1910～1993），曾任教于京都大学，长期从事中国的研究。代表作有『風と雲 中国文学論集』《唐诗概说》等。
⑤ 小川环树在其《中国小说史の研究》的序文当中提到，当时尚有钱稻孙所译的前二回，连载于某杂志上。但因为资料所限，笔者并没有找到这本杂志。

小说的〈儒林外史〉之形式与内容）)①，论文关注到《儒林外史》的文体特点以及人物原型，并围绕这些展开论述，这标志着日本学界对《儒林外史》研究的正式开始。他在文中提出了四个观点：（一）作者对世情了解之深刻在作品中展露无遗；（二）虽然通过此书能够了解当时的社会，但归根到底这部作品还只是一部"外史"，一部小说；（三）小说言情状物，作者的笔墨所至，无不合情合理；（四）作者并没有像《水浒》那样是为了迎合普通民众的趣味而写作，而是以文人之笔，投文人之好，表文人之情。

此外，另一中国学研究的重要人物青木正儿②也关注到《儒林外史》的重要意义。早在京都帝国大学就读时，青木正儿就敏锐地意识到五四运动等中国新文化运动的重要性，并从"中国学"研究者的立场出发去理解《儒林外史》。起因是1935年（昭和十年）汽笛社出版了鲁迅的《中国小说史略》的翻译本，他对其表现形式与嘲世讽俗的批判精神给予了很高的评价，他说：

> （《儒林外史》）客观地描写了当时（的）文人阶层的情况，也描写了作者自身及其周围文人的生活，是一部怒斥当时为科举而行龌龊的时文，并为文艺之士大吐胸中万丈豪气的痛快淋漓之作。这部小说在结构上形成了一种新的表现形式，即故事情节时而随机而起，时而旁逸斜出，甚少顾及文章前后的起伏照应，各个故事亦无结尾，整部小说没有一个明确的主线故事。这是之前不曾出现的一种表现形式，其描写之细致与行文之流丽虽略逊于《金瓶》《红楼》，结构之博大与笔致之道劲亦不及《水浒》，但其嘲世讽俗之深刻，书生气概之昂扬，却是他书所不及者。可与《红楼》并称为清代小说之双璧。清初李渔之后，多以《三国演义》《水浒传》《西游记》《金瓶梅》并举，称为四大奇书；今时今日我们亦可在其上加入《红楼梦》《儒林外史》两本，一并称为六大奇书。③

---

① 本文初次发表于《支那学》昭和八年5月第七卷第一号，后收入小川环树『中国小説史の研究』第四章，岩波书店，1968，第181～197页。
② 青木正儿（1887～1964），日本昭和时期著名的中国研究专家。
③ 本文初次发表于1935年，收录于《支那文学概说》第五章"戏曲小说学"第四节"白话小说"。后收入《青木正儿全集》第一卷，春秋社，1969，第364页。

　　同一时期，濑沼三郎①也站在其作为社会评论家的立场上翻译了《儒林外史》。其译文连载于 1935 年 4 月 2 日至 12 月 1 日的《满洲日报》，题名为《小说·儒林外史》，在题目之后标有"原作 吴敬梓　翻译 濑沼三郎　插画 河野久"等语。连载时濑沼三郎略去了带有总结性质的第一回，其译文起于第二回，止于第三十三回之后半部分的"……杜少卿坐下，同韦四太爷、来霞士三人吃酒"一句。他又将各回的回目删去，将译文分割为 203 篇，按照连载顺序标以序号，并附有插画。他还有『満州の民謡』② 与『支那の现代文藝』③ 两部作品。或许他是为了更深刻地了解当时中国的民情而进行的翻译。他在『「儒林外史」とその作者』一文里说：

　　　关于《儒林外史》及其作者吴敬梓，几乎不为日本人所熟知。吴敬梓为清初极有名望的文学家，康熙四十年（公元 1701 年）生于安徽省全椒县的一个仕宦书香之家。乾隆十九年十月末逝于扬州寓中，终年五十四岁。他十三岁时丧母，受父亲（清廉为官的）熏陶，志在出仕，为通过科举而勤于学业，二十岁时考取秀才。但在他二十三岁时，父亲突然离世；三十岁时与他育有一子的爱妻又先他而去，这使他的心境发生了极大变化。吴敬梓为人豪爽而有侠气，经常扶危济困，周济贫苦，父亲虽然留给他两万余两的家产，但大半被他挥霍一空，致使他不得不放弃其冠绝江北的园林府邸，（举家）迁至南京居住。移居南京之后，他醉心于秦淮河畔的水亭生活，与众多文人交友往来，倾心专注于诗文创作。这时他的文才已经广为人知。之后不久，在他即将要满三十六岁那年的春天，安徽巡抚赵国麟向朝廷举荐他参加博学鸿词科，但此时的他却因感慨于官场的腐败黑暗，早已放弃了出仕的愿望，因而拒绝了这次举荐。吴敬梓考取秀才之后，一直同官员有来往，但（因为他拒绝了举荐，因而）完全断绝了同官场的联系而得以能够专心所好。这也使得他的生活愈发艰难。四十岁时已近乎于家产荡尽，其长子甚至到了自谋生路的地步。最后就连他视若珍宝的几十册爱书也都因迫于生计而不得不忍痛割爱。乾隆十九年十月末，他穷

---

① 昭和初期任日本《国民新闻》驻北京特置员。其生卒年不详。

② 〔日〕濑沼三郎：《满洲之民谣》，满洲国通讯社，1938。

③ 〔日〕濑沼三郎「支那の现代文藝」『大支那大系　第 12 卷　文學·演劇篇』刊载，万里阁书房，1930。

困潦倒地客死扬州，终年五十四岁。在他晚年的十年间，一直过着贫苦漂泊的诗人生活。其著作除《儒林外史》外，还有《文木山房集》及《诗说于卷》等。

《儒林外史》是一篇成书于吴敬梓三十六七岁至四十八九岁即他的写作成熟期到晚年这十数年间的讽刺小说，作者在同迎面而来的穷困生活与人生苦恼的斗争之中依然坚持了写作。小说最初付梓距今已有一百八九十年。

儒林是指信奉孔子之道的学者也就是儒者这个群体。也可以指读书人阶层或者读书人群体。小说取材于对"外史"——即读书人阶层的现实生活——的描写。书中人物所处的时代虽然称作明成化、嘉靖年间，但实际上描写的是作者所处的清朝文化繁荣期的康雍乾三朝的社会现实。亦反映出了当时的腐儒生活、官场腐败和社会丑恶，这些共同构成了一出生动的中国社会思想史。作品中从属于不同阶层的有着不同性格的人物同许多事件一同出场，真实地反映了中国的社会百态。出场人物中亦出现了作者的尊敬者、挚友及作者本身。比如作品中虞博士的原型为江宁府学教授吴蒙泉，迟衡山的原型为礼乐金石学泰斗樊圣谟，杜慎卿的原型是作者的堂兄弟吴青然，而杜少卿的原型即是作者本人。作品的后半大多为作者身边所发生的事件，又或者是作者耳闻所得。不过这本小说的构成不同于其他的小说，即大部分的小说例如左拉的《娜娜》、《炭坑事件》那样主要内容只涉及一位主人公或者一个事件，但是这部小说里并没有一个贯穿始终的主人公或者事件。最开始的主人公在两三章之后即消失，而原来的次要人物则成为下一个故事的主角活跃在不同的事件之中，也可以说这是基于各主人公之间的连锁关系，顺次展开事件的一种短篇故事的集成。

本来，王朝时代的中国社会是由官绅、志在出仕的读书人及一般平民这三个大的阶层所构成的。这三大阶层的形成同中国历代王朝沿用的被称为"科举制"的官员选拔考试制度息息相关。科举制大大拓宽了下层士人的进身之路，也因此使宦仕朝廷、出将入相成为了普通人走向富贵荣华的唯一人生之路，也进而以此来光耀门楣，赢得乡里尊重。考试科目虽然各朝不尽相同，但是基本上是尊奉经学即儒学为正。考试首先是在各地方举办，只有作为最高等级的进士考试才在京城进行，因此应试科举的这一批人即读书人阶层广泛遍布于全国各地。清朝也沿袭历代旧制采用科举取士并完全继承了明朝的科举制度。试题的答案全部限于一种被称为八股文的文体。八股文是一种按照对句法将文章分为八个部分并逐一议论的规范文体，对考试题目要按照八股文的规范罗列典故，因而完全不重视对问题本身的思考和文学上的独创性。由此在当时的读书人之间，为了考中科举的死记硬背极其盛行；而对于古学的研究，则除了一部分笃志好学的儒学者之外并不被时人所重视；不仅经学沦为一种流于形式的学问，甚至于那些站在学者立场上轻视科举而埋头研究经学的正统儒学者们也被冠以"疏于世事之辈"，遭到所谓读书人阶层的轻视。加之他们一旦得偿所愿，出仕做官，就会利用高位汲汲钻营，中饱私囊。一方面，读书人阶层的这种倾向也反映在一般社会生活中，多数人无视儒教的真正精髓。举世之中，大多都沉湎于背离人道的充满欺瞒谲诈的现实主义，所到之处亦无不飞扬跋扈。

仕宦阶层的腐败，儒林队伍的堕落，庶民社会的拜金现实的丑恶，凡此种种的社会现实，令作者非常愤慨。他抱着为读者"指明人生正确道路"的满腔热情与坚定信念，决定编写这部小说。

他在作品里直白地表达了自己的人生观与社会观。可以看出作者乃是一个对人生有着铁石坚心之人。这是一种把儒家精神与老庄哲学融合在一起的独特的信念。因此我们可以窥见作品在精神上、艺术上具有类似屈原等人的特点。同时，其简明高雅的文风亦真实地反映了作家所具有的崇高的品德。

作者向读者呼吁：荣华不是人生的唯一目的。富贵也不是人生的唯一目的。人应该有更加崇高的精神世界。人的一生应该正直，只有在精神的世界里才能得到真实的心灵享受。

这部作品虽然充满人道主义精神，但并不同于中日旧文学时代所常见的那种惩恶扬善的小说。毋宁说，他站在了这些小说相反的立场。作者试图用白描的表现手法使读者更深刻地觉悟反省。这种尝试在这部小说里获得了充分的成功。此外，作家把活生生的社会事件、作品人物的言行举止描写得惟妙惟肖，因此活灵活现地描绘出了当时中国社会与中国人的真实概貌。没有哪一本可比它更准确地回答了"什么是中国人？"这个问题。讽刺固然巧妙绝超，描写更是入木三分。

"只有正直地生活才是人生！"他抱着这样强大的信念并对此深信不疑，从作品中时常出现的临终、送别场面或者杰出人物的对话里，极其自然地流露出了作者所坚守不渝的人生哲学。读至此处，读者恐怕也会为这漫溢而出的敬虔之念而自省其身吧！罗曼·罗兰说过："某种意义上，《复活》就是托尔斯泰在艺术上的《圣经》。"这句话同样可以适用于《儒林外史》，可以说《儒林外史》就是吴敬梓在艺术上的《论语》。

吴敬梓与许多于我国日本文坛有重大贡献的世界著名的作家——雨果、屠格涅夫、托尔斯泰、陀思妥耶夫斯基及福楼拜、莫泊桑、易卜生、左拉等相比，他早于他们一个乃至一个半世纪之前，在十七世纪的前半叶就已走完一生，在大诗人歌德诞生之时，《儒林外史》即已刊行初版。不仅如此，他还在作品中巧妙地融入了自然的描写手法，并将由于事件的连锁所带来的腻烦转化于无形。这种富于诗意的叙述手法更提高了他作为文学家的价值。

百年来，这部小说在中国博得了文人阶层的一致好评。在当今的中国青年中在内容上最具近代小说的特点而受到热烈欢迎。同时反对陈腐的八股文，使用言文一致的文体写作亦是这部小说的一个特征。大概这种对伪古文学派的挑战也使得他大为痛快吧！若说到在文学方面的影响，可以说清末勃然兴起的讽刺小说即发端于《儒林外史》，仅从这里也能充分想象到其影响之大。此外还应该提到的是，随着西欧文学思想传入中国，民国五、六年之后倡导文学革命、提倡白话文（言文一致）的胡适及陈独秀等一批中国的新人文学者将《儒林外史》与《红楼梦》《水浒传》并称为中国有史以来最具代表性的三大小说。

本书有五十五回本、五十六回本、六十回本等各种版本，而我选用了错误最少的五十五回本，将其完全翻为日文，现连载于《满洲日报》上①。关于书中的故事典故也稍加做了注释。拙译得以完成，林止先生②于我教诲甚多。另外，我偶然得见这部吴敬梓的伟大作品，进而能够有机会专心地进行翻译工作，亦多承蒙满铁总务部长石本宪治先生的厚情。③

---

① 《满洲日报》所载译文如上文所述只到第三十三回后半为止，并没有见到作者所称的全本译文；因为本文发表于译文连载期间，作者是否已经完成了全部译文抑或者仅仅是有此打算，限于资料现在还无法明确得知。

② 其人未详。

③ 《满蒙》第十六年五号，满蒙社，1935，第82~85页。

此外，在小说译文连载之前，濑沼三郎也曾于《满洲日报》①上发表了一篇关于《儒林外史》的解说，从中亦可以一窥作者对《儒林外史》的评价。

小说《儒林外史》解说

《儒林外史》是一部与《西游记》《三国演义》《水浒传》《红楼梦》并称的中国小说。《西游记》《三国演义》《水浒传》《金瓶梅》在德川时代既已译为日文，广为人知。而《儒林外史》之所以流传不广并非由于其他原因，所谓淫色动人情，怪诞乱人心，恐怖惧人胆，自古以来，莫外如是。

《儒林外史》中不涉男女之事，猎奇、暴虐之文亦少见，所以在中国被称为模范的中学国语教科书。但这绝不意味着小说平淡无味，反而正是因为其妙趣横生，才能与以上那些情色怪诞之类的小说相抗衡而流行于世。

作者是安徽省的吴敬梓，生于清康熙四十年（1701），殁于乾隆十九年（1754）。为一代之大学者、大文豪、大诗人，同时他也是个奇异乖僻之人。其族世代官宦，亦有高官显宦，文章大家。自身亦文采出众，但却不应科举，钱财荡尽，困于衣食。饮酒作诗，作文自娱，安然于陋巷之中。这部小说中他以自身及所见闻的文人官吏之事为本，尽吐胸中垒块。

时为康乾之盛世，举世之人，皆沉湎于追求名利。但若求功名富贵，唯有出仕一途；若为出仕，则必须科举得中；若想高中，则八股必须烂熟于胸。因此不论文人官吏，皆置真正的学问于不顾，也无所谓人品道德。终日只浑浑噩噩于训诂章句之类的末技之中。官场和学界之中也是阿谀贿赂成风，满眼的尔虞我诈，社会风气浮华，人人拘于封建礼教，不敢流露真情。只有了解了这样的时代背景，才能解得小说三昧。

观察透彻，描写真切。翰林、秀才、名士、平民，在他们的心理活动之间，一幅生动地描写了当时社会百态的画卷在眼前徐徐展开。既有痛骂，也有讽刺，而且不直白露骨，并将幽默巧妙自然地融入其

---

① 昭和十年 4 月 1 日。

中。如同记述二百年前故事的《水浒传》《金瓶梅》一样，读这本小说，也能从中一窥现在中国的某些方面。

瀬沼三郎在对《儒林外史》进行翻译的过程中深刻地体会到了这部作品的文化内涵与文学特色。他敏锐地洞察到作者吴敬梓巧妙融入小说中自然的描写手法，并评价吴敬梓在小说中对社会各阶层虚伪丑恶的揭露，使得《儒林外史》具有了普遍性的批判价值。在当时的政治环境下，他能做到如此客观的评价，是值得充分肯定的。

关于《儒林外史》的日语译本，除了上述瀬沼三郎所译的前三十三回之外，尚有冈本隆三①所译的前二十七回。其译文见于1944年开成馆出版的《儒林外史》上卷。译文开始于第一回，止于第二十七回，并大致保留了汉语原文的格式，各回皆有回目，在书后所附的解说里还添加了译者对前二十七回的简短解说。冈本隆三在译文后面的解说里对《儒林外史》进行了如下的评价。

> 正如"外史"这个名字一样，本书借用明朝作为背景，从侧面客观描写了当时的士人阶层，在批判那些所谓的风流才子之辈的同时，也对官员入仕所必经的科举考试所带来的时弊加以讽刺；是一部深入挖掘人性与礼教矛盾，揭露和痛斥社会各阶层虚伪丑恶的作品。②

《儒林外史》的全译本直到1960年才得以面世，它由稻田孝③翻译，收录于平凡社出版的《中国古典文学大系》一书中。但是，在当时知晓《儒林外史》的人却依然不多，关于其个中缘由在稻田孝于译文后面所附的解说中可以一见。

> 《儒林外史》同《红楼梦》一样，是继明末《金瓶梅》之后，清前半期章回体小说中的又一杰作，亦是中国古典文学中的一朵奇葩。但可惜的是，这样优秀的文学作品还不被我国大众所熟知，其知名度

---

① 冈本隆三（1916~1994），作家，日本中国研究专家，翻译过许多中国近现代文学作品。
② 〔日〕冈本隆三译《儒林外史》，开成馆，1944，第665~682页。
③ 稻田孝（1915~2005），曾任教于东京学艺大学，长期从事中国研究。代表作有『聊斋志异　玩世と怪異の覗きからくり』。

远远不及其他的章回体小说。这不论是对中国文学，还是对《儒林外史》本身，都是一件不幸的事情。

至于不受欢迎的理由也许有很多吧！在我看来以《儒林外史》为基础，本来应该会出现有关"讽刺文学和日本风土"这样的深层讨论，但是因为书名起的不太好，这样的讨论并没有出现。其他章回体小说的书名，单从字面看就能使人恍若坠入梦幻般的温柔乡中，抑或马上使人在眼前浮现出金戈铁马的热血场面。这些章回小说换言之也就是通俗读物都拥有一个与其自身极为相配的书名，与此相比《儒林外史》这个名字可以说是索然无味，缺乏魅力。加之喜爱文学作品的人也通常会对"儒"这个字感到反感。

还有，为了没有读过这部小说的读者，我要在此首先申明一下，实际上这个看上去极为严肃僵硬的书名，正是小说风趣及其存在意义的最好证明。如果不先行解释，我担心有的读者会只看书名便失去了阅读本书的兴趣。

那么，究竟是怎样的证明呢？

本来章回体小说对那些被称为文人士大夫或者读书人的人也就是当时的知识阶层来说是一种被蔑视的存在。光明正大地阅读这样的书更被看作是一种非常粗鄙的行为。《儒林外史》的"儒"所指的就是这样的高级士大夫阶层。因此，这部小说站在被"儒"所鄙视的立场上，堂而皇之地对"儒"这一阶层指指点点，而其态度亦可以说是毫不留情，并尽情地对其进行揶揄嘲笑。

《儒林外史》就是这样的一部"表里不一"的作品，其书名之严肃正是其内容之风趣的有力证据。

稻田认为《儒林外史》是一部直言不讳地讽刺士大夫阶层的畅快淋漓之作。此种评价，与前文所述的青木正儿、濑沼三郎、冈本隆三等观点很相似。同时，稻田阐释《儒林外史》的令人钦佩之处，是把应予讥讽的科举制的弊病透过对各样的人物描写而彰显无疑。其记载如下。

关于科举制的弊端，已然被许多人所察觉，在小说等中作为素材也常被提及，并非是《儒林外史》的作者之创见。因此在这一点上，《儒林外史》不足以为奇。《儒林外史》的可贵之处，其一是与科举制的弊端坦然无惧地串联成一体的卓尔不凡，另一处则表现在，并非追究制度的是非曲直，而是坚持不懈地追踪被制度所扼杀的人间百态的真实景象，其追踪得可谓精彩高妙。即是说，所描写的不是制度，而是人物。

此外还评价说，《儒林外史》的人物描写，也扩展到了因科举以外的制度而饱尝困苦的大众。他接着说：

> 当然在古代中国压迫束缚"儒林"中大众的不仅仅是科举制度。各式各样的古老传统与常规惯例以及诸多的封建制度使得他们苦不堪言，这种世间的不幸在此小说中亦可随处一窥而见。

另外，《儒林外史》分别描写了与"愚蠢、庸俗、傻瓜、小气、吝啬、狡猾、懦夫、无知等"骂人的恶语脏话相匹配的人物。换言之，也可以说稻田从小说人物的生动形象，理解了作家刻画人物的高超手法，发现了《儒林外史》这部作品独特的文学价值。

基于以上的理解，稻田对这部作品的意义做出了准确的定位，他得出的结论是：在思想史方面含有"近代思想的萌芽"，而且处在"明末清初业已开花结果的阳明学左派流派及清代初叶的实证主义方面的诸种倾向的体系之中"。

> 再有我们在此小说中能够感受到，近代思想的萌芽，例如所说的寻求与生俱来的人性、寻求健全而自由的知性、破除迷信、启蒙思想、肯定平民百姓的心情等等在整个篇幅中都有脉搏在跳动着。说起来，小说的题目自始至终都倾向于理性化，这本身或许已经让人们看到了作者极力地要去靠近近代性思想的证据吧。从思想的系谱来讲的话，同样，可以说作者在明末清初业已开花结果的阳明学左派及清代初叶的实证主义方面的诸多倾向的派系之中吧。

以上是 20 世纪日本人眼中《儒林外史》的研究及翻译的简单介绍。综上所述，虽然在日本就《儒林外史》的研究并不如其他中国小说那么广泛，但是也有数位汉学家及社会评论家对这部作品别具眼光，并从各自的专业角度进行了阐释。然而，这部小说在日本毕竟没有达到《三国志演义》及《水浒传》那样的接受广度。若论及其深层原因，其一，要真正理解《儒林外史》，需要充分了解与之相关的中国制度，而当时的日本对于中国的社会制度缺乏广泛的认识与了解，这种隔膜造成了《儒林外史》在日本少有人去问津的境遇；其二，社会制度的不同，文化背景的差异，为日本学者理解《儒林外史》小说描写的多样复杂性增加了一定障碍，这或许也可以作为其不能产生广泛影响的原因。同时，《儒林外史》在中国也一直被认为是中国古代小说中不易流传的作品，其深刻的意义以及叙述特点是这部小说的精彩之处，也是其在流播中被理解的最大阻隔，而异域文字与文化的差异，加大了这种障碍。此外，全译本迟迟没有出版或许也可算作其中的一个缘由吧！

但是，即使稻田孝翻译的那部全译本完成之后，也不能说由此而获得了众多的读者。正如稻田所意识到的那样，接纳客观性和富有机智的讽刺文学的风土在日本并不充足，这也可以说是限制《儒林外史》被广泛接受的根本原因之一。

尽管如此，对于中国文化及中国社会抱有极大兴趣的学者，仍然从各自的旨趣与立场出发，为全面阐发《儒林外史》的内涵及其价值进行了不懈的努力。透过这部小说在日本的流播，我们可以了解 20 世纪日本汉学家及评论中国社会的日本各界人士，他们如何透过文化的差异去理解隐藏于这部作品深处的中国社会与制度，这显现出 20 世纪日本文化研究的一个维度。

本稿原题为《日本大正昭和时期的汉学家、中国研究专家及社会评论家眼中的〈儒林外史〉》，收入《儒林外史与中华文化》（百花洲文艺出版社，2015），本文在原文基础上进行了资料补充并加以修正。

［作者单位：日本富山大学］

《儒林外史》研究的新思考
——以人物原型及时间设置为中心

郑志良

内容提要　《儒林外史》中"汤知县"的人物原型是杨凯之兄杨麒生，他像小说里的描写一样，真的担任过高要知县。考察杨麒生的生平经历，能够解释小说中为什么会出现"汤知县"担任县令达七十余年的描写。在《儒林外史》的时间设置上，丙辰年是个核心年份。小说第五十六回结尾年份定在万历四十年丙辰（1616），与《儒林外史》序言所作时间乾隆丙辰（1736）、开头第一回以及第三十五回庄尚志嘉靖三十五年丙辰（1556）应诏进京，形成多重呼应，显示小说结构的完整性，是吴敬梓精心安排的结果，非他人之伪作。从人物原型与时间设置的角度出发，反思章培恒先生关于《儒林外史》研究的成果，指出尽管他的一些结论并不正确，但他提出的问题却引发了研究者长期的思考，对于推动《儒林外史》的研究产生巨大影响。

关键词　《儒林外史》　汤知县　杨麒生　时间设置　章培恒

近些年来，由于一些新文献的发现，关于《儒林外史》的研究一直是中国古代小说的热点。众多人物原型的揭示，让我们更加充分认识到吴敬梓是如何构思这部小说的；而《儒林外史》的时间设置问题，一直是研究者关注的焦点。笔者不揣谫陋，就这些问题作进一步思考，以就正于方家。

一 "汤知县"的人物原型杨麒生

《儒林外史》写到不同层级的官员，其中有位"汤知县"颇为引人注目。汤知县是指小说中广东高要县县令汤奉，他在小说的第四回出场。汤知县是范进的房师，范进中举后，受张师陆的蛊惑去高要打秋风，从而引出汤知县。通过小说的描写，我们得知汤知县是回族人，因政府禁宰耕牛，有回民师傅送汤知县五十斤牛肉，希望他法外开恩，松弛禁令。汤知县听信张师陆的话，枷死回民师傅，引发当地回民生事，围攻县衙，要杀张师陆。此事后虽得以平复，但汤知县给我们留下的印象并不太好。枷死回民师傅虽是无心之举，但汤知县为了能捞取政绩，苛责于民，却是作者予以批判的。研究者给予汤知县特别的关注，还在于按照小说的时间顺序，汤知县担任高要知县有七十余年，这被认为是《儒林外史》文本作伪的一个重要证据。章培恒先生《〈儒林外史〉原貌初探》说："四十二回写葛来官问汤公子吃不吃扬州螃蟹，汤公子回答说：'这是我们本地的东西，我是最欢喜。我家伯伯大老爷在高要带了家信来，想的要不的，也不得一只吃吃。'从这口气看，这位'伯伯大老爷'当时还在高要做官。按，高要汤知县见于第四、五回，时为弘治六、七年，下距隆庆五、六年为七十余年。岂有一个人连续在一地当七十余年知县之理？……假如四十二回确是他的手笔，在创作此回时他至少应有当时距汤知县在高要做官已有几十年的印象，怎会写出上述的荒谬句子来呢？"[1] 章先生认为《儒林外史》第四十二、四十三、四十四这三回关于汤镇台的故事都是伪作，汤知县的再次现身是他论述的一个重要根据。在小说中，汤知县是汤镇台的兄长，汤镇台的人物原型是仪征人杨凯，以往学界据此想考证出汤知县的人物原型，但不理想。杨凯有位兄长名杨谦，是武状元出身，他的生平事迹与汤知县无相合之处，显然不是汤知县的原型人物。那么，汤知县的人物原型到底是谁呢？原来杨凯有另外一位兄长名杨麒生，他才是"汤知县"的人物原型，而这位杨麒生确实担任过高要知县。考察杨麒生的生平经历，笔者觉得能很好地回答章培恒先生的疑问。

清人黄越《退谷文集》卷六《四书约义序》提到，《四书约义》一书

---

① 章培恒：《不京不海集》，复旦大学出版社，2012，第361页。

是扬州人陈孚远所著，"其门人杨麒生天石、凯赓起兄弟为校而梓之，问序于予。予与赓起编纂殿廷，因为序其全书之大指如此"。① 这里指明了杨麒生（字天石）、杨凯（字赓起）是兄弟关系。《杨赓起武昌游击迎养》诗曰："最喜名成亲未老，君恩稠叠牓双旌。（原注：修书成，赓起叙得本职，兄天石并得文职。）季锡彤弓沂汉水，伯留染翰予专城。云璈奏处车方到，鞠踢擎来酒数行。自此篮舆供禄养，在阴仙鹤两和鸣。"② 从诗注中我们可以知道，杨麒生、杨凯兄弟参与朝廷修书，事成之后，论功行赏，杨凯得武昌游击一职，杨麒生得一文职，而这文职即为浙江分水县令。道光《重修仪征县志》卷二十八《选举志·恩赐》载："康熙五十九年，杨麒生，附贡，纂修议叙分水县令。"③ 杨麒生任分水县令的时间是雍正元年，光绪《分水县志》卷六"官师"载："雍正元年，杨麒生，仪征贡生。雍正二年，胡杲，武昌贡生。"④ 他担任分水县令的时间只有一年，从雍正二年到雍正六年任职情况不详，雍正七年任广东高要县令，宣统《高要县志》载："雍正七年，杨麒生，江南仪征人，监生。"⑤ 两年之后，杨麒生调任大埔县令。同治《大埔县志》卷十四《职官》载："雍正九年，杨麒生，江南仪征，附监，有传。雍正十二年，胡文彦，直隶大兴，贡生。"⑥ 杨麒生任大埔县令三年，雍正十二年离职。同治《大埔县志》卷十五《名宦》载：

> 杨麒生，江南仪征人，谒选得高要令，年七十，负才尚气节，齿发神色如少年。高要当两粤之冲，又为制军驻节地，谓老不合时宜，调大埔。下车日，吏民讶其耄而忽之。越月，听事有咸断，始惊服。越数月，于地方利弊、民生休戚，罔不洞悉，发奸摘伏如神。讼师积匪，必籍其姓氏里居。一日，有投状牒者，阅之，召其人曰："汝状为某讼师所作。"迹之果然。执其尤者，荷大校。朔望集讲亭，听宣上

① （清）黄越：《退谷文集》，《清代诗文集汇编》第186册，上海古籍出版社，2010，第162页。上海师范大学石璐洁2020年硕士论文《〈儒林外史〉中的涉法书写研究》推测汤奉的原型人物是杨麒生，但对于杨麒生的民族身份及其与杨凯是否兄弟关系，没有提供证实。

② （清）黄越：《退谷文集》，《清代诗文集汇编》第186册，第446页。

③ （清）王检心修，刘文淇、张安保纂（道光）《重修仪征县志》卷二十八，清光绪十六年重刊本。

④ （清）陈常铧修，臧承宣纂（光绪）《分水县志》卷六，清光绪三十二年刊本。

⑤ （清）马呈图纂辑（宣统）《高要县志》卷十四，民国二十七年重刊本。

⑥ （清）张鸿恩纂修（同治）《大埔县志》卷十四，清光绪二年刻本。

谕，大书"讼师"二字颜其门，闻者胆落。偶有外贼入县城，其夜街
有民被窃者，诘朝升堂，诘捕役："昨夜某家被盗，若等知之乎？"群
役相顾愕眙，怒曰："如城内窝贼，何能更治乡村？"杖于庭，勒缉而
贼果获，境内肃然。顽佃视逋租为固有，玩田主于掌上，前者地方官
阘茸养奸，有弃田以避徭役者。至则痛惩之，浇风为之一变。埔俗，
贫者多溺女，剀切晓谕，动以天良，虽深山穷谷，亦互相劝戒，全活
婴孩无算。莅任周年，庭可罗雀，几至无讼。麒生以雍正辛亥调大埔，
次年壬子大比，举行宾兴，饯应试举子于明伦堂，设筵张乐，情文兼
备。道旁观者咸叹息，谓数十年无此旷典。卒以不合时宜落职，士民
馈薪米者络绎。去之日，拥舟不得行，埔民至今称为"杨公老父"。①

从传记中我们可以知道，杨麒生雍正七年（1729）担任高要县令时七十岁，
那么他应该生于顺治十七年（1660）。小说中汤县令名"奉"，应是谐音
"凤"，这与杨麒生的名字有关，所谓"麒麟生，凤凰见"，皆为瑞象。《高
要县志》《大埔县志》说杨麒生是"监生""附监"，并不准确，他应该是附
贡出身。小说中描写汤县令这个人物时，没有交代他的功名，陈美林先生推
测："他大约由'两榜'出身而任县令的。小说中虽然没有明写其为举人、进
士，但却明白地交代他是范进乡试时的'房师'。一般说来，乡、会试阅卷的
房官大都由进士出身的官员充任，而汤奉也正由于是范进的'房师'，又是举
人出身、任过知县的张师陆祖父的'门生'，才得以由范、张罗络而在小说中
露面。"② 从汤县令人物原型杨麒生的科举经历来看，陈先生的这个推测不
太准确，汤县令不是两榜出身，作者也就没有交代他的功名。

我们确认汤县令的人物原型是杨麒生，对于了解汤镇台的故事有何意
义呢？这里从小说的一段话说起。《儒林外史》第四十四回《汤总镇成功归
故乡　余明经把酒问葬事》中有："一路到了家里。汤镇台拜过了祖宗，安
顿了行李。他那做高要县知县的乃兄已是告老在家里，老弟兄相见，彼此
欢喜，一连吃了几天的酒。"③ 很显然，这里"做高要县知县的乃兄"是指
汤知县。原来，汤知县的原型人物杨麒生是雍正十二年（1734）从大埔县

① （清）张鸿恩纂修（同治）《大埔县志》卷十五，清光绪二年刻本。
② 陈美林：《吴敬梓研究》，南京师范大学出版社，2006，第677页。
③ （清）吴敬梓著，李汉秋辑校《儒林外史》（汇校汇评本），上海古籍出版社，2010，第
538页。

令的职位上被罢免，而汤镇台的原型人物杨凯是乾隆元年（1736）从湖广提督的职位上被罢免，两人在仪征老家聚首，从现实时间上，这样的叙述没有问题。然而，按小说叙述的时间，汤县令与汤镇台的相聚，中间已过去七十多年，这显然是不可能，也是章培恒先生强烈质疑的地方。正如商伟先生所说："不容忽视的是，吴敬梓的写作在虚构模式与纪实模式之间频繁往返，由此造成了小说叙述时间的前后矛盾。一方面是小说的虚构时间，另一方面则是吴敬梓的朋友和熟人生活于其中的经验时间，在这两者之间，吴敬梓有时顾此失彼，发生了混淆。他力图将现实经验融入作品的虚构框架，以至于往往跟着人物原型的生平时间走。有的时候，由于小说框架的长时段与人物一生的短时段之间不相匹配，个别人物的年龄被延长到了不近情理的荒谬程度。因此，随着小说的展开，叙述时间上不相一致，甚至前后矛盾，也就难以避免了。"① 汤县令人物原型杨麒生的发现，恰恰证明了这一点。因此小说中出现的时间问题，在我们看来是失误，但在吴敬梓看来，却是自然的事情。也就是说，这样的"错误"只有吴敬梓本人才能犯，因为他知道自己笔下的原型人物是谁，而我们却要反复地猜测、探讨，有时还不准确。汤县令人物原型杨麒生的发现，也再次证明小说中汤镇台的故事不是伪作，章培恒先生质疑的时间问题，从人物原型的角度可以得到合理的解释。

关于《儒林外史》人物原型的研究，学界也有不同的意见，譬如郭英德先生说："经过一百年了你在阅读的时候还是不断地考证这个人物是谁，到底和原型有多大区别，没有太大意义，把它作为一个人物形象，更有价值、更有意义。"此话诚然，因为从阅读的角度看，"读者真正感兴趣的，不是现实中的人物原型，而是小说中的文学形象的特征"。② 但从研究角度看，人物原型的探讨却是《儒林外史》研究至关重要的一环，因为它能帮助我们了解吴敬梓是如何塑造人物形象、构思这部小说的，它的价值与意义仍不可低估。

二 "丙辰"年与《儒林外史》的时间设置

关于《儒林外史》的时间设置问题，学界讨论得比较多，这里，笔者专门就"丙辰"年的问题，来谈谈《儒林外史》中的时间设置。

---

① 商伟：《礼与十八世纪的文化转折：〈儒林外史〉研究》，生活·读书·新知三联书店，2012，第418页。

② 参见郭英德《儒林外史》系列讲座第十集"《儒林外史》人物原型"。

我们今天纪年的方式是用公元纪年，这是西历纪年，但中国古代的纪年方式有两种，一是用干支纪年，一是用皇帝年号纪年。用天干地支纪年，六十年就有一个轮回。《儒林外史》第三十五回《圣天子求贤问道　庄征君辞爵还家》写庄尚志应诏进京，小说中明确提到："这时是嘉靖三十五年十月初一日。"① 嘉靖三十五年（1556）用干支纪年是丙辰年。庄尚志的原型人物是吴敬梓的好友程廷祚，庄尚志应诏进京本事是程廷祚进京应试博学鸿词科，时在乾隆元年（1736），而乾隆元年也是丙辰年。小说中把庄尚志应诏进京的时间设置在嘉靖三十五年丙辰，看来并非作者随意为之。在小说中，杜少卿被荐进京，他托病不去，与庄尚志被荐是同一年的事，亦即嘉靖三十五年丙辰。事实上，吴敬梓在乾隆元年丙辰也被荐应博学鸿词，只是由于身体原因未成行。一个人到了一定的年龄，生活中可能总会有某一年发生的事情让自己刻骨铭心，这个年份在自己的记忆中总是挥之不去。对吴敬梓来说，乾隆丙辰年可能就是这样一个年份。吴敬梓素重家声，又不耐烦科举，"征辟"可能是最符合他的心意的，有了应试博学鸿词这个机会，偏偏身体出了差错，不禁会令人感叹"时也命也"。小说中，杜少卿托病坚辞不出，追求自由自在的生活，显得对征辟之事根本不放在心上，我们不能把这件事情完全套在吴敬梓的身上，他晚年作《金陵景物图诗》，首页题"乾隆丙辰荐举博学鸿词，癸酉敕封文林郎内阁中书，秦淮寓客吴敬梓撰"，看来仍然把荐举之事放在心上。

我们再看，小说第五十六回结尾是万历四十四年（1616），而这一年又是丙辰年，这不能说是一种巧合。很多人否认《儒林外史》第五十六回是吴敬梓所作，如果我们看到"丙辰年"在吴敬梓一生中所具有的重要意义，把小说的结尾定在这个年份，似乎也只有吴敬梓能为之。当然，这只是一种推测。那么，小说的结尾时间定在万历四十四年丙辰，是否还有其他的意义呢？史俊超的论文《〈儒林外史〉地域叙事的圈层结构及相关问题考述》有个提法笔者觉得很有道理，他说："第五十五回故事结束于万历二十三年（1595年），显然跟故事开头楔子中明初洪武年间无法呼应，那么第五十六回万历四十四年（1616年）又说明什么呢？那就是万历四十四年（1616年）努尔哈赤建立后金，历史正式进入明亡清兴的阶段。在清朝官方的叙事逻辑来看，自此以后的历史应该以满清的角度进行叙事，故虽明朝

---

① （清）吴敬梓著，李汉秋辑校《儒林外史》（汇校汇评本），第 433 页。

仍然存在了近三十年时间，但是万历四十四年已经宣告明王朝统一时代的终结，故作者以此为全书叙事的终点，与楔子遥相呼应。"①

我们今天看清朝的历史，往往把 1644 年作为清朝的起点。1644 年是甲申年，这一年崇祯自杀，明朝灭亡；也是这一年，顺治登基，入主中原。因此 1644 年既是崇祯十七年，也是顺治元年。但是，在清代统治者看来，清朝的开国皇帝不是入主中原的顺治帝，也非确立"清"国号的皇太极，而是建立"后金"的努尔哈赤。我们看《清史稿》皇帝本纪的第一篇是《太祖努尔哈齐纪》，其中有："天命元年丙辰春正月壬申朔，上即位，建元天命，定国号曰金。"②《清史稿》虽是后人所修，但它体现的是清人对国史源流的认识。事实上，清初的史籍中就有以万历四十四年丙辰作为纪事起点的，如计六奇的《明季北略》就从万历四十四年开始纪事，其书卷一《大清朝建元》曰："万历四十四年丙辰，大清朝建元天命，指中国为南朝，黄衣称朕，是为太祖。然是时犹称后金，后改大清。"③《儒林外史》假托明代，万历四十四年丙辰是其叙述的终结点，它标志明王朝统一时代的终结，《儒林外史》第一回王冕所说"一代文人有厄"之"一代"就有了着落。同时，有学者已经注意到第五十六回的时间设置与闲斋老人《儒林外史》序言写作时间相呼应，因为序言写于乾隆元年二月，即丙辰年二月，如商伟先生说："设置在万历丙辰年（1616），《儒林外史》的最后一回包括献给已故文人，尤其是儒家礼仪践行者的祭礼和颂辞。而在两个丙辰年之后（1736），闲斋老人为《儒林外史》撰写了他的序文。这两个日期间的呼应或许巧合，或者也未必。"④ 但在笔者看来，了解"丙辰"年对吴敬梓一生的影响，我们不应该把它理解为巧合，而是吴敬梓精心构思的结果。如果我们把《儒林外史》全书五十六回当一篇文章来看，可以分成起、承、转、合四个大的段落。第一回写王冕的故事，是"起"的部分。这一回中，王冕看到礼部议定取士之法——三年一科，用五经、四书、八股文，王冕评论道："这个法却定的不好！将来读书人既有此一条荣身之路，把那文行出

---

① 史俊超：《〈儒林外史〉地域叙事的圈层结构及相关问题考述》，《江苏第二师范学院学报》2020 年第 1 期。
② （清）赵尔巽等：《清史稿》卷一《太祖本纪》，中华书局，1977，第 9 页。
③ （清）计六奇撰，任道斌、魏得良点校《明季北略》，中华书局，1984，第 6 页。
④ 商伟：《礼与十八世纪的文化转折：〈儒林外史〉研究》，第 225 页。

处都看得轻了。"① 第二回到第三十五回是"承"的部分，这一大的段落虽
然写到杜少卿、庄绍光等人，但主要还是刻画那些"把那文行出处都看得
轻了"的人。从第三十六回到第五十五回是"转"的部分，转到"礼乐兵
农"的描写，于是有了虞育德、萧云仙、汤镇台等人的故事。我们看第二
回与第三十六回开头的描写几乎一样。第二回开头写道："话说山东兖州府
汶上县有个乡村，叫做薛家集。这集上有百十来人家，都是务农为业。"②
这里是开始写周进的故事。第三十六回开头写道："话说应天苏州府常熟县
有个乡村，叫做麟绂镇。镇上有二百多人家，都是务农为业。"③ 这里是开
始写虞育德的故事。第五十六回是整部书的"合"的部分，万历四十四年
丙辰的时间设置，与序言以及第一回形成双重呼应，使得《儒林外史》的
结构显得十分完整。一些学者谈到《儒林外史》与戏曲的关系，实际上，
《儒林外史》的结构也呈现出明清传奇剧作的特点。吴敬梓在《儒林外史》
第一回用的题目就是《说楔子敷陈大义　借名流隐括全文》，"楔子"是戏
曲的常用语。第二回到第三十五相当于传奇的上半部，第三十六回到第
五十六回相当于传奇的下半部。李渔在《闲情偶寄》中说传奇："上半部之
末出，暂摄情形，略收锣鼓，名为'小收煞'。"④ 第三十五回类似于传奇剧
本的"小收煞"，主要写庄尚志于嘉靖三十五年丙辰应诏进京事；第五十六
回类似于传奇剧本的"大收煞"，主要写万历四十四年丙辰封"幽榜"事，
是为全本收场。小收煞与大收煞都在丙辰年，我们甚至能看到第三重呼应。
如果我们还说是巧合，是不是《儒林外史》中巧合太多了一点？我们知道，
吴敬梓写《儒林外史》有充分的时间酝酿、构思，在他生前已完成这部小
说，不像曹雪芹写《红楼梦》，书未完，人已逝。因此，《儒林外史》结构
的完整性在第五十六回得到充分的体现。虽然至今仍有人坚持这一回是伪
作，但是，我们若从"丙辰"年的时间设置来考察这一回，不知哪位伪作
者有如此用心。再提一句，笔者在写作此文的过程中，忽发奇想，"丙辰"
在吴敬梓的心中如此重要，除了与他本人的遭际有关，是否与他某位亲人
也有关？一查，果然发现吴敬梓最为崇敬的曾祖父吴国对即生于万历四十

① （清）吴敬梓著，李汉秋辑校《儒林外史》（汇校汇评本），第 13 页。
② （清）吴敬梓著，李汉秋辑校《儒林外史》（汇校汇评本），第 18 页。
③ （清）吴敬梓著，李汉秋辑校《儒林外史》（汇校汇评本），第 443 页。
④ （清）李渔：《闲情偶寄》，载中国戏曲研究院编《中国古典戏曲论著集成》第 7 册，中国
　戏剧出版社，1959，第 68 页。

四年丙辰（1616），我们还可以把它理解为巧合，但这么多的巧合都与"丙辰"年有关，是不是也有点令人生疑？吴国对探花及第，而第五十六回的"幽榜"中，吴敬梓的化身杜少卿也是探花及第，当然，吴敬梓不是用这种方式向他曾祖父致敬，更多的是自我揶揄。

通过上面的分析，我们可以看出《儒林外史》第五十六回关于万历丙辰年的时间设置，与序言、第一回、第三十五回形成紧密的呼应关系，如果少了这一回，感觉《儒林外史》像一个兜不住的漏斗，一下子松散了。分析至此，人们会不会怀疑吴敬梓在《儒林外史》中对于时间的设置真的如此精妙吗？那么为什么还会出现被人批评的荒谬？关于"荒谬"之说，上文已借汤县令的人物原型进行了辩证。在我们看来，小说叙述时间上有漏洞的地方，可能还是一些人物原型我们没有把握，而吴敬梓在小说中对于时间设置的精心之处，我们通过细读文本仍然可以得到更多的验证。譬如，泰伯祠大祭是《儒林外史》重点描写的章节，吴敬梓对其时间的设置也是十分用心的。按照小说的描写，泰伯祠大祭是虞育德到南京任职后的第二年，即嘉靖三十七年，时间四月初一。小说中写道：

　　话说虞博士出来会了这几个人，大家见礼坐下。迟衡山道："晚生们今日特来，泰伯祠大祭商议主祭之人，公中说，祭的是大圣人，必要个贤者主祭，方为不愧；所以特来公请老先生。"虞博士道："先生这个议论，我怎么敢当？只是礼乐大事，自然也愿观光。请问定在几时？"迟衡山道："四月初一日。先一日就请老先生到来祠中斋戒一宿，以便行礼。"虞博士应诺了，拿茶与众位吃。……
　　到三月二十九日，迟衡山约齐杜仪、马静、季萑、金东崖、卢华士、辛东之、蘧来旬、余凟、卢德、虞感祁、诸葛佑、景本蕙、郭铁笔、萧鼎、储信、伊昭、季恬逸、金寓刘、宗姬、武书、臧茶，一齐出了南门，随即庄尚志也到了。……下午时分，虞博士到了。庄绍光、迟衡山、马纯上、杜少卿迎了进来。吃过了茶，换了公服，四位迎到省牲所去省了牲。众人都在两边书房里斋宿。
　　次日五鼓，把祠门大开了，众人起来，堂上、堂下、门里、门外、两廊，都点了灯烛；庭燎也点起来。①

----

① （清）吴敬梓著，李汉秋辑校《儒林外史》（汇校汇评本），第455页。

这里有个日期上的细节需要注意，即四月初一的前一天是三月二十九日。我们知道中国古代都是用阴历记时，有大月、小月之分，大月三十天，小月二十九天，而且大月、小月并不固定是哪个月份。因此泰伯祠大祭这一年的三月应是小月，查嘉靖三十七年的日历，这一年的三月正是小月，只有二十九天，这说明吴敬梓在写作时特别注意到这一点。有些学者推算大祭的时间是嘉靖三十六年，如果查本年的日历就知道，嘉靖三十六年三月是大月，有三月三十日，换言之，即本年四月初一的前一天是三月三十日，而非三月二十九日。泰伯祠大祭是《儒林外史》中着力描写的部分，吴敬梓对于细节方面也是非常在意的，我们甚至能感觉到吴敬梓在写《儒林外史》时，手边似乎有一本明代的日历。

三　章培恒先生《儒林外史》研究的启示

笔者在从事《儒林外史》研究的过程中，阅读前贤时哲的论文、著作，受到启发颇多，其中对于章培恒先生《儒林外史》的相关论述感触尤深，这里略陈一二。

章培恒先生关于《儒林外史》的研究实际上只有三篇论文：《〈儒林外史〉原书应为五十卷》《〈儒林外史〉原貌初探》《再谈〈儒林外史〉原本卷数》，[①] 他的核心观点是《儒林外史》原书只有五十回，而不是人们通常认为的五十五回或五十六回；卧闲草堂刻本《儒林外史》五十六回中，萧云仙故事、汤镇台故事以及第五十六回关于"幽榜"的描写都是伪作。章先生的这些观点，我们今天看来都有问题。

第一，他认为萧云仙的故事是伪作。近年宁楷《〈儒林外史〉题辞》、吴敬梓《后新乐府》六首的发现，证明萧云仙的人物原型是吴敬梓的好友李葂，萧云仙故事是吴敬梓根据李葂的生平事迹创作出来的。宁楷《〈儒林外史〉题辞》中有"白骨驮回，勋高纪柱"一句，是指萧云仙，而吴敬梓《后新乐府》之《青海战》中有"偏拨什库[②]尸，驮向高原瘗"，是写李葂在青海战中把一些战死沙场的将士尸体驮回，埋葬在高原之上，两者正相符合。宁楷所看到的《儒林外史》中已有萧云仙故事。

---

①　章培恒：《不京不海集》，第 345 ~ 399 页。

②　拨什库，满语，领催的意思，是佐领下管理文书、粮饷的低级官员。

第二，章先生认为汤镇台的故事是伪作。宁楷《〈儒林外史〉题辞》中有"伐苗民而灭丑，华夏为功"，指汤镇台事，同样表明宁楷所看到的《儒林外史》中已有汤镇台故事，而汤县令人物原型杨麒生的发现，更加证明汤镇台故事非他人之能伪作。

我们虽然可以推翻章先生的结论，但他指出这两个故事在小说描写中出现很多时间冲突的问题，也一再引发笔者的思考。这些问题不可能完全依靠考证去一一解决，那么从分析吴敬梓的艺术构思方面是否能寻找到一些答案呢？我们知道，吴敬梓在创作《儒林外史》的过程中，是学习了《水浒传》的手法，有一个一个的故事板块，而这些故事板块与人物原型的生活轨迹有关。譬如，小说中写到虞育德的故事，他的原型人物吴培源是乾隆二年的进士，他任职南京是此年或此年之后的事；李宙青海战的事迹发生在雍正年间，杨凯征苗的事迹也在乾隆元年之前，而小说中萧云仙故事、汤镇台故事却是在虞育德任职南京之后。因此，笔者怀疑在吴敬梓原先的构思中，这两个故事写在虞育德任职南京之前，即我们现在看到的第三十六回之前，但为了表现《儒林外史》的一个重要主题"礼乐兵农"，他将这两个故事移到虞育德出场之后，使得原先设计好的时间发生冲突。我们甚至能看到，吴敬梓在写这两个故事时，中间加上沈琼枝的故事，因为萧云仙、汤镇台的故事都涉及战争，这是他不熟悉的题材，也是为人们所诟病的地方。吴敬梓似乎意识到这一点，在萧云仙故事之后写沈琼枝，沈琼枝的人物原型沈珠树和她的小姑子张宛玉是吴敬梓亲身接触的，他写起来就很得心应手；在沈琼枝故事之后再写汤镇台，而汤镇台故事之后是余特、余持兄弟故事，这又是他十分要好的朋友，一旦回到自己熟悉的环境中，吴敬梓的笔立刻灵动起来。小说第四十五回《敦友谊代兄受过　讲堪舆回家葬亲》写余氏兄弟择地葬亲，碰到两个风水先生余敷、余殷，其中写道：

> 余大先生道："如今寻的新地在那里？"余殷道："昨日这地不是我们寻的。我们替寻的一块地在三尖峰。我把这形势说给大哥看。"因把这桌上的盘子撤去两个，拿指头蘸着封缸酒，在桌上画个圈子，指着道："大哥，你看！这是三尖峰。那边来路远哩，从浦口山上发脉，一个墩，一个炮；一个墩，一个炮；一个墩，一个炮；弯弯曲曲，骨里骨碌，一路接着滚了来。滚到县里周家冈，龙身跌落过峡，又是一个

墩，一个炮，骨骨碌碌几十个炮赶了来，结成一个穴情。这穴情叫做'荷花出水'。"正说着，小厮捧上五碗面。主人请诸位用了醋，把这青菜炒肉夹了许多堆在面碗头上。众人举起箸来吃。余殷吃的差不多，拣了两根面条，在桌上弯弯曲曲做了一个来龙，睁着眼道："我这地要出个状元！葬下去中了一甲第二也算不得，就把我的两只眼睛剜掉了！"①

吴敬梓学识驳杂，他本人也研究过风水，对于那些睁着眼睛说瞎话的风水先生一定见过不少，所以才写得活灵活现，尤其是写余殷从碗里拣起两根面条，在桌子上弯弯曲曲盘成一个来龙，与严监生临死前指着灯草伸出两根手指，可谓前后辉映。从萧云仙、沈琼枝、汤镇台、余氏兄弟这些故事情节的安排，我们能感受到吴敬梓是颇费心思的。

第三，关于《儒林外史》第五十六回"幽榜"的问题，一直是学界争论的焦点，章先生是持"幽榜"伪作说的。无论是文本内证，还是外证，都将这一回指向吴敬梓本人。章培恒先生十分关注《儒林外史》的时间设置问题，正如本文前面所分析的，从"丙辰"年的时间设置来看，第五十六回也是非别人所能作伪的。

章先生《〈儒林外史〉原书应为五十卷》《〈儒林外史〉原貌初探》两文最早发表于 1982 年，于今已有近四十年的时间。在这近四十年的时间里，笔者感觉《儒林外史》的很多研究实际上是围绕章先生提出的问题在寻找答案，或赞同他，或反对他，但一直都是与他在对话。时至今日，我们有理由相信章先生的结论是不能成立的，但他却启发了人们长时间的思考，对于推进《儒林外史》的研究有着巨大的影响。这也提醒我们，人文学术的研究，结论的对与错可能并不是主要的，提出有价值的问题并引发人们思考，从而推动某一领域的研究向前发展才更为重要。

[作者单位：中国人民大学文学院]

---

① （清）吴敬梓著，李汉秋辑校《儒林外史》（汇校汇评本），第 554 ~ 555 页。

征稿启事

　　《古代文学前沿与评论》是由中国社会科学院文学研究所古代文学优势学科主办，旨在反映中国古代文学研究状况及其前沿动态的专业学术刊物，每年出版两期，于 6 月、12 月出刊。设有特稿、笔谈、书评、访谈、专题评论、前沿综述、会议纪要、项目动态、论点汇编、新资料、特藏文献等栏目。现特向海内外学界同仁约稿，恳请惠赐佳作。

　　来稿须知：

　　1. 须为原创和首发的作品，请勿一稿多投。

　　2. 来稿请附内容提要（300 字以内）、关键词及英文标题；本刊采用页下注形式，注释格式参照《文学遗产》。

　　3. 稿件请附作者简介及联系方式。

　　4. 来稿一律采用匿名评审，一经选用，即会通过电话或电子邮件告知。正式刊印后，赠送样刊两本，并一次性奉付薄酬（其中包含电子版著作权使用费）。两个月内未收到回复者，稿件可自行处理。

　　5. 经《古代文学前沿与评论》刊出的稿件，本刊拥有长期专有使用权。作者如需将本刊所发文章收入其他公开出版物中，须事先征得本刊同意，并详细注明该文在本刊的原载卷次。

　　6. 来稿请寄至北京市东城区建国门内大街 5 号中国社会科学院文学研究所古代室《古代文学前沿与评论》编辑部，邮编：100732。或通过电子邮件寄至：qyypltg@163.com。联系电话：010—85195462。

中国社会科学院文学研究所

古代文学优势学科

Contribution Invited

Frontiers and Review of the Classical Chinese Literary Study (古代文学前沿与评论) is a professional academic journal sponsored by the superior discipline of ancient Chinese Literature, Institute of literature, Chinese Academy of Social Sciences. Published twice a year, in June and December respectively, the Journal devotes to present recently research situation of ancient Chinese literature and its dynamic frontiers, setting up various columns such as "Featured Articles", "Informal Discussion", "Book Review", "Scholar Interview", "Special Topic", "Frontiers Review", "Conference Minutes", "Project Trends", "Arguments Collection", "New Findings", and "Special Collection of Materials". Contributions from academic colleagues at home and abroad are sincerely welcomed and appreciated.

Notices for Contributors

1. The contribution should be original and unpublished, multi-submission is unacceptable.

2. The contribution should contain Abstract (within 300 words), Keywords and English Title; footnote format is in line with *Literary Heritage* (文学遗产).

3. The contribution should contain contributor's personal information and contact details.

4. The contribution will be reviewed anonymously. Once accepted, the contributor will be informed by phone or email. After the official publication, the contributor will receive two copies and a one-time payment (including the copyright royalty for the electronic version). If no response within two months, the contribu-

tion is at contributor's disposal.

5. The Journal has the long-term exclusive right to use its contributions. Only with the Journal's permission, the contributor has the right to republish it in other publications, and when do so, he/she should clarify its original provenance.

6. The contribution can be mail to 北京市东城区建国门内大街 5 号 中国社会科学院文学研究所古代室《古代文学前沿与评论》 编辑部， Postcode：100732； or email to qyypltg@ 163. com， tel：010 – 85195462.

The Superior Discipline of Ancient Chinese Literature,
Institute of literature, Chinese Academy of Social Sciences

图书在版编目(CIP)数据

古代文学前沿与评论. 第七辑 / 中国社会科学院文
学研究所古代文学学科编；刘跃进主编. -- 北京：社
会科学文献出版社，2022.1
ISBN 978 - 7 - 5201 - 9476 - 1

Ⅰ.①古… Ⅱ.①中… ②刘… Ⅲ.①中国文学 - 古
典文学研究 Ⅳ.①I206.2

中国版本图书馆 CIP 数据核字（2021）第 257717 号

古代文学前沿与评论（第七辑）

编　　者／中国社会科学院文学研究所古代文学学科
主　　编／刘跃进

出 版 人／王利民
责任编辑／李建廷
责任印制／王京美

出　　版／社会科学文献出版社
　　　　　地址：北京市北三环中路甲 29 号院华龙大厦　邮编：100029
　　　　　网址：www.ssap.com.cn
发　　行／社会科学文献出版社（010）59367028
印　　装／三河市东方印刷有限公司

规　　格／开　本：787mm × 1092mm　1/16
　　　　　印　张：15.75　字　数：264 千字
版　　次／2022 年 1 月第 1 版　2022 年 1 月第 1 次印刷
书　　号／ISBN 978 - 7 - 5201 - 9476 - 1
定　　价／98.00 元

读者服务电话：4008918866